HEYNE BÜCHER

Fantasy

Herausgegeben von Wolfgang Jeschke

Von **Megan Lindholm** erschien in der Reihe
HEYNE SCIENCE FICTION & FANTASY:

Das Rentiervolk · 06/5121
Wolfsbruder · 06/5122 (in Vorb.)

Weitere Romane der Autorin in Vorbereitung.

MEGAN LINDHOLM

Das Rentiervolk

Roman

Deutsche Erstausgabe

WILHELM HEYNE VERLAG
MÜNCHEN

HEYNE SCIENCE FICTION & FANTASY
Band 06/5121

Titel der amerikanischen Originalausgabe
THE REINDEER PEOPLE
Deutsche Übersetzung von Walter Brumm
Das Umschlagbild malte Dieter Rottermund

Redaktion: E. Senftbauer

Die Originalausgabe erschien bei Arce Books/The Berkley
Publishing Group, New York

Printed in Germany 1994
Umschlaggestaltung: Atelier Ingrid Schütz, München
Technische Betreuung: Manfred Spinola
Satz: Rudolf Schaber Satz- und Datentechnik, Wels
Druck und Bindung: Presse-Druck, Augsburg

ISBN 3-453-07284-7

INHALT

KERLEW:
Der Rauch

Geh in die Tiefe«, sagte er zu dem Jungen. »Folge der kleinen braunen Maus, wenn sie ihre Samenkörner fortträgt und vor dem Winter versteckt. Geh dorthin, wo das Wasser in einem Quell hervorsprudelt, und tauch in seinen geheimen Ursprung. Folge den Wurzeln der Großvaterkiefer tief hinab in den Boden. Das sage ich dir, weil zwar jeder Schamane seinen eigenen Zugang finden muß, diese aber welche sind, von denen bekannt ist, daß sie in einigen Fällen gewirkt haben. Nicht in allen, aber in einigen. Sie lohnen einen Versuch.«

Kerlew schluckte und versuchte seinen unsteten Blick auf dem Gesicht des alten Mannes zu halten. Aber Carp tat eine weitere Prise Kräuter in die Flamme der Lampe und erneuerte den wabernden Rauchvorhang zwischen ihnen. »Was muß ich suchen?« fragte Kerlew mit Mühe.

Carp blieb geduldig. »Ich habe es dir gesagt. Du suchst einen Zauber, und einen Bruder. Suche einen Weg in die Geisterwelt, und er wird dich zu einem tiefen Raum führen. Die Wände sind aus Stein, und Wasser rinnt an ihnen herab. Wurzeln hängen von der Decke. Du mußt durch diesen Raum und hinaus in die Geisterwelt gehen. Sprich mit niemandem in dem steinernen Raum, nicht einmal dann, wenn er dich Bruder nennt und dir viele schöne Geschenke bietet. Denn wenn du sprichst, mußt du dort bleiben, und er wird frei sein, deinen Platz einzunehmen. So sind viele Schamanen in die Falle gegangen. Ich selbst habe sie gesehen, als ich auf dem Weg zur Geisterwelt war. Sprich nicht mit ihnen!«

»Ich fürchte mich«, sagte der Junge.

Der alte Mann schüttelte nur den Kopf, milderte die Geste aber mit einem Lächeln. »Du wirst an ihnen vorbei und hinaus in die Geisterwelt gehen. Ich kann dir nicht sagen, was du dort zu erwarten hast, denn das ist für jeden Schamanen anders. Aber wenn du deinem Schutzgeist begegnest, wirst du ihn erkennen. Er mag dich auf die Probe stellen. Er mag dir die Zähne zeigen oder mit den Hufen auf dich trampeln. Er mag dich mit seinen Klauen zerreißen oder dich mit seinen Krallen ergreifen und in die Luft emportragen. Was er auch tut, zeig keine Furcht. Sei kühn und leg deine Hand zwischen seine Augen. Dann wird er dein Bruder sein, und er muß dir ein Lied oder einen Zauber geben, den du zurückbringen kannst. Aber wenn du aufschreist oder fliehst, oder versuchst, ihn zu verletzen, wird er nicht dein Bruder sein. Dann wird er deinen Geist töten, und dein Körper wird dahinsiechen und sich verzehren.«

Kerlew ballte die Fäuste, um die Hände vor dem Zittern zu bewahren. Carp bemerkte es, und für einen Augenblick wich die Strenge des Lehrers aus seinem Gesicht. Er blickte zärtlich auf seinen Lehrling nieder. »Es wird alles gutgehen«, sagte er in freundlichem Ton. »Nur zu, jetzt! Hab keine Angst.« Er berührte die Wange des Jungen mit seiner verwitterten alten Hand, zog die Fingerspitzen über Kerlews gefurchte Stirn, um die Sorgenfalten zu glätten. »Du wirst ein großer Schamane sein, und alle werden auf dich zeigen und Geschichten von Carps Lehrling erzählen.«

Der Junge nickte kurz und versuchte die Angst hinunterzuschlucken, die von seinem Magen ausging, aber immer wieder in die Kehle hochstieg. Der alte Carp lächelte ihm aufmunternd zu; Stolz und Überzeugung erhellten sein runzliges altes Gesicht. Seine Zähne waren gelb, durch schwarze, leere Lücken voneinander getrennt. Kerlew dachte, daß seine Augen einmal braun gewesen sein mußten. Jetzt waren sie mit einem grauen Schleier überzogen, welcher ihn an den grünen Schleim erinnerte, der im Sommer die Oberfläche der Teiche bedeckte. Kerlew wußte, daß man den Schleim nur mit einem Stock beiseite zu schieben brauchte, um die Tiefen und Wunder des Teiches freizulegen. Manchmal, wenn er in Carps verschleierte Augen starrte, glaubte er hinter dem Grau, das sie trübte, die Tiefen und Wunder zu sehen. Grau wie der Rauch, der durch das Zelt zog. Wenn er ihn einatmete, war es wie das Atmen von Spinnweben. Er haftete an der Innenseite seiner Nase und trocknete ihm die Kehle aus.

Carps welke Lippen bewegten sich, und Kerlew konzentrierte sich mit Mühe darauf. Es wurde von ihm erwartet, daß er zuhörte. Der Rauch sollte ihm die Aufmerksamkeit erleichtern. Statt dessen erschwerte er sie.

»Du mußt nur tief atmen und der Trommel lauschen. Laß dich von der Trommel leiten. Hör zu.«

Die Trommel. Kerlew blickte auf Carps Hände. Zwischen den Knien des alten Mannes klemmte eine kleine Trommel, die mit gelber Haut bespannt war. In einer Hand hielt Carp einen winzigen Hammer, der aus dem Backenzahn eines Bären gemacht war und an einem Stecken von Birkenholz befestigt war. Kerlew sah zu, wie der Backenzahn sich hob und fiel, sich hob und fiel, sich hob und fiel. Jedesmal wenn er das straff gespannte Trommelfell traf, gab es ein dumpfes Geräusch. Er sollte darauf hören. Die Finger des alten Schamanen waren von der gleichen Farbe wie Leder, das viel benutzt worden war und in einem rauchigen Zelt hing. Wie in diesem rauchigen Zelt. Sein Blick wanderte von der Trommel, den Fingern und folgte dem grauen Rauch, der lautlos durch das Zelt zog.

Carp sprach noch immer mit ihm. Seine Worte trieben mit dem Rauch durch das Zelt. »Hör auf die Trommel und laß diese Welt los. Atme in dieser Welt ein, atme in der Geisterwelt aus. Laß los und geh hinunter in die Geisterwelt, deinen Tiergeist zu suchen. Geh hinunter, folge einer Maus, folge einem Käfer, geh hinunter in die Geisterwelt, folge einem Wasserrinnsal tief hinab in die Erde ...«

Die Worte vermischten sich mit dem Rauch und zogen durch das Zelt und aufwärts. Aufwärts und im Kreis herum, vorbei an dem Flicken, der auf die Zeltwand genäht war, vorbei an seinen Beinlingen, die zum Trocknen an einer der Zeltstangen hingen, vorbei am Kopf des alten Schamanen. Kerlew lag still auf seinem Lager aus Fellen und beobachtete sie. Seine Zunge klebte am Dach der Mundhöhle, und er konnte den Atem nicht herauslassen. Er konnte einatmen und fühlte seine Brust mit jedem Atemzug anschwellen und enger werden. Aber er konnte die Luft nicht herauslassen. Einen Augenblick lang wurde ihm das bewußt, und es beunruhigte ihn, aber dann wurde seine Aufmerksamkeit wieder von dem träge wirbelnden Rauch gefesselt. Er sah ihn durch das Zelt aufsteigen, so grau und weich und frei. Er stieß einen tiefen Seufzer aus und folgte dem Rauch.

Einmal war er in einen Fluß gefallen, und bevor seine Mutter ihn hätte herausziehen können, war er von der Strömung ein Stück mitgerissen worden. Jetzt war es wieder so, bloß war der Rauch warm und weich, und es gab keine großen Steine, gegen die er geworfen wurde. Der Rauch trug ihn in Spiralen aufwärts zur Spitze des Zeltes und dem Rauchloch. Er zog vorbei am gebeugten Kopf des alten Schamanen, hörte ein paar Trommelschläge und erinnerte sich, daß er hinunter sollte, in die Erde, um die Tiefen der Geisterwelt zu suchen. Dann war er an Carp vorbei und wurde vom Rauch emporgetragen. Die Anweisungen des alten Schamanen schienen nicht mehr wichtig. Er schwebte aufwärts und zum Rauchloch hinaus.

Die Nacht war schwarz, mit Sternen übersät. Der

Winter war nur noch einen Atemzug entfernt, doch Kerlew spürte die Kälte nicht. Er jagte über den Himmel, unter sich den weichen Rauch, und jeder seiner Schritte war weit wie ein Hirschensprung. Dann, als er merkte, daß der Rauch dünner wurde und sich auflöste, sprang er von Stern zu Stern, wie man beim Überqueren eines Baches von Stein zu Stein springt oder in einem Sumpf von Grasbüschel zu Grasbüschel. Fort waren seine gewohnte Unbeholfenheit, sein stockender Schritt. Hier ging er wie ein Jäger und ein Mann. Der Nachtwind berührte sein Haar.

Höher und höher stieg er in den Himmel hinauf, bis er weit vor sich die blassen Felle der Rentiere des Mondes sah. Weit über die Sterne hinter dem Mond war die Herde über den schwarzen Himmel verstreut. Kerlew stand auf dem höchsten Stern, und es gelüstete ihn nach ihnen. Ihre Felle glänzten wie See-Eis, und ihre Geweihe breiteten sich weiß und schimmernd über ihren Rücken aus. Ihre Köpfe waren gesenkt, und sie weideten am Nachthimmel. Er wußte, daß der Rauch ihres Atems die Wolken bildete und das Zusammenstoßen ihrer Geweihe Donner und Blitz hervorrief. Ihre Macht und Majestät machten ihm weh ums Herz. Er wußte, daß er wirklich ein mächtiger Schamane sein würde, wenn er eines von ihnen zwischen den Augen berührte und als seinen Brudergeist beanspruchte.

Aber zwischen ihm und der Herde waren die Sterne wenig zahlreich und weit verstreut. Er stand auf zwei Sternen, bemüht, das Gleichgewicht zu halten, sehnte sich nach dem Himmelsrentier und überlegte, was er tun solle. Flüchtig kam ihm in den Sinn, daß Carp ihm gesagt hatte, er solle hinuntersteigen in die Erde, nicht hinauf in den Himmel. Mit Beklemmung erkannte er, daß er seinem Meister ungehorsam gewesen war; er würde auf seiner Suche scheitern. Er würde von dieser Reise nicht als Schamane zurückkehren, sondern nur als der seltsame Sohn der Heilerin. Bei diesem Gedanken wurde ihm übel, und Tränen blendeten ihn. Er zwang sich zum Einatmen. Vielleicht würde es ihm dennoch gelingen, eines dieser Geschöpfe als seinen Geistesbruder zu beanspruchen... Er nahm allen Mut zusammen und machte sich bereit, zum nächsten Stern zu springen.

Aber hinter ihm wurde ein Keuchen laut, und er fühlte heißen Atem an den Rückseiten seiner Beine. Als er sich umwandte, erblickte er Wolf, der über die Sterne auf ihn zurannte. Wolfs Fell war grau und schwarz gestreift, und seine heraushängende Zunge war rot, während die Augen grün glommen. Seine mächtigen Pfoten spreizten sich weit, bei jedem Schritt, den er tat, und Kerlew bemerkte jede schwarze Kralle. Dann sah er Wolf in die Augen und erkannte seinen Bruder.

Er spreizte die Beine, um einen festen Stand zu haben, und hob die Hand. Mit ausgestreckter Handfläche wartete er auf Wolf, und als dieser nur noch ein paar Sterne entfernt war, rief Kerlew ihm zu: »Ich fordere dich als meinen Geistesbruder.«

Wolf verhielt nicht in seinem Lauf, sondern lachte wild, wie es nur die Wölfe können. »Tor!« heulte er. »Du kannst mich hier nicht beanspruchen!« Mit einem jähen Satz sprang er hoch über Kerlews Kopf, jenseits der Reichweite seiner ausgestreckten Hand. Zum nächsten Stern und zum übernächsten sprang er. Die große weiße Herde der Himmelsrentiere bemerkte plötzlich sein Kommen. Die Tiere warfen ihre geweihtragenden Köpfe auf und brüllten angstvoll. Wie ein Tier sprang die ganze Herde auf und davon, jagte über den Nachthimmel, Wolf keuchend hinterdrein.

Dies alles sah Kerlew in einem schwankenden Augenblick. Der Wind, den Wolf in seinem Vorbeijagen erzeugte, nahm ihm das Gleichgewicht. Vergebens fuchtelte er mit den Armen und versuchte seinen Standplatz zu behalten, dann fiel er, purzelte kopfüber kopfunter zwischen den Sternen abwärts, die ihn wie Brombeerranken zurückhielten und zerkratzten. Das helle Licht des Mondes verblaßte zu weicher Dunkelheit, als er fiel, und von ferne drang ihm Wolfs Jagdruf ans Ohr. Kerlew wußte, daß er seine Brüder rief, und er griff nach den Worten, als sie vorbeiflüsterten.

»Wenn du Wolfs Bruder sein willst, lerne den Herden zu folgen!«

– 1 –

Die Geburt war langwierig gewesen, wenn auch nicht so schwierig, wie Tillu befürchtet hatte. Elnas dichtes Haar klebte ihr verschwitzt am Kopf; in den Wehen hatte sie Felle und Häute von sich geworfen und vor Anstrengung und Schmerz gekeucht. Bald nach der Geburt zitterte sie jedoch vor Kälte und bat, daß man ihr Lager näher zum Feuer ziehen solle. Die junge Mutter schlief jetzt, den dicken Säugling in der Armbeuge, und beide waren mit weichen Fellen zugedeckt. Elna war so stolz auf ihr Kind, daß ihr Freudenschrei bei seinem Anblick lauter gewesen war als die Schmerzensschreie während der Wehen. Der Junge war Elnas erstes Kind, und ein großes obendrein. Tillu hatte befürchtet, daß die junge Frau in ihrer Unerfahrenheit zu angestrengt pressen und sich aufreißen würde. Aber alles war gut ausgegangen.

Sie breitete eine weitere Decke aus weichen Fuchspelzen über Mutter und Kind und kauerte nieder, die blutigen Fetzen Tierhaut aufzusammeln, mit denen das Neugeborene gereinigt worden war. Langsam richtete sie sich wieder auf. Am liebsten hätte sie sich niedergelegt und geschlafen. Der Rücken schmerzte ihr vom stundenlangen Knien und Kauern bei Elna, und der Kopf schmerzte von der Anspannung der Hebammenarbeit. Die Notwendigkeit einer glücklichen Geburt war wie ein Messer am Rücken gewesen. Die anderen Frauen waren jetzt fort, aber während der Geburt hatten sie sich im Zelt gedrängt. Tillu hatte ihre kritischen Blicke auf sich gefühlt. Hatten sie geglaubt, sie werde Elna Schaden zufügen? Sie vermutete es. Wieder seufzte sie und rieb sich die müden Augen. Ein feiner, gesunder Junge, sagte sie sich, entschlossen, sich von ihren Gedanken nicht niederdrücken zu lassen. Das hatte sie jetzt überwunden. Man würde sie wieder achten.

Vor dem Zelt aus Rentierhäuten saß Rak an einem lodernden Feuer und aß gekochtes Fleisch, das die anderen Frauen für ihn bereitet hatten. Ihm gegenüber hockten Benus Jäger und teilten die Wache mit ihm. Alle waren für die Jagd gekleidet; alle sahen den frischgebackenen Vater an. Während er mit einer Hand aß, hielt er in der anderen seinen besten Speer so umklammert, daß das stumpfe Ende fest auf der gefrorenen Erde ruhte und die Knochenspitze schräg aufwärts zeigte. Seine tiefe Stimme überlagerte das Knistern des Feuers und trug seine Worte durch die Zeltwand. »Sicherlich hat diese nutzlose Frau ein jämmerliches, winselndes Junges geworfen, nicht größer als ein Eichhörnchen. So sieht mein Glück aus. Sie ist zu jung und dumm, um ein Kind auszutragen.«

»Einfältiger Mann!« schalt ihn eine der vorbeigehenden Frauen. Ihre Stimme klang hell durch die kalte Nacht, und alle konnten sie hören. »Dein Erstgeborener ist ein so großes Kind, daß deine Frau ihre Mühe haben wird, ihn herumzutragen und zu pflegen! Da wird ihr kaum noch Zeit bleiben, sich um dich zu kümmern!« Das Gelächter der anderen Frauen von Benus Sippe antwortete ihr.

»Er wird ihre Arme füllen und ihren Rücken beugen«, krähte eine zweite.

»Ein Hemd für solch ein Kind zu nähen, wird die Arbeit eines Tages und einer Nacht sein, während du, armer Mann, nackt im Wind gehen und jeden Augenblick auf der Jagd verbringen wirst, um genug Fleisch für ihn heranzuschaffen!«

»Freche Weiber!« rief einer der Männer. »Wagt ihr so zu einem Jäger zu sprechen? Kehrt zurück zu eurem eigenen Feuer!«

Aber das allgemeine Gelächter, das die gewagten Komplimente der Frauen begleitet hatte, zeigte, daß es mit der Zurechtweisung nicht ernstgemeint war. Der junge Vater errötete noch tiefer vor Stolz. Unterdessen kochten die frohlockenden Frauen Delikatessen für ihn, frische zarte Zungen und fette Rippenstücke, die in Brühe siedeten. Die verlockenden Düfte zogen zum Zelt herein und machten Tillu ihren eigenen Hunger bewußt. Sie brauchte nicht hinauszuspähen, um zu wissen, was vorging. Der junge Mann sonnte sich in der Ehre, die demjenigen zukam, dessen Frau gerade die Stärke der Jägersippe gemehrt hatte. Die Männer bezeigten ihren stummen Respekt durch die Gegenstände, die sie wortlos zu Füßen des jungen Vaters ablegten. Sehnen für die Bespannung eines Bogens und knöcherne Pfeilspitzen; passende Gaben für einen erstgeborenen Sohn. Wäre es eine Tochter gewesen, so hätten die Frauen beiläufig Knochennadeln und Schaber neben dem Lager der Mutter zurückgelassen. Solche Geschenke wurden von den Gebern wie von den Empfängern niemals erwähnt, aber beiseite gelegt und sorgsam verwahrt, bis das Kind in einem Alter war, daß es Gebrauch davon machen konnte. Jede Geburt war ein Anlaß zum Feiern, aber heute abend freute sich die kleine Sippe von Jägern und Sammlern, als ob dies das erste Kind wäre, das in ihrer Mitte das Licht der Welt erblickt hatte. Nach den Verlusten des letzten Sommers brauchten sie die Tröstung neuen Lebens, selbst eines Kindes, das so nahe an den Fängen des Winters geboren wurde.

Sie blickte im aufgeräumten Zelt umher und stieß an den Docht des Talglichtes, um die Flamme zu verkürzen. Ihre Arbeit hier war getan. Sie kratzte sich einen Rest getrockneten Blutes vom Handgelenk und überlegte. Die anderen Frauen von Benus Sippe hatten die Nachgeburt bereits fortgetragen, um sie auf einen Altar aus fünf aufeinandergeschichteten Steinen zu legen. Morgen würde Carp die Spuren der Tiere studieren, die den Ort während der Nacht besucht hatten, und dann den Schutzgeist des Kindes verkünden. Morgen würde Carps Tag sein: er würde seine Rasseln aus Leder und Knochen schütteln und in fremdartigen Zungen sprechen. Morgen würde er sehr beschäftigt sein und die Ehrungen entgegennehmen, die ihm als dem Schamanen gebührten. Alle würden die Geburt eines neuen Jägers feiern. Heute nacht würde eine gute Gelegenheit sein, ihre Sachen zu packen und fortzugehen.

Die Entscheidung überraschte sie. Sie hob die Zeltklappe und spähte hinaus in die Nacht. Die Erde stand auf Messers Schneide zwischen Herbst und Winter. Nur ein Dummkopf würde um diese Jahreszeit die Sicherheit eines Stammes verlassen. Das winzige Zeltdorf war alles, was dieser Teil der Welt an Zivilisation kannte. Jenseits der zeitweiligen Grenzen dieses Lagers lag der Wald. Tillu wußte, daß der Wald nicht ewig war; eine Lebenszeit entfernt, im Süden und Osten, wie sie glaubte, gab es ein Land von Bauern und bestellten Feldern, von Pferden und Reitern und Schnittern, die das Korn ernteten. Es war das Land ihrer Kindheit. Aber dieser nördliche Wald war die Wirklichkeit ihres Lebens als Erwachsene; dieser Wald und die kleinen Trupps von Jägern und Sammlern, die ihn bewohnten. Sie war von einer Gruppe zur anderen gewandert, und dies war die nördlichste Gegend, die sie je besucht hatte, ebenso wie Benus Sippe die ärmste unter allen war, mit denen sie gelebt hatte. Das Leben dieser Menschen bestand aus Knochen und Steinen, Fellen und Fleisch. Sie zog die Kapuze aus Wolfspelz über den Kopf, um das Gesicht vor dem schneidenden

Wind zu schützen, als sie die feuchte Wärme des Zeltes verließ.

Die feurige Lohe vor dem schwarzen Hintergrund der Nacht blendete sie. Die Männer hatten eine Menge Zweige und Äste hineingeworfen und spritzten bisweilen kostbaren Talg hinein, um die Flammen noch stärker anzufachen. Sie warfen seltsame Schatten, in denen die umgebenden Bäume sich in der unerwarteten Wärme zu winden schienen. Die Männer saßen um das große Feuer, schmausten von den saftigen Rentierzungen und Rippenstücken, und ihre Gesichter glänzten vor Hitze und Fett und Freude über die Geburt des neuen Jägers. Tillu ging still an ihnen vorbei. Das gefrorene Moos und Gras knirschten unter ihren weichen Stiefeln. Keiner der Männer geruhte ihr Vorbeigehen zu bemerken. Es war eines Jägers unwürdig, einer Frau und Geburtshelferin Beachtung zu schenken.

Sie verließ den Lichtkreis des Feuers, und Nacht umfing sie. Es war eine klare Nacht mit schwarzem Himmel, und die Sterne standen so dicht wie der gelbe Pollen auf dem stillen Wasserspiegel eines Teiches. Das Lager war in einem kleinen Tal zwischen zwei Hügeln aufgeschlagen worden, das einigermaßen gegen den winterlichen Nord- und Ostwind geschützt war. Der Wald in dieser Gegend war licht und bestand überwiegend aus Birken und Erlen und Weiden, Ebereschen und Zitterpappeln, durchsetzt mit Buschdickichten und Sumpfgräsern. Vor Jahren war die Gegend von einem Waldbrand heimgesucht worden. Vom Feuer verkohlte Stümpfe und die Reste abgestorbener Baumriesen erinnerten an jene Zeit, und die meisten der nachgewachsenen Bäume waren nicht stärker, als sie mit zwei Händen umspannen konnte. Es war ein gutes Jagdgebiet für Niederwild, Rehe und Hirsche, und Benus Sippe hatte den Sommer über in diesem Tal des gewundenen Flusses gut gelebt. Aber das spärliche Laub, das jetzt noch an den Zweigen hing, war goldgelb an Birken und Zitterpappeln, schmutziggelb an den Weiden, rot an den Ebereschen, braun und vertrocknet an den Erlen. Die Ränder der derben Gräser und hinuntergefallenen Blätter, die den Boden bedeckten, waren heute nacht mit silbrigem Rauhreif eingefaßt. Es war an der Zeit, daß Benus Sippe den älteren Wald aus Fichten und Kiefern aufsuchte, der besseren Schutz vor den Unbilden des Winters bot. Dort würden sie sich bis zum Frühling aufhalten und von der Jagd und den im Herbst gesammelten Wildfrüchten und Pilzen ernähren. Soviel hatte Tillu ihren Gesprächen entnommen. Früher hatte sie gedacht, daß sie mit ihnen ziehen würde. Jetzt fröstelte sie und zog die Arme in den losen Ärmeln ihres Mantels enger um den Oberkörper.

In passender Entfernung vom Geburtszelt und den Männern saßen die Frauen um ihr eigenes kleineres Feuer, erörterten jede Einzelheit der Geburt und stritten, ob das Kind so groß sei, wie Ardis Erstgeborener es gewesen war, oder gar noch größer. Sie aßen getrockneten Eidotter aus einem Beutel, der aus den Gedärmen eines Hirsches gemacht war und unter ihnen die Runde machte; jede quetschte einen Mundvoll des klebrigen, nahrhaften Dotters heraus und biß ihn ab, bevor sie den Beutel der Nachbarin weiterreichte. Vor der Wärme des Feuers hatten sie die Kapuzen zurückgeklappt. Ihre runden, mit glattem schwarzen Haar bedeckten Köpfe zeigten im Widerschein des Feuers bläuliche Glanzlichter, wenn sie einander zunickten. Sie dämpften ihr Gekicher mit vorgehaltenen Händen, die klein und gebräunt waren, um ihre Männer nicht zu ärgern. Die Freude dieser kleinen Gruppe von Menschen, daß sie nun achtzehn statt siebzehn Köpfe zählte, war wie eine warme und spürbare Ausstrahlung in der Nacht.

Tillu hätte sich den Frauen am Feuer zugesellen können. Wenigstens in dieser Nacht wäre sie willkommen gewesen, den Dottersack mit ihnen zu teilen und über Kinder und die Geburten zu schwatzen, bei denen sie mitgewirkt hatte. Sie wäre die Heilerin und Geburtshelferin gewesen, bloß eine Frau unter den anderen. Niemand hätte die Ereignisse des Sommers erwähnt, und niemand über ihren Sohn Kerlew gesprochen.

Tillu wandte sich von dem kleineren Lagerfeuer und ihren Geschlechtsgenossinnen ab. Sie war zu müde, sagte sie sich. Das war alles. Und ihr so plötzlich gefaßter Entschluß war noch immer stark. Sie wollte heute nacht gehen, und das erforderte einige Vorbereitungen. Außerdem hungerte sie nach mehr als fettem, klebrigem Eidotter. Das Hebammengeschenk würde in ihrem Zelt liegen, gleich nach dem Durchbeißen der Nabelschnur von den anderen Frauen dort niedergelegt. Der Vater würde nichts davon wissen. Unter den Mitgliedern des Stammes, dem Benus Sippe angehörte, waren Geburten und Geburtshilfe allein Sache der Frauen, und man hätte es als sehr seltsam empfunden, wenn ein Mann sich für solche Dinge interessiert hätte. Und man hätte eine Gefahr darin gesehen, denn es war bekannt, daß jene, die sich nicht an die ihnen im Leben zugewiesene Rolle hielten, das Mißfallen der Geister erregten. Das Kind war besonders verletzlich, bis Carp seinen Schutzgeist verkündete. Daher das gewaltige Feuer, das vor dem Geburtszelt brannte, und die mutige Nachtwache des Vaters. Wer dem Willen der Geister zuwider handelte, mußte mit ihrer Eifersucht und Rache rechnen.

Wie Tillu.

Sie verdrängte den Gedanken. Sie war nicht in dem Glauben an solche Geister aufgezogen worden, wie sie jeden Winkel dieser Welt der Jäger und Sammler bevölkerten. Sie wollte sich auch jetzt nicht von ihnen einschüchtern lassen. Hatte sie so lange unter Jägernomaden gelebt, daß ihre kindischen Ängste auf sie übergegangen waren? Dann war es Zeit, weiterzuziehen. Irgendwo gab es andere Leute, die eine Heilerin und Geburtshelferin willkommen heißen würden, Leute, die mehr kannten als Zelte aus Tierhäuten und Knochenwerkzeuge. Sie straffte die schmalen Schultern gegen die Angst vor der Nacht, die sie nicht zugeben wollte, und eilte durch die Dunkelheit und vorbei an Baumgruppen zu ihrem kleinen, abseits gelegenen Zelt.

Gelber Lampenschein drang durch Nähte und Zeltklappe, um sie zu begrüßen. Sie würde Kerlew schelten müssen, daß er die Lampe so hell brennen ließ, daß sie zuviel Talg verzehrte. Aber wenn er mit Carp gesprochen hatte, wie er es in letzter Zeit allzu oft tat, würde er ihr erklären, daß die Pflege eines Talglichtes Frauensache sei und ihn nichts angehe. Sie seufzte leise. Es war nicht so, daß das Leben mit Kerlew schwieriger geworden wäre; es war vielmehr so, daß sie seine alten Andersartigkeiten und Schwierigkeiten gewohnt war. Diese neuen waren schwerer zu ertragen.

Sie hob die Zeltklappe, dankbar für das Licht und die Wärme, die ihr entgegenschlugen. Es war gut, wieder in ihrem eigenen Zelt zu sein. Von neuem wurde ihr die Spannung bewußt, unter der sie stand, wann immer sie sich unter Benus Sippe bewegen mußte. Unbehagen, versuchte sie sich einzureden, nicht Furcht. Aber nur wenn sie mit ihrem Sohn allein war, fühlte sie sich vor ihren anklagenden Blicken sicher. Nur wenn sie Kerlew vor sich hatte, hörte sie auf, sich um ihn zu sorgen, sich Gedanken zu machen, daß er während ihrer Abwesenheit irgendeinen kleinen, aber tödlichen Unfall erleiden könnte. Sie schlug die Kapuze zurück, als sie das Zelt betrat, bereit, sich zu entspannen. Aber der Anblick, der sich ihr bot, versteifte unwillkürlich ihre müden Muskeln.

Der Lampenstein war überhäuft mit Klumpen schmelzenden Talges. Der Docht aus gedrehtem Moos, der das schmelzende Fett aufwärts zog, rauchte und flackerte gefährlich hoch. Das Nahrungsgeschenk, das die anderen Frauen für sie hinterlassen hatten, war auf verstreute Reste neben der blakenden Lampe zusammengeschrumpft. Der alte Schamane leckte sich Bratenfett von der Hand, als sie hereinkam, und schenkte ihr ein zahnlückiges Lächeln. Sein Gesicht war wie runzliges Leder, das von langem Regen aufgeweicht, in der Sonne ausgetrocknet war. Der Geruch seiner Zauberei haftete ihm an wie der Aasgeruch einer Bärenhaut. Wenn er aufstand und sie anstarrte, wie er es jetzt tat, die Säbelbeine gespreizt und mit nickendem Kopf, war ihre Abneigung gegen ihn wie ein körperlicher Stoß. Am liebsten hätte sie ihn geschlagen, ihn aus dem Zelt gejagt. Sie argwöhnte, daß er dies spürte. Es spürte und es genoß. Also biß sie die Zähne zusammen und zwang sich zur Beachtung des Stammesbrauches. Carp war der Schamane. Niemand konnte ihm etwas übelnehmen. Und keine Frau verweigerte einem Mann einen Anteil an der Nahrung in ihrem Zelt, wenn sie nicht ihren eigenen Mann beleidigen wollte, indem sie zeigte, daß er zu arm war, um einen Gast zu ernähren. Die Tatsache, daß Tillu keinen Mann hatte, machte keinen Unterschied. Gäste mußten immer mit Nahrung geehrt, mußten gedrängt werden, zu essen und es sich schmecken zu lassen, während der Gastgeber gleichzeitig zu beklagen hatte, daß das Angebotene schlecht und unwürdig sei. Darauf mußte der geehrte Gast erwidern, daß die Nahrung von der besten Qualität sei, viel besser als alles, was sein eigener armseliger Haushalt bereitstellen könne. Und am nächsten Abend wäre der Gast Gastgeber, und die Rollen wären vertauscht. Es sei denn, der Gast war der Schamane. Dann wußte der Gastgeber, daß die Geister über diese gute Behandlung ihres Freundes erfreut waren und den Haushalt segnen würden. War das nicht der Ehre genug? Also schluckte Tillu ihre Entrüstung hinunter. Zum letzten Mal, gelobte sie sich.

»Diese hier ist geehrt, daß du so freundlich bist, die kleinen und abgestandenen Vorräte meines Zeltes zu teilen«, begrüßte sie ihn.

Carp rülpste höflich und rieb sich den Bauch, um das

Ausmaß seiner Sättigung anzudeuten. »Dein Heim ist großzügig zu mir gewesen.« Sein Blick folgte Tillu, als sie sich bückte und den Mantel aus Rentierfell über den Kopf zog. Sie setzte sich auf ihr Lager, um die Stiefel aus Fuchspelz auszuziehen, die mit Hirschleder besohlt waren. Sie nahm die Filzeinlagen heraus, die aus den getrockneten und weichgeklopften Stengeln zäher Seggengräser gefertigt waren, und legte sie zum Trocknen neben die Lampe. Der Schamane starrte sie an, als sie barfuß auf dem kalten Boden aus gestampfter Erde vor ihm stand. Sie war so anders als die kleinwüchsigen, stämmigen Frauen aus Benus Sippe. Auch sie war klein, nicht größer als die anderen, aber er erkannte in ihr ein kleineres, feinknochiges Exemplar eines größeren Volkes. Vom Ellbogen zum Handgelenk und vom Knie zum Fußknöchel waren ihre Knochen proportional länger als diejenigen der anderen Frauen, die Carp kannte. Der Unterschied machte sie in seinen Augen unattraktiv dünner. Ihr Haar war feiner, mehr braun als schwarz, ebenso wie ihre Augen. Ihre Hautfarbe war heller, ihre Wesensart verschlossener, weniger lebhaft. Aber Carp war bereit, diese Mängel zu übersehen, denn sie war kräftig und gesund und beinahe jung. Außerdem waren Frauen knapp in Benus Sippe und die meisten in festen Händen. Sie würde taugen.

Tillu mied seinen Blick, fühlte aber seine Gedanken. Als sie sich Benus Sippe angeschlossen hatte, war er zurückhaltender gewesen. Aber Tillu hatte seine Geschenke und die weniger versteckten Andeutungen der anderen Frauen entschlossen mißachtet. Sie hatte kein Verlangen, die Frau des Schamanen zu sein. Kein Mann hatte sie besessen, seit Kerlews Vater sie verlassen hatte, als sie schwanger gewesen war. Sie hatte die Zugehörigkeit zu einem Mann nicht vermißt. Doch unter Benus Volk war eine Frau ohne einen Mann, der sie beherrschte, nur ein halbes Wesen. Frauen hatten ihre Väter, ihre Ehemänner und dann ihre Söhne, die ihr

Leben ordneten und sie beschützten. Anfangs hatten die anderen Frauen Tillu bemitleidet, die so allein in der Welt stand. Aber mit der Zeit war sie zu einer Quelle des Unbehagens geworden. Konnten die Geister über ein Geschöpf wie sie erfreut sein? Nach den Stammestraditionen konnte Carp sie nicht zwingen, aber wenn sie noch lange bei dieser Sippe blieb, mochte der Anpassungsdruck unerträglich werden. Dann würde niemand eingreifen, wenn Carp sie gegen ihren Willen nähme, sondern alle würden sagen, daß der Schamane die Wünsche ihres Schutzgeistes besser kenne als sie selbst.

Bei dem Gedanken biß Tillu die Zähne zusammen. Dazu sollte es nicht kommen; heute nacht noch wollte sie fortgehen. Sie konnte sich leisten, ein letztes Mal höflich zu sein. Sie holte still Atem und fragte: »Und mein Sohn? Hat er dir den schuldigen Respekt erwiesen?«

Carp rieb sich Fett vom Kinn. »Der Mann dieses Zeltes ist sehr freundlich zu mir gewesen.« Er neigte den Kopf zu dem Lager im Hintergrund des Zeltes, wo Kerlew seinen Schlafplatz hatte. Die grauverschleierten alten Augen des Schamanen enthielten eine stumme Herausforderung. Tillu trat einen Schritt näher zu ihrem Jungen.

Kerlew lag auf der Seite, hatte dem Zeltinneren den Rücken gekehrt und starrte die schräge Zeltwand hinauf. Er trug nur seinen Lendenschurz aus gelbem Leder. Sein derbes schwarzes Haar hing ihm ins Gesicht und auf die Schultern. Sein Blick war leer und geistesabwesend. In diesem Augenblick sah sie ihn beinahe so, wie die Fremden es taten: als einen Jungen, nicht als ihren Sohn. Sein Gesicht zog stets die Blicke der Menschen auf sich. Seine haselnußbraunen Augen zu beiden Seiten des schmalen Nasenrückens lagen tief in den Höhlen. Sie standen eng beisammen und verliehen selbst einem flüchtigen Blick etwas Eindringliches und seinem Starren eine unerträgliche, durchbohrende Intensität. Mehr als ein Erwachsener hatte ihn wegen dieser scheinbaren Frechheit geohrfeigt. Seine Lippen waren voll, und sein fliehendes Kinn betonte diesen Zug. Die kleinen Ohren lagen flach an dem großen Kopf, fast verborgen vom dichten Haar. Die schmalen Hände bewegten sich ohne Anmut in der Luft, und er starrte auf ihre Schatten, die an der schrägen Zeltwand tanzten und ineinanderflossen. Im Ruhezustand hielt er die Finger meistens gekrümmt, was seinen Händen ein stumpfes und hilfloses Aussehen verlieh. Jetzt aber wedelten sie an den Enden seiner Arme, und ihre Schatten übertrieben die Bewegungen. Während er seinen Tagträumereien nachhing bewegten sich seine Lippen lautlos, als spräche er zu sich selbst, dann lachte er unterdrückt und guttural über irgendeine eingebildete Antwort. Jeder andere hätte angenommen, daß er in Fieberphantasien liege oder sich in einer von Schamanen herbeigeführten Trance befinde.

Tillu wußte es besser. Das war Kerlew, ihr seltsamer Sohn, vertieft in eine seiner eigentümlichen Selbstunterhaltungen. Ein Kind, das nicht nur unansehnlich, sondern in seiner Seltsamkeit beinahe abstoßend war. Was keinen Jüngling interessieren würde, beschäftigte ihn für Stunden. Während andere Kinder aus Rindenstücken und Blättern Boote verfertigten, die sie auf einem Bach schwimmen ließen, starrte Kerlew wie in Trance auf das Spiel des Sonnenlichts im bewegten Wasser. Still und verträumt kam er nach solch einem Tag heim und ließ sich vom Flackern des Lampenlichts oder der Bewegung seines eigenen Schattens an der Wand einfangen. Über der faszinierten Betrachtung der Fettaugen konnte er vergessen, die Suppe zu essen, oder er stand durchnäßt im Regen und betrachtete die Tropfen, die in die Pfützen fielen, und die kurzlebigen Kreise, die sie an der Wasseroberfläche erzeugten. Stumm, versunken, unempfänglich für eine freundliche Stimme oder den Ruf der Mutter. Aber Tillu wußte, daß er durch eine Kopfnuß oder ein Schütteln aus seiner Selbstvergessenheit gerissen und veranlaßt werden konnte, Wasser zu bringen, Brennholz zu sammeln oder heilsame Brühe zu Kranken zu bringen. Im vergangenen Sommer hatte er seine Torheiten fast ganz aufgegeben, weil sie ihm keine Zeit gelassen hatte, ihnen zu frönen. Sie hatte seine Tage mit einfachen Arbeiten ausgefüllt und ihm klargemacht, daß seine Träumereien wie das Spiel kleiner Kinder seien, unpassend für einen Jungen von neun Sommern. Sie hatte ihn zum Lernen gezwungen und mit lauter Stimme Ermahnungen wiederholt, die andere Kinder nicht benötigten, weil sie das angemessene Verhalten ohne Worte lernten. »Kerlew, es ist nicht höflich, so nahe vor jemandem zu stehen. Geh beiseite, Kerlew. Wenn du vor einem fremden Erwachsenen stehst, Kerlew, darfst du ihn nicht anstarren. Es schickt sich nicht, anderer Leute Essen zu berühren.« Die endlosen Wiederholungen von Regeln, die andere Kinder mit zwei oder drei Sommern schon instinktiv verstanden, die Kerlew aber niemals bemerkt hatte, forderten ihr eine Menge Geduld ab, aber langsam, ganz allmählich, hatte er gelernt und sich danach verhalten. Dann aber war Carp gekommen und hatte ihn mit Beschlag belegt. Vor der Seuche des Bären. Tillu seufzte bei der Erinnerung, und als sie dabei tiefer als zuvor Luft holte, stieg ihr ein eigentümlicher Geruch in die Nase.

»Was hast du meinem Sohn gegeben?« fragte sie mit leiser Stimme. Sie trat näher zu Kerlew, um ihm den Puls und die Stirn zu fühlen, aber bevor ihre Hand den Jungen erreichte, wurde sie beim Handgelenk ergriffen und zurückgerissen.

»Seit wann verlangen Frauen Rechenschaft über das Tun und Lassen eines Schamanen? Das wäre ja noch schöner! Soll ich eine Nadel nehmen und Fäustlinge für dich nähen, während du mit Pfeil und Bogen hinausgehst, um Fleisch zu erlegen?«

»Er ist mein Sohn!« rief Tillu zornig.

»Nein! Er ist mein Lehrling! Und er muß ausgebildet und durch Riten eingeführt werden, von denen Frauen keine Kenntnis haben dürfen. Deine Zeit als seine Mutter ist vorbei. Ich bin derjenige, der ihn jetzt anleitet. Stell keine Fragen, Tillu, sonst erzürnst du die Geister.« Er hielt ihr Handgelenk fest, blickte ihr scharf in die Augen, und sie wurde unsicher. Der Blick dieser grau verschleierten braunen Augen, die nicht sehen sollten, aber sahen, brachte zuwege, daß ihre Seele wie ein Vogel in ihr flatterte, den Körper zu verlassen und ihren Verstand mitzunehmen drohte. In hilflosem Schmerz mußte sie zusehen, wie Kerlew ihr entfremdet und in einen Menschen verwandelt wurde, den sie fürchtete und verabscheute. Sie roch den stinkenden Atem des Magiers und spürte ein dunkles und verstohlenes Etwas, das Carp in Kerlew wachrufen konnte, ein Etwas, das ihr den Sohn dauerhafter entziehen würde als der Tod. Der Zorn in ihr verfestigte sich zu Entschlossenheit und Schläue. Sie befreite ihr Handgelenk mit einer schnellen Drehbewegung und wandte sich vom Schamanen und ihrem Sohn ab.

Mit vorgetäuschter Fügsamkeit beugte sie sich über die Töpfe, die die Frauen für sie zurückgelassen hatten, und verhalf sich zu einigen Stücken gekochten Fleisches, die noch in der lauwarmen Brühe schwammen. Sie hielt den Blick von dem alten Mann abgewendet und überlegte hastig, während sie kaute und sich das Fett von den Fingern leckte.

»Heute abend wurde in Raks Zelt ein Jäger geboren«, bemerkte sie beiläufig. »Alle Männer schmausen um sein Feuer von Zungen und Rippenstücken. Ein feiner, gesunder, Junge, groß und kräftig.«

»Das ist ein gutes Zeichen«, erklärte Carp. »Die Geister wenden uns wieder ihre Gesichter zu. Meine Gaben und meine Stunden unablässigen Tanzens haben sie umgestimmt.«

»Das sagten viele, die am Feuer saßen«, pflichtete Tillu ihm bei. »Manche sagten, daß Rak dich für die Gesundheit seines Erstgeborenen sicherlich gut beschenken würde.«

Sofort nahm Carp seinen Mantel und zog ihn an. »Dann werden sie mich bald rufen, damit ich für einen neuen Jäger Anrufungen singe. Welch eine Bürde für einen alten Mann wie mich. Rak wird mich drängen, viel Fleisch zu essen, um einen neuen Jäger zu feiern, und bis spät in die Nacht Anrufungen und Beschwörungen zu singen, damit nicht Geister kommen, seinen Sohn zu stehlen, bevor er einen eigenen Schutzgeist hat.«

Er bedeckte das runzlige Gesicht mit der Kapuze. »Dann werde ich morgen in aller Frühe aufstehen müssen, um die Fährten der Tiere zu lesen und den Schutzgeist des Jungen zu bestimmen, und ich muß ihm mit dem ersten, morgen vergossenen Blut zum Jäger zeichnen und das erste getötete Beutetier den Geistern opfern. O ja, ein alter Mann muß ohne Schlaf auskommen, um die Jäger von morgen zu schützen.«

»Und dein Lehrling? Willst du nicht bleiben und ihn aus seiner Trance führen?« Tillu gab sich unbekümmert, als sie eine Schale Blut in die Reste der fettigen Brühe schüttete und beides zu einer dicken Suppe verrührte. Dann hängte sie den Topf über die Lampe, um die Suppe weiter zu erwärmen.

»Das ist nicht nötig. Er braucht den Rauch des Wanderers nicht. Ich verbrannte bloß etwas als ein Opfer. Der Junge ist begabt, denn die Geister sind immer bei ihm und sprechen ihm in die Ohren, so laut wie schwatzende Frauen. Er wird ein mächtiger Schamane sein, und alle werden ihn als meinen Lehrling kennen.« Der alte Mann sagte es mit unverhohlenem Stolz, als er die Beinlinge über die knochigen Knie zog und die Lederschnüre verknotete. »Meinen Dank für die Gastfreundschaft dieses Zeltes.«

»Meinen Dank für die Beehrung unseres kalten und bescheidenen Zeltes und die Teilhabe an diesen armseligen Speisen.« Und ihr tiefempfundener Dank, daß er endlich ging.

Carp grunzte. Er stand eine Weile im Eingang, hielt die Zeltklappe auf und blickte zu ihr herüber. »Frau.« Tillu zuckte bei diesem Ton zusammen, wie ein Hund, der in eine empfindliche Stelle gestoßen wird. »Morgen wirst du mein Zelt abbauen und fortschaffen. Hierher, neben deines. Nach den Zeremonien werde ich dir zeigen, wo ich es haben will.«

Es gelang ihr, sich nichts anmerken zu lassen. »Warum?«

»Fragt eine Frau einen Mann, wenn er sagt, er wird dies oder jenes tun? Dann hat eine Frau zu lange allein gelebt und vergessen, wie die Welt geordnet ist.« Er ließ die Zeltklappe fallen. Tillu lauschte dem Knirschen der sich entfernenden Schritte. Sie schluckte, rieb sich den Magen und überlegte. Bald würde er am Feuer sitzen, und die Männer würden ihn drängen, gekochtes Fleisch mit ihnen zu essen und Brühe zu trinken, um den neuen Jäger zu feiern. Dann würde es Anrufungen und Beschwörungen bis tief in die Nacht hinein geben. Carp würde sehr beschäftigt sein.

Sie drückte den Docht des Talglichtes zur Seite, bis die Flamme kleiner brannte. Das Licht im Zelt wurde schwächer, und das leise Murmeln von Kerlews Stimme hörte auf. Seine Hände entspannten sich und fielen vor ihm auf die Felle. Er mußte am Einschlafen sein, voll von seinen eigenen müßigen Geschichten. Nun, sollte er. Die Arbeit dieses Umzugs würde allein auf ihren Schultern liegen, denn der Junge war in allen praktischen Dingen noch immer mehr Behinderung als Hilfe. Tillu rührte in der Blutsuppe, dann nahm sie das Gefäß aus der Sehnenschlinge, in der es aufgehängt war, und trank langsam von der dicken warmen Brühe. Sie gab ihr Kraft, und sie faßte Mut.

Sie räumte das Zelt auf, aß, was Carp von den Delikatessen übriggelassen hatte, die ihr von den Frauen gebracht worden waren, wischte die Gefäße aus und legte sie am Boden auf die Seiten, denn ohne Stütze konnten sie nicht stehen. Die zugespitzten Böden waren dazu gemacht, daß sie zwischen den Herdsteinen im Feuer steckten. Ihre Seiten waren rauh, wo Sand und kleine Steine zufällig mit dem Ton vermischt worden waren, aus dem sie bestanden. Sie legte jedes einzelne Gefäß vorsichtig nieder, um keines zu zerbrechen. Sie wollte nichts mitnehmen, was nicht ihr gehörte. Sie aß, was an Resten vorhanden war, und wischte sich Gesicht und Hände an einem Stück Tierhaut. Dann stemmte sie die Hände in die Hüften und überdachte die vor ihr liegende Aufgabe.

Sie wünschte, sie hätte sich um mehr Besitz zu sorgen. Ein kleiner Lederbeutel enthielt ihre Nähnadeln, Ahle und Sehnen verschiedener Stärke. Ein weiterer, größerer Beutel enthielt ihre Heilkräuter und die übrigen Dinge, die sie zur Behandlung der verschiedenen Krankheiten brauchte. Ein geschickt mit Holznägeln zusammengefügter hölzerner Kasten, Erinnerungsstück an einen Aufenthalt bei einem anderen Volk, enthielt ihre besonderen Reserven an Kräutern, Wurzeln und Samen. Außer diesen Dingen besaß sie zwei Kochtöpfe aus gebranntem Ton und mehrere Körbe zum Sammeln von Wildfrüchten. Ihre Lagerstätten waren nicht mehr als Felle, die auf einer Unterlage aus Zweigen ausgebreitet waren. Sie hatte zwei Talglampen und einen Lederbeutel Talg. Mit Bedauern dachte sie an die getrockneten Fische, die in Öl eingelegten Beeren, die geräucherten Stücke Fleisch, die sie würde zurücklassen müssen. Einiges davon konnte sie mitnehmen, aber keinen Wintervorrat. Ihre Fähigkeit, Lasten zu ziehen, war begrenzt. Wenn sie durch den Winter kommen wollten, müßte sie sich auf ihren Verstand und ihr Geschick als Jägerin verlassen.

Glücklicherweise war ihre Winterkleidung neu, von Rina für sie genäht. Im kommenden Winter brauchte sie sich um Ersatz nicht zu sorgen. Das Zelt selbst bestand lediglich aus gespannten und abgeschabten Winterfellen, die mit Sehnen zusammengenäht waren. Die Zeltstangen würden die Stangen für das Schleifgestell abgeben, auf dem sie ihre Habseligkeiten befördern wollte. Es war eine schwere Last für eine Person, aber von solcher Art war das Los einer Frau, die keinen Mann hatte und einen Sohn mit dem Verstand eines Säuglings.

Nein, das war nicht richtig! Sie tadelte sich selbst für den Gedanken. Kerlew war ein guter Junge, ein tüchtiger Junge, und konnte zu einem guten Mann heranwachsen, wenn Carp ihn nur in Ruhe lassen wollte. Seine ›Unterweisung und Initiation‹ machte den Jungen mit jedem Tag kindischer. Es war ihr verhaßt, zuzusehen, wie er zu dem seltsamen introvertierten Verhalten seiner Kindheit zurückfand. Carp hatte die Erziehungsarbeit von Monaten zunichte gemacht. Früher hatte Kerlew ihr beim Sammeln der Heilkräuter geholfen, hatte einfache Arbeiten wie Holzsammeln und Aufräumen verrichtet. Aber alles das hatte sich seit der Geschichte mit dem Bären verändert.

Tillu betrauerte den Vorfall, während sie ihre Habseligkeiten bündelte. Es war eine Tragödie gewesen, aber nicht mehr, bis der alte Schamane seinen Schatten darüber geworfen hatte.

Kerlew hatte eine panische Angst vor Bären. Tillu selbst hatte dafür gesorgt und weigerte sich, es zu bedauern. Mutter und Sohn waren zu oft auf sich gestellt, wenn sie allein auf Wanderschaft waren, als daß sie an einen Bären als Beute hätte denken können. Ihre Regel für den Jungen war einfach gewesen, die einzige Regel, die er im Gedächtnis behalten konnte. »Wenn du einen Bären siehst oder hörst, läßt du alles liegen, auch wenn es Fleisch oder Beeren sind und kommst schnell zu mir.« Mit dieser Regel waren sie immer gut gefahren, wenn sie zu zweit auf Reisen gewesen waren. Aber im letzten Frühjahr waren sie zu Benus Sippe gestoßen, und die anderen Kinder hatten sehr schnell Kerlews Anderssein bemerkt und gelernt, was es mit seinen Besonderheiten auf sich hatte. Nichts hatte ihnen so viel Spaß gemacht wie seine Furcht vor Bären. Es bereitete ihnen das größte Vergnügen, wie ein Bär mit den Büschen zu rauschen, zu knurren und zu schnaufen, so daß Kerlew die Flucht ergriff und ihnen zurückließ, was er mühsam an Pilzen oder Beeren gesammelt hatte. Hinterher erzählten sie bei den Zelten, wie er gelaufen war und wie sie sich über die Ausbeute seines Sammlerfleißes hergemacht hatten.

Alle Mitglieder von Benus Sippe, groß und klein, hatten es erheiternd gefunden, und Tillu war bemüht gewesen, sich nichts daraus zu machen. Warum sich ärgern, wenn Kerlew selbst ein ungewiß-klägliches Grinsen zeigte, sobald die Rede darauf kam? Wenn sie versuchte, ihm klarzumachen, daß er nicht vor den Bärengeräuschen anderer Kinder davonlaufen mußte, die jünger waren als er selbst, verwirrte es ihn nur. Die alte Regel war zu tief in ihm verankert. Die Kinder knurrten und schlugen gegen die Sträucher, und Kerlew floh, um später geneckt zu werden. Rinas Jungen, zwei aufgeweckte kleine Burschen von sieben und acht Jahren, hatten den größten Spaß an dem Spiel gefunden. Kaum ein Tag verging, da Kerlew nicht mit leeren Händen heimgerannt kam, nachdem er einen Nachmittag lang gesammelt hatte. Tillus Hoffnungen, sie würden des Spiels einmal überdrüssig, bewahrheitete sich nicht. Statt dessen trieben sie das Spiel einen Schritt weiter.

Es war im Spätsommer gewesen. Die Tage dämmerten klar und kalt, die Sonne brauchte länger, die ausgekühlte Erde zu erwärmen. Die langen Tage wurden wieder kürzer. Bald wäre die kurze Jahreszeit der Wärme und des Sonnenscheins vergangen, und der Winter würde die Erde unter seinem weißen Mantel verschließen. Das Pflanzenleben war darauf eingestellt und trug üppige Frucht. Im Schatten der Waldbäume reiften Heidelbeeren und Preiselbeeren, an sonnigen Hängen fanden sich die Früchte von Speierling, Zwergmispel und Berberitze, und an sumpfigen Stellen war der Boden mit roten Moosbeeren bedeckt, die an ihren winzigen rundblättrigen Pflanzen wuchsen. Unter dem klaren blauen Himmel sammelten die Kinder Körbe voller Beeren, die zerdrückt und mit Talg vermischt gegessen oder als Wintervorrat getrocknet wurden. Die kleinen Hände und Gesichter waren jeden Tag, wenn der Nachmittag zum Abend wurde, purpurn und rot gefärbt.

Kerlew tat sich bei der einförmigen Arbeit als fleißiger Sammler hervor, kroch geschickt durch das Unterholz und war noch lange, nachdem die anderen Kinder ihre halbvollen Körbe verlassen hatten, um zu spielen, in seine Sammelarbeit vertieft. Rinas kleine Jungen hatten sich überhaupt nicht bemüht, ihre Gefäße zu füllen, denn sie hatten einen Plan, der ihnen erlaubte, den ganzen Tag zu spielen und doch mit einer guten Beerenausbeute zum Dorf zurückzukehren. Sie steckten die Köpfe zusammen und kicherten, wollten ihn den anderen Kindern aber nicht anvertrauen.

Kerlew hatte allein gesammelt, und die anderen Kinder waren längst gegangen, als er zuerst das Knurren hörte. Soviel hatte Tillu seiner hysterischen Erzählung entnommen. Dann hatte er Rinas Jungen aus dem Unterholz wanken gesehen, kreischend und würgend, rotes Naß in Gesichtern und an Händen. »Der Bär hat uns zerquetscht und zerrissen, wir sterben, wir sterben!« Kerlew hatte mit einem entsetzten Heulen die Flucht ergriffen und war zu den Zelten gerannt, wo er die Neuigkeit von den zerrissenen Kindern hinausgeschrien hatte. Kurz darauf waren die bewaffneten Jäger und aufgeregten Frauen am beerenbedeckten Hang zusammengelaufen und hatten alle Kinder vergnügt um

Kerlews halbleeren Korb angetroffen, wo sie sich die süßen Beeren in die Mäuler stopften. Die rote Flüssigkeit war nur Beerensaft gewesen, mit dem sie sich beschmiert hatten. Nach der ersten Aufregung waren alle erleichtert und belustigt über den feinen Streich gewesen, den Rinas Jungen Kerlew gespielt hatten, und am Abend wurde an den Kochfeuern viel gelacht und gescherzt.

Aber in Tillus Zelt weigerte sich der zitternde Kerlew zu glauben, daß alles gut sei, daß es nur ein Scherz gewesen sei. »Der Bär hat sie, der Bär hat sie!« beharrte er unter Tränen. Seine Aufregung legte sich nicht, und Tillu hörte das Herzklopfen in seiner schmächtigen Brust. Seine Augen blickten wild im Zelt umher, und er schrak angstvoll vor den Schatten zurück, die er selbst warf. Sie steckte ihn unter die Decke und flößte ihm einen beruhigenden Tee ein, den er in keuchenden Schlucken trank. Sein Gesicht war weiß, und als sie in dieser Nacht neben ihm kniete, erfüllt von stummem Haß auf alle Kinder bis auf ihr eigenes, war er endlich in eine stille Bewegungslosigkeit geglitten, die tiefer war als Schlaf.

Es ängstigte sie, und sie versuchte ihn zu wecken, ohne Erfolg. Auf einmal begann sein Körper in jähen, schmerzhaften Krämpfen zu zucken, wie ein Fisch auf dem Trockenen. Sein Gesicht verzerrte sich; er öffnete die Lider über weißen Augäpfeln, die blindlings starrten. Der Atem kreischte in seinen Körper hinein und wieder heraus, und gelber Schaum sammelte sich in den Mundwinkeln. In allen ihren Jahren als Heilerin hatte Tillu dergleichen nicht gesehen. Sie bemühte sich, sein wildes Zucken mit dem Gewicht ihres eigenen Körpers zur Ruhe zu bringen, als sie die anderen hinter sich fühlte.

Carp hatte sie grob von ihrem Sohn fortgezerrt, das Gesicht angespannt vor Erregung. »Er sieht, er sieht!« hatte der alte Mann frohlockt, und wie in Beantwortung dieses Ausrufes hatte Kerlew gesprochen. Die Stimme war nicht seine eigene. Er seufzte und stöhnte die Worte hervor. Tillus Kerlew sprach noch wie ein Kind, mit einer Stimme, die wie ein Ufervogel piepste. Die Stimme, die jetzt aus seiner wogenden Brust und dem nach Luft schnappenden Mund kam, war die tiefe Stimme eines erwachsenen Mannes. »Ah, sie bluten, sie bluten!« keuchte er. »Der Bär hat ihr Blut gefunden! Es ergießt sich aus ihren Mündern, durchtränkt ihre Hände. Sie werden jetzt sterben. Sie werden sterben!« Die letzten Worte kamen als ein Brüllen heraus, und Kerlew fuhr von seinem Lager auf. Plötzlich rollte er die Augen, und sie zeigten wieder ihr Haselnußbraun, ihr fremdländisches, durchsichtiges Haselnußbraun, so schrecklich, wie ihr Weiß gewesen war. Er biß sich auf die Zunge, und der Schaum, der ihm von den Lippen tropfte, war plötzlich rosig.

Die Kinder waren kreischend aus dem Zelt geflohen, dichtauf gefolgt von ihren verängstigten Müttern. Selbst die mannhaften Jäger hatten unbehaglich gemurmelt und Gründe gefunden, das Zelt zu verlassen. Nur Carp hatte frohlockt und bei dem nun beruhigten Jungen gesessen und ihm die dünne Hand gehalten, bis der Tag gedämmert hatte. Und dann hatte er den schwachen und verblüfften Jungen zu seinem Lehrling erklärt.

Kerlew hatte keine Erinnerung an seinen Anfall, war aber begeistert über die plötzliche Aufmerksamkeit eines Mannes, der vom Rest der Sippe so hoch geachtet war. In dem alten Mann hatte er nicht nur einen bereitwilligen Zuhörer für die Geschichten seiner bruchstückhaften Träume gefunden, sondern einen, der ihnen große Bedeutung beimaß. Er hatte angefangen, Carps Gangart und Aussprache nachzuahmen, sogar sein herrisches Benehmen, das jede Frage zu einer verschleierten Forderung machte. Gierig nahm er alle Belehrungen Carps über die Welt des Schamanen auf und lernte sie so leicht wie andere Jungen lernten, eine Speerspitze anzufertigen oder mit dem Bogen zu zielen. Nach anfänglicher Abneigung hatte Tillu sich mit dem Gedanken getröstet, daß dies eine positive Veränderung im Leben des Jungen sein könnte.

Dann hatten die Kinder zu kränkeln begonnen. Mit Rinas Jungen hatte es angefangen. Sie wurden schwach und nervös, ihre Körper verweigerten jede Nahrung. Ihre Bäuche schwollen an, die Haut spannte sich über die Knochen der Rippen und Gesichter. Sie weinten tränenlos, wanden sich in Schmerzen auf ihrem Lager. Tillu bereitete Wurzelsud für sie, legte Wickel um ihre schmerzenden Bäuche, kochte Fichtennadeltee, vergebens. Am fünften Tag erbrachen sie große scharlachrote Blutklumpen, die ihre Hemden und ihr Lager durchtränkten. Und sie starben.

Die anderen Kinder in Benus Sippe erkrankten ebenfalls. Tillu war machtlos, und Carp tanzte und sang und entzündete süßes Räucherwerk, aber auch seine Bemühungen blieben vergeblich. Bevor zehn Tage vergangen waren, waren von neun Kindern noch vier übrig, und sie waren jammervolle, wankende Schatten ihrer selbst. Von allen Kindern blieb allein Kerlew von der Krankheit unberührt. Er schlich nicht mehr umher, krümmte sich nicht mehr in Angst vor den Prügeln älterer Jungen. Ohne die anderen Kinder durchstreifte er furchtlos die Umgebung, erzählte sich seine Geschichten und lachte sein seltsames abgehacktes Lachen. Carp beobachtete ihn und nickte wissend. Kerlew allein lief herum und rief und spielte unbehelligt zwischen den Zelten. Bis zu dem Tag, als Rina kreischend aus ihrem Zelt gestürmt kam, um ihn mit Steinen und Knochen zu bewerfen. »Laß uns in Ruhe, Balg!« schrie sie ihm zu. »Kannst du nicht aufhören, dich darüber zu freuen, was du uns angetan hast? Hast du uns nicht genug gestraft?« Sie hatte der Furcht Ausdruck verliehen, welche die anderen nicht aussprechen mochten; ihr Mann schlug sie wegen ihrer Kühnheit, in Sorge, was sie dadurch auf sich und ihn ziehen mochte.

Kerlew war von den Geistern berührt worden; er gehörte ihnen.

Carp hatte Tillu geholfen, ihr Zelt abzubrechen und außerhalb des Dorfes wieder aufzustellen. Er hatte den anderen verboten, Kerlew und seine Mutter zu vertreiben, und erklärt, daß die Geister, die Kerlew auserwählt hatten, sein Lehrling zu sein, sich gegen die Leute wenden würden, die ihn fortschickten. Ob sie diesen Zorn fühlen wollten?

Und so hatten sie die letzten zwei Monate gelebt, getrennt von den Menschen, die noch unter dem Fluch ihres Sohnes litten, und doch mit ihnen vereint. Bis heute abend, als Elna in ihren Geburtswehen nach Tillu gerufen hatte und Tillu gekommen war. Tillu spürte in dieser Nacht, daß nicht nur eine Geburt geschehen war, sondern auch eine Heilung. Wenn sie es wünschte, wenn sie bereit war, den Preis zu zahlen, würde sie ein Mitglied von Benus Sippe sein. Sie würde andere Frauen haben, mit denen sie reden konnte, die Arbeit einer Heilerin, die Sicherheit, einen Platz in einer Gruppe von Menschen zu haben. Um dies zu gewinnen, brauchte sie Kerlew nur dem alten Schamanen zu überlassen. Sie konnte den Jungen Carp übergeben und aufhören, sich um ihn zu sorgen. Sie würde die Frau des Schamanen sein, unter seinem Schutz leben. Carp fehlte es nie an Nahrung und Kleidung. Sie könnte von allem das Beste haben.

Sie schauderte. Sie wußte, daß sie die Berührung seiner Hände nicht würde ertragen können. Auch wenn sie ihren ganzen Mut zusammennähme, sie glaubte nicht, daß sie es würde ertragen können. Lieber würde sie sich von einem Tier besteigen lassen als von einem wie ihm. Da war es besser, diese Leute zu fliehen, Kälte und Hunger zu erleiden. Denen konnte sie leichter standhalten. Aber der Junge?

Sie blickte in das schlafende Gesicht, dessen kindliche Gelöstheit kaum eine Spur von der Wildheit seines Vaters erkennen ließ. Sie könnte ohne ihn schneller vorankommen. Carp könnte dem Jungen ein leichtes Leben bieten. Er würde nicht gezwungen sein, heranzuwachsen und sich zu ändern und zu lernen. Als Lehrling des Schamanen konnte er anstarren, wen und was er wollte, ohne geknufft zu werden, und niemand würde ihn seiner Ungeschicklichkeiten wegen verspotten. Benus Sippe würde seine Andersartigkeit schätzen lernen und stolz auf ihren neuen Schamanen sein. Es mochte zum Besten für ihn sein.

Für sich allein brauchte sie nur wenig. Seit seiner Geburt hatte er ihr Leben schwieriger gemacht. Sie war ohne Übergang ein Mädchen und dann seine Mutter gewesen. Und er war zu keiner Zeit ein Kind gewesen, mit dem man es leicht hatte. Schon als Säugling hatte er in ihren Armen geschrien und widerstrebend gezappelt, wenn sie versucht hatte, ihn zu liebkosen. Niemand würde ihr einen Vorwurf daraus machen. Nicht einmal Kerlew? Sie lächelte kläglich. Wenn sie ihn jetzt verließe, würde er im Frühling wahrscheinlich unfähig sein, sich ihrer zu erinnern. Welche Mutter konnte solch ein Kind lieben? Wer würde sich freiwillig an solch eine Bürde binden? Sie streckte die Hand aus und strich ihm eine Strähne aus dem Gesicht.

»Komm«, sagte sie, als seine bernsteinfarbenen Augen sich öffneten, »es ist Zeit, daß wir wieder auf Wanderschaft gehen!«

»Ich bin heute schon weit gewesen«, murmelte er schläfrig.

»Das glaube ich dir«, sagte sie. »Aber heute nacht werden wir noch weiter gehen.«

- 2 -

Sie legte ihre Spur durch wegloses Gelände und schlängelte sich zwischen Bäumen hindurch, die weit genug auseinanderstanden, um das Schleifgestell durchzulassen, das sie zog. Ihre lange Fährte mäanderte hinter ihr durch den Wald, wich Hindernissen aus und umging sumpfige Stellen, hielt aber immer nördlichen Kurs. Benus Sippe war es gewohnt, für den Winter weiter nach Süden zu ziehen. Tillu wußte, daß es töricht war, zu dieser Jahreszeit nordwärts zu ziehen, aber Carp würde nicht erwarten, daß sie so einfältig wäre. Selbst wenn er erriete, daß sie nach Norden gegangen war, konnte Carp ihnen nicht folgen, es sei denn er wäre hartnäckig genug, Benus Sippe zu verlassen und allein loszuziehen. Vielleicht, dachte sie im Dahinstapfen, konnte er ein paar Jäger überreden, daß sie ihr nachgingen, eine oder zwei Tagereisen weit. Länger aber würden sie ihr nicht folgen wollen, denn sie waren selbst im Begriff, ihre Zelte abzubrechen und südwärts zu ihrem Überwinterungsgebiet zu ziehen. Und obwohl Carp Macht über sie hatte, würden sie zögern, seinem seltsamen Lehrling nachzugehen. Nein, Carp war der einzige, der Gründe hatte, sie zurückzuwünschen. Sechs Tage waren vergangen, seit sie Benus Sippe verlassen hatte, und zweimal war in dieser Zeit Schnee gefallen. Wenn sie ihr gefolgt wären, hätten sie sie inzwischen eingeholt haben müssen.

Sicher außer Carps Reichweite, sagte sie sich. Sie wartete, daß ihr leichter ums Herz werde, aber sie fühlte nur die Last, die an ihren Schultern zog. Außer Carps Reichweite – und in unbekannten Gegenden und Gefahren. Die Riemen des Schleifgestells schnitten ihr in die Schultern, bis sie im Zweifel war, ob die Feuchtigkeit, die sich von dort bis über ihren Rücken ausbreitete, Schweiß oder Blut war. Schwerer als das Ziehen des

Zeltes und ihrer Habseligkeiten aber war das Gewicht der Aufgabe, die sie sich gestellt hatte: sich selbst und ihrem Sohn in einem unbekannten, menschenleeren Gebiet das Überleben zu sichern. Und Kerlew irgendwie zu ändern, ermahnte sie sich. Ihn weniger seltsam zu machen, damit andere Leute ihn leichter verstünden. Carps sonderbare Ideen aus seinem Denken zu vertreiben und durch die Kenntnisse und Geschicklichkeiten zu ersetzen, die er brauchen würde, um ohne fremde Hilfe zu leben. Ja, sie mußte ihn von der Magie reinigen, die Carp in ihm gesät hatte, wie sie eine Wunde von einem Infektionsherd reinigen würde. Entschlossen biß sie die Zähne zusammen. Sie würde es tun. Und bis es getan wäre, würden sie allein und abseits von anderen Menschen leben. Kerlew sollte nicht mehr verletzt werden, noch sollte er andere verletzen.

Ihre Gedanken wanderten zurück zu den Menschen, unter denen sie gelebt hatten. Vor Benus Sippe von Jägern und Sammlern hatten sie bei einem kleinen Stamm von Fischern an einem Fluß gelebt. Sie hatte sich unter diesen Menschen wohl gefühlt, hatte Gefallen an ihrer Reinlichkeit und den Liedern gefunden, die sie beim Ausbessern ihrer Netze sangen. Sie und ihre Kenntnisse als Heilerin waren willkommen gewesen, bis Kerlew eines Abends auf der Suche nach ihr unbekümmert in die Hütte der Frauen gegangen war, wo kein männliches Wesen Zutritt hatte. Damit nicht genug, war er mitten in eine Reifezeremonie hineingeplatzt. Als Tillu den Jungen vor der Steinigung beschützt hatte, waren sie beide mit wenig mehr als dem, was sie am Körper trugen, aus der Fischersiedlung gejagt worden. Die Erinnerung schmerzte noch immer, und auch die anderen, die sich hinter ihr drängten. Wie Kerlew das Dörrfleisch gegessen hatte, das ein Jäger als Opfer für die Geister ausgelegt hatte; wie Kerlew einem Jäger aus Oslors Sippe gefolgt war und jede seiner sorgsam gestellten Fallen hatte zuschnappen lassen; wie Kerlew laut bemerkt hatte, daß Trantors Sohn mehr wie Edor als wie Trantor aussehe, zur großen Peinlichkeit und Verärgerung von Trantors Frau. Kerlew, immer zur falschen Zeit am falschen Ort, mit den falschen Worten im Mund.

»Kerlew?« rief sie fragend, als sie merkte, daß einige Zeit vergangen war, seit sie seine Stimme zuletzt vernommen hatte. Sie blieb ohne Antwort, blieb stehen und wandte sich in ihrem Zuggeschirr unbeholfen über die linke Schulter. Das Scharren der Stangen ihres Schleifgestells auf dem gefrorenen, von einer dünnen Schneeschicht bedeckten Boden verstummte. »Kerlew?«

»Ich gehe, wo noch nie jemand gegangen ist.«

Sie wandte den Kopf zur anderen Seite und fand ihn ein wenig zurück und zu ihrer Rechten. »Ich dachte für einen Augenblick, ich hätte dich verloren«, sagte sie und setzte sich wieder in Bewegung.

Einige Augenblicke vergingen. Dann gluckste der Junge. »Nicht mich.«

»Nicht dich was?«

»Nicht mich hast du verloren. Carp und Benus Sippe. Wir sollten sie bald suchen, nicht wahr?«

»Vielleicht.« Sie beschleunigte den Schritt, so gut es ihr gelang. Am ersten Abend, den sie auf ihrer Wanderschaft verbracht hatten, war sie bestrebt gewesen, ihm begreiflich zu machen, warum sie Carp und Benus Jäger hatten verlassen müssen. Aber als er begriffen hatte, daß sie vor Carp davonliefen, war er in Aufregung geraten. Je mehr sie erklärt hatte, desto stärker war seine Unruhe geworden und hatte rasch einen Punkt erreicht, wo er nichts mehr gehört hatte, was sie sagte. »Carp, Carp!« hatte er gewinselt und den Oberkörper vor dem kleinen Feuer, an dem sie gekauert hatten, schaukelnd vor und zurück bewegt. »Carp! Carp!« Schließlich hatte sie befürchtet, daß sein Jammergeschrei Benus Jäger anlocken werde, wenn sie auf der Suche nach ihnen wären.

Sie hatte ihn beruhigt und getröstet und Versprechungen gemacht. »Gut, dann werden wir morgen zurückkehren. Aber sei jetzt still, Kerlew, und morgen werden wir zurückgehen und sie suchen.« Und dann, weil er sich nicht hatte beruhigen wollen, hatte sie sogar zur Grausamkeit gegriffen: »Still! Oder ein Bär wird dich hören!« Das hatte ihn zum Schweigen gebracht, zitternd und mit großen Augen. »Morgen werden wir zurückgehen«, hatte sie ihm wieder und wieder versichert, bis er eingeschlafen war. Aber als der Morgen gekommen war, hatte sie ihre Wanderung fort vom Lager der Jäger wieder aufgenommen, ohne daß Kerlew aufmerksam geworden wäre. Aber von da an hatte er täglich einige Male gefragt, wann sie Carp finden werde, und sie hatte ihn mit unbestimmten Antworten abgespeist. Bald würde er vergessen. Sie kannte ihren Sohn; nichts blieb ihm längere Zeit im Gedächtnis.

Nun ging er, wo noch nie jemand gegangen war.

Sie blickte prüfend zu ihm hinüber. Sein Lächeln war zu breit, zu leer. Manchmal verspürte sie ein Verlangen, es ihm mit einer Ohrfeige aus dem Gesicht zu schlagen, damit der Schmerz dieses leere Idiotenlächeln verjagte. Aber sie tat es nicht. Nur zu gut kannte sie die verzehrenden Selbstvorwürfe, die darauf folgen würden. Sie hatte entschieden, ihn bei sich zu behalten. Und sie wußte aus Erfahrung, daß sie ihn mit Schlägen nicht zur Vernunft bringen konnte. Sie sagte: »Das ist nicht richtig. Wenn du im frischen Schnee keine Fährte siehst, bedeutet das nicht, daß noch nie jemand hier gegangen ist.«

»Aber auf diesem Schnee!« sagte Kerlew und lächelte bei dem Gedanken. »Auf diesem Schnee ist noch nie jemand vor dir gegangen, sonst wären Spuren zu sehen. Dieser Schnee fiel letzte Nacht, und die ersten Spuren darin sind unsere. Ich gehe, wo noch nie jemand gegangen ist.«

»Mmm.« Tillu ging weiter. Manchmal redete der Junge beinahe vernünftig, und dann glaubte sie, daß seine

Beobachtungen und Feststellungen einer eigenen, mitunter geheimnisvollen Logik folgten. Carps schamanische Unterweisungen hatten seine Wortgewandtheit verbessert, das mußte sie dem alten Mann lassen. Unglücklicherweise brachte Kerlew hauptsächlich das mystische Geschwafel zu Gehör, das er von dem alten Mann aufgefangen hatte.

Wenn er nur gerader stände, die Füße beim Gehen nicht so schleifen ließe! Wenn sein Blick nicht so geistesabwesend wäre und durch die Dinge ins Leere starrte, wäre er kein solch unbeholfen wirkender Junge. Nicht hübsch vielleicht, aber auch nicht schlechter als manche, die Frauen genommen und einen Hausstand gegründet hatten. Vielleicht konnte sie die Art und Weise ändern, wie er sich bewegte und sprach. Allein und getrennt von allen anderen, würde er sich vielleicht wieder ihr zuwenden und auf sie hören. Sie würde ihn unterrichten, und diesmal würde es anders sein. Diesmal würde er lernen und reifen. Er würde neben ihr durch den Wald wandern und lernen, nicht nur ihre Heilkräuter, sondern die Kenntnisse und Techniken eines Jägers. Er würde lernen, sich still zu verhalten und schnell zu sein, wenn es darauf ankam, und sicher mit einem Bogen umzugehen. Wenn er dann heranwüchse, würde er sich bewegen, wie es sich für einen Mann geziemte. Und eines Tages würden sie und Kerlew auf die Jagd gehen, und sie würden fremden Jägern begegnen. Kerlew würde gerade dastehen, mit festem Blick, und die Jäger würden beim Anblick des großgewachsenen jungen Mannes lächeln, und es würde eine junge Frau sein, die ihn ein wenig länger ansehen würde, als es schicklich war, und sie würde …

»Ich bin hungrig.«

Die Klage zerbrach den Traum. Tillu seufzte, über ihre eigene Torheit und über Kerlews Verlangen. Sie hatte an Vorräten mitgenommen, was sie konnte, aber sie gingen bereits zur Neige. Der Junge aß so viel, so schnell. Dabei war er mager. Vielleicht sollte sie ihm wieder vom Wurmtee geben.

»Ich bin hungrig«, wiederholte er in ihr Schweigen.

»Bald.« Noch ein Höhenrücken, sagte sie sich, und dann, wenn die Talsenke dahinter sich eignete, würde sie ihr Lager aufschlagen. Vielleicht lohnte es sich diesmal, das Zelt aufzubauen und für ein paar Tage zu bleiben. Aber sogleich erschien vor ihrem inneren Auge Carps runzliges Gesicht. Nun, vielleicht noch nicht jetzt. Das Schlafen in Fellen war nicht so schlecht, noch fehlte der Kälte der scharfe Biß. Besser, sie zog noch zwei oder drei Tage weiter, bevor sie eine längere Ruhepause einlegte. Ein Frösteln überlief sie. Wenn Carp sie mit Benus Jägern verfolgte, wäre ihr Schicksal besiegelt. Die Frau des Schamanen, Beute seiner welken Hände und seines runzligen Gesichts, Dienerin seiner Befehle. Von so einem berührt zu werden... Sie beschleunigte die schleppenden Schritt. Es durfte nicht sein. Das war alles. Sie wollte es nicht zulassen.

Sie überwanden den Höhenrücken, und als sie auf der anderen Seite abstiegen, kamen sie unvermittelt in dichten Wald. Sie hatten die Grenze des einst vom Waldbrand verwüsteten Gebietes erreicht. Sie verließen die Region des Laub- und Buschwaldes mit ihren Zitterpappeln, Birken und Erlen und betraten alten Nadelwald. Statt eines Waldes, der Licht und Schnee durchließ und mit Unterholz durchwachsen war, sahen sie sich jetzt zwischen moosigen Baumriesen, die den größten Teil des Tageslichts und des Schnees vom Waldboden fernhielten. Sie bewegten sich durch ein grünes Halbdunkel, wo die Luft still und unbewegt im geheimnisvollen Dämmerlicht zwischen den Stämmen stand. Die Stangen des Schleifgestells rumpelten über vorstehende Wurzelgeflechte und glitten durch tiefes weiches Moos und die ungleichmäßig verstreuten Schneeflekken. Dieser Teil des Waldes war alt und verschwiegen, erfüllt von einem geheimnisvollen Dämmer, das aus dem dichten Moos aufzusteigen schien, mit tiefen Decken brauner Nadeln. Und wo die dichtbenadelten Äste der alten Fichten Licht einließen, hatte sich am Waldboden ein unregelmäßig verstreutes Mosaik von Schneeflecken gebildet.

Von diesen großen Bäumen ging ein Gefühl des Friedens aus. Ihre Stämme erhoben sich gerade und astlos mehrere Körperlängen hoch, bevor sie ihre benadelten Zweige ausbreiteten und den Himmel verdeckten. Das Unterholz war sehr spärlich. Hier, dachte Tillu, konnte sie ihr Zelt aufstellen, und die Bäume würden während des Winters Schnee und Wind fernhalten. Sie konnte gut in alle Richtungen sehen und würde es rechtzeitig bemerken, wenn Carp auf der Suche nach ihr und Kerlew in die Nähe käme.

»... und sie legte sich in das tiefe Moos, um auszuruhen, aber in der Nacht wuchs es schnell und bedeckte sie, verschloß ihr die Augen und füllte ihren Mund, und ein Baum, klein und grün, wuchs dort auf, wo ihr Bauch gewesen war.«

Tillu erschauerte bei den Worten und blickte finster zu Kerlew. »Was redest du da?«

»Eine Vision, die Carp mir zeigte. Von einer Gegend wie dieser, und wie es kam, daß inmitten der vielen großen Bäume ein kleiner wuchs. Wie der da«, fügte er hinzu und zeigte zu einer Jungfichte, deren Nadeln sich filigranartig vom diffusen Grün des Hintergrundes abhoben.

Und wirklich entwuchs der junge Baum einem moosigen Buckel am Waldboden. Tillu schüttelte das Frösteln ab, das sie überkam, und legte die Schultern wieder in die Ledergurte. »Wir müssen weiter. Es gibt hier kein Wasser, und es wäre schwierig, ungesehen an ein Wild heranzukommen. Außerdem gibt es zu viele Bäume; es wäre schwierig, einen Pfeil ins Ziel zu bringen.« Auf einmal schien der tiefe Wald ein sehr ungünstiger Ort zum Aufstellen des Zeltes zu sein.

Kerlew nickte verständig. »Wir werden weiterziehen.«

Der Streifen des alten Waldes war nicht sehr breit. So plötzlich, wie sie hereingekommen waren, traten sie wieder hinaus, und von neuem knirschte der gefrorene Schnee unter Tillus Füßen. Das weiche grüne Halbdunkel der großen Bäume blieb zurück. Im entlaubten Jungwald schien das Licht zu hell, die Umrisse der bleichen Stämme zu scharf, um sie anzusehen. Sie arbeitete sich eine weitere Anhöhe hinauf, und das Schleifgestell verfing sich immer wieder im Gesträuch oder schlug gegen Bäume. Kerlew folgte ihrer ausgetretenen Spur.

Auf dem Höhenrücken hielt sie inne und sog die kalte Luft tief ein. Der Himmel, vor wenigen Augenblicken noch so hell, dunkelte jetzt. Die Nacht kam früh und rasch. Sie blickte zu der tief am Horizont stehenden, dunstverschleierten Sonne und versuchte zu schätzen, wie weit sie an diesem Tag noch gehen konnten, ohne Gefahr zu laufen, von der Nacht überrascht zu werden. Das Feuer sollte entfacht sein, bevor die Dunkelheit vollständig wäre. »Kerlew, fang an, Zweige für das Feuer zu sammeln!« rief sie über die Schulter. Er murmelte eine Antwort.

»Was?«

»Es ist Frauensache, das Brennholz zu sammeln. Keine passende Arbeit für einen Schamanen«, erwiderte er mit ruhiger Überzeugung.

Tillu richtete sich in ihren Gurten auf. Zorn durchfuhr sie wie ein Schmerz. Sie wandte sich halb um und richtete den Blick auf ihren Sohn. Kerlew starrte zu ihr auf, und plötzlich wurden seine Augen groß. Er schrak vor ihrem Zorn zurück. »Du bist kein Schamane!« fauchte sie. Sie starrte ihn an, und der Zorn schnürte ihr die Kehle zu. Sie brachte kein Wort mehr heraus. »Du sammelst Brennholz!« schnaufte sie endlich, bevor sie sich von ihm abwandte. Die Ledergurte schnitten ihr tief in ihre Schultern ein, als sie ihre Last mit einem Ruck in

Bewegung setzte. Sie hörte sein verdrießliches Gemurmel hinter sich, aber sie hörte auch das Knacken eines trockenen unteren Zweiges, der von einem kleinen Baum gebrochen wurde. Er gehorchte. Sie mußte an Benus Sohn denken, der längst mit Pfeil und Bogen vorausgegangen wäre, um ein Kaninchen oder ein Birkhuhn zu schießen. Er war nicht älter gewesen als Kerlew, ein aufgeweckter Junge mit großen wißbegierigen Augen, der sich bereits auf die Herstellung einfacher Schnitzarbeiten verstanden hatte. Er war an der Seuche gestorben. Alle Frauen hatten seinen Tod betrauert. Aber Kerlew hatte überlebt, und für sein Überleben hatte man ihn gehaßt.

Die Tränen, die ihr in den Augen brannten, rannen ihr kalt über die Wangen. Auf einmal verspürte sie einen Drang, die Gurte abzuwerfen, sich zu Kerlew umzuwenden und ihn in die Arme zu nehmen und ihm zu sagen, wie froh sie sei, daß er überlebt hatte, daß sie ihn liebte und immer lieben werde, ganz gleich, was geschehen mochte. Aber sie konnte es nicht. Sie mußte den Rücken der Anhöhe erreichen, sagte sie sich, und der Junge wäre bloß vor ihr davongesprungen, hätte sich gegen ihre Umarmung gewehrt. Er brauchte ihre Tränen und Umarmungen nicht; er brauchte ihre Stärke. Keuchend zog sie das Schleifgestell über den Kamm des Höhenzuges, hielt an, um zu verschnaufen, und hörte sein Selbstgespräch.

»... und da werde ich besser behandelt, bei den Rentier-Leuten. Ja, ich werde sie alle anführen, und Tillu wird nur eine Frau sein, die den Männern dienen muß.«

Das Tal vor ihr war ein tiefes, voll dunkler Schatten und Bäume, die ihre kahlen Äste reckten. Tillu machte sich an den langen Abstieg.

- 3 -

Heckram stand allein auf der Höhe des Pingos* und blickte den Weg zurück, den sie gekommen waren. Der Winter hatte die Tundra bereits erobert. Dunstiges Mondlicht sickerte durch die dünne Bewölkung und wurde von den verschneiten Ebenen reflektiert, so daß ein trügerischer Eindruck von Morgengrauen entstand. Der neue Tag aber war noch viele Stunden entfernt, und weisere Männer als er schliefen.

Kälte drang aus dem gefrorenen Innern der riesigen Frostbeule in der Haut der Erde. Der schwarze Rohhumus war mit Flechten und niedriger Vegetation bewachsen; sie wiederum war mit dem feinen Schnee überstäubt, der vergangene Nacht gefallen war. Die Kälte aus dem Pingo begann Heckrams Füße durch die dünnen Stiefel zu betäuben.

Der Gipfel des Hügels, ein breiter Kamm von der sechzigfachen Höhe eines Mannes, verschaffte Heckram einen weiten Überblick und verlieh der Tundra das Aussehen eines flachen, bleichen und völlig einförmigen Landes, wie die Oberfläche eines gefrorenen Sees. Die Entfernung und das gleichförmige Weiß des frühen Schnees verhüllten die Senken und Bodenwellen und die breiten wenig ausgeprägten Flußtäler. Die abschleifende Wirkung urzeitlicher Gletscher hatte diesen Teil der Erde vor langem schon unterworfen. Eis hatte die Landschaft geformt und beherrscht und bewahrte hier noch seine gestaltende Kraft. Fröste und Tauwetter brachen ihre felsigen Knochen auf und quälten ihr Fleisch, bis es die Steinringe und Streifen der Frostmusterböden bildete. Selbst die langen Stunden des Tageslichts

* Bezeichnung der Inuit für Hügel; werden von gefrierendem Wasser im Untergrund gebildet, das zu Eislinsen expandiert und den auflagernden Boden emporwölbt. (Anm. d. Übers.)

während der Sommermonate brachten nur oberflächliche Erwärmung. Die Haut der Tundra mochte tauen und blühen, aber ihr Herz blieb ein eisiges Geheimnis.

Eine dünne Decke weggefegten gefrorenen Schnees bedeckte alles bis auf die höchsten Gräser und Sträucher der Tundra. Es gab keine Bäume, die der ungeheuren Weite Perspektive und ein Gefühl von Entfernung gegeben hätten. Die schwarze Linie, wo der Horizont der Nacht begegnete, hätte einen Schritt entfernt sein können – oder mythisch weit. Die dünne Wolkendecke ließ keinen Stern durchscheinen.

Aber Heckram hatte den Pingo erstiegen, um Perspektive zu gewinnen, nicht zu verlieren. Er zwinkerte mit müden Augen und wandte sich nach Süden, den Hügeln und bewaldeten Bergen zu, die ihr Ziel für den Winter waren. Vor ihnen, vielleicht zwei oder drei Tagereisen weit, würden sie Winterweide für die Rentiere und Brennstoff für die Feuer finden. Dort waren auch die Winterhütten aus Grassoden, die einzige Art von Dauerunterkunft, die das nomadische Hirtenvolk kannte. Im Winterlager verbrachten die älteren Leute und die kleinen Kinder die Zeit der strengsten Kälte, während die Hirten bei ihren Rentieren blieben, die an verschneiten Hängen und in der Waldtundra Flechten freischarrten, und die Herde vor Wölfen und Vielfraßen schützten. Für manche bedeutete das Winterlager Ruhe und Zeit, die an den Feuern in den Hütten verbracht wurde. Überzählige und zuchtuntaugliche Tiere wurden geschlachtet, das Fleisch geräuchert, Blutwurst gemacht und Markknochen ausgekocht. Die Frauen beugten sich über Handspindeln und Webrahmen, und ältere Männer erzählten den Kindern Geschichten und machten mit ihren derben Händen Schattenspiele an den Wänden der Grassodenhütten. Und jedes Jahr zogen einzelne mit überzähligen Rentieren und Fellen nach Süden, um sie dort gegen begehrte Waren zu tauschen, während die Verwandten über ihre Tiere und Familien wachten.

Aber nicht Heckram. Während andere Männer sich des Friedens am Herdfeuer erfreuten, stellte er den Herden der wilden Rentiere nach, um Kälber zu erbeuten, die neben ihren Müttern den Sommer und Herbst verbracht hatten. Das zähe Fleisch, von dem er sich im Winter ernährte, stammte von wilden Rentieren oder mageren Schneehasen. Während andere Frauen spannen, webten und Fellkleidung nähten, war seine Mutter draußen, um ihre Rentiere vor Raubtieren zu schützen. Alles drehte sich letzten Endes um sie, die Rentiere, zahme und wilde. Wenn einer genug Rentiere mit seinem Zeichen versehen hatte, war ihm ein gutes und leichtes Leben sicher. Er hatte einen Überschuß an Fleisch und Fellen, und die Zeit, Wölfe und Füchse zu jagen und die warmen Winterpelze zu erbeuten, die von den Händlern so geschätzt wurden. Er hatte die Zeit, den Bächen zu folgen und Seeufer nach den Klumpen gelben Bernsteins abzusuchen, die von den Frühjahrshochwassern freigespült worden waren. Er hatte Zeit, durch das Hügelland nach Süden zu reisen, Handel zu treiben und die Waren und Geschichten des Südens heimzubringen. Er hatte Zeit für die Dinge, die das Leben zu mehr machten als einem weiteren Tag des Überlebens. Wenn einer genug Rentiere hatte. Heckram hatte nicht genug Rentiere.

Das Wissen war ihm bitter. Er hob den Blick zu den fernen Bergen, als wolle er hinübersehen. Jenseits von ihnen waren weitere Hügel und Berge, und zwischen ihnen verliefen die Fährten, die ein guter Harke mit einem Pulkor leicht begehen konnte. Wer die Möglichkeit hatte, konnte seinen Pulkor mit Winterfellen und Bernsteinklumpen aus den Wildwassern des Frühlings beladen und diesen Fährten folgen. Und wenn er es tat, würde er zu den Lagern der südlichen Händler kommen. Sie begrüßten die Männer aus dem Norden mit süßem Wein, der die Zunge klebrig machte und aus Gegenden kam, die noch weiter südlich lagen. Für Felle und Bernstein konnte man gutes Bronzewerkzeug oder gewebte Kleider aus weicher Wolle eintauschen, die es im Norden nicht gab, gefärbt in den Farben von Blumen, oder Schmuck aus glänzendem Gold, oder als Bronze verarbeiteten Feuerstein, geschliffen und mit Spiralmustern verziert. Dort waren die Männer groß und hatten helles Haar und helle Augen wie Heckrams Vater und sein Großvater mütterlicherseits.

Und jenseits der Handelsstationen? Da gab es allerlei Geschichten. Jenseits davon gab es warme Gegenden, wo die Menschen in großen Häusern mit vielen Räumen lebten, ein ganzes Dorf unter einem Dach, und wo sie den Boden mit hölzernen Pflügen umbrachen. Sie ritten Tiere mit nur einem einzigen Zeh an jedem Fuß und brauten aus den Samenkörnern von Gräsern berauschende Getränke. Das Wasser ihrer Seen war reich an schmackhaften Fischen, und es war immer Sommer. So hatte er gehört. Von seinem eigenen Vater, vor langer Zeit. Und einiges davon hatte er selbst einmal gesehen, auf einer langen Reise in ferner Vergangenheit. Vor dem Seuchensommer.

›Es ist nutzlos, an solche Dinge zu denken‹, würde Ristin sagen und sich über ihre Arbeit beugen, eine kleine strenge Falte zwischen den Brauen. »Geschichten und Erinnerungen sind schön für alte Leute und Kinder. Aber du bist weder das eine noch das andere, Heckram, und es gibt andere Dinge, um die du dich kümmern solltest.« Die glänzenden schwarzen Augen seiner Mutter sandten ihm dann einen wachsamen, scharfen Blick, der auch ein Tadel war.

Nutzlos. Aber es gab Zeiten, da ihn nach diesen Dingen hungerte, und es war ein Hunger, der in mancher Weise schwerer zu ertragen war als die Entbehrungen, die er gekannt hatte. Zeiten, wenn die Träume von fernen Gegenden und besseren Zeiten alles waren, was ihn aufrechterhielt. Es war ein Hunger, der ihn verzehrte, der ihn von dem Hirtenvolk unterschied und zu einem Fremden unter den eigenen Leuten machte.

»Ich will mehr als das«, hörte er sich sagen. Die Nacht blieb von seinen Worten unbeeindruckt, und er selbst hörte die Torheit heraus. Er schloß die Augen und ließ die Gedanken zurückwandern. Als er klein gewesen war, hatte sein Vater ihre Koppel von Harkar geführt. Seine Mutter war ihm gefolgt, auch sie mit ihrer eigenen Koppel von Renochsen, und Heckram hatte reiten dürfen und sich stolz auf dem Packsattel auf dem Rücken des folgsamsten Tieres festgehalten. Seine Kleider und die Zaumzeuge ihrer Tiere waren mit bunten Bändern aus gefärbten Sehnen und Gräsern geschmückt gewesen, die Ristins geschickte Finger geflochten hatten. Er hatte gewebte Hemden getragen, gefertigt aus südlicher Wolle, und die Messer seines Vaters waren aus geschliffenem Feuerstein und schimmernder Bronze gewesen, nicht aus Knochen und Horn. Seine Mutter hatte Bernsteinkugeln und sogar ein bronzenes Armband getragen. Sie hatten überzählige Tiere und weiche Pelze gehabt, für die sie im Süden nützliche und schöne Dinge hatten einkaufen können, und reichlich fetten Rentierkäse und Blutwurst. Ihr Zelt war ein heller und warmer Ort gewesen. Seine Mutter hatte ihm geholfen, sein eigenes Zeichen in die Ohren seiner ersten Renkälber zu kerben, und er hatte sie stolz gepflegt. In seiner Kindheit hatten sie oft gelacht. Wer würde solchen Tagen nicht nachträumen?

Aber von den anderen taten es nur wenige. Oder wenn sie es taten, sprachen sie selten davon, denn auf den Fersen dieser Erinnerungen kamen die anderen. Die Erinnerungen an den Seuchensommer. Heckram schüttelte den Kopf, um diese anderen Erinnerungen zu vertreiben, die sich so erbarmungslos wie Rinderbremsen auf ihn niederließen und sich in ihn bohrten.

Der vorausgegangene Winter war milde gewesen. Heckram hatte im Schnee am Waldrand gespielt und seine Kälber gehütet, die vom leicht gewonnenen Futter groß und stark heranwuchsen. Der Frühling war frühzeitig gekommen und hatte den Wald ergrünen lassen, bevor die Hirtennomaden ihre jährliche Wanderung zu den Weidegründen des Sommers angetreten hatten. Dann waren sie den Herden der wilden Rentiere gefolgt, die aus den geschützten Wäldern der Taiga in die weite Tundra hinausgezogen waren. Die frühzeitige Wärme hatte die gefrorene Oberfläche der Tundra aufgetaut. Die freigesetzte Feuchtigkeit und die kurze Erwärmung waren alles, was die Vegetation der Tundra brauchte. Innerhalb weniger Tage hatten die Gräser zarte grüne Triebe hervorgeschoben, hatten Blütenpolster in goldgelben, blauen und roten Farben die Tundra überzogen, so daß der weiche Teppich der Flechten, Moose und Gräser unter den Hufen der Herde urplötzlich in der Farbenpracht der ungezählten winzigen Blüten subarktischer Flora geleuchtet hatte. Darauf aber hatte es keinen Kälterückfall gegeben, sondern unzeitig warmes Wetter war über die Herde gekommen, als sie noch auf den Ebenen der Tundra gewesen war, weit von den kühlen Bergländern des Fjell entfernt. Stechmücken und Bremsen waren in Wolken über die Herde hergefallen, Dasselfliegen und Hirschrachenbremsen hatten die Tiere gepeinigt. An den Abenden hatten die Leute feuchtes Moos in die Feuer geworfen, um die Insekten mit dem Qualm zu vertreiben, aber für die Tiere hatte es keine Zuflucht vor den stechenden und saugenden Quälgeistern gegeben. Die Dasselfliegen hatten viele Tiere in eine Raserei der Angst versetzt, und immer wieder war es in der Herde zu Ausbrüchen von Panik und wilder Flucht gekommen. Die Hirtennomaden waren in verzweifelter Eile weitergezogen, den kühlen, trockeneren Hochländern entgegen. Kälber starben in der unzeitigen Wärme, ausgewachsene Tiere galoppierten wie wild im Kreis, um ihren stechenden Peinigern zu entgehen, bis sie erschöpft niederfielen. Dennoch hatte der Großteil der Herde das Fjell erreicht und war die baumlosen Hänge aufwärtsgezogen, wo ihnen

Wind und kühle Luft von den Gletschern Erleichterung verschafften. Die Schicksalsprüfung des Hirtenstammes hätte damit ein Ende haben sollen. Aber von den Rentieren, die überlebt und das Hochland erreicht hatten, wo sie vor der Insektenplage sicher gewesen waren, hatten viele noch den Tod gefunden, nachdem sie den Sommer über gehustet, geschnauft und gewürgt hatten.

Wieder versuchte er seine Gedanken von den Erinnerungen abzulenken, aber wie ein ungebärdiger Harke, der das erste Mal vor einen Pulkor gespannt ist, zog die Bitterkeit seiner Gedanken wieder durch das Elend jener Zeit. Die Koppel von zwanzig Harkar im Besitz der Familie war auf vier zusammengeschrumpft. Heckram war in jenem Jahr von der Sommerweide zu Fuß zurückgegangen. Es war eine weite, lange Wanderung gewesen, und seine kleinen Füße hatten sich hinter seiner beladenen Mutter hergeschleppt. Es hatte keine Reise nach Süden gegeben, keine Geschenke und nützlichen Dinge bei der Rückkehr des Vaters. Seine Familie hatte nicht mehr genug Rentiere für die Zucht besessen, um wie sonst mehrere für die Fleischversorgung im Winter zu schlachten. Statt dessen hatte sein Vater sie mit mageren Hasen und Eichhörnchen und zähem Wildren ernährt und jede Gelegenheit genutzt, um sich an die sehr zusammengeschmolzene Herde der wilden Rentiere anzuschleichen und Kälber zu stehlen und nach Hause zu bringen. Bis er eines Tages nicht von der Jagd heimgekommen war. Heckram und seine Mutter hatten vergebens die winterliche Einöde des welligen Waldlandes durchsucht. Niemand konnte ihnen sagen, was aus ihm geworden war. Und das war das Ende von Heckrams Kindheit und der vorzeitige Anfang seines Lebens als Erwachsener gewesen.

Er war groß für sein Alter gewesen, ein Zeichen seiner Abstammung von der südlichen Rasse. Der Vater seiner Mutter war ein großer hellhaariger Mann aus dem Süden gewesen, und seines Vaters Vater, so hieß es, hatte Haar von der Farbe eines Sommerfuchses gehabt. »Er hat mehr von denen im Süden als von uns Sumpfleuten«, hatte er den alten Capiam einmal sagen gehört. Und so sah er sich manchmal noch immer selbst, mit Unbehagen und Verwunderung.

Mit zwölf war er so groß gewesen wie die meisten der Männer des Stammes. Es hatte das Leben nicht leichter für ihn gemacht. Von einem Jungen mit der Statur eines Mannes erwarteten die Leute, daß er auch die Geschicklichkeit und die Selbstbeherrschung eines Mannes haben müsse. Seine Unbeholfenheit beschämte ihn oft, seine Unerfahrenheit und sein Ungestüm taten es noch häufiger. Die Belehrungen und der Schutz des Vaters hatten ihm gefehlt.

Lebhaftigkeit und Munterkeit seiner frühen Jahre waren zu wortkarger Vorsicht geworden. Er fühlte keine Verwandtschaft mit den kleinwüchsigen, stämmigen Jungen des Hirtenstammes. Nicht einmal mit Joboam, in dessen Adern gleichfalls etwas südliches Blut floß. Joboam war ebenso groß und womöglich noch kräftiger gebaut als Heckram, und er hatte einen Vater, der seiner Körpergröße gleichkam und über das Wachstum seines Sohnes erfreut war. Er konnte auch leicht groß und kräftig sein, da ihn die Fülle der elterlichen Rentierherde reichlich ernährte. Joboams Statur war wie ein Wahrzeichen ihres Reichtums. Er brauchte niemals Kleider zu tragen, die ihm zu kurz oder zu eng waren, und niemals sah man ihn bedrückt oder besorgt. Verglichen mit ihm, war Heckram hager wie ein Wolf in schweren Zeiten, und in seinen Augen war immer der Hunger des Wolfes. Er war ein in sich gekehrter junger Mann geworden, der unter der Bürde seiner Verantwortung wankte und dem die Erbarmungslosigkeit seines Schicksals in den Augen brannte. Die Leute verglichen ihn mit dem zuversichtlichen, gelassenen Joboam, und der Vergleich fiel ungünstig für ihn aus. Sein Mißgeschick, der Umstand, daß er in den Fertigkeiten und

Kenntnissen eines Mannes weniger bewandert war als andere, die von ihren Vätern unterwiesen worden waren, machten ihn wachsam. Um nicht den kürzeren zu ziehen, wich er dem Wettstreit aus. Auch jetzt noch, erwachsen und fähig, seinen Mann zu stehen, jagte er allein und rühmte sich seiner Erfolge nicht. Am wohlsten fühlte er sich, wenn er unbemerkt blieb, ob er sich auf der Jagd anpirschte oder durch das Dorf ging. Seine Außenseiterrolle und seine Schweigsamkeit bereiteten seiner Mutter Sorgen.

Heute abend hatte sie ihnen wieder einmal Luft gemacht. Er schüttelte grimmig den Kopf, die Lippen zusammengepreßt. »Vierundzwanzig Jahre alt, und was hast du?« hatte sie ihn ausgescholten, am Feuer sitzend, wo sie einen Handschuh geflickt hatte. »Wo ist deine Frau, wo sind deine Kinder, meine Enkel? Denkst du, du könntest ewig warten? Andere Männer deines Alters haben drei, vier Kinder an ihrem Feuer. Noch nicht, sagst du, und wieder geht ein Jahr vorbei. Glaubst du, du könntest bis in deine alten Tage warten, bevor du dein Leben regelst? Elsa ist geduldig, vielleicht zu geduldig mit dir. Aber eine Frau kann nicht ewig warten. Kein ehrenhafter Mann würde das von ihr verlangen. Sie ist ein hübsches Mädchen, eine tüchtige Frau, alles, was ein Mann verlangen könnte. Sie ist gesund, kräftig und klug, auch eine gute Jägerin. Meinst du, kein anderer sieht das, erkennt ihren Wert? Wenn du zu lange wartest, wird ein anderer kommen, der nicht von ihr verlangen wird, daß sie sich ewig gedulde. Und dann wirst du einmal zu alt sein, um für ein jüngeres Mädchen anziehend zu sein. Du wirst allein sein.« Sie hatte ihm mit dem Fausthandschuh vor der Nase hin und her gewedelt.

Daraufhin war er aufgestanden und hatte seinen schweren Pelzüberrock angezogen. Bevor er in der Lage gewesen war, das Weite zu suchen, hatte sie wissen wollen: »Wohin gehst du? Zu Elsa?«

»Nein. Das Alleinsein üben«, hatte er erwidert und war gegangen. Hinaus bis zum Pingo, um die Anhöhe zu ersteigen und nachzudenken.

Jetzt bedauerte er seine bissige Erwiderung. Es war nicht seine Art und nur geeignet, ihr noch mehr Sorge zu bereiten. Aber zu viele ihrer Worte waren der Wahrheit nahegekommen. Er hatte ihr antworten, sich erklären wollen, aber die Gewohnheit des Schweigens hatte starke Wurzeln in ihm geschlagen. Sprechen war eine Anstrengung, besonders die schwierige Aufgabe, etwas zu erklären. Sie wollte seine Wahrheit nicht hören. Sie wollte seine Zustimmung; sie war überzeugt, daß es ihn glücklich machen werde. Er wußte, daß es nicht so sein würde, konnte ihr aber nicht sagen, warum.

Seine Gedanken wandten sich widerwillig der kleinen dunklen Elsa zu. Sie war alles das, was seine Mutter gesagt hatte. Und mehr noch, denn in ihrer Kindheit waren sie Freunde gewesen. Er kannte sie. Unter ihrer selbstgenügsamen Zähigkeit waren Sanftmut und Freundlichkeit. Und eine Wärme, die sie mehr als einmal mit ihm geteilt hatte, als sie keine Kinder mehr gewesen waren, aber auch noch nicht erwachsen. Und doch... Er wollte sie nicht zur Frau. Er wollte niemanden zur Frau. Noch nicht. Er bedauerte, daß seine Mutter so große Hoffnungen auf eine Verbindung setzte. Und sie mußte im Dorf geredet haben, denn schon hatten ihn Leute gefragt, ob er und Elsa nächsten Sommer im Hochland zusammengehen würden. Und Elsa errötete jedesmal, wenn er versuchte, mit ihr zu sprechen. Wenn er in ihre Nähe kam, zogen ihre Freundinnen sich zurück, damit er mit ihr allein sein könne. Und dann brachte er überhaupt nichts heraus, weil er die strahlende Hoffnung in ihren Augen sah. Er wollte ihr sagen, daß sie nicht warten und sich anderswo nach einem Partner umsehen solle. Aber wie sagte man einer Freundin, daß man sie nicht zur Frau wolle, ganz gleich, was die eigene Mutter darüber verbreitet hatte? Bald würde er für klare Verhältnisse sorgen müssen. Bald. Er dachte mit Zärtlichkeit und Sympathie an sie. Hoffentlich würde sie ihn nicht hassen.

Ohne bewußt zu überlegen, steckte er die Hand unter das Hemd und zog eine Sehne heraus, an der kleine Hautlappen aufgereiht waren. Das war die Liste seiner Kälber in diesem Jahr, die weichen Stückchen aus den Ohren, die die Tiere als sein eigen auswiesen. Es war jämmerlich. Fünf kleine Hautmarken, und drei der Kälber waren männlich, taugten nur zu lastentragenden Harkar, Rentierochsen, wenn sie verschnitten waren, oder zu Winterfleisch. Nur ein männliches Kalb konnte er unverschnitten lassen und zur Zucht in seiner Herde verwenden. Seine Tiere vermehrten sich so langsam. Jede Vaja konnte nur ein Kalb im Jahr austragen, und es gab keine Garantie, daß es den Winter überleben würde. Die geheimnisvolle Hustenkrankheit forderte noch immer jeden Sommer Opfer unter den Tieren. Die geschrumpften Herden wilder Rentiere hatten Wölfe und Vielfraße gezwungen, sich an die zahmen Tiere des Hirtenstammes heranzumachen und ihre instinktive Scheu vor den Menschen aufzugeben. Heckram fühlte, wie ihm Verzweiflung ans Herz griff, als er sich fragte, wie er seine Tiere vor den Raubtieren schützen und dennoch Zeit finden sollte, Kälber aus der wilden Herde zu fangen.

Den Rentieren seiner Mutter war es kaum besser ergangen. Ihre Zählschnur wies bloß acht Hautlappen auf, und fünf von den Kälbern waren männlichen Geschlechts gewesen. Wie konnte sie ihn da drängen, Elsa zur Frau zu nehmen? Wie stellte sie sich das Zusammenleben vor? Heckram rieb sich das Gesicht mit dem Fausthandschuh, um die angespannten Backenmuskeln zu lockern. Es erleichterte ihn, über die Herde und Wohnstätten seines Stammes hinauszublicken.

Alle hatten den Schnee in der Luft gewittert, und das

aufziehende Schlechtwetter gefühlt. So hatten sie vorsichtshalber im Schutz des Pingos die Zelte aufgestellt, um darin Schutz zu finden, statt sich weiter zum Wald zu kämpfen und womöglich auf der Ebene eingeschneit zu werden. Aus den Ritzen, Eingangsklappen und Rauchlöchern der einfachen Zelte aus Rentierhäuten drang Lichtschein, und er atmete den Rauch von getrockneten Flechten und Dung, der sie heute abend wärmte. Es war ein anheimelnder Geruch. Die angepflockten Koppeln der Harkar scharrten mit den breiten Schalen der Vorderhufen die dünne Schneeschicht auf, um die üppigen Flechten der Tundra abzuweiden. Auch sie warteten auf den Morgen, wenn sie wieder mit den Habseligkeiten ihrer Besitzer beladen und weitergeführt wurden, dem schützenden Wald entgegen.

Auch die Herde fühlte den nahenden Wetterumschlag und hatte sich eng zusammengeschlossen. Ihre grauen und braunen Rücken waren im verschleierten Mondlicht wie eine bewegte Wasseroberfläche, und die Dampfwolken ihres Atems schufen einen Dunst, der sich über der Herde ausbreitete und in einer flachen Nebelbank langsam weitertrieb. Die kalte Luft trug das leise, aber unverkennbare Geräusch ihrer knackenden Hufgelenke herüber. Die hellen Spitzen ihrer Schwänze waren unaufhörlich in zuckender Bewegung und erzeugten ein Muster ständiger Veränderung. Die meisten der großen Bullen, der Sarva, hatten in ihren heftigen Herbstkämpfen um die Kühe ihre Geweihe verloren. Mit den Geweihen hatten sie während der Brunftzeit die massigen Fettpolster um den Widerrist eingebüßt. Im Gegensatz zu ihnen trugen die verschnittenen Harkar noch immer ihre stolzen Geweihe, und ihre Felle lagen glatt über Muskeln und Fett. Ein unerfahrener Beobachter hätte sie für die Monarchen der Herde gehalten. Selbst die Kühe, die Vaja, trugen noch ihre kleineren schärferen Geweihe. Sie behielten ihren Kopfschmuck länger als die männlichen Tiere und konnten im Winter nützlichen Gebrauch davon machen, wenn es darum ging, die besten Weideplätze für sich und ihre Jungen zu sichern. Obwohl die Entfernung zu groß war, bildete Heckram sich ein, er könne das leise Grunzen, Schnaufen und Murmeln der allmählich zur Ruhe kommenden Herde hören und den warmen Geruch der Tiere in der kalten Nacht riechen. Großer Reichtum weidete dort, und sein eigenes kümmerliches Vermögen befand sich darunter.

»Heckram!« Eine keuchende dünne Stimme ertönte hinter ihm in der Nacht. Er wandte den Kopf und sah die schmale Gestalt, die sich den steilen Hang des Pingos heraufarbeitete, ihn zu suchen.

»Hier bin ich!« rief er halblaut zurück. Der Junge suchte sich vorsichtig den Weg über den aufgebrochenen Kamm der Frostaufwölbung. Heckram beobachtete den näher kommenden Jungen mit der gleichen kritischen Aufmerksamkeit, die er einem seiner einjährigen Kälber zugewandt hätte. Lasses kurze Beine nahmen bereits die typische Säbelform der Sumpfleute an. Wenn sein Wachstum abgeschlossen wäre, mochte sein Scheitel gerade Heckrams Schulter erreichen, aber er würde niemals ein breit-untersetzter Typ mit dicken Schultern sein, wie sein Vater und seine Mutter es gewesen waren. Sein Körper hatte allzufrüh allzu viele Entbehrungen gekannt. Wäre Lasse ein Renkalb gewesen, hätte Heckram ihn nicht der Kastration zu einem Harke würdig befunden, geschweige denn als Zuchttier. Mit einem Schnauben, hinter dem sich Erheiterung und Selbsttadel verbargen, vertrieb er das Vorstellungsbild aus seinem Sinn und sah Lasse wieder als Lasse. So ungern er sich in seiner Einsamkeit stören ließ, wenigstens war es Lasse, der gekommen war, es zu tun. Der Junge schien ein Gespür für seine Stimmung zu haben, denn er blieb still, als er herankam. Lasse war annähernd zehn Jahre jünger als er, doch hatte Heckram ihn nie als einen Jungen behandelt. Wie Heckram hatte auch Lasse vor seiner Zeit zum Mann reifen müssen. Er und seine Großmutter lebten in womöglich noch dürftigeren Verhältnissen als Heckram. Aber Lasse beklagte sich nie. Vielleicht war es so, weil er nie erfahren hatte, daß das Leben anders sein konnte.

»Siehst du sie?« fragte Heckram mit halblauter Stimme, und Lasse nickte. Beide Augenpaare spähten hinaus zu dem fernen, undeutlich verschwommenen Fleck, die Herde der wilden Rentiere. Riesig mußte sie sein, und doch nur eine kleine Absplitterung von den Tausenden von Tieren, die in ihrer jährlichen Wanderung vom Hochland durch die Tundra in die Wälder und zurück zogen. Und vor der Seuche war die Herde noch größer gewesen. Er wußte, daß Lasse es schwierig fand, sich das vorzustellen. Aber Heckram erinnerte sich. In seiner Jungenzeit war die wilde Herde wie ein breiter Strom über die Tundra geflossen, der sich sein Bett selbst suchte. Braun und wogend war er über die Ebene geströmt und hatte einen breiten Streifen abgeweideter Erde zurückgelassen. Die wilde Herde zog immer der zahmen Herde voraus, aber beide folgten denselben Wanderungswegen. Die wilde Herde war dem bewaldeten Hügelland näher, schien sich aber für die Nacht zur Ruhe begeben zu haben.

»Wie viele werden wir diesen Winter fangen?« fragte Lasse, als ob es nur von Geschicklichkeit und Entschlossenheit abhinge und nicht vom Glück.

»Ach, vielleicht hundert«, schätzte Heckram. »Achtzig Vaja für mich, und zwanzig Sarva für dich.«

Beide quittierten den bitteren Scherz mit einem kurzen halblauten Lachen. »So viele, wie wir können, mein Lieber, und es wird nie genug sein«, fügte Heckram hinzu.

Lasse grunzte zustimmend.

»Ich habe nachgedacht«, fing Heckram an.

»Sonst kann man hier oben nicht viel tun«, bemerkte der Junge.

»Über unsere Jagd«, fuhr Heckram mit mehr Entschiedenheit fort. »Wie wäre es, wenn wir die Vaja beim Weiden schießen und dann versuchen, das Kalb mit der Wurfschlinge zu fangen? Das Kalb wird bei seiner Mutter bleiben, nicht gleich verstehen, was mit ihr geschehen ist. Und wir bekämen Fleisch für den Winter.«

Sie schwiegen und dachten nach. Ein ausgewachsenes Muttertier wog ungefähr dreihundert Pfund. Ein guter Teil davon entfiel auf Knochen und Eingeweide, aber auch für diese gab es Verwendung. Herz und Leber waren Delikatessen, die übrigen Organe bekamen die Hunde, Gedärme und Blut dienten zur Herstellung von Würsten, aus Knochen und Sehnen wurde Werkzeug gemacht. Trotzdem …

»Zähes Fleisch«, schränkte Lasse ein. »Und ein Kalb ohne Geweih ist nicht leicht zu fangen. Und ohne den Schutz seiner Mutter hat es geringere Aussichten, den Winter zu überleben.«

»Richtig«, sagte Heckram. »Aber wenn wir nahe genug herankommen und einen guten Wurf machen können, wären es immerhin eine Menge Fleisch und ein neues Tier.«

»Aber das Kalb wäre zu jung, um im nächsten Frühling zu tragen, und ohne seine Mutter würde es nicht gut fahren. Wenn wir aber die Vaja fangen, hätten wir ein Tier, das im Frühjahr wieder trägt, selbst wenn das Kalb nicht folgt. Wenn wir aber die Vaja schießen, könnte sich herausstellen, daß alle unsere Anstrengungen einem männlichen Kalb galten.«

»Besser als überhaupt kein Kalb«, brummte Heckram.

»Oder nur ein Geweih«, meinte Lasse, und beide mußten lachen. So war es ihnen im letzten Winter ergangen. Lasse hatte sich an eine Vaja und ihr Kalb herangepirscht. Er hatte seine Wurfschlinge gut ausgeworfen, und der aus einem Wirbel geschnitzte Knochenring war glatt über die Leine aus geflochtenen Sehnen geglitten, die über das Geweih der Renkuh gefallen war. Aber es war spät im Jahr gewesen, und mit einem jähen Ruck hatte die Vaja sich befreit und war mit ihrem Kalb durch den Wald geflohen, und Lasse hatte nur das Geweih in der Schlinge zurückbehalten. Er hatte es zum Dorf zurückgetragen und zu Werkzeug und einem Nadelbehälter für seine Großmutter verarbeitet. Das Mißgeschick war unter den Hirtennomaden zu einem Scherz und einer stehenden Redensart geworden, aber Heckram hatte den praktischen Sinn des Jungen bewundert und sich um seine Freundschaft bemüht.

»Es ist dumm, jetzt darüber zu entscheiden«, räumte Heckram ein. »Am besten warten wir, bis wir die Vaja und ihr Kalb vor uns haben, und sehen dann, was günstiger ist.«

»Schnee«, bemerkte Lasse.

Fast unbemerkt hatte ein feiner leichter Schneefall aus winzigen kristallisierten Flocken eingesetzt, die im zunehmend verschleierten Mondlicht matt glitzerten. In der trockenen Kälte waren die Flocken wie eisiger Staub. Sie hafteten nicht, und wo sie auf ihren Schultern und Ärmeln liegenblieben, schmolzen sie nicht. Ein plötzlicher Windstoß wirbelte sie auf und prickelte in ihren Gesichtern. Heckram wandte sich zur Seite. »Zeit, ins Dorf zu gehen«, sagte er mit einer Kopfbewegung zu den Zelten.

»In die Dörfer«, bemerkte Lasse mit spöttischem Unterton. Heckram stutzte und blickte zu ihm her, dann wieder hinunter zu den Zelten. Nun sah er, was der Junge meinte. In gewissem Sinn lagen dort *zwei* Dörfer, nicht eines. Die Trennung war unauffällig, aber offensichtlich, sobald er danach suchte. Dem Fuß des Pingo am nächsten und dadurch am besten geschützt war das Zelt Capaims, des Stammesführers. Darauf folgten die Zelte der Ältesten und seiner bevorzugten Berater. Jenseits davon die Behausungen derjenigen, die viele Rentiere besaßen: ungefähr zwanzig Zelte. In der Zeit der Wanderung, wenn die Hirtennomaden mit ihrer Herde zwischen Sommer- und Winterweiden hin und her zogen, verfügte jeder Haushalt über zwei oder mehr Rajds. Jeder Rajd war eine Koppel von verschnittenen Renochsen, im allgemeinen ungefähr sieben. Die Zelte in der Nähe der Bodenerhebung konnten sich mit jeweils drei oder mehr Koppeln brüsten, und manche von ihnen besaßen fünf.

Dann gab es das andere Dorf, dessen Zelte jenseits der angepflockten Rajds des ersten aufgeschlagen waren. Die Zelte dieses Dorfes standen enger beisammen. Mehr Licht schimmerte durch die Nähte der abgenutzten Zelte, und weniger Tiere waren zwischen ihnen angepflockt. Das Zelt seiner Mutter stand dort, mit der Koppel von sieben Harkar, die sie gemeinsam besaßen. Lasses Zelt war daneben und das von Elsa auch nicht weit entfernt davon. Die ärmeren Stammesangehörigen hatten sich in ihrem eigenen Dorf zusammengefunden, geradeso, wie die Reichen sich abseits von ihnen niedergelassen hatten. Der Anblick verschaffte ihm ein ungutes Gefühl, war er doch nur ein weiteres Zeichen einer Entwicklung, die Heckram verabscheute.

»Hat Joboam sich entschuldigt?« fragte er den Jungen unvermittelt.

Lasse grunzte geringschätzig.

»Hat er es getan?« drängte Heckram.

»Nein. Nicht, daß ich stehengeblieben wäre und zugehört hätte, wenn er damit gekommen wäre. Er kann reden, soviel er will, Hauptsache, ich brauche es nicht zu hören.«

»Er sollte gezwungen werden, sich zu entschuldigen, vor allen Leuten.« Heckrams tiefe Stimme war leise, aber hart wie Feuerstein. »Wenn Capaim das wäre, was ein Stammesführer sein soll, hätte er dafür gesorgt. Und er hätte Joboam dazu verurteilt, für die Beleidigung zu bezahlen.«

»Soll er mich nennen, was er will.« Lasse bückte sich, um einen Stein aus seinem eisigen Bett zu brechen und den gefrorenen Abhang des Pingos hinabkollern zu lassen. »Wer mich kennt, weiß, daß ich kein Dieb bin. Und wen kümmert es, was die anderen denken?«

»Mich. Und dich sollte es auch kümmern. Nicht nur du bist beleidigt worden, auch deine Familie. Ist deine Großmutter nicht aufgeregt?«

Lasse seufzte und wandte sich ab. »Laß uns gehen, bevor die richtigen Sturmböen kommen.«

Heckram streckte die Hand aus, legte sie auf Lasses magere Schulter und drückte sie in einer Geste der Freundschaft. »Was ist?«

Lasses versteifte Haltung lockerte sich ein wenig, und seine Stimme klang undeutlich vor Erregung. »Sie hörte, daß Joboam mich beschuldigt hat, Milch von fremden Rentieren zu stehlen. Eine dumme Beschuldigung! Als ob eine Vaja stillstände, wenn ein Fremder sie melkt. Nur ein Dummkopf könnte das glauben. Und meine Großmutter ist nicht dumm, selbst wenn sie glauben sollte, daß ich stehle. Aber sie ist stolz, in der alten Weise, und sie war zornig. Und sie zeigte ihren Stolz und ihren Zorn in der alten Weise, um ihn mit einem Geschenk zu beschämen. Sie schickte drei Käse zu seinem Zelt. ›Er wird diese Käse sehen‹, sagte sie, ›und wird wissen, was ich denke. Ich denke, daß wir Joboam Käse geben sollten, um ihm über den harten Winter zu helfen, wenn er ein so armer Mann ist, daß er sich um die Milch eines Rentiers sorgt. Wenn die Leute die Käse aus meiner Form sehen, werden sie wissen, daß wir ihn beschämt haben.‹ Sie lebt noch in den alten Tagen.«

Heckram verzog schmerzlich das Gesicht. Die Käse waren an sich schon eine Gabe, welche die Familie sich kaum leisten konnte. Aber damit nicht genug: Lasses Großmutter verstand nicht, wie tief sich die Veränderungen im Denken der Leute vollzogen hatten. Die Käse, mit denen sie einen Mann beschämen wollte, der ihren Enkel des Diebstahls beschuldigt hatte, würden als ein Versuch gesehen werden, das gestohlene Gut zurückzuerstatten. Sie hatte damit vor dem Rest des Stammes Lasses Schuld so gut wie zugegeben. Die älteren Leute würden die Bedeutung ihrer Geste richtig verstehen, aber die Jüngeren waren es, mit denen Lasse sich jeden Tag auseinandersetzen mußte. Im Zorn ihres verletzten Stolzes hatte sie ihn in Schande gebracht.

»Es ist, wie du sagst«, erklärte Heckram mit falscher Munterkeit. »Wer dich kennt, weiß die Wahrheit. Und wer sich an die alten Bräuche erinnert, wird verstehen, daß deine Großmutter weiß, daß du kein Dieb bist. Und wen kümmern die anderen?«

Lasse blieb eine Weile still, und eine Windbö fegte Eiskristalle an ihnen vorbei. »In meinem Zelt brennt ein gutes Feuer«, sagte er endlich. »Wie wäre es mit einem Spiel Tablo? Du schuldest mir eine Gelegenheit, dich zu schlagen.«

Heckram brachte ein Lächeln zustande. »Diesmal werde ich der Wolf sein«, sagte er. Wieder legte er seine Hand auf die Schulter des Jungen, und sie setzten den Abstieg fort.

– 4 –

Die Sonne war nicht aufgegangen, und sie würde auch während des nächsten Monats nicht zu sehen sein. Dennoch herrschte in der Polarnacht keine völlige Finsternis, sondern ein diffuses Grau von Mond- und Sternenlicht und weiß reflektierendem Schnee. Es war ein schattenloses schwaches Licht, das durch die ausgestreckten Äste der Bäume sickerte und kalt auf dem beschneiten Boden lag. Tillu wanderte durch die undeutliche Dunkelheit, eine schattenhafte Gestalt, die im pulvrigen Schnee bröckelnde Fußabdrücke hinterließ. Die

Kälte hatte den Schnee in Staub und Kristalle verwandelt. Wenigstens klebte er nicht mehr an den Stiefeln und Beinlingen, wo er ihre Kleidung durchnäßt hatte. Jetzt gab es nur noch trockene Kälte, die freilich so schneidend war, daß die Haare im Innern der Nase beim Einatmen prickelten und die Wimpern momentan aneinander haften blieben, wenn sie zwinkerte.

Sie trug einen toten Schneehasen an den Hinterläufen und ließ den mageren Körper baumeln. Normalerweise hätte sie die Jagdbeute mit den Ledergurten an ihrer Hüfte am Gürtel befestigt, um die Hände für Pfeil und Bogen frei zu haben, wenn sie anderes Wild sah. Aber ihre Finger waren zu taub, um mit den Schnüren fertig zu werden. Trotz der warmen Fäustlinge waren ihre Finger fast gefühllos, und sie hatte die andere Hand und den Arm aus dem Ärmel und in den Mantel gezogen. Während der leere Ärmel an ihrer Seite baumelte, hatte sie den Arm über die Brust gelegt und die Hand in die Achselhöhle gesteckt, um sie zu wärmen. Wenn ihr jetzt Wild zu Gesicht käme, könnte sie es nicht schießen, aber das bereitete ihr keine Sorgen. Sie fror zu sehr, um sich Sorgen zu machen, und war zu müde, um daran zu glauben, daß sie innerhalb der Reichweite ihres primitiven Bogens ein Wild sehen würde.

Der tote Hase entglitt ihrer Hand. Sie hörte ihn in den Schnee fallen und blieb stehen, starrte dumpf auf ihn hinab. Sie mußte den ganzen Kopf bewegen, um ihn zu sehen, denn sie hatte die Zugschnur ihrer Kapuze so festgezogen, daß die Öffnung gerade ausreichte, daß sie nach vorn sehen konnte. Sie atmete durch die langen Pelzhaare am Rand ihrer Kapuze und fühlte, wie sich mit jedem Atemzug Frost bildete und wieder taute. Nach einer langen Pause stieß sie den erwärmten Arm wieder in den Ärmel und die Hand in den Fausthandschuh. Dann verrenkte sie den Körper zur anderen Seite und wand sich, bis der andere Arm mit der gefühllos gewordenen Hand aus dem Ärmel heraus und an ihrem

Körper war. Schließlich bückte sie sich, hob den Hasen auf und stapfte weiter.

An Tagen wie diesem bedauerte sie, daß sie Benus Sippe verlassen hatte. Dort hatte sie nicht auf die Jagd gehen müssen, um zu ihrem Fleisch zu kommen. Ihre Geschicklichkeit und ihre Kenntnisse als Heilerin hatten Mutter und Sohn ernährt, und auch für warme Kleider hatte es gereicht. Jetzt war sie wieder allein, ganz auf sich selbst gestellt. Sie war niemals eine geschickte Jägerin gewesen. Sie war unter Bauern aufgewachsen.

Ihre Gedanken wanderten zurück zu dem Dorf am breiten Fluß. Dort hatten sie das reife Getreide mit hölzernen Sicheln geschnitten, in deren Schneiden Feuersteinklingen eingesetzt waren. Die Hitze und die Arbeit der Erntetage hatten alle Körper mit Schweiß bedeckt. Aber in der Kälte des heutigen Tages schien ihr die Hitze jener Sommertage wie ein Kindertraum. So war alles – nicht mehr als ein Kindertraum. Sie stolperte über eine im Schnee vergrabene Baumwurzel und wurde zurück in die Gegenwart gerissen. Die Frage war, ob sie den Winter überleben würden. Der Junge wurde so dünn, und sie selbst stumpfte vor Kälte und Hunger allmählich ab.

Sie überwand die letzte Anhöhe und blickte hinab in die kleine Talmulde, wo sie ihr abgenutztes Zelt aufgestellt hatte. Beinahe zu Haus und in Sicherheit, dachte sie bei sich. Es war sinnlos, sich in Gedanken in jene verlorenen Tage in einer weit entlegenen Gegend zu flüchten. So nutzlos wie die Gedanken an Benus Sippe, hundert Hügel und Täler von diesem Ort entfernt. Sie machte sich an den Abstieg, stolpernd vor Müdigkeit. Ihre Lippen waren ausgetrocknet, aber sie durfte sie nicht mit der Zunge befeuchten, sonst würden sie in der Kälte aufspringen. Beinahe daheim. Auf halber Höhe blieb sie stehen und kniff die Augen zusammen. Etwas stimmte nicht. Ihr Herzschlag setzte aus.

Kein Rauch stieg aus dem Rauchloch an der Spitze

des Zeltes. Die schützende Klappe war dick bereift, ein Zeichen, daß auch keine Restwärme aus dem Zelt aufstieg. Die Stücke von abgebrochenen Zweigen und Ästen, die sie als Brennholz vor dem Zelt zurückgelassen hatte, lagen unberührt. Das graue Zelt, ein schwarzer Umriß in der Dunkelheit, erinnerte an abgeschabte Tierhäute, die, zum Trocknen aufgehängt, steif im Wind schwangen, tot und leer.

Sie rannte. Ihre vor Kälte tauben Füße fühlten die Stöße, als sie durch den lockeren Schnee auf den gefrorenen Boden prallten. »Kerlew!« rief sie, aber ihre Stimme war trocken und brüchig wie ein welkes Blatt. Sie trieb mit der Dampfwolke ihres Atems davon. Ein Vielfraß, überlegte ihr Verstand. Ein Vielfraß fürchtete nichts. Er würde nicht zögern, in das Zelt eines Menschen einzudringen und einen zehnjährigen Jungen anzugreifen. Oder vielleicht war Kerlew aus dem Zelt gegangen, um sich zu erleichtern, und davongewandert. Er achtete nie darauf, seine Kapuze fest zusammenzuziehen oder zusätzliche Beinlinge anzulegen. In dieser Kälte würde er es nicht lange aushalten. Die Kälte konnte ihn umbringen, selbst wenn er nicht von den Wölfen aufgespürt wurde, die sie an diesem Morgen gehört hatte. Hatte sie ihm nicht selbst versichert, daß sie auf der anderen Seite des Höhenzuges waren und keine Bedrohung für sie darstellten? Würden Wölfe ein Kind töten? Ein Renkalb, das sich von der Herde absonderte, würden sie sofort reißen. Und einen tölpelhaften Jungen, ganz unbeholfene Beine und hilflose Hände?

Es schien eine Ewigkeit zu vergehen, bis sie das Zelt erreichte und hineinstürzte. Mund und Lungen schmerzten von der eisigen Luft, die sie im Laufen mit jedem hastigen Atemzug eingesogen hatte. Aber das war unwichtig. Wo steckte der Junge? »Kerlew?« fragte sie atemlos. Es war finster im Zelt, die Asche lag schwarz auf den Herdsteinen. Nichts rührte sich. Das Leben in ihrer Brust schien mit dumpfen Schlägen langsam zum

Stillstand zu kommen und endlos in das kalte Loch ihres Magens zu fallen. Das einzige Zeichen von dem Jungen war das Fellbündel auf seinem Lager. Gedanken an Bären und Vielfraße, an Wölfe und Trupps wandernder Jäger, manchmal bestialischer als jedes Raubtier, schossen ihr durch den Kopf. Und sie hatte Kerlew alleingelassen und solchen Gefahren ausgesetzt. Die Kehle schnürte sich ihr zusammen. Der tote Schneehase glitt ihr unbemerkt aus der Hand.

»Kerlew!« rief sie wieder. Der heisere Klang ihrer Stimme zerriß die Stille des Zeltes. Sie nahm den Bogen von der Schulter und umfaßte ihn. Spuren. Wenn er fortgegangen war, mußte er eine Fährte hinterlassen haben. Aber als sie die Zeltklappe hob, drang ein winziges Glucksen an ihr Ohr. Sie wandte mit einem Ruck den Kopf, sah die Felle auf dem Lager in Bewegung geraten. Mit einem Schritt war sie bei ihm, riß die Felle zurück und sah Kerlew auf der Seite liegen und leise zu einem glatten Stein sprechen, den er in der Hand hielt. Die Erleichterung wurde von der Flutwelle jähen Zorns überwältigt und ging darin unter.

»Was tust du da? Warum ist das Feuer ausgegangen?« fuhr sie ihn an.

»Ich vergaß, Holz nachzulegen«, antwortete er, ohne seine Lage zu verändern. Er streichelte den Stein in seiner Hand, blickte nicht einmal zu ihr auf. »Aber es macht nichts. Ich kroch unter die Felle und blieb warm.«

Tillu stand da und starrte auf ihn nieder. Sie fühlte die eisige Kälte, die nun, da sie stillstand, langsam durch die Kleidung drang, fühlte den Hunger, der warten mußte, bis er gestillt werden konnte, fühlte aber vor allem die Verzweiflung und Mutlosigkeit, die ihr Sohn in ihr weckten. Würde er immer so sein, auf sie warten, daß sie heimkäme und sich um ihn kümmerte, achtlos und hilflos in der Welt? Sie bewegte sich nicht, sie sprach nicht, sie sah ihn nur an und überlegte, was in dem Jungen fehlte, was ihn zu lehren sie unterlassen hatte, was ihn hinderte, zu dieser Welt zu gehören. Sie gab sich verzweifelte Mühe, ihn richtig zu erziehen, aber nichts veränderte ihn. Er konnte nicht einmal seine eigene Verkehrtheit erkennen. Ihr Warten, ihre Bemühungen um seine Erziehung und Belehrung waren nutzlos. Verloren in ihrer Hoffnungslosigkeit, starrte sie auf ihr einziges Kind hinunter.

»Willst du nicht Feuer machen?« fragte Kerlew. Er zog an den Fellen, die sie ihm weggerissen hatte. »Es wird kalt, und ich hab Hunger. Ist das alles, was du heute erbeutet hast?«

Die alte Wut, die sie schon hinter sich geglaubt hatte, stieg in ihr auf. Die Ungerechtigkeit dieser Bürde verwundete und verbrannte ihre Seele. Sie stand über ihm, und ihre Erbitterung gab ihr Kraft. Mit einer Hand packte sie sein weiches ledernes Hemd vor der Brust, zog ihn hoch und stellte ihn auf die Füße. Viel fehlte nicht, und sie hätte ihn auf die kalten Herdsteine geworfen. Er taumelte seitwärts, gewann unbeholfen das Gleichgewicht wieder und kauerte plötzlich vor ihr nieder.

»Nein!« stieß sie hervor. »Nein, ich werde kein Feuer machen! Du wirst es tun. Du, der Dummkopf, der es ausgehen ließ! Selbst das kleinste Kind in Benus Sippe weiß, daß das Feuer immer gehütet werden muß. Ohne das Feuer können wir nicht leben! Aber du, alt genug, um auf die Jagd zu gehen, wenn du nicht so dumm wärst, du läßt das Feuer ausgehen, während du wie ein Säugling in den Fellen liegst und mit einem Stein spielst. Gib mir das Ding!«

Sie entriß ihm den rötlichen Stein, obwohl er ihn verzweifelt festzuhalten suchte, und warf ihn durch die Zeltklappe hinaus ins Freie. Kerlews Gesicht wurde weiß. Der Stein verschwand im Schnee, und Kerlew schrie auf und wollte ihm nachspringen, aber sie bekam ihn am Hemdrücken zu fassen und zog ihn zurück, stieß ihn grob auf die kalte Erde bei den Herdsteinen. Sie zitterte vor Wut und Verzweiflung. Dies war ihr Sohn, ihr Junge, der in ein paar Jahren ein Mann sein sollte? Diese kauernde Kreatur, die vor Trotz und Zorn weinte, weil sie einen Stein aus dem Zelt geworfen hatte? Es war unerträglich.

»Ich will meinen Stein!« schrie er wütend. Er wollte aufspringen, aber sie stieß ihn zurück. Sie nahm den Lederbeutel mit dem trockenen Zunder, der hoch über dem Erdboden aufgehängt war, und warf ihn Kerlew zu. Der Junge schrie auf, als der Beutel ihn ins Gesicht traf und zu Boden fiel. Sie warf den Feuerbogen hinterher. Sie hatte keinen Feuerstein.

»Mach das Feuer!« befahl sie mit einer Stimme, die die Luft im Zelt erzittern machte. »Jetzt!«

»Ich kann nicht. Ich weiß nicht, wie. Ich will meinen Stein!« Er kroch davon, aber sie faßte ihn am Kragen und schleifte ihn zurück. Tränen liefen ihm übers Gesicht.

»Versuch es. Jetzt. Du hast mir tausendmal dabei zugesehen. Jetzt versuchst du es. Los!«

»Ich kann nicht! Ich kann nicht! Ich will meinen Stein! Es war mein Stein, nicht deiner.« In seiner Stimme war Furcht ebenso wie Trotz zu hören, und zu jeder anderen Zeit wäre Tillus Zorn dahingeschmolzen, aber sie war zu durchgefroren, zu hungrig und zu müde, um die einzige Stütze seiner Welt zu sein. Sie kniete hinter ihm nieder, umfaßte seine dünnen Handgelenke und zwang seine Hände zu den Geräten. Seine Hände waren schlaff. Er wollte nicht.

»Fang schon an! Los jetzt, Kerlew! Du nimmst die Dinge und versuchst es! Glaubst du, ich werde immer für dich hier sein, nach Haus kommen und Feuer machen und Essen zubereiten? Wie, wenn ich mich heute verlaufen hätte? Wenn ein Bär mich getötet hätte, oder wenn ich gefallen wäre und mir ein Bein gebrochen hätte? Säßest du dann hier im Zelt und würdest jammern: ›Ich kann nicht!‹ – bis du erfroren oder verhungert wärst? Säßest du da und würdest deinen Stein streicheln, bis du gestorben wärst? Hm? Wie, wenn ich heute nicht zurückgekommen wäre?«

Er drehte den Kopf und sah sie über die Schulter an. Sein Mund stand offen, und seine eng beisammenstehenden Augen glotzten sie erschrocken an. »Nicht zurückgekommen? Du nicht zurückgekommen? Kerlew allein?« In seiner Angst wurde er wieder zum Kleinkind. Sein Mund stand offen, die Unterlippe zitterte naß, und er starrte sie in jämmerlicher Furcht an. Tillu blieb unerbittlich.

»So ist es. Tillu ist nicht zurückgekommen. Nun machst du das Feuer. Versuch's!«

Der Junge nahm die Gerätschaften ungeschickt auf, fuhr hilflos damit herum und versuchte sie dann zusammenzusetzen. Sie unterdrückte ihren Zorn, während er drei vergebliche Versuche machte, dann schlug sie seine Hände beiseite. »Dummkopf! Hast du nie aufgepaßt? So mußt du es machen. Eine Hand hier, die andere Hand da, am Bogen. Also!«

Er schrak vor ihrer Berührung zurück, aber sie packte ihn unsanft und legte seine Hände in der richtigen Stellung an den Feuerbogen. Er bewegte ihn ungeschickt, die Hand am Gelenk eingeknickt, während er hin und her sägte. Der in der Schlinge der Bogensehne gehaltene Stock drehte sich ungleichmäßig, sprang immer wieder aus seiner Vertiefung und verausgabte die Reibungswärme auf der Oberfläche des Holzes. Tillu langte an Kerlew vorbei und setzte den Stock fest in die Vertiefung.

»Los, weiter!« In ihrer Stimme lag keine Ermutigung, nur Befehl.

»Mama...«, bat er, aber sie stand auf und ging zur Zeltöffnung.

»Ruf mich, wenn du Feuer hast.«

Verzweiflung lag in seinem Gesicht, sein Atem wurde

von kurzen Schluchzern begleitet, aber sie hob die Zeltklappe und trat hinaus in die Dunkelheit.

Die Kälte der subarktischen Winternacht kühlte ihre erhitzten Wangen. Jetzt erst merkte sie, daß sie schwitzte, daß der Zorn Wärme in ihrem Körper erzeugt hatte. Noch immer zitterte sie unter der Gewalt ihres Zornes. Warum war er immer so? Warum?

Dann, als ihr Zorn in der kalten Finsternis abkühlte, kam die Scham und wärmte ihr die Wangen. Aus dem Zelt hinter ihr hörte sie das gleichmäßige Kratzen des Feuerbohrers, begleitet von Kerlews Stimme, als er vor sich hin schluchzte und murmelte. Die Welt lag weit und leer um sie, aber es gab keinen Ort, wohin sie fliehen konnte, um dieser kleinen murmelnden Stimme und der zornigen Verwirrung in seinen Augen zu entkommen. Tillus Zornesausbrüche bewirkten selten, daß Kerlew seine Missetaten bereute. Statt dessen reagierte er mit kindischem Schmollen und dem Zurückzucken vor ihrer Berührung, das ihr ins Herz schnitt.

Sie hatte ihr Zelt in dem kleinen Tal auf einer Lichtung errichtet. An ihren Rändern stiegen die bewaldeten Hänge auf. Wahrscheinlich war der Boden im Sommer sumpfig, aber jetzt war er hart gefroren. Die Fichten traten in der Dunkelheit schwärzer hervor als die übrigen Bäume, ihre herabhängenden Äste trugen Schneelasten. Manchmal spürte sie einen tiefen Frieden, der von den Bäumen und verschneiten Höhen ausging, fühlte sich in der Hand des Waldes geborgen und beschützt. Sie hörte den weichen, fast lautlosen Flügelschlag einer Schnee-Eule, die in die Lichtung herabstieß, das dünne Piepsen der ergriffenen Beute, als sie wieder aufflog. Der Todesschrei der von den scharfen Fängen durchbohrten Maus traf ihre gereizten Nerven, und sie erschauerte. In dieser Nacht spürte sie nur den stillen unaufhörlichen Lebenskampf der Pflanzen, Tiere und Menschen um Selbstbehauptung in einer rauhen, harten Welt. Die blindeste aller neugeborenen Mäuse war für das Überleben besser ausgerüstet als ihr Sohn. Warum konnte sie nicht die Vergeblichkeit des Versuches zugeben, ihm die Notwendigkeit des Lernens begreiflich zu machen? Wäre es nicht gütiger, ihn weitermachen zu lassen, wie er war, bis er schließlich sein Ende finden würde? Tat sie ihm wirklich etwas Gutes, wenn sie ihn zum Lernen zwang, wenn sie ihn in den Lebenskampf stieß und darauf bestand, daß er sich durchsetzte?

Er war, wie er war. Schläge würden es nicht heilen, wie sie inzwischen wissen sollte. Weder ihre Tränen noch ihre Beschwörungen hatten irgendeine Wirkung. Er war, wie er war. Sie konnte nicht mehr für ihn tun als ihm die kleinen Freuden zu lassen, die er in dieser Welt fand, und ihn zu begraben, wenn er schließlich seinen Weg hinausgestolpert wäre. Was sie heute abend für ihn tat, war nicht besser als Schläge. War er in seinem Leben nicht genug gestraft worden? Hatten andere Kinder und spöttische Erwachsene ihm nicht genug Traurigkeit und Unglücklichkeit für den Rest seines Lebens beschert? Auf einmal verspürte sie Erbitterung über jene, die seine Andersartigkeit verspotteten, die auf seine Fehler wiesen. Wer waren sie, daß sie über ihn urteilten? Wer waren sie, daß sie sagen durften, seine Andersartigkeit sei verkehrt und schwach und verächtlich? Wieder loderte heißer Zorn in ihr auf, als sie der Frauen gedachte, die die Köpfe schüttelten und sich abwandten, und der Männer, die ihn voll Geringschätzung und Abneigung betrachteten und beiseite stießen. Und sie selbst? Sie war nicht besser.

Sie dachte an seinen roten Stein und schämte sich. Vergeblich hielt sie Ausschau nach der Stelle, wo er gelandet sein konnte. Im Dunkeln war es unmöglich, das kleine Loch auszumachen, wo er im Schnee verschwunden war. Lange stand sie unschlüssig im Schnee. Am liebsten hätte sie sich auf die Knie geworfen und den Schnee nach dem Stein durchsucht, als ob dieses nutzlose Bemühen irgendwie ihre Liebe zu Kerlew bewiesen hätte.

Tränen brannten ihr in den Augenwinkeln, und sie wischte sie mit dem Rücken des Fausthandschuhs weg. Morgen, gelobte sie sich. Morgen, wenn der Tag am hellsten wäre, würde sie wiederkommen und den Stein suchen. Und nun mußte sie zurück ins Zelt, das Feuer entfachen und den Hasen zubereiten.

Der Wirbelsturm von Zorn und Enttäuschung war abgezogen, und sie fühlte nur Leere und Müdigkeit. In einer Anwandlung von Reue wünschte sie, daß sie ihn als Kleinkind mehr im Arm gehalten und liebkost hätte. Aber der Gedanke brachte die Erinnerung an seinen kleinen Körper zurück, wie er sich in ihren Armen versteifte, sein rotes Gesicht, als er sich gegen ihre Umarmung gewehrt hatte. Und wie er ihr den übergroßen Kopf immer wieder schmerzhaft gegen die knochige Brust geschlagen hatte, bis sowohl sein Gesicht wie auch ihre Brüste am Abend voll blauer Flecke gewesen waren. Wenn sie ihn hingelegt hatte, hatte er geschrien. Wenn sie ihn auf die Arme genommen hatte, hatte er sich versteift und gewehrt. Aber vielleicht hätte sie sich mehr bemühen sollen. Vielleicht, wenn ihre Mutter oder Tante dagewesen wäre, hätte jemand ihr sagen können, was sie falsch machte.

Aber niemand hatte sie unterwiesen. Tillu wußte nicht einmal, ob sie überlebt hatten. Die Marodeure hatten sie weit von ihrem Heim am Fluß verschleppt. Als ihre schwellende Schwangerschaft sie zu einer unattraktiven Bettgenossin gemacht hatte, waren sie weitergezogen und hatten sie zurückgelassen, nicht anders, als wenn sie ein lahmendes Pferd zurückgelassen hätten. Sie hatte nicht einmal sagen können, welcher von ihnen den Jungen gezeugt hatte. Wenn sie jetzt an sie dachte, konnte sie die Männer nicht einmal als Einzelpersonen unterscheiden. Ihr derbes, glattes schwarzes Haar, die gelblichen breiten Gesichter verschmolzen zum Alptraum eines schweißig riechenden schweren Mannes, der sie niederdrückte und verletzte. Der sie auf den steinigen Boden preßte, ihr heißen Atem ins Gesicht blies, sich mit schwerer Last auf ihren Leib drückte – und ringsherum Gelächter, wenn sie zappelte. Schaudernd riß sie ihre Gedanken von der Erinnerung los.

Auf einmal merkte sie, daß sie zitterte, eine letzte Anstrengung des Körpers gegen die Kälte. Allzu lange hatte sie hier draußen in der Kälte ausgeharrt, und die Nacht hatte die Wärme aus ihr herausgesaugt. Sie mußte jetzt ein Feuer und Wärme haben, wenn sie leben wollte. Und sie mußte leben, wenn Kerlew leben sollte. Müde wandte sie sich dem Zelt zu. Sie würde den Bogen und den Feuerbohrer nehmen und das Feuer machen. Sie würde wieder einmal das Gewicht ihres Überlebens auf die Schultern nehmen. Dann hörte sie seine schrille Stimme aus dem Zelt, und sein Triumph war strahlender als die Sterne.

»Feuer Tillu, Tillu, es brennt, es brennt für mich!«

– 5 –

Kalter Luftzug berührte ihr Gesicht. So kalt, wie es draußen sein würde, nicht im Zelt. Tillu entließ den Schlaf aus ihrer Umklammerung und regte sich unter den Fellen, die sie bedeckten. War das Feuer ausgegangen? Widerwillig öffnete sie die Augen ein wenig und blinzelte aus ihrem Lager. Nein, es glühte noch rot, obwohl bald nachgelegt werden mußte. Der Zug kam von der offenen Zeltklappe, wo Kerlew in seinem Hemd stand und in die Dunkelheit hinausstarrte. »Das Holz liegt bei deinem linken Fuß«, sagte sie. »Du brauchst nicht die Kälte einzulassen, um es zu finden.«

»Ich schaue nicht nach Holz«, murmelte Kerlew. Die kalte Luft strömte an ihm vorbei und vertrieb die wärmere Luft im Innern des Zeltes. Kerlew stand bewegungslos im Kältenebel, der draußen in einer dünnen Schicht über dem Schnee hing.

»Trotzdem kannst du etwas ins Feuer tun«, sagte Tillu. Sie zog sich die Felle wieder bis über das Kinn. Kerlew stand noch immer in der Öffnung und starrte hinaus in die verschneite Dunkelheit.

»Ich hörte Carp.« Er schwankte ein wenig, als ob er noch schliefe. »Er rief mich.«

Tillu überlief ein Frösteln. Ihre Nackenhaare prickelten. Die langsamen Worte und der starre Blick des Jungen erschreckten sie. Im trüben roten Schein der Glut wandte er ihr das Gesicht zu. Seine Augen waren schwarze Löcher unter den wirren Haarsträhnen, keine Spur von Müdigkeit in ihnen. Seine gespannte Aufmerksamkeit gemahnte sie an einen großen Wolf, der mit aufgestellten Ohren auf den Keulen saß und wartete, daß seine Beute in Reichweite käme. Nicht zum ersten Mal sagte sie: »Kerlew, Carp kommt nicht. Du hast es geträumt.«

»Ich weiß.« Der Junge sprach in seiner stockenden Weise, als müßte jedes Wort erst gefunden werden, bevor er es aussprechen konnte. Er reihte seine Worte an den Fäden seiner Gedanken auf, stellte seine Sätze sichtbar zusammen. »Aber es war einer von den wahren Träumen, wie er mich lehrte. Ich sah Carp im Schnee durch den Wald gehen.« Verwunderung lag auf den Zügen des Jungen. »Er sah mich an und lächelte, so daß ich sehen konnte, wo seine Zähne fehlen. Er stützte sich auf den Stab, den wir zusammen schnitzten, und ich wußte, daß er zu mir kam. Er sagte: ›Du bist mein, Kerlew. Und ich werde zu dir kommen, weil die Geister es wollen. Sei geduldig, aber vergiß nicht.‹ Dann fing es an zu schneien, Und der Schnee fiel zwischen uns, bis alles weiß war und ich ihn nicht mehr sehen konnte. Aber ich dachte, daß ich ihn rufen hörte, und wachte auf und stand auf, um zu horchen.«

»Kerlew«, sagte Tillu, bemüht, jeden Tadel aus ihrer

Stimme herauszuhalten. »Carp kommt nicht zu dir. Er weiß nicht, wo wir sind. Und wir sind sehr weit gewandert, seit wir Benus Sippe verließen. Sie kommen nicht so weit nach Nordwesten. Wir sind nicht mehr in ihrem Gebiet. Ich glaube nicht, daß wir Carp jemals wiedersehen werden.«

Kerlew stand still, die Stirn gerunzelt, und nickte langsam. Dann ließ er die Zeltklappe fallen und schloß die Nacht und die größere Dunkelheit in ihr aus. Das Zelt wurde wieder der vertraute kleine und sichere Ort, und Tillu konnte Kerlew anschauen und ihr Kind sehen. Seine bloßen Beine sahen unter dem Hemd aus weichem Leder hervor, sein dickes schwarzes Haar war wirr, Strähnen hingen ihm vor die seltsamen Augen. Einen Augenblick lang sah sie seine ganze Verletzlichkeit und Einsamkeit, und ihr Gewissen peinigte sie. Auf allen ihren Wanderungen war Carp der einzige erwachsene Mann gewesen, der ihrem Sohn mehr als ein Mindestmaß an Duldung entgegengebracht hatte. Für die meisten anderen war Kerlew ein Gegenstand der Lächerlichkeit oder des Abscheus. Er war von den anderen Kindern immer geneckt und verfolgt worden, seit er alt genug war, seine Andersartigkeit durch Sprache zu verraten. Die Frauen bemitleideten ihn entweder, oder sie behandelten ihn als Kleinkind, oder sie bemitleideten Tillu und behandelten ihn als eine Mißgeburt. Indem sie von Benus Sippe fortgelaufen war, hatte sie ihm den einzigen Menschen genommen, der sich je mit ihm angefreundet hatte.

»Warum sagte er dann, daß er kommt?«

Tillu versuchte vor den stockenden Worten der hartnäckigen Fragen ihre Geduld zu bewahren. »Weil du es nur träumtest. Er sagte es nicht wirklich.«

Er stand nickend beim Feuer, hatte den Mund ein wenig offen und leckte sich die Unterlippe. Dann bewegten sich seine Lippen, als er ihre Worte sorgsam für sich selbst wiederholte. »Ah«, sagte er und nickte in die Glut. »Ein Traum.«

Tillu seufzte erleichtert und begann sich unter ihren Fellen zu entspannen. Kerlew legte dürres Holz in die Glut.

»Meinst du, daß Carp dann morgen kommen wird?« Kerlews hoffnungsvolle Frage riß sie aus der Ruhe zurück.

»Nein, Carp wird auch morgen nicht kommen. Du hörst nie, was ich sage, wie? Bring noch etwas Holz herein.«

Er gehorchte und zog Aststücke vom draußen lagernden Vorrat herein. Das Holz war mit Schnee und Rauhreif überzuckert und zischte, als er es in die Glut warf.

»Nicht alles auf einmal«, sagte sie. »Damit kannst du die Glut auslöschen.«

»Dann muß ich ein neues Feuer machen«, bemerkte Kerlew mit einem Unterton von Abneigung in seiner langsamen Redeweise.

»Richtig«, bestätigte sie.

Sie verstummten, und beide fühlten die Spannung, die zwischen ihnen in der Luft hing. Der Verstand sagte ihr, es sei notwendig, daß der Junge lerne, auch wenn er schwer von Begriff sei. Ihr Gefühl machte sie nur überdrüssig und traurig. Wie gut er sich an Zorn und Schmerz erinnerte. Er mochte vergessen, was sie kurz vorher zu ihm gesagt hatte, aber seine Erinnerung an die letzte Auseinandersetzung war noch frisch, obwohl seither ein Monat vergangen war. Es war die Art und Weise, wie sein Geist arbeitete. Als ob er spürte, was sie schmerzte, und diese Dinge dann für sich behielt.

Sie schaute zu ihm hin, sah seinen Blick verstohlen zur Zeltstange hinaufwandern, wo das Fleisch hing. Sie lächelte in der Erinnerung an sein strahlendes, triumphierendes Gesicht beim Feuermachen. Das wollte sie in ihrem Herzen bewahren. Er erwiderte ihren Blick, dann lächelte er unsicher.

»Es ist bald Zeit, aufzustehen, glaube ich«, sagte er hoffnungsvoll. »Soll ich Schnee bringen?« Da wurde

Tillu klar, was ihn in Wirklichkeit geweckt hatte. Er hatte Hunger.

Sie schob müde die Felle zurück. Es wäre vernünftiger gewesen, wenn sie ihn wieder zu Bett geschickt hätte, um mit dem Essen bis zum wirklichen Morgen zu warten. Aber sie fühlte sich schuldig und war ebenfalls hungrig. Sie versorgte sich und ihren Jungen nicht gut. Sie wußte, daß die Wälder selbst im härtesten Winter für den geschickten Jäger reichlich Nahrung bereithielten. Aber sie war nicht geschickt.

Seit sie Benus Sippe verlassen hatten, hatten sie sich von Hasen und Schneehühnern und dergleichen ernährt. Zuerst hatte es noch Dörrfleisch und Talg zur Ergänzung ihrer Jagdbeute gegeben, und manche späten Herbstfrüchte. Aber nun hatte der Schnee die Pflanzendecke begraben, und mit Ausnahme von Rindentees waren sie ganz auf das Fleisch ihrer Jagdbeute angewiesen. Gestern waren es zwei Hasen gewesen, beide nicht groß. Sie hatte die Tiere gekocht und das Hinterteil von einem für das Frühstück aufbewahrt. Die armen Tiere hatten ihr Herbstfett bereits verloren. Das magere, faserige Fleisch war eher mühsam als befriedigend zu essen. Ihr Körper verlangte nach Fett, und selbst die üppigste Menge faserigen Hasenfleisches konnte dieses Verlangen nicht befriedigen.

Sie gab mit einem knappen Kopfnicken nach. Kerlew hob den Topf und lief hinaus, ihn mit Schnee zu füllen; er machte sich nicht einmal die Mühe, die Stiefel anzuziehen. Tillu stieß ihre Felle zurück und kleidete sich hastig an. Sie legte Holz nach und steckte den Topf voll Schnee zwischen die Herdsteine. Das halbgefrorene Hinterteil des Kaninchens hing von einer der Zeltstangen. Sie nahm es herunter, betrachtete kopfschüttelnd die kleinen Schenkel, und schnitt das Fleisch in kleine Stücke, die rasch garkochen würden. Knochen und alles wanderte in den Topf. Sie stocherte in der Glut und schürte das Feuer. Kerlew hatte sich schnell angezogen.

Nun hob er das Knochenmesser auf, das sie zum Aufschneiden des Fleisches benützt hatte, und leckte die Blutspuren von der Klinge.

»Schneid dir nicht in die Zunge«, sagte sie.

»Ich bin vorsichtig«, erwiderte er, dann strich er mit den Fingern über das Stück Holz, auf dem sie das Fleisch geschnitten hatte, und leckte es ab. Sein Hunger machte sie betroffen, und Scham wetteiferte mit Zorn, doch die Müdigkeit siegte über beide. Wenn es ihr nicht bald gelänge, mehr Fleisch herbeizuschaffen, würden sie den Winter nicht überstehen. Gedankenvoll rührte sie im Topf. Alles, was sie besaßen, trug Spuren der Abnutzung. Das Knochenmesser mußte ersetzt, die Fausthandschuhe genäht, die kleinen abgeschabten Felle ihrer Beutetiere zu brauchbarem Leder verarbeitet werden. Aber sie war auf sich gestellt, und die Jagd nahm den größten Teil ihrer Zeit in Anspruch. Bei jedem anderen Kind wäre die Lösung einfach gewesen: Heranziehen des Jungen zur Arbeit. Doch die Erfahrung hatte sie gelehrt, daß es zeitraubender war, Kerlew eine neue Fertigkeit beizubringen, als die Arbeit selbst zu tun.

Immerhin hatte er das Feuer wieder in Gang gebracht. Und seither hatte er das Brennholzsammeln übernommen, ohne daß es ihrer ständigen Ermahnungen bedurfte. Vielleicht hatte er die Härte der Feuerlektion gebraucht. Vielleicht war es an der Zeit, mehr von ihm zu erwarten – nein, zu fordern.

Er hockte neben ihr und verfolgte mit der Aufmerksamkeit einer hungrigen Krähe, wie sie in der Fleischbrühe rührte. Das Wasser begann zu sieden, und der Geruch des kochenden Fleisches stieg ihr verlockend in die Nase. Sie fügte eine Prise Salz und eine Handvoll getrockneter Flechten hinzu, um die Brühe dicker und gehaltvoller zu machen. Kerlew seufzte erwartungsvoll und schmiegte sich an ihre Seite. Als wäre er ein viel jüngeres Kind, suchte er ihre Nähe und Wärme, aber als

Tillu ihm übers Haar strich, zuckte er zurück. Dann blickte er fragend zu ihr auf.

»Kerlew, es könnte uns besser gehen, aber nur, wenn wir uns beide mehr bemühen. Ich muß dir mehr beibringen, damit wir uns die Arbeit teilen können.«

Er blickte wachsam zu ihr auf. »Erst gestern habe ich das ganze Brennholz gesammelt.«

»Ich weiß, ich weiß. In letzter Zeit hast du dich meistens an meine Aufträge erinnert. Aber du bist jetzt groß, und es wird Zeit, daß du allmählich noch mehr Aufgaben übernimmst. Ich könnte dir zeigen, wie du die Hasenfelle schabst und aufspannst, und du könntest lernen, eigene Fausthandschuhe zu nähen, und ...«

Ein rebellischer Ausdruck trat in seine Augen. »Nein. Das ist Frauenarbeit, sagt Carp. Mit so etwas brauche ich mich nicht abzugeben.«

Tillu verbiß sich die Verärgerung. Immer Carp! Wie weit würde sie noch wandern müssen, um diesem Mann zu entgehen? »Verschiedene Stämme haben verschiedene Bräuche. Wir sind jetzt auf uns selbst gestellt, also können wir unsere eigenen Bräuche bestimmen. Wir können jede Arbeit tun, die wir tun wollen und die getan werden muß. Und es gibt eine Menge zu tun, wenn wir überleben und durch den Winter kommen wollen. Wir können keine Kranken mehr behandeln und dafür Fleisch und Kleider bekommen. Deshalb muß ich unsere Kleider in Ordnung halten und auf die Jagd gehen, um Fleisch zu beschaffen. Obwohl ich das früher nie getan habe. Und du wirst auch Arbeit verrichten müssen, die du früher nicht verrichten mußtest.«

Sie warf ihm einen Seitenblick zu. Seine Stirn war gerunzelt, aber der Ausdruck trotziger Ablehnung hatte sich ein wenig gemildert. Er hatte die Lippen vorgeschoben und schien darüber nachzudenken. Es war eine Lektion, die ihre Jahre mit Kerlew sie gelehrt hatten. Anderen Kindern konnte man befehlen oder sie mit der

Androhung von Bestrafung dazu bringen, etwas zu tun. Kerlew blieb von solchen Taktiken unberührt. Es sah wie Begriffsstutzigkeit aus, aber er tat nichts, solange er die Gründe, warum er es tun mußte, nicht fest im Gedächtnis hatte. War er einmal überzeugt, so ließ er sich nicht von dem abbringen, was er als notwendig erkannte. Wie etwa die Notwendigkeit, vor Bären zu fliehen und das Feuer zu unterhalten.

»Warum kann ich dann nicht auf die Jagd gehen?« fragte er plötzlich.

»Du weißt nicht, wie es gemacht wird. Ich dachte, du willst zuerst einfachere Dinge lernen, wie Schnitzen und Werkzeug für uns zu machen, während ich auf die Jagd gehe.«

»Andere Jungen in meinem Alter jagen. Graado war immer unterwegs auf der Jagd, bevor er starb.«

»Ich weiß. Graado war trotz seiner Jugend ein sehr guter Jäger. Aber auch er hatte lange Jahre gebraucht um es zu lernen. Jetzt ist keine gute Zeit für dich, das Jagen zu erlernen, denn wenn du das Ziel versehentlich verfehlst, werden wir an dem Tag nichts zu essen haben. Aber es ist eine gute Zeit für dich, um zu lernen, wie man Schalen und Messer und andere nützliche Dinge macht. Verstehst du, was ich sage?«

»Ja.« Widerwillig. »Lieber würde ich jagen lernen.«

»Du wirst in diesem Winter beides lernen«, versprach ihm Tillu. Sie überraschte sich selbst mit dem Versprechen. Aber wenn sie allein mit dem Jungen lebte und er lernbereit war, konnte sie ihm manches beibringen. Vielleicht wäre seine Andersartigkeit dann weniger augenfällig, wenn sie sich nächstes Mal einer Sippe oder einem Stamm anschlossen.

»Es wäre einfacher für dich, wenn wir bald wieder ein Dorf fänden, wo du Leute heilen kannst.« Manchmal zeigte Kerlew eine Einsicht, die Tillu überraschte. Sie sah ihn scharf von der Seite an.

»Wie kommst du darauf?« fragte sie.

Er zuckte die Achseln.

»Gut, es wäre einfacher, aber hier gibt es keine Leute, die ich heilen könnte, Kerlew. Also müssen wir uns allein durchschlagen.«

Er schaute sie wortlos an, ohne zu widersprechen, aber auch ohne Zustimmung. Sie seufzte. Er hatte sich ausgerechnet, daß es einen anderen Weg gebe, um ihre Probleme zu lösen. Und er würde an seiner Lösung festhalten, solange er konnte.

»Ist es jetzt fertig?«

Sie rührte noch einmal um und nickte. Sofort sprang er auf, die geschnitzten hölzernen Schalen zu holen und begierig zuzusehen, wie sie die Fleischsuppe einfüllte. Sie tranken in kameradschaftlicher Stille. Tillu dachte nach, und Kerlew war ganz mit der Mahlzeit beschäftigt.

Allzuschnell war die Suppe gegessen. Tillu stand auf, um ihre Jagdausrüstung für den Tag zusammenzusuchen. In einen weichen Lederbeutel, den sie mit dem festen Gürtel um ihre Mitte band, kamen das Knochenmesser, ein langes Stück Leine aus geflochtenen Sehnen und der kleinere Beutel mit ihren Heilutensilien. Seit ihrer Kindheit am großen Fluß, als ihre Großtante angefangen hatte, sie in der Kunst einer Heilerin zu unterweisen, führte sie solch einen Beutel mit sich. Er enthielt pulverisierte Kräuter in kleinen Behältern aus hohlen Knochenstücken, die mit Wachs verschlossen waren, und eine Rolle aus weichen Lederstreifen für Verbände. Über alles zog sie ihren schweren Mantel. Er war aus gegerbten Rentierfellen so genäht, daß sich das Fell innen befand, und solange der Mantel neu war, hatte er die Körperwärme gefangen und dicht am Körper gehalten. Aber Rentierhaar war spröde und brach leicht, und so war der Mantel an verschiedenen Stellen schon nach einem Jahr beinahe kahlgerieben. Oft fragte sie sich, ob das Gewicht des Leders die Wärme wert sei, doch wenn ein Sturm aufzog oder wenn sie gezwungen war, draußen zu übernachten, mochte der dicke Mantel lebensrettend sein.

Als sie die Fäustlinge anzog, sagte sie zu Kerlew: »Heute mußt du das Feuer erhalten und Brennholz sammeln, soviel du kannst; dann brauchst du morgen und übermorgen nicht zu sammeln. Und achte auf Stücke, aus denen man eine gute Schale oder einen Löffel machen kann. Heute abend, wenn ich zurückkomme, werden wir etwas schnitzen.«

»Kann ich heute nicht mit dir auf die Jagd gehen und anfangen zu lernen?«

Fing er schon wieder mit dieser Idee an? »Vielleicht morgen. Wenn wir einen guten Brennholzvorrat haben und die Glut tagsüber erhalten können. Also denk daran, du mußt heute eine Menge Holz sammeln, wenn du morgen mit mir jagen willst.« Sie nahm ihren Bogen auf und hielt inne. »Du könntest auch nach einem Haselstrauch Ausschau halten, weil wir dessen Holz brauchen, um einen Bogen für dich zu machen. Du wirst einen brauchen, wenn du auf die Jagd gehen willst.«

»Soll ich die Geister anrufen, daß sie dir gute Jagdbeute bringen?« fragte Kerlew vorsichtig. Sie merkte, daß er mit ihrem üblichen ablehnenden Schnauben rechnete. Aber was konnte es schaden?

»Während du das Brennholz sammelst«, sagte sie und schlüpfte geduckt zur Zeltklappe hinaus. Hinter ihr erhob sich seine dünne Stimme in dem seltsamen einsilbigen Gesang, den Carp ihn gelehrt hatte. Tillu hatte sich nie klar werden können, ob die Anrufung aus den Worten irgendeiner fremden Sprache bestand oder bloß aus monotonen Geräuschen, die den Zweck hatten, Carps Geister näher zu locken. Die schön geschnitzte Göttin aus dem Dorf ihrer Kindheit am Fluß kam ihr in den Sinn. Die Strolche hatten die Schutzgottheit aus ihrer Uferhöhle gerissen und ins Feuer geworfen, über dem sie die fetten Schweinchen geröstet hatten, deren

Hüterin Tillu gewesen war. Seit jenem Tag hatte sie nicht mehr vor irgendeinem Geisterwesen gezittert.

Anmutige weiße Birken und hellgraue Zitterpappeln säumten die Lichtung um ihr Zelt, während hohe dunkle Fichten die Hügel ringsum schwärzten. An einem Ende der Lichtung wuchs Weidengebüsch; Tillu vermutete, daß dort unter dem Schnee eine Quelle verborgen lag. Obschon wahrscheinlich sumpfig, mußte die Lichtung während des Sommers ein offener, luftiger Ort sein, im Gegensatz zu den Hügeln ringsum. Tagsüber schien dann die Sonne auf die Zeltwände und erwärmte sie, während die Fichtenwälder der umliegenden Hänge Schutz vor Stürmen boten und Brennholz lieferten. Auch an Wild fehlte es in der Gegend nicht. Es war ein guter Ort zum Überwintern und vielleicht sogar für eine Dauersiedlung geeignet.

Tillu verbrachte ihre Tage jagend auf den nahegelegenen Hügeln. Die Polarnacht erschwerte alles, aber allmählich hatte sie die Umgebung kennengelernt und konnte daran denken, benachbarte Täler zu erforschen. Es war noch finstere Nacht, als sie in den stillen Fichtenwald eindrang. Die kalten Nächte mit ihrer Rauhreifbildung hatten den Schnee überkrustet und tragfähig gemacht. Tillu ging auf seiner Oberfläche dahin, nur gelegentlich einbrechend, und hielt westliche Richtung. Sie suchte sich ihren Weg mit Umsicht, folgte den Wildwechseln, die sie kannte, und mied die schneebeladenen, tief herabhängenden Fichtenzweige. Sie erwartete nicht, im näheren Umkreis des Zeltes Wild anzutreffen. Sie und Kerlew hausten seit annähernd zwei Monaten hier, und ihre Geräusche und der Rauch hatten wahrscheinlich das meiste Wild verscheucht. Also schritt sie vorerst aus, um eine möglichst weite Strecke zwischen sich und das Zelt zu legen, bevor die kurzen Stunden trüben Tageslichts dämmerten.

Die Stunden des Lichts waren kurz, aber der Tag war lang für sie. Zuerst jagte sie unter einem Sternhimmel, der von den blassen Bändern des Nordlichts durchzogen war. Sie blickte nicht auf, um das Schauspiel zu betrachten, sondern spähte in die Schatten des Waldes, während sie leise dahinschritt. Die Fleischbrühe hatte ihren Magen gewärmt, aber nicht gefüllt, und bald meldete sich der Hunger von neuem und störte ihre Konzentration.

Das graue Licht des ›Morgens‹ fand sie auf langsamer Pirsch mit aufgelegtem Pfeil in einem aufgelockerten Mischwald aus Fichten und Birken. Es war alter Wald, und ringsum ragten mächtige Stämme auf. Das Unterholz war licht und erleichterte das Vorwärtskommen; es vereinfachte auch die Jagd auf das Niederwild, das ihr Ziel war. Die ständige Spannung des schußbereit aufgelegten Pfeiles war ihr verhaßt, aber sie wußte, daß jedes Wild, das sie ausmachte, auch sie sehen würde. Eine Bewegung wie das Ziehen eines Pfeils aus dem Köcher und das Spannen des Bogens würde die Beute verscheuchen.

Sie achtete nicht auf Hasen oder Eichhörnchen oder Schneehühner, sondern auf Bewegung und Umriß. Das Zwinkern eines Auges oder das Aufstellen eines Ohres in einem Buschdickicht, die weiße Krümmung, die der Schenkel eines Hasen sein mochte. Einmal schoß sie und verfehlte. Der Pfeil verschwand lautlos im verschneiten Wald, das Schneehuhn flatterte mit pfeifenden Flügelschlägen auf.

Ihre erste Beute machte sie kurz vor Mittag, und der Erfolg hatte nichts mit ihrer Zielsicherheit zu tun. Sie war aus dem Wald auf eine kleine Lichtung gekommen. Ein geschwärzter Baumstumpf und der gestürzte Stamm mit seinen dürren Ästen ragten aus dem Schnee, wahrscheinlich Opfer eines Blitzschlages. Buschwerk hatte den größten Teil der Lichtung überwuchert. Tillu stand bewegungslos am Waldrand und spähte. In der Morgendämmerung oder am grauen Abend mußte diese Lichtung von kleinem Getier wimmeln, dachte sie bei sich, aber sie hatte die Stelle zur falschen Tageszeit entdeckt. Die Lichtung war leer.

Oder doch nicht? Ein kleiner Klumpen Schnee fiel von einem der Büsche, ausgelöst durch eine Bewegung am Boden, denn die Luft war windstill. Tillu beobachtete den Busch, ohne den Kopf zu bewegen, als ob sie in eine andere Richtung blickte. Der Hase saß still unter dem Busch und nahm an, sein weißes Fell werde ihn verbergen. Tillu überlegte. Die Zweige des Strauches waren gerade dicht genug, um ihren Pfeil wahrscheinlich abzulenken und den Hasen entkommen zu lassen. Sie könnte ihn ins Freie scheuchen und versuchen, ihn im Lauf zu erlegen, aber sie kannte ihre Grenzen. Es mußte noch einen anderen Weg geben, um ihn zu fangen.

Solange er sich unentdeckt wähnte, würde der Hase bleiben, wo er war. Tillu ging langsam vorwärts, blickte dahin und dorthin, aber nicht zu dem Tier. Sie hielt den Kopf hoch, als ob sie zum anderen Rand der Lichtung blickte, und ging weder zu langsam noch zu schnell. Aber aus den Augenwinkeln beobachtete sie das kauernde Tier, und der Weg führte sie eine Körperlänge an seinem Versteck vorbei.

Der Schnee knirschte leise unter ihren Tritten. Näher. Sie kam jetzt an ihm vorbei, und noch immer verharrte er bewegungslos, die Ohren angelegt. Sie warf sich auf ihn, ließ ihren Körper auf Zweige und Tier fallen und begrub den wild zappelnden Hasen und ein Gewirr gebrochener Zweige unter sich im Schnee.

Mit beiden Händen griff sie nach dem Tier, bekam ein Bein zu fassen, fühlte es entgleiten, packte den Körper, der sich zappelnd ihrem Zugriff entwand, dann schloß sie ihm die Hände um den Hals. Sie hatte ihn. Mit einem Schwung und einem Ruck brach sie ihm das Genick; das leise Knacken ertönte unnatürlich laut in ihren Ohren. Sie hob den warmen schlaffen Körper mit beiden Händen. Er war größer als die anderen zwei gewesen waren, und würde eine gute Mahlzeit abgeben. Sie durchbohrte die dünne Haut zwischen den beiden langen Knochen seiner Hinterläufe und zog die dünne Leine aus geflochtenen Sehnen durch, dann verknotete sie die Enden. So ergab sich eine lange Schleife, die sie über eine Schulter hängte, so daß der Hase kopfüber von ihrer Hüfte baumelte. Das Gewicht an ihrer Seite verschaffte ihr ein gutes Gefühl. Wenn es ihr nun gelänge, noch einen oder zwei zu erbeuten...

Aber das Glück ließ sie im Stich. Sie überquerte die Lichtung und pirschte weiter, durch düsteren Wald, wo die Zweige sich über ihr ineinanderschoben und die matte Helligkeit des kurzen Tages verdunkelten. Nichts regte sich. Als das schwindende Licht sie zur Umkehr zwang, war der steifgefrorene Hase noch immer ihre einzige Beute.

Sie kreuzte ihre am Morgen gelegte Spur und arbeitete sich quer über den Hang darüber. Die meisten Tiere, die an den Abhängen von Hügeln weideten, richteten ihre Aufmerksamkeit bergab. Oft achteten sie nicht auf den Jäger, der sich von höherem Gelände anpirschte. Aber das Licht wurde schlecht, und sie fragte sich, ob ein gewagter Schuß das Risiko lohnen würde, einen ihrer kostbaren Pfeile zu verlieren. Sie erreichte den Kamm einer kleinen Anhöhe und blickte hinab ins nächste Tal. Dieses Gebiet hatte sie noch nicht bejagt. Sie überlegte, ob sie sich die Zeit nehmen sollte, das Tal jetzt zu erkunden, oder ob sie mit ihrer Beute heimkehren und dieses Unternehmen auf morgen verschieben sollte.

Sie stand unschlüssig und spähte in den dunkelnden Wald unter ihr, als sie ein winziges, mehrmals wiederholtes Klicken hörte, dann ein leises Scharren im Schnee. Ein helles Geräusch, wie wenn Holz gegen Holz geschlagen würde. Erst als ihre Augen sich dem Halbdunkel und der Entfernung angepaßt hatten, sah sie etwas. Baumstämme und Äste unterbrachen ihren Ausblick, aber an einer Stelle bewegte sich der Rumpf eines

Tieres im Schnee und verhielt. Er bewegte sich wieder, und während er es tat, schlüpfte Tillu in die Deckung eines anderen Baumstammes. Das Tier war groß, mit braunem Fell. Aber so angestrengt sie die schattenhafte Gestalt beobachtete, sie konnte nicht den Umriß eines ihr bekannten Tieres darin finden.

Dann hob das weibliche Rentier den geweihgeschmückten Kopf aus der Höhlung, die es in den Schnee gescharrt hatte. Es hielt wachsam nach Gefahren Ausschau, und das Kalb schob sich längsseits neben das Muttertier, um an den freigelegten Flechten teilzuhaben. Tillu lächelte und nickte zu sich selbst: zwei Tiere, nicht eines, und der Kopf des Muttertieres war unsichtbar gewesen. Das hatte sie verwirrt. Sie umfaßte ihren Bogen und überlegte.

Sie hatte vier Pfeile übrig, gab sich aber keiner Täuschung über ihre Qualität hin. Die Spitzen bestanden nur aus feuergehärtetem Holz. Den Bogen hatte sie selbst angefertigt und kannte seine Schwächen nur zu gut. Die Durchschlagskraft, die ausreichend war, einen Vogel zu betäuben oder das dünne Fell eines Hasen zu durchbohren, würde dem Tier dort unten wahrscheinlich nur einen kleinen Bluterguß unter dem dichten Winterfell eintragen. Aber die Verlockung einer solchen Menge Fleisches, eingehüllt in ein nützliches Fell, setzte sie in Bewegung. Sie glitt von einem Baumstamm zum nächsten und arbeitete sich so, immer in Deckung, den Hang hinab.

Das Muttertier scharrte Schnee fort, um ihrem Kalb den Zugang zu den zarten Flechten darunter zu erleichtern. Während das Kalb weidete, hob die Mutter den Kopf und hielt Ausschau nach Wolf, Vielfraß und Luchs. Tillu verharrte bewegungslos. Nach einer Weile senkte das Tier den Kopf und weidete die Flechten ab. Während dieser Augenblicke, in denen die wachsamen Augen des Muttertiers in Höhe der Schneedecke waren, schritt Tillu weiter vor.

Noch außer Schußweite, machte sie halt. Ihr Herz war hoffnungsfroh, in ihrem Kopf jagten sich die Pläne. Wenn sie das Tier jetzt nicht verscheuchte, würde es sich vielleicht morgen noch in dieser Gegend aufhalten. Selbst wenn es nicht so wäre, bedeutete die Anwesenheit dieser Renkuh und ihres Kalbes, daß es weitere in den benachbarten Tälern und Hügeln gab. Ihre Winterfelle waren jetzt dicht, gut für Stiefel, Mäntel und Schlaffelle. Ihre langen Sehnen ergaben feste Fäden, ihre Knochen und Geweihe gutes Werkzeug. Nicht zu reden von den dicken Schichten roten Muskelfleisches, durchzogen von Fett, von der dampfenden Leber und den saftigen Markknochen ... Der bloße Gedanke weckte erneut Tillus Hungergefühl. Was wäre nötig? dachte sie bei sich. Ein Speer? Und Kerlew, um die Tiere in die Richtung zu scheuchen, wo sie wartete? Es war möglich. Das Muttertier senkte abermals den Kopf, und Tillu spähte aus der Deckung des Baumes.

Und erstarrte von neuem.

Sie war hier nicht die einzige Jägerin. Während sie beobachtete, schoben sich zwei Gestalten näher an die Renkuh und ihr Kalb heran, erhoben sich aus dem Schnee und krochen vorwärts. Sie waren ein ungleiches Paar, und Tillu beobachtete sie neugierig. Einer war ein Mann, groß und breitschultrig, gekleidet in einen kurzen Mantel und Beinlinge aus Rentierfell. Sein Haar war dunkel, aber nicht schwarz. Es war gerade geschnitten, hing ihm bis knapp über die Ohren und fiel ihm nach vorn über das Gesicht, als er geräuschlos auf Händen und Knien näher kroch. Er trug Köcher und Bogen auf dem Rücken und spähte durch die Haarsträhnen auf seine Beute.

Der andere war ein Junge – oder ein sehr kleiner Mann. Seine Beine waren krumm, und er bewegte sich nicht so gleitend wie der ältere Mann, sondern buckelnd und zuckend wie ein nervöses Wiesel. Sein Haar war schwarz und dicht, das Gesicht breit, mit hohen Backenknochen und platter Nase, der Mund dünnlippig und breit. Tillu beobachtete ihn, wie er das Wild beobachtete, und ein seltsames Gefühl von Wiedererkennen rann ihr in einem Schauer über den Rücken. Er unterschied sich kaum von den Mordbrennern, die sie aus der Verwurzelung ihrer Heimat gerissen und in eine unbekannte Welt gestoßen hatten. Er hielt ein zusammengerolltes Seil in den Händen und kroch schneller als der andere; anscheinend versuchte er so nahe wie möglich heranzukommen, während der andere sich mit günstiger Bogenschußweite begnügte. Die beiden tauschten Blicke aus, und der ältere Mann nickte dem Jungen zu. Dann wälzte er sich hinter einen Baum, um seinen Bogen von der Schulter zu nehmen und einen Pfeil aus dem Köcher zu ziehen, während der andere mit dem Seil weiterkroch. Als die Rentierkuh den Kopf hob, erstarrte der Junge und drückte das Gesicht in den Schnee. Das Tier blähte witternd die Nüstern, sog hörbar schnaubend die kalte Luft ein. Aber es ging kein Wind, der ihr die Menschenwitterung hätte zutragen können. Sie senkte wieder den Kopf.

Tillu wußte nicht, was ihren Blick ablenkte. Es war kein Geräusch, also mußte es eine winzige Bewegung am Rand ihres Gesichtsfeldes sein. Was es auch war, sie wandte den Blick von der Szene unter ihr und hangabwärts nach links.

Vor Jahren war einer der alten Bäume umgestürzt. Sein dicker Stamm lag halb im Schnee, die nackten Äste und Zweige ragten schneebedeckt, aber entnadelt in die Luft. Der Wurzelteller hatte im Umstürzen eine große Menge Erde mit herausgerissen, die zum Teil von den verschlungenen Wurzeln erodiert war, aber vielfach noch am Wurzelgeflecht haftete. Es war ein unübersichtlicher, vom Unterholz durchwucherter Ort, vollkommene Deckung für ein kleines Tier, das Schutz suchte. Oder für den Bogenschützen, der plötzlich hinter seiner Deckung aufstand.

Tillu sah nicht mehr als den Umriß seiner Mütze, die ausgestreckte Hand, die den Bogen umfaßte, und die lange schwarze Kurve der oberen Bogenhälfte. Sie fühlte die Spannung in der Bogensehne, die sie nicht sehen konnte. Ihr kaltes Gesicht dehnte sich in einem Lächeln; er wartete nicht darauf, daß seine Jagdgenossen näher kamen. Er wollte das Tier jetzt erlegen, und die ruhige Festigkeit seiner Hand am Bogen ließ vermuten, daß sein Pfeil das Ziel nicht verfehlen würde.

Das Muttertier senkte den Kopf, und Tillu beobachtete die Szene und überlegte, ob die Jäger ihre Beute später wohl gänzlich fortschleppen würden. Sie beschloß zu warten. Sie war nicht zu stolz, um die Reste mitzunehmen, die die Jäger zurücklassen mochten.

Die Bogensehne schwirrte im selben Augenblick, als der Junge aufsprang, um eine Seilschlinge zu werfen. Tillu stieß einen Schreckensruf aus, eine Warnung, die zu spät kam. Schneller, als das Auge ihm folgen konnte, durchschnitt der schwarze Pfeil die Luft, durchschlug den erhobenen Oberarm des Jungen und flog abgelenkt noch ein Stück weiter, vom unerwarteten Hindernis aus der Bahn und um seine Kraft gebracht. Er bohrte sich in den Schnee.

Rentier und Kalb sprangen mit unbeholfenen Sätzen durch den Schnee, dessen Kruste sie nicht tragen wollte. Tillu lehnte an dem Baumstamm, der ihre Deckung gewesen war, enttäuscht und benommen. Der große Mann, der dem Jungen das Zeichen gegeben hatte, sprang aus seinem Versteck und eilte zu ihm. Der Junge wälzte sich im Schnee, der sich vom hellen Blut färbte. Von dem anderen Bogenschützen war nichts zu sehen.

Sie war gut beraten, das Weite zu suchen. Sie war eine Frau, allein, und wußte nichts über die Männer dort unten. Vielleicht war die Wunde nur ein Streifschuß; vielleicht bedurften sie ihrer Kenntnisse nicht. Wenn sie hinunterginge, würde sie sich in ihre Macht begeben, in die Macht von Männern, die Fremde waren. Es wäre törichte Unvorsichtigkeit. Sie konnten sie töten oder fortschleppen, und Kerlew würde nie erfahren, was aus ihr geworden war. Sie blieb in der Deckung des Baumes und beobachtete.

Der große Mann zog dem Jungen das äußere Kleidungsstück über den Kopf, mehr schnell als sanft. Ohne den Mantel sah der Junge kleiner und jünger aus, als Tillu zuerst geschätzt hatte. Er trug eine Unterbekleidung aus gewebtem Stoff. Tillu war verblüfft. Wie lange war es her, seit sie zuletzt Menschen gesehen hatte, die gewebte Kleidung trugen? Das Hemd hatte die Farbe reifen Getreides, bis auf den Ärmel, der dunkel durchnäßt war und rot tropfte. Der Junge hielt den Arm über der Verletzung umklammert, und sein schmerzhaftes Keuchen drang bis zu Tillu herauf. Plötzlich brach er in die Knie, und sein Gefährte folgte ihm. Schock und Schmerz überwältigten den Jungen. Der große Begleiter stützte ihn und sprach mit heiserer Stimme zu dem Jungen, der nicht zu hören schien. Seine Unkenntnis der Wundbehandlung war offensichtlich. Eine Blutung wie diese mußte rasch zum Stillstand gebracht werden, oder der Junge würde nicht überleben. Ohne weiter zu überlegen, lief Tillu stolpernd den Hang hinab.

Heckram kniete im Schnee und hielt Lasse halb im Schoß. Er konnte nichts hören als das Donnern des eigenen Herzens, den keuchenden Atem und Lasses stöhnende dünne Schmerzenslaute, während er sich wand und seinen Oberarm umklammerte. Es war ein Alptraum. Bald würde er daraus erwachen, schwitzend in seinen Schlaffellen. Wieder versuchte er die Verletzung an Lasses Arm zu sehen, aber der Junge umklammerte den eigenen Oberarm nur noch fester und kniff vor Schmerzen die Augen zu. Heckram hatte den schwarzen Blitz des Pfeiles gesehen, der wie aus dem Nichts gekommen war und Lasses Arm durchschlagen hatte. Er hielt den Jungen fester.

»Beruhige dich. Bitte, Lasse, beruhige dich. Lasse! Laß mich den Arm sehen. Wir müssen die Blutung stillen.«

Lasse ließ ein Wimmern hören und erschlaffte in seinen Armen. Sein Kopf fiel zurück, und einen Augenblick lang erstarrte Heckrams Seele. Dann sah er den heftig pumpenden Puls an der Halsschlagader des Jungen. Er lebte noch, war bloß bewußtlos. Vielleicht war es besser so. Er zog am zähen Gewebe von Lasses Wollhemd, um die Wunde freizulegen, aber er hatte nichts, um sie zu verbinden, und das Talvsit lag einen Tagesmarsch entfernt. Er konnte den Jungen so weit tragen, aber wenn die Wunde nicht bald zu bluten aufhörte, würde er einen Leichnam tragen. Lasse hatte kaum körperliche Reserven, und sein Gesicht war jetzt schmutzigweiß, beinahe wie der Schnee, in dem er lag. Der Pfeil hatte das dicke Leder des Ärmels durchbohrt, einen tiefen Schnitt im Arm hinterlassen und auf der anderen Seite den Ärmel aufgerissen. Die Wunde war klaffend, tief, mit unregelmäßigen Rändern. Heckram glaubte tief in ihrem inneren weißen Knochen zu sehen, und ihm schwindelte.

Jemand warf sich auf der anderen Seite des Jungen in den Schnee. Der Fremde trug einen eigenartig geschnittenen Mantel und Beinlinge und hatte die Kapuze ins Gesicht gezogen, als ob ein Schneesturm tobte. Ein Bogen hing ihm über Schulter und Rücken. Jähzorn kam in Heckram auf, und als der Bogenschütze nach Lasse greifen wollte, stieß er ihn roh zurück. »Bist du gekommen, um nachzusehen, welches Fleisch du geschossen hast?« fragte er zornig. Der Mann war noch schmächtiger, als er aussah, denn Heckrams Stoß warf ihn der Länge nach in den Schnee. Er setzte sich auf und spuckte Schnee. Die Kapuze war zurück auf die Schultern gefallen. Der kleine Mann schrie Heckram zornig etwas zu, und in diesem Augenblick wurde klar, daß er überhaupt kein Mann war, sondern eine Frau. Sie nahm den Bogen vom Rücken und warf ihn in den Schnee, gefolgt von einem steifen Hasen und einer Schnur. Darauf schlug sie den Mantel auf und hantierte mit beiden Händen an einem Gürtel. Heckram konnte sie nur anstarren. Wollte sie sich hier im Schnee ausziehen? Warum?

Dann zog sie einen Beutel aus weichem Leder heraus und öffnete ihn. Diesem entnahm sie eine Rolle aus sehr feinem, dünnem Leder, wie aus Vogel- oder Kaninchenhaut und schüttelte sie vor seinem Gesicht. Sie kniete sich wieder neben Lasse in den Schnee. Ihre dunklen Augen blitzten ihn herausfordernd an, als ob sie darauf wartete, daß er sie wieder wegstoßen würde. Er tat es nicht, ließ den Jungen aber nicht aus den Händen und hielt ihn an sich, um ihm von seiner eigenen Wärme abzugeben.

Mit geschickten Fingern befreite sie die Wunde von dem zerrissenen Gewebe. Sie redete schnell, in einem Dialekt, der sich wie eine seltsame Parodie seiner eigenen Sprache anhörte. Sie sagte Wörter, die er beinahe verstehen konnte, dann schüttelte sie zornig den Kopf. Als er nicht reagierte, umfaßte sie Lasses Arm über der Wunde mit beiden Händen und nickte heftig, dann ließ sie Lasses Arm los und ergriff eine von Heckrams Händen, um sie dahin zu legen, wo ihre Hände gelegen hatten. Dazu sagte sie ihm etwas im Befehlston. Er starrte sie verdutzt an, dann umfaßte er Lasses Arm mit beiden Händen und drückte zu, wie sie es getan hatte. Sie nickte heftig und wandte sich zur Seite, um eine doppelte Handvoll reinen Schnees aufzunehmen.

Der Junge zuckte ein wenig, als sie den Schnee auf die Wunde häufte. Heckram hielt den Arm fest. Der Schnee in ihren Händen rötete sich, aber die Blutung ließ nach. Sie beugte sich über die Wunde, untersuchte sie, legte eine weitere Handvoll Schnee auf. Diese zweite Behandlung schien sie zu befriedigen, denn nachdem sie die Wunde ein zweites Mal untersucht hatte, sagte sie etwas in ermutigendem Tonfall.

»Ist es nicht so schlimm?« fragte er, und sie schien zu verstehen, denn sie nickte, klopfte aber auf seine Hand und sagte: »Festhalten!« Der Akzent war fremdartig, aber er verstand. Sie suchte wieder in dem Lederbeutel und brachte einen kleinen Behälter zum Vorschein, der aus dem hohlen Beinknochen eines Hirsches gefertigt war. Sie zog einen hölzernen Stöpsel heraus und schüttete sich ein graubraunes Pulver in die Hand. »Weidenrinde.« Sie sprach sehr langsam und klar. Sie nahm eine Prise mit den Fingern und streute sie in die offene Wunde. Die Blutung hörte beinahe auf. Nachdem sie die Ausschußwunde in gleicher Weise behandelt hatte, hielt sie mit einer Hand vorsichtig die Wundränder zusammen und wickelte mit der anderen die weiche Lederbandage um den Arm. Er sah, wie sie mit geübter Bewegung einen Finger unter die Bindung schob, um sich zu vergewissern, daß sie nicht zu eng war. Lasse begann sich zu regen, und sie sprach zu ihm, während sie arbeitete. Sein Gesicht war totenblaß und eingefallen, aber er war wach und sah sie mit großen Augen an.

»Wer ist sie? Was ist geschehen? Wie schlimm ist mein Arm?« Die weinerliche Dringlichkeit in seinem Ton blieb der Frau nicht verborgen. Sie verknotete den Verband, klopfte dem Jungen auf die Schulter und bedeutete Heckram, seine Hände vom Oberarm zu nehmen. Lasse zischte vor Schmerz, als er den Griff löste. Die Frau sprach wieder, langsamer diesmal, und Heckram verstand genug, um Lasse zu sagen: »Du mußt ausruhen und eine Weile versuchen, den Arm nicht zu bewegen. Und du mußt etwas essen oder trinken.«

»Natürlich«, sagte Lasse. »Bevor ich wieder ohnmächtig werde, oder danach?«

Heckram seufzte und wandte den Blick von dem blutigen Flecken Schnee. Lasses Gesicht war so blaß. Er legte den Arm kameradschaftlich um die Schultern des Jungen, befürchtete aber, daß Lasse sofort umkippen werde, wenn er sie wegnähme.

Die Frau sammelte schon ihre Sachen ein. »Du! Heilerin!« rief Heckram. Sie sah sich um. »Sind deine Leute in der Nähe? Gibt es ein Dorf hier? Ein Kator? Talvsit?« Zuerst dachte er, sie habe ihn nicht verstanden, aber dann sah er die Wachsamkeit in ihren Augen. »Das ist das wenigste, was du tun kannst, nachdem du ihn angeschossen hast. Wir verlangen nicht mehr als Unterkunft für eine Nacht. Sieh ihn an! Ich kann ihn so nicht nach Hause schleppen. Wenn er unterwegs nicht verblutet, bringt ihn die Kälte um. Schließlich warst du es, die ihn anschoß!« Er machte eine ärgerliche Kopfbewegung zu ihrem Bogen. Endlich schien sie zu verstehen, denn sie schüttelte den Kopf und überflutete ihn mit einem Redeschwall. Er verstand ›Jäger‹ und ›Unfall‹ und sah sie energisch zu einem umgestürzten Baum hangaufwärts deuten.

Er nahm ihre Geschichte mit einer Handbewegung hin. »Scheint ein Unfall gewesen zu sein, obwohl sie sich nicht schuldig zu fühlen scheint. Wahrscheinlich denkt sie, wir wären aus Unachtsamkeit zwischen sie und ihre Beute geraten. Wäre es dir recht, Lasse, wenn ich sie überreden könnte, uns für die Nacht aufzunehmen?«

»Du meinst, weil sie auf mich schoß? Es war ein Unfall, Heckram. Sie hätte auch einfach weglaufen können, und ich wäre im Schnee verblutet. Nein, es hat keinen Sinn, Groll gegen sie zu hegen. Außerdem glaube ich nicht, daß ich die Kraft hätte, zum Dorf zurückzugehen, selbst wenn ich wollte. Ist es kälter geworden?«

»Ja, es wird Abend«, log Heckram. Er hob den Mantel des Jungen auf und schüttelte den Schnee davon ab. Er konnte ihn dem Jungen nicht über den Kopf ziehen, also wickelte er ihn hinein. Lasse stand unsicher auf.

»Ich könnte dich tragen«, sagte Heckram mit halblauter Stimme. Lasse warf ihm einen gekränkten Blick zu, der rasch in Beschämung überging, als er einen Schritt versuchte. Sein Grinsen wurde zur Grimasse. »Noch nicht«, sagte Lasse, aber er stützte sich mit der gesunden Hand auf Heckrams Schulter. »Hätten wir nur ein Packtier mitgebracht. Ich könnte darauf reiten.«

Heckram blickte zu der Frau hinüber. Sie hatte ihren Bogen und den Hasen wieder an sich genommen. Zögern und Mißtrauen waren noch in ihren Augen zu lesen, aber Heckram erwiderte ihren Blick mit Kälte. Sie schuldete ihnen Unterkunft für die Nacht, und das mußte sie wissen. Um Lasses willen wollte er sie nicht aus der Verantwortung entlassen. Endlich nickte sie widerstrebend.

»Zelt«, sagte sie, winkte ihnen und ging langsam voran durch den Schnee.

– 6 –

Tillu dachte angestrengt nach. Sie legte einen Schritt vor, der die beiden mühsam durch den Schnee stapfenden Jäger bald ein gutes Stück zurückließ, und sobald sie ihr Zelt sichtete, lief sie noch schneller voraus. Der Lichtschein des Feuers schimmerte durch die Nähte, und aus dem Rauchloch kräuselte es blaugrau. Sie schlüpfte hastig hinein, bemerkte kaum die Menge Feuerholz, die Kerlew beim Eingang gestapelt hatte. Im Zelt warf sie den Bogen und ihre Jagdbeute auf den Boden und blickte hastig umher. Wie sollte sie den Eindruck erwecken, daß Männer mit ihr das Zelt bewohnten und bald zurückkommen würden? Eilig zog sie die Hälfte der Felle von ihrem Lager und legte sie am Boden aus, damit sie wie eine dritte Lagerstatt aussahen. Nein, so war es nicht richtig. Sie hätte die Felle ausbreiten sollen, um den Eindruck zu erwecken, als schliefen zwei Personen in ihrem Bett. Sie hob die Felle wieder auf.

»An deinen Händen ist Blut. Aber das Blut an meinen Händen wird dunkler sein.«

Kerlews Worte schreckten sie auf. Er hatte sich nicht bewegt, seit sie hereingekommen war, sondern lag ausgestreckt auf seinem Lager und starrte ins Feuer. Seine Hände lagen mit den Handflächen nach oben am Boden neben ihm, die Augen blickten starr ins Leere, die Stimme klang tief und guttural.

»Kerlew! Wach auf und hilf mir!« fuhr sie ihn an.

Der Junge holte tief Atem, wälzte sich herum und blickte zu ihr auf. »Du warst so lange fort. War die Jagd gut?« Er sagte es mit seiner gewohnten stockenden Stimme, und sie atmete auf.

»Hilf mir mit den Vorbereitungen! Zwei Männer kommen. Einer von ihnen ist verletzt. Red nicht mit ihnen, denn sie können etwas von dem verstehen, was wir sagen, und du könntest etwas Falsches sagen. Sie sollen glauben, noch jemand würde bei uns wohnen, ein Mann, der jederzeit zurückkommen kann...«

»Ich fand meinen Stein«, unterbrach Kerlew sie mit einem unsicheren Grinsen und hielt den glatten roten Kiesel hoch. Sie funkelte ihn an.

»Na, der wird uns eine Hilfe sein! Komm, mach schon!«

Kerlew gaffte immer noch verwirrt, als der Mann die Zeltklappe zurückschlug. Der Junge wankte vor ihm herein und fiel vor dem Feuer sofort auf die Knie. Er schwankte und wäre auf die Seite gefallen, wenn der andere ihn nicht gestützt hätte. Der große Jäger scharrte mit dem Fuß auf dem gefegten Erdboden des Zeltes und fragte etwas.

»Birke?« mutmaßte Kerlew mit wachem Interesse. Tillu runzelte die Brauen, aber der große Mann nickte. Als Tillu am Boden neben dem Jungen ein Fell ausbreitete und ihn behutsam darauflegte, seufzte sein Begleiter, machte eine Gebärde des Wartens und verschwand aus dem Zelt. Der Junge schloß die Augen. Tillu beobachtete seine Atmung. Er war zu blaß, hatte mehr geblutet, als eine Verletzung dieser Art bluten sollte. Auch wirkte er erschöpfter, als es bei einem Jungen seines Alters zu erwarten war. Sie musterte ihn eingehender. Er war nicht so robust wie der Mann, mit dem er jagte, und sie vermutete, daß er in letzter Zeit nicht gut und ausreichend gegessen hatte, vielleicht schon seit längerer Zeit nicht. Und aus seinem Wuchs schloß sie, daß er nie ein kräftiges Kind gewesen war. Doch bei alledem war er gesund genug und würde am Leben bleiben.

Sie kniete nieder und überprüfte den Verband. Er öffnete die Augen, um sie zu beobachten, duldete aber ihre Berührung. Der Verband war feucht, aber das Blut hatte ihn nicht durchweicht. Es schien ihr besser zu sein, ihn unangetastet zu lassen, als die Wunde zu öffnen und einen neuen Verband anzulegen. Nahrung, Wärme und Ruhe waren jetzt alles, was er brauchte. Verdrießlich betrachtete sie den steifgefrorenen Hasen, der für zwei eine gute Mahlzeit abgegeben hätte, aber nun für vier reichen mußte. Daran war nichts zu ändern. Sie trug den tönernen Topf hinaus, um ihn mit Schnee vollzupacken, und ließ den neugierig starrenden Kerlew mit dem verletzten Fremdling allein.

Der Mann bildete in der Dunkelheit eine seltsame Silhouette, als er zurückkam. Sie hielt ihm die Zeltklappe auf, und er warf ein großes Bündel Birkenzweige von der Schulter und stieß sie vor sich ins Zelt, bevor er folgte. Tillu bildete den Schluß und steckte den Topf voll Schnee zwischen die Herdsteine. Dann beobachtete sie neugierig, wie er die Birkenzweige in einer Schicht auf dem Erdboden ausbreitete. Sie fragte sich, ob es ein Heilungsritual seines Volkes sei. Sie hatte frühzeitig gelernt, wozu die Birke gut war: Aus der Rinde gewonnenes Öl linderte Hautkrankheiten, und Sirup aus den kleinen Wurzeln diente als Hustenmittel. Man konnte die kleinen Früchte als Tee zubereiten und einer jungen Mutter nach einer schwierigen Geburt zu rascher Kräftigung verhelfen. Man konnte die gleichen Früchte auf Holzkohlen rösten, weil der mit flüchtigen Stoffen durchsetzte Rauch einen dumpfigen Kopf klären konnte. Sie sah interessiert zu, wie er eine solche Menge Zweige zur Heilung einer blutenden Wunde verwenden wollte. Aber dann nahm er, ohne zu fragen, ein weiteres Fell von ihrem Lager und breitete es auf den Zweigen aus. Sorgsam wie eine Mutter half der dem verletzten Jungen auf dieses weichere Ruhelager. Dann richtete er sich auf und blickte neugierig in ihrem kleinen Zelt umher. Sie vermochte nicht zu sagen, was er dachte.

Plötzlich legte er eine Hand an die Brust und verkündete: »Heckram.« Dann zeigte er zu dem Jungen. »Lasse.«

»Tillu«, erwiderte sie, zeigte auf ihren Sohn und fügte hinzu: »Kerlew.«

»Tillu«, murmelte er, drehte sich um und verließ wieder das Zelt.

»Was ist ihm zugestoßen?« fragte Kerlew und nickte zu Lasse hinüber, als sie niederkniete, um den Hasen zu öffnen und auszunehmen. »Irgendein Dummkopf schoß ihm einen Pfeil durch den Arm, statt in ein Rentier«, antwortete sie.

»Der Große?«

»Nein. Jemand anders, der danach weglief, statt zu bleiben und Hilfe zu leisten, wie er es hätte tun sollen. Also mußte ich den beiden helfen.«

»Warum?«

»Weil sie Hilfe brauchten. Ist das nicht Grund genug?«

»Ich denke schon«, meinte er. Er sah ihr interessiert zu. »Ist das alles, was du heute erjagtest?«

»Ja. Und wir müssen es teilen, Kerlew.«

»Teilen macht weniger«, bemerkte er in sachlichem Ton und starrte wieder zu Lasse hinüber. Der Junge öffnete die Augen und blickte verwirrt, dann lächelte er Kerlew matt zu und machte eine vage Anstrengung, sich aufzusetzen. »Bleib lieber liegen«, riet ihm Kerlew. »Sonst blutest du wieder. Wenn du zuviel blutest, stirbst du.«

»Kerlew!« schalt ihn Tillu, denn der Junge hatte genug verstanden, um ein erschrockenes Gesicht zu machen. »Sei still, wie ich dir sagte. Je weniger du sprichst, desto geringer ist die Gefahr, daß du dich lächerlich machst. Außerdem sagst du Dinge, die ich nicht gesagt haben will. Also sei ruhig.« Kerlew schmollte, stocherte zornig im Feuer herum und hätte fast das Tongefäß mit erwärmtem Wasser umgestoßen. Tillu wandte sich an Lasse und sagte langsam und mit Betonung: »Du darfst jetzt nicht versuchen, dich zu bewegen. Ich mache etwas zu essen. Dein Freund wird bald zurück sein. Schmerzt dein Arm sehr? Viel Schmerzen?«

»Ja, Schmerz. Schlecht.« Mit der guten Hand machte er eine undeutliche Geste zu seinem Kopf und Magen, aber Tillu verstand. Der Schock der Verletzung, der Blutverlust, der lange Fußmarsch in der Kälte und der unbarmherzige Schmerz der klaffenden Wunde bewirkten, daß er sich schwach und krank fühlte. Sie war nicht überrascht, öffnete ihren Medizinbeutel und suchte darin herum. »Heckram?« fragte sie besorgt.

»Ja. Er bald zurück.«

Wie in Beantwortung ihrer Frage wurde die Zeltklappe wieder aufgestoßen, und Heckram kam mit noch mehr Birkenzweigen herein. Er sprach ermutigend zu Lasse, und der Junge entspannte sich sichtlich. Während er das zweite Bündel Zweige am Boden ausbreitete und unbekümmert mit Fellen von ihrem Lager bedeckte, sprach er über die Schulter zu Tillu. Der Sinn seiner Worte schien zu sein, daß dies wärmer und besser als der nackte Erdboden sei. Tillu nickte knapp und arbeitete weiter. Alles, was ihn beschäftigte und sie nicht belästigte, war ihr recht.

Sie schöpfte mit einer Holzschale etwas warmes Wasser aus dem Topf und nahm mehrere kleine Päckchen aus Därmen und verschiedene Knochenfläschchen aus ihrem Medizinbeutel. In jedem dieser Behältnisse waren Kräuter oder gemahlene Wurzeln oder Rinde. Sie öffnete verschiedene, besah stirnrunzelnd diejenigen, die sich nicht so frisch gehalten hatten, wie es ihr wünschenswert erschien, dann traf sie sorgsam ihre Auswahl, nahm eine Prise Weidenborke und streute sie in das Wasser, fügte ein daumennagelgroßes Stück Sauerampferwurzel hinzu und ließ sie ziehen. Dann tat sie noch eine kleine Portion getrockneter Anemonenblüten hinein. Das war ein starkes Beruhigungsmittel, das einen Kollaps herbeiführen konnte, wenn zuviel genommen wurde. Angesichts des geschwächten Zustands dieses Jungen nahm sie lieber zuwenig als zuviel. Nach einer Weile tauchte sie den kleinen Finger in die Mischung und berührte ihn mit der Zungenspitze. Heckram störte sie, indem er am Feuer niederkauerte und sie mit freundlichem Interesse betrachtete. Zwischendurch nickte er Kerlew zu, der ihm aber schmollend den Rücken kehrte. Das schien den Jäger nicht zu beleidigen, und nach einer Weile sprang er auf und ging im Zelt umher, als wäre er hier zu Hause, hielt inne, um einige der Felle auf den Birkenzweigen zurechtzurücken. Schließlich hockte er neben Lasse nieder, sprach leise mit ihm und setzte sich dann auf die Häute und Birkenzweige am Feuer. Als er sich niedersetzte, stand Tillu auf, um Lasse den bräunlichgelben Tee aus der Schale einzuflößen.

»Gegen Schmerz«, sagte sie und sah ihn forschend an, um ein Zeichen des Verstehens zu entdecken.

Der Junge sah Heckram an, der ihm zögernd zunickte. Der Junge trank folgsam die Schale leer, schnitt eine Grimasse über den ungewohnten Geschmack. Tillu beachtete sie nicht, denn sie wußte, daß seine Schmerzen jetzt rasch nachlassen würden. Und er würde wahrscheinlich gerade noch Zeit zum Essen haben, bevor der Schlaf ihn überwältigte. Die Weidenrinde sollte auch

Fieber fernhalten. Sie nickte befriedigt und kauerte wieder am Feuer nieder, um die Schale mit warmem Wasser auszuspülen. Heckram beobachtete sie aufmerksam. Anscheinend war er neugierig, was es mit den Kräutern und Wurzeln auf sich hatte, die sie mit so großer Sorgfalt wieder einpackte. Sie hielt inne und überlegte, dann vermischte sie mehr von den Kräutern und Wurzeln in der wieder trockenen Schale und zerstieß sie mit einem Mörser aus einem Kalbsknochen zu einem Pulver, das sie sorgsam in ein kleines Stück Haut rollte. »Für morgen«, sagte sie Heckram und hielt ihm das Päckchen hin. »Nur wenn Schmerz.« Sie hoffte, daß ihr Gesicht nicht verriet, wie ungern sie sich von ihrem kostbaren Vorrat trennte.

Er sah sie forschend an, dann fragte er: »Wieder Schmerz, neuer Tag?«

Sie nickte und machte sich wieder an die Arbeit mit dem Hasen. Doch statt zu seinem Freund zurückzukehren, kauerte er freundschaftlich neben ihr und blickte mit gutmütiger Neugier von ihr zu Kerlew. Er legte den Kopf auf die Seite und fragte etwas in beiläufigem Ton.

Tillu zuckte mit der Schulter.

»Er fragte, ob wir allein leben«, dolmetschte Kerlew. Sie warf ihm einen unheilvollen Blick zu, als Heckram nickte. Er hatte Kerlews Interpretation seiner Frage deutlich verstanden. »Habe ich dir nicht gesagt, daß du still sein sollst?« zischte sie Kerlew an, und um von dem Jäger nicht verstanden zu werden, sprach sie schnell und absichtlich undeutlich. An Heckram gewandt, machte sie eine unbestimmte Geste, die alles bedeuten konnte und sagte: »Bald. Sehr bald.«

Der Mann schaute ein wenig verwundert drein, nickte aber und lächelte. Dann lenkte er seine Aufmerksamkeit von ihr zu dem offensichtlich getadelten Jungen. »Komm«, sagte er mit langsamer und deutlicher Aussprache. »Du hilf mir.« Seine Geste hätte nicht mißverstanden werden können, selbst wenn er nichts gesagt hätte. Kerlew blickte fragend Till an, und sie nickte mit zusammengepreßten Lippen. Kerlew stand auf und ging um das Feuer herum und kauerte neben Heckram nieder.

Der Mann zog ein Päckchen aus seinem dicken kurzen Mantel aus Rentierfellen, dann richtete er sich auf und entledigte sich des schweren Kleidungsstückes. Darunter trug er ein gewebtes Hemd. »Was für Fell ist das?« fragte Kerlew und streckte die Hand aus, das Gewebe zu berühren. Der Mann lächelte über seine Neugier und ließ den Jungen am Ärmel des Hemdes zupfen. Dann zeigte er auf das Päckchen und nahm ein Messer aus der Scheide an der Hüfte. Tillu beobachtete die Vorgänge aus den Augenwinkeln. Die Messerscheide war geflochten, aus Sehnen oder gespaltenen Weidenzweigen. Das Messer war aus Feuerstein, die scharfe Schneide nicht durch Abschläge erzeugt, sondern geschliffen. Neben diesem Messer nahm sich ihr eigenes Knochenmesser wie ein primitives Kinderspielzeug aus. Als der Mann das Päckchen auswickelte, drang Tillu ein Geruch an die Nase, der zugleich vertraut und fremd war. Kerlew rümpfte die Nase, aber Tillu konnte nicht umhin, zu starren. Käse.

Die Hälfte eines runden gelben Käses füllte die Hand des Mannes. Die Rinde war mit einem Webmuster markiert. Er legte den Käse auf die Umhüllung und schnitt ihn mit seinem Messer in Portionen. Lasse sagte etwas zu ihm, und Heckram stand auf, um ein ähnliches Päckchen aus dem Beutel des Jungen zu nehmen. Dieses enthielt ein Stück geräucherten Flußfisch. Tillu begriff, daß sie ihren Jagdproviant mit ihnen teilen wollten, und nickte, um ihren Dank anzudeuten. Gleichzeitig arbeitete ihr Verstand wie rasend. Ein Volk, das die Kunst des Webens und der Käseherstellung beherrschte und geschliffenes Feuersteinwerkzeug so beiläufig benutzte wie Benus Sippe Knochenwerkzeug! Diese beiden kamen nicht von irgendeinem Stamm wandernder Jäger und Sammler. Käse bedeutete, daß es irgendwo ein Dorf gab, und gewebte Stoffe bedeuteten, daß Haustiere gehalten, Feldfrüchte angebaut und ein dörfliches Leben geführt wurde, wie sie es in ihrer Kindheit gekannt hatte. Und wo geschliffenes Feuersteinwerkzeug bekannt war, gab es meistens auch Bronze. Sie unterdrückte eine unbestimmte Hoffnung und ließ das letzte Stück vom Hasen in den Topf fallen.

Heckram bot Kerlew ein Stück vom Käse an. Der Junge nahm es, beroch es argwöhnisch und blickte verwirrt zu Tillu herüber. »Käse«, sagte sie, mußte aber zur Sprache ihrer Kindheit zurückkehren, um ein Wort dafür zu finden. »Iß nur. Es ist gut.«

Der hungrige Junge bedurfte keiner weiteren Ermutigung und steckte den größten Teil des Stückes in den Mund. Dann zog er ein schiefes Gesicht über den ungewohnten Geschmack. Heckram brach in Gelächter aus, und auch Lasse kicherte schwächlich. Tillu errötete, ihre Nerven prickelten, als die beiden über ihren Sohn lachten. Aber sie beugte sich über das Feuer, damit sie das zornige Aufblitzen in ihren Augen nicht sehen sollten. Immer war es so: Erwachsene Männer machten sich entweder über den Jungen lustig, oder sie lehnten ihn ab und straften seine Andersartigkeit mit Nichtbeachtung. Es konnte sie nicht trösten, als sie aufblickte und Kerlew unbestimmt über das Gelächter lächeln sah. Er hatte etwas von dem Käse hinuntergeschluckt, sah aber immer noch aus wie ein Eichhörnchen mit vollen Backen. »Iß ordentlich« zischte sie. »Was sollen sie von uns denken?«

Er schluckte einige Male, um den Mund frei zu bekommen. »Es schmeckt komisch«, versuchte er zu erklären.

»Dann iß nicht mehr«, fuhr sie ihn an. Ihre Verärgerung brauchte ein Ziel.

»Aber ich glaube, ich mag es«, fügte er hinzu, nicht gewillt, auf irgend etwas Eßbares zu verzichten.

Tillu fühlte, wie die innere Anspannung ihr den Brustkorb einschnürte. Die beiden Fremden hatten den Wortwechsel zwischen ihr und ihrem Sohn bemerkt, versuchten höflich darüber hinwegzugehen und sprachen beiläufig miteinander, als spürten sie nichts von der Spannung und dem Unbehagen. Tillu rührte im Kochtopf und verspürte den vertrauten Schmerz widerstreitender Empfindungen, die Kerlew in ihr wachrief. Sie mußte ihn beschützen, wünschte aber, es wäre nicht nötig. Sie liebte ihn, wie er war, wünschte aber, daß er nicht so wäre. Sie wünschte, daß andere ihn annähmen und den Wert des Jungen erkennen würden, wie er war, und doch hätte sie viel dafür gegeben, wenn sein Anderssein nicht so augenfällig gewesen wäre. Alle ihre Empfindungen für Kerlew waren von Widersprüchlichkeit geprägt. Ihre Gedanken kehrten zurück zu der alten Geburtshelferin, die ihr das winzige Bündel in den Arm gelegt hatte. Sie hatte den Kopf geschüttelt, ein weiches Fell um den Säugling gelegt und die Lippen gespitzt. Tillu war noch verwundert und benommen von der Wirklichkeit dieses neuen Wesens, als die Alte den Mund geöffnet und gesagt hatte: »Liebe ihn, solange du kannst, aber häng dein Herz nicht an ihn. Er hat das Aussehen von denen, die nicht lange leben.«

Damals hatte sie zum erstenmal den inzwischen vertrauten Zorn über die vorschnelle Ungerechtigkeit fremden Urteilens empfunden. Alle waren so schnell bereit, über das Kind zu urteilen. Sie hatte den Nomadenstamm verlassen, sobald sie sich kräftig genug gefühlt hatte, für sich zu sorgen. Die Leute hatten sie ziehen lassen, und in ihren Augen hatte sie die Überzeugung gelesen, daß ihr winziger quäkender Säugling bald tot sein würde. Aber er war nicht gestorben! Sie hatte für ihn gesorgt, er hatte überlebt, und er war ihr Sohn, und wenn es sein mußte, würde sie jeden Tag seines Lebens für ihn kämpfen. Je früher diese Männer sich davonmachten, desto besser. Sie mußte mit Kerlew allein sein, sagte sie sich inbrünstig, um ihn nach und nach zu lehren, was andere Kinder rasch lernten, um ihm Selbstsicherheit und Kenntnisse zu geben, die es ihm erlauben würden, sich unter anderen Menschen zu bewegen, ohne aufzufallen. Sie würde ihnen nicht zu ihrem Dorf folgen. Und sobald sie diesen Gedanken geformt hatte, war sie überrascht, wie stark das Gefühl von Bedauern war. Waren gewebte Stoffe und Käse, die Vorstellung von einem Dorf und einem seßhaften Leben solch eine starke Verlockung? Sie stieß den Gedanken von sich.

Eine Hand zupfte sie am Ärmel, aber sie entzog sich ihr mit einer ungeduldigen Bewegung. Sie scheute Kerlews Berührung, damit sie ihn in ihrer Verstimmung nicht grundlos bestrafte. Aber es war Heckrams Stimme, die zu ihr sagte: »Fisch … für dich … essen.« Und dazu noch andere Worte, die sie nicht verstand. Sein Tonfall war von der übertriebenen Höflichkeit eines Gastes, der Anstoß erregt hat. Tillus Verlegenheit nahm zu. Sie dankte ihm, ohne ihn oder die Nahrung anzusehen, die er vorsichtig vor ihr niederlegte. Statt dessen rührte sie in ihrem Topf und stand dann auf, um die Zeltklappe zu heben. Sie spähte mit besorgter Miene hinaus, als erwarte sie die Rückkehr von jemandem. Die Kälte linderte das Brennen ihrer heißen Wangen, und die notwendige Täuschung verschaffte ihr wieder ein gewisses Maß an Selbstbeherrschung.

»Was ist los, Tillu?« fragte Kerlew. Er spürte, daß er in Ungnade gefallen war, verstand aber nicht, warum.

»Nichts«, erwiderte sie ruhig. »Ich dachte bloß, ich hörte ihn kommen.«

»Carp?« fragte der Junge aufgeregt und sprang zum Zelteingang. Er steckte den Kopf unter ihrem Arm hinaus und spähte in die Dunkelheit.

»Mmm«, machte sie diplomatisch. Wenigstens war Kerlew überzeugend in seiner Erwartung. Sie hoffte, die beiden Jäger nähmen an, ihr Mann sei auf der Jagd irgendwie aufgehalten worden. Sie wandte sich um und sah die fragenden Gesichter der Fremden. Sie zuckte mit der Schulter. Lasse lag halb auf der Seite und hielt ein Stück Fisch in der gesunden Hand. Seine Gesichtsfarbe war noch immer nicht so gut, wie sie sein sollte. Sie trat zu seinem Lager und kniete nieder, untersuchte noch einmal den Verband und befühlte die Hand darüber. Sie war etwas kühl, aber die Festigkeit der Bandage war notwendig, um die Wundränder zusammenzuhalten. »Mach eine Faust«, sagte sie, machte es ihm vor. Lasse verzog schmerzlich das Gesicht, konnte der Aufforderung aber nachkommen. Sie nickte aufmunternd, aber er hatte den Blick vor ihr niedergeschlagen. Plötzlich fiel ihr seine Jugendlichkeit auf. Er war höchstens fünf Jahre älter als Kerlew, und die Berührung durch eine Frau offensichtlich nicht gewohnt. Er war schüchtern. Dennoch kniete sie noch eine kleine Weile an seiner Seite, fühlte ihm den Puls und gab sich der Phantasie hin, daß Kerlew heranwachsen, wie dieser Junge auf die Jagd gehen und sich mit der Würde eines Mannes benehmen würde. »Er ist ein guter Junge«, sagte sie mehr zu sich selbst als zu einem anderen, doch als sie aufblickte, sah sie, daß Heckram in einer unbestimmt väterlichen Art nickte.

»Brüder?« fragte sie, um eine plötzlich eintretende Stille zu überwinden.

»Freunde«, erklärte Heckram mit ernster Miene. »Wir jagen zusammen.«

Sie nickte als Zeichen des Verstehens. Bis auf die Aussprache schienen die Dialekte viele gemeinsame Worte zu haben.

»Kleiner Bruder?« Er nickte zu Kerlew. »Vater kommt? Mutter kommt?«

Tillu schnaubte. »Sohn«, sagte sie, dann fragte sie sich, ob es nicht klüger gewesen wäre, ihn in dem Glauben zu lassen, daß sie Geschwister seien. Aber welchen Unterschied konnte es machen?

Sie konnte sich nicht lange mit Überlegungen beschäftigen, denn der Jäger schien gern zu reden. Worte und Fragen sprudelten aus ihm hervor.

»Ihr kommt von … weit her? Süden?« Er fügte andere Worte hinzu, die sie nicht verstand. Die Stärke der Wißbegierde glänzte in seinen Augen. Sie verursachte ihr Unbehagen. Warum wollte er soviel über sie wissen? Sie fing Bruchstücke seiner Bedeutungen auf, versuchte aber, es nicht zu zeigen. War ihr Mann nach Süden gegangen, um Handel zu treiben, oder war er auf der Jagd? Wo waren ihre anderen Leute? Sie ließ die Fragen an sich ablaufen, lächelte entschuldigend, hob die Achseln und tarnte ihre Gedanken, indem sie Holzschalen zusammensuchte, um das Schmorgericht zu verteilen. Sie selbst aß den Rest aus dem Kochgefäß, weil die Zahl der Schalen nicht ausreichte. Sie sah, daß der Jäger es gemerkt hatte und verwundert die Stirn runzelte, aber er mochte denken, was er wollte. Wieder sah er sich bedächtig um und betrachtete das Zelt und seinen Inhalt. Tillu verbarg ihre Unruhe, indem sie aß.

Der Fisch war zu einem festen Stück geräuchert und schmeckte nach Salz und sommerlichen Feuern. Soviel Zeit war vergangen, seit sie zuletzt Käse gekostet hatte, daß sie nicht sicher war, ob der Geschmack sich geändert hatte oder nur ihre Erinnerung daran. Mit einer Fingerspitze strich sie leicht über die Rinde, fühlte den Eindruck des Gewebes, wo die geronnene Milch in die Form gedrückt worden war. Nach den Wochen gleichförmiger Kost aus magerem Hasenfleisch kam ihr der Käse unglaublich fett vor, und in seiner Gesellschaft schmeckte das Schmorgericht herzhafter. Als sie den Rest aus dem tönernen Topf gegessen hatte und aufblickte, wurde ihr plötzlich bewußt, daß sie während des Essens alle anderen vergessen hatte. Aber Kerlew und Lasse schienen in gleicher Weise mit ihrer Mahlzeit beschäftigt zu sein, und nur Heckram ließ den Blick durch das Zelt gehen, während er bedächtig kaute.

Ihre Blicke begegneten einander, und sie wagte nicht

wegzusehen, weil es unter seinem Volk vielleicht als eine Geste der Unterwürfigkeit verstanden wurde. So sahen sie einander an, und Tillu mühte sich verzweifelt, ein unverfängliches Thema zu finden, etwas zu sagen, um dieses Stillschweigen zu durchbrechen. Aber er kam ihr zuvor.

»... harter Winter ... wilde Herde ... aber Felle ... Bezahlung ... Lasse heilen ...« Sie lauschte aufmerksam und versuchte, die ihr bekannten Wörter in eine Reihung zu bringen, die einen Sinn ergab, mußte aber zuletzt die Achseln zucken. Er hob die Hände, um Bedauern anzudeuten, dann sagte er ganz klar: »Warte. Bald verstehen.«

Sie nickte und stand auf, die verschiedenen Eßschalen und Gefäße einzusammeln und zu reinigen. Als sie damit fertig war, hatte die Medizin gewirkt, und Lasse schlief. Sie kniete bei ihm nieder und untersuchte ihn. Kein Fieber, der Verband schien gut zu sitzen, die Hand darunter war warm. Sie blickte auf und sah sich von Heckram beobachtet. »Dünn«, sagte sie und umfaßte das Handgelenk des Jungen mit dem Kreis ihrer Finger.

»Dünne Zeiten«, pflichtete er ihr bei. Seine Miene war ernst. Er deckte Lasse mit einem der Felle und dann mit seinem eigenen Mantel zu.

»Kerlew«, tadelte sie den verträumt ins Feuer blickenden Jungen, »sitz nicht da und sieh zu, wie es ausgeht. Leg Holz nach!«

Der Junge stand langsam auf und brachte bereiftes Holz herein, das er achtlos auf die Glut häufte. »Schnitzen wir heute abend?« fragte er sie.

Sie hatte ihr Versprechen vergessen und war nicht geneigt, gerade jetzt irgendwelche Arbeit zu tun. Die unerwarteten Anspannungen des Tages hatten sie ermüdet, ihr voller Magen machte sie schläfrig. Für die meisten Jägersippen waren die Abende eine geschäftige Tageszeit. Es wurden Haushaltsgeräte angefertigt, Gespräche geführt und Geschichten erzählt. Sie erkannte, daß sie die Abende zu müßigen Stunden des Schweigens und Starrens hatte werden lassen, manchmal, weil ihr Material zum Arbeiten fehlte, aber meistens, weil sie einfach zu müde war. Trotz der Dunkelheit war es noch zu früh zum Schlafen, also nickte sie Kerlew zu, der nur auf das Zeichen gewartet zu haben schien und plötzlich voller Energie war. Er sprang zu seinem Lager und schaffte einen großen Armvoll Stecken und Holzstücke herbei, die er in einem Haufen vor ihre Füße warf und sich dann erwartungsvoll neben sie setzte. Sie schenkte ihm ein müdes Lächeln. »Ich sage dir, daß du ein paar Stücke bringen sollst, und du kommst mit einem ganzen Wald.«

Er lächelte stolz, als sie anfing, die Hölzer aufzuheben und auf ihre Brauchbarkeit zu untersuchen. Heckram schaute ihr dabei zu, und ihr Widerwille gegen das Vorhaben wuchs. Ihre Geschicklichkeit im Schnitzen war nie besonders groß gewesen und obendrein eingerostet; die Vorstellung, daß jemand sich über ihre Unbeholfenheit lustig machen könnte, hatte nichts Verlockendes. Noch abschreckender war die Vorstellung, daß jemand sah, wie quälend langsam Kerlew lernte. Dennoch war diese Beschäftigung besser, als müßig den langen Abend über am Feuer zu sitzen und den Blicken des Fremden auszuweichen.

Viele der Stecken, die Kerlew gesammelt hatte, waren offensichtlich unbrauchbar, trocken und spröde oder so klein, daß sie zu nichts zerschnitzt wären, bevor man etwas aus ihnen fertigen konnte. Andere hatten so viele Astknoten, daß sie sich jeder Formung widersetzten. Alle diese unbrauchbaren Stücke legte sie beiseite, bis von Kerlews Armvoll noch fünf Stücke übrig waren. Sie wählte aufs Geratewohl ein Stück aus und legte es ihm in die Hände. Er blickte überrascht auf, und sie mußte über seinen Ausdruck lächeln.

»Du dachtest, ich tue es, während du zuschaust? Nein, das haben wir zu oft gemacht. Jetzt fängst du an, etwas zu machen, während ich zusehe. Da ist das Messer, du hast das Holz. Augenblick!« Sie stand auf, um ihre Besitztümer zu durchsuchen und kam mit Knochenschabern zurück. Sie waren für Felle gedacht, deren Innenseiten von anhaftenden Fett- und Fleischresten befreit werden mußten, aber sie würden herhalten müssen. Tillu legte sie in einer Reihe vor dem Jungen aus. Er saß im Schneidersitz, hielt das Stück Holz und das Messer im Schoß und rührte sich nicht. Heckram beobachtete sie beide schweigend, einen etwas verwunderten, aber freundlichen Ausdruck in den Zügen. Tillu war entschlossen, sich von ihm nicht aus der Fassung bringen zu lassen. Sie setzte sich zu Kerlew und sagte: »Zuerst streifst du die Rinde von dem Stück.« Er blickte zu ihr auf, unglücklich in seiner Unsicherheit. Ängstlich schob er die Unterlippe vor. »Nur zu«, ermutigte sie ihn, und er nahm das Messer auf.

Sie verfolgte aufmerksam seine Arbeit und zuckte jedesmal zusammen, wenn ihm das Messer abrutschte und in die Nähe seiner Finger geriet. Er stieß auf eine hartnäckige Verdickung in der Rinde und wollte ihr das Holz zurückgeben. »Nein. Mach nur weiter«, sagte sie freundlich. Er schürzte die Lippen, seine Augen verrieten bittere Enttäuschung, und er arbeitete weiter an der hartnäckigen Verdickung. Sie gab seinen ungeschickten Bemühungen nicht nach, und Tillu sah, wie sein Kinn zu zittern begann. Der Junge kannte die Demütigung des Versagens nur allzugut; schon die Aussicht auf ein Mißlingen konnte seine Anstrengungen zunichte machen. Sie zwang sich, still zu sitzen und zuzusehen, weil sie glaubte, er müsse es auf seine Weise lernen. Sein Atem begann hörbar zu stocken, eine Vorstufe des Schluchzens, die sie gut kannte, und er beugte sich tief über seine Arbeit, wie um sie vor ihr zu verbergen. Aber hartnäckig schnitzte er an der unnachgiebigen Verdickung.

Dann kam ein großer Schatten zwischen sie. Heckram

sah nicht zu Tillu herüber, sondern kauerte hinter dem Jungen, und als er sprach, war nur freundliche Aufmerksamkeit in seiner Stimme. »Was willst du machen?« Die Bedeutung seiner Frage war klar, selbst wenn die Worte es nicht waren.

»Ach – nichts«, murmelte Kerlew. Er schien sich mit der Niederlage des Versagens abgefunden zu haben.

Der Mann streckte langsam die Hand aus. Kerlew zuckte leicht zusammen, als die Hand sich auf seinen Unterarm legte, und Tillu hielt sich bereit, einzugreifen. Manche Männer dachten, Kerlew täusche seine Schwierigkeiten nur vor, und versuchten ihn durch Zwang zum Lernen zu bewegen. Wenn dieser Heckram es genauso machte …

Der Junge gab hastig auf und schob Holz und Messer dem Mann zu, aber Heckram gab sie zurück, dann zeigte er Kerlew, wie er Werkstück und Messer in die Hände nehmen sollte. Er verlagerte die kleinen Hände am Holz, und dann umschloß seine große Hand Kerlews kleine am Messergriff. Er führte sie, bis die Messerschneide unter die Verdickung glitt. »Siehst du?« fragte er Kerlew, und als der Junge nervös nickte, fügte er seine Stärke hinzu, und das Stück Rinde flog durch das Zelt und prallte von der Wand aus Häuten ab. Der Mann lachte umgänglich, und nach einem Augenblick fiel Kerlew mit ein. Das Stück Holz glänzte weiß und glatt in Kerlews Händen. »Was machst du jetzt?« fragte Heckram.

»Einen Löffel«, entschied Kerlew.

Heckram klopfte leicht an das Holz und bat um Erlaubnis, es einen Augenblick zu nehmen. Der Junge ließ es los, und der Jäger drehte es um und um und betrachtete es nachdenklich. Dann nahm er das Messer und markierte das Holzstück mit flachen Einschnitten. »Hier schneiden«, unterwies er Kerlew. »Hier schneiden. Hier.« Er machte vor, wie das Messer zu halten sei. An einer Aststelle, wo die Verdickung gewesen war, machte er schabende Bewegungen mit dem Messer. »Macht stark. Hart, fest.«

Tillu stand auf. Sie fühlte sich plötzlich ausgeschlossen. Kerlew bemerkte ihren Weggang nicht einmal. Er saß über das Holzstück gebeugt und schnitzte mit mehr Energie als Geschicklichkeit. Tillu trat aus dem Zelt in die spröde Kälte der Nacht. Der Himmel war sternklar, der Frost legte sich wie eine Decke auf die Welt. Sie sammelte einen Armvoll von Kerlews Brennholz und trug es zurück ins Zelt.

Es hätte das Zelt fremder Leute sein können. Der halbwüchsige Junge lag ausgestreckt in tiefem Schlaf, der andere, kleinere kauerte neben dem Mann und schnitzte fleißig, während der Erwachsene ruhiger an einem eigenen Stück Holz arbeitete. Heckram sagte etwas zu Kerlew, als er eine Handvoll Holzschnitzel ins Feuer warf, und der Junge grinste, obwohl Tillu sicher war, daß er die Worte nicht verstanden hatte. Sie legte das Brennholz ab und wußte plötzlich nicht, was sie mit sich anfangen sollte. Die beiden murmelten miteinander, während sie schnitzten, ohne auf die Sprachbarriere zu achten. Nach kurzem Zögern hob sie Lasses Mantel auf und deckte ihn mit einem anderen Fell zu. Sie durchsuchte ihr Nähzeug und nahm sich die Risse vor, die der Pfeil verursacht hatte. Sie fädelte eine Sehne in ihre Knochennadel und blickte auf, als sie Heckrams Augen auf sich fühlte.

»Danke.« Die Höflichkeit war aufrichtig.

»Danke«, erwiderte sie und nickte zu dem Jungen.

Heckram berührte seine Brust. »Heckram – kein Vater. Schwer lernen Männerarbeit. Verstehe.« Tillu nickte und merkte, wie ihre Wangen brannten, als ihr klar wurde, daß sie sich verraten hatte. Er wußte, daß an diesem Abend kein Mann zu ihr zurückkommen würde. Er lächelte zu ihr herüber, aber sie erwiderte das Lächeln nicht. Sie saß so erstarrt, wie der Hase es zuvor gewesen war, im scharfen Bewußtsein ihrer ungeschützten Lage. Er sah sie eine Weile an, und das Lächeln verblaßte auf seinem Gesicht. Er machte eine Handbewegung, die anzudeuten schien, daß es ihn nichts angehe, und beugte sich wieder zu Kerlew, dessen Arbeit zu überwachen.

Als sie den Ärmel mit winzigen engen Stichen vernäht hatte, die Wind und Wetter fernhalten würden, fielen Kerlew über seiner Arbeit die Augen zu. Er war offensichtlich schläfrig, wollte aber Heckrams Aufmerksamkeit und Anleitung nicht verlieren. Es war ein Teil seiner Natur, Menschen so zu nehmen, wie sie sich gaben. Hätte Heckram ihn geknufft und weggestoßen, hätte Kerlew das nicht als eine Kränkung aufgefaßt, sondern einfach als die Art dieses Mannes. Daß der Jäger ihn annahm und sich Zeit für ihn nahm, billigte er genauso mühelos. Er rieb sich die Augen und hielt seinen unfertigen Löffel zur Prüfung in die Höhe. Heckram legte seine eigene, vollendetere Schnitzarbeit beiseite und nahm die des Jungen vor. Er drehte den Löffel zwischen den Fingerspitzen, machte hier eine lobende Bemerkung und zeigte dort auf Stellen, die weiterer Bearbeitung bedurften. Aber als Kerlew sofort wieder an die Arbeit gehen wollte, gähnte Heckram vernehmlich und reckte die Arme. Dann steckte er sein Messer ein, und der Junge beeilte sich, seinem Beispiel zu folgen.

»Schlafen«, sagte Heckram. Er blickte umher, dann fragend zu Tillu. Sie spannte wachsam die Muskeln, hielt gleichzeitig aber das gestopfte Kleidungsstück in die Höhe, als gelte es, den Mann damit zu besänftigen. Er kam, um es ihr aus den Händen zu nehmen. Er führte die Finger über die Stellen, wo der Ärmel aufgerissen gewesen war, und nickte bedächtig. Sie war sich mit Unbehagen seiner Größe bewußt, des Volumens seiner Brust, als er über ihr stand und das Licht des Feuers verdunkelte. Sie zog unwillkürlich Kopf und Schultern ein. Aber er sagte wieder »Danke« und trat zur Seite, um den Mantel über Lasse zu breiten. Ohne einen Blick auf Tillu legte er sich nicht weit von seinem Gefährten nieder. Kerlew war plötzlich bei ihm und bot ihm ein Fell von seinem eigenen Lager an. Der Mann grinste, stieß ihm in freundschaftlicher Dankbarkeit mit dem gestreckten Finger in die Rippen und machte es sich bequem.

Tillu erhob sich, um Brennholz hereinzubringen und am Feuer aufzuhäufen. Kerlew folgte ihr hinaus in die Kälte, um sich zu erleichtern, dann brachte er einen zusätzlichen Armvoll Brennmaterial.

»Ich mag sie«, sagte der Junge plötzlich. »Laß uns gehen und mit ihren Leuten leben. Du kannst die Heilerin, und ich kann der Schamane sein.«

»Schhh!« Tillu blickte wachsam zu den still in ihren Fellen liegenden Gästen. »Schlaf jetzt. Wir werden später darüber sprechen.«

Während sie sorgsam das Holz zurechtlegte, dachte sie über Kerlews Worte nach. War es möglich, daß er ebensosehr wie sie vermißte, Teil eines Stammes, eines Volkes zu sein? Eine seltsame Vorstellung. Was hatten ihm andere Menschen je bedeutet, wenn nicht Schläge, Spott und Neckerei? Ausgenommen Carp. Und dieser Mann, heute abend. Aber wie ein Mann sich gegenüber einem Kind verhielt, wenn er allein mit ihm war und wie er es in der Öffentlichkeit behandelte, war zweierlei. Sie erinnerte sich eines Mannes, den sie vor mehreren Jahren gekannt hatte, eines Mannes, der anscheinend Gefallen an ihr gefunden hatte. Er hatte sie mit Fleisch und Geschenken umworben, und dann hatte er eines Abends, als Kerlew geschlafen hatte, mit dem freundlichsten Lächeln das Angebot gemacht, den Jungen mit hinauszunehmen und auszusetzen, ›wo die Wölfe ihn bald finden werden, so daß du und ich eigene Kinder haben können. Die Götter haben einem wie ihm nie bestimmt, so lange zu leben.‹ Sie war mit Kerlew auf und davon gegangen, bevor am nächsten Tag die Sonne aufgegangen war. Sie und Kerlew hatten diesen Mann noch dazu gemocht. Sie schüttelte den Kopf, fühlte Wasser in den Augen.

Sie häufte Asche und Holz auf die Glut, so daß es lange brennen und nachglühen würde, und zog sich dann zu ihrem eigenen Lager zurück. Aber mit Fremden in ihrem Zelt konnte sie sich nicht entspannen, und so lag sie noch lange wach, starrte in das niedrig brennende Feuer und überließ sich ihren Gedanken. Wenn sie Heckram und den Jungen nicht zusammen jagen gesehen hätte, wäre ihr nie in den Sinn gekommen, daß er und der Junge vom selben Stamm waren. Der Junge war kurzbeinig, von niederem Wuchs. Sein dickes schwarzes Haar und die gelbliche Hautfarbe erinnerten sie an Kerlews Abstammung. Aber Heckram erinnerte sie an die Männer ihres eigenen Volkes, obwohl er in den hohen Backenknochen und den dunklen Augen Zeichen von Vermischung zeigte. Irgendwo war es im Randbereich der Völker zur Vermischung gekommen. Sie lag still und witterte ihre unvertrauten Gerüche. Da war der Blutgeruch von der Verletzung des Jungen, scharf und beunruhigend. Aber darunter waren die feineren Gerüche von Häuten, die auf andere Weise gegerbt waren, von dem Käse und Fisch, und von dem Mann selbst. Es war ihr unerklärlich, aber er roch nach Rentier. Nicht nach Fleisch und Fellen, sondern nach dem Wildgeruch, den sie des öfteren aufgefangen hatte, wenn sie solchem Wild nachgestellt hatte. Er roch ebenso nach lebenden Rentieren, wie ihr eigener Vater einst nach seinen Schafen gerochen hatte. Es war ein Rätsel. Während sie darüber grübelte, schlief sie ein.

- 7 -

Lasse streckte die Hand aus und stützte sich auf Heckram.

»Ich muß verschnaufen«, stieß er hervor.

»Ich auch«, sagte Heckram und stand still neben dem keuchenden Jungen. »Aber wir haben nicht mehr weit.«

Die letzte Anhöhe hatte einen steilen Anstieg gebracht, aber nun standen sie auf dem Kamm, und das Bellen der Hunde schickte seine Echos über das Hügelland, und der Holzrauch vom Talvsit war deutlich in der Luft zu riechen. Der bewaldete Hang hinter ihnen ging fast unmerklich in die Ebene über, und seine Wipfel verdeckten das Winterlager mit seinen Hütten aus Grassoden und Baumrinde, aber sie hatten nicht mehr weit zu gehen.

Und das war gut so. Lasse hatte ihn nicht um Hilfe gebeten, aber er war schlecht gegangen, hatte den verletzten Arm vor der Brust gehalten und war immer wieder zurückgeblieben. Gewöhnlich war der Junge ihm voraus, wenn sie gemeinsam auf Jagd gingen, aber heute folgte er Heckram und ließ diesen die Spur durch den Schnee legen. Heckram war bewußt langsamer gegangen, hatte mehrere Rastpausen eingelegt. Nun stellte sich Erleichterung ein, und sie hob Heckrams Stimmung. Die kurzen Stunden des Tageslichts gingen schon in Dämmerung über. Es war gut, daß sie vor Dunkelwerden heimgefunden hatten.

»Bis wir ins Dorf kommen, wird das Licht schlecht sein, und alle werden ihren Arbeiten nachgehen«, sagte Heckram. »Da wird es wenig neugierige Gesichter geben. Schlimm genug, daß wir mit leeren Händen zurückkommen. Noch schlimmer, wenn wir sagen müssen: ›Hier ist das einzige Fleisch, das geschossen wurde, und es lohnt nicht, davon zu essen.‹«

Lasse quittierte den schwachen Scherz mit geringschätzigem Schnauben, und sie stapften weiter. Bald kreuzten sie eine der zahlreichen Fährten, die ins Winterlager führten, und das Vorankommen wurde leichter. Auf der Wegspur war der Schnee festgetreten, und es gab keine überhängenden Zweige, denen man ausweichen mußte. Außerhalb des Lagers weideten ein paar Harkar die Flechten unter der Schneedecke ab. Sie stellten die Ohren in die Richtung der beiden Wanderer, ließen sich jedoch nicht stören. Die übrigen zahmen Renochsen mußten entweder bei der Herde im Hügelland sein oder im Dienst ihrer Herren die Schlitten nach Süden ziehen, wo es für Felle und Pelze Schafwolle, Bronzewerkzeug und andere Waren gab.

Elsa holte Wasser von der Quelle, als sie ins Dorf kam. Sie richtete sich mit ihren tropfenden Ledereimern auf und rief: »Da seid ihr ja! Was hat euch aufgehalten? Zuviel Jagdglück, hoffe ich.« In ihrer Stimme schwangen Erleichterung und Wiedersehensfreude mit.

Heckram fühlte die vertraute Beengung in der Brust, das Gefühl einer verabsäumten Pflicht. »Zuviel Pech. Gibt es hier Neuigkeiten?«

Sie schüttelte den Kopf. »Nicht viel. Wölfe haben letzte Nacht eine von Jeffors Vajas gerissen, also sind die meisten von uns heute auf Jagd gegangen.«

»Und du nicht?« fragte Lasse. »Dann werden sie nicht viel fangen.«

Sie lächelte über seine Schmeichelei. »Diesmal nicht. Meine Mutter fühlt sich nicht gut, also blieb ich da, um Wasser zu holen und die schwereren Arbeiten zu tun. Vater ist mit den Jägern gegangen.«

»Nun, der Mann, der dich so gut im Bogenschießen ausbildete, kann selbst sicherlich genausogut schießen«, bemerkte Lasse. Heckram sagte nichts dazu. Er wußte, daß Kuoljoks Augen nachließen. Der gleiche Gedanke mußte Elsa durch den Kopf gegangen sein, denn einen

Augenblick lang trat ein sorgenvoller Zug in ihr Gesicht. Aber sie erholte sich schnell, stellte die schweren Eimer vor ihrem Zelt ab und richtete sich seufzend auf. Nun erst fiel ihr Lasses Haltung auf. »Was ist mit dir geschehen?«

»Ein Mißgeschick«, sagte Heckram. Auf einmal wollte er nicht viel darüber sagen. »Eine fremde Jägerin. Sie muß auf dieselbe Vaja gezielt haben, an die Lasse und ich uns anpirschten. Lasse stand auf, um die Schlinge zu werfen, und im selben Augenblick ließ sie fliegen. Der Pfeil fuhr ihm durch den Arm. Aber er wird verheilen. Sie hatte Kenntnisse als Heilerin. Deswegen waren wir über Nacht fort.«

Elsa nickte und wandte sich an Lasse. »Deine Großmutter war in Sorge, wollte aber kein Aufhebens davon machen. Sie sagte nur, daß ihr sicherlich größeres Jagdglück hättet als erwartet und daß ihr Mühe hättet, die Beute heimzuschaffen.«

»Ich wünschte, es wäre so«, seufzte Lasse.

»Von wo kam diese fremde Jägerin? Gibt es ein anderes Talvsit in der Nähe? Ich habe Knochennadeln und Werkzeug aus Geweihstangen, die ich vertauschen möchte. Die Händler wollten meine Sachen nicht mit sich nach Süden nehmen, sagten, sie hätten ihre Schlitten schon so hoch beladen, wie es möglich sei. Aber ein anderes Dorf in der Nähe ...«

Heckram schüttelte den Kopf. »Nein, kein Talvsit. Nur eine Frau und ihr Sohn, die allein in einem Zelt leben. Einem ziemlich armseligen Zelt.«

»Vielleicht Geächtete?« fragte Elsa. Ihre Neugierde war geweckt.

Heckram zuckte mit der Schulter. »Glaube ich nicht. Sie haben etwas Fremdartiges an sich, die Art, wie ihre Kleider geschnitten sind, und ihre Sprache ist anders. Man kann sie kaum verstehen.«

»Trotzdem«, sinnierte Elsa. »Wie kommt es, daß Leute so allein sind? Es muß ein Übel in ihrer Vergangenheit geben ... wie eine Seuche, die fast alle von ihnen tötete, oder wie eine Trennung während eines Flußüberganges.«

Heckram sah sie verdutzt an. Lasse aber nickte eifrig. »Der Junge hat nach so etwas ausgesehen. Ist dir aufgefallen, wie er uns heute morgen fortgehen sah, Heckram? Mehr wie eine schwarze Krähe in einem Baum als wie ein Kind. Als ob er zuviel vom Leben wüßte, um ein Kind zu sein, sich aber deswegen nicht sorgte: Er schaute uns nach, als wir gingen, aber ich könnte schwören, daß er uns nicht sah. Es war ein sehr seltsamer Ausdruck für einen kleinen Jungen.« Lasse schüttelte den Kopf.

Elsas Augen leuchteten vor Neugierde.

Heckram zuckte unbehaglich die Achseln. »Das bildest du dir ein, Lasse. Es wird Zeit, daß du nach Haus zu Stina kommst. Sie hat sich die ganze Zeit um dich gesorgt, und meine Mutter auch. Wie man sich um Kinder sorgt, die draußen spielen und sich verspäten.«

»Du sagst es«, bemerkte Elsa lächelnd, dann winkte sie ihnen zum Abschied und zog den Kopf ein, um ihre Wassereimer in die niedrige Hütte aus Grassoden zu tragen.

Das Winterlager war still, als sie zwischen Grassodenhütten und Zelten zu Stinas Hütte gingen. Sie passierten die Trockengerüste für Dörrfleisch und die Atti ihrer Nachbarn, Plattformen auf vier hohen Pfosten, auf denen gefrorene Rentierhälften lagerten. Die Njalla oder Trockengerüste zum Dörren von Fleisch und Fischen waren gleichfalls auf glatten Pfosten errichtet, die beste Möglichkeit, Lebensmittel vor Vielfraßen zu schützen. Eine Reihe von Rentierschlitten, umgestürzt, um den Schnee fernzuhalten, glich mit ihren Kielen, Spanten und hochgezogenen Bugteilen umgestülpten Booten. Es gab die gedeckten Akja für den Transport von Lasten und die halbgedeckten Pulkor zum Fahren. Der vertraute Anblick dieser Dinge schien Lasse neue Energie zuzuführen, aber Heckram sah der Begegnung mit Stina voll Unbehagen entgegen.

Jeden Winter kehrte der Hirtenstamm für einige Monate der Ruhe zum Talvsit zurück. Die Hütten aus Grassoden und Rinde wurden geflickt oder von jüngeren Paaren neu errichtet. Frische Birkenzweige wurden geschnitten, auf dem Boden aus gestampfter Erde ausgebreitet und mit Rentierfellen bedeckt. Von den Speichergerüsten, wo sie den ganzen Sommer hindurch geruht hatten, während der Stamm auf der weiten Tundra war, wurden die Schlitten und Winterskier heruntergeholt und das jetzt bis zum Frühling nicht benötigte Sommergerät bis zum Beginn der Frühjahrswanderung gelagert. Das Leben des Stammes war gefangen in einer elliptischen Wanderung zwischen diesem Winterdorf und dem Sommerlager in den Ausläufern des Hochlandes.

Heckram liebte den Standort ihres Talvsits. In seiner Kindheit, als er auf dem Rücken eines der Harkar seines Vaters geritten war, hatte er andere besucht, aber keine dieser Wintersiedlungen war so günstig gelegen wie seine eigene. Hier gab es gute Quellen, die nie versiegten und im Winter dampften, wenn das kalte Wasser aus dem Boden sprudelte und mit der frostigen Luft in Berührung kam. Die bewaldeten Hügel der Umgebung boten reichlich Brennholz für die Feuer, und die zahlreichen Birken mit ihren schlanken Zweigen und ihrer rissigen Borke lieferten Bodenbeläge und Material zum Schnitzen von Gebrauchsgegenständen. Auf den Hügeln lag tiefer Schnee, aber darunter gab es zarte Flechten, kein ungenießbares, schwammiges grünes Moos. Die Herde konnte wandern, brauchte sich aber niemals weit vom Winterlager zu entfernen. Die wachsamen Hirten beschützten ihre Tiere, die ungefährdet tiefe Löcher in den Schnee scharren und ihre haarigen Nüstern hineinstecken konnten, um die freigelegten Flechten zu fressen.

Das Winterquartier der alten Frau lag am Rand der

Siedlung, wo sie und ihr Mann es als junge Eheleute gebaut hatten. Heckram hob den Ledervorhang von Stinas Hütte und ließ Lasse vorangehen. Er blieb noch draußen, um den anhaftenden Schnee von den Stiefeln zu stampfen, dann biß er die Zähne zusammen und schlüpfte geduckt durch den niedrigen Eingang, um Lasses Großmutter gegenüberzutreten.

Die alte Frau kniete in der Nähe der Feuerstelle, durch ihren Webgürtel mit dem Mittelpfosten der Hütte verbunden. Sie geruhte nicht, ihr Eintreten zu bemerken, und beide standen verlegen da und warteten.

Sie trug abgenutzte, aber buntfarbig gewebte Kleidung mit eingewebten Bandmustern von eigener Hand. Ihre schwarzen Augen blitzten die Eintretenden einmal aus tiefen Runzelnestern an, dann blickten sie weg, als hätte sie nichts mit ihnen zu schaffen. Das dünne schwarze Haar war streng zurückgekämmt und im Nacken verknotet, und die geschäftigen Hände hielten keinen Augenblick in der Arbeit mit den gefärbten Fasern inne, die sie verwebte. In ihrer Nähe lagen säuberlich geordnete Bündel gefärbter Woll- und Pflanzenfasern, die darauf warteten, in das bunte Muster eingearbeitet zu werden. Überall war das Werk dieser unermüdlichen Hände zu sehen, in den Käsen und Blutwürsten, die von den Stangenhölzern des Daches hingen, in den aus Grasfasern geflochtenen Käseformen und Salzbehältern und in den Reisekörben mit ihren einfachen und doch kunstvollen Mustern. Die Wassereimer waren bis zum Rand mit frischem Wasser von der Quelle gefüllt. Hier hing eine Rolle Schuhgras, bereit, die Stiefel zu polstern, die ihre Hände aus weichem Leder nähten. Der geschnitzte Schuhgraskamm daneben war von Lasses Vater angefertigt worden und älter als der Junge. Die Hütte roch nach den Birkenzweigen und sauberen Fellen, nach dem Holzfeuer und den Käsen. Es war ein anheimelnder, willkommener Geruch, und Lasse seufzte dankbar, als er am Feuer niedersank.

Stina verknotete ein paar Fäden und löste die Arbeit langsam von ihrem Gürtel. »So. Hast du doch noch nach Haus gefunden? Daß jemand sich um dich gesorgt haben könnte, weil du sagtest, du würdest nur für einen Tag auf die Jagd gehen, und dann zwei Tage ausbliebst, ist ja nicht wichtig.«

Die beiden sahen einander an, und Heckram hob die Schultern und flüsterte: »Sag du es ihr. Sie ist deine Großmutter.«

Aber Stinas Gehör hatte nicht nachgelassen, und sie fuhr unbarmherzig fort: »Es ist ja auch nicht wichtig, daß jemandes alte Großmutter ihr Wasser selbst schleppen muß und neben den eigenen noch die Harkar ihres Enkels versorgen muß. Es ist auch nicht wichtig, daß sie gestern abend Essen für zwei kochte und es bis tief in die Nacht hinein für jemanden warmhielt, der nicht kam. Es hat nichts zu sagen, daß sie eine Stunde lang nach der Schöpfkelle für die Milch suchen mußte, die jemand außer Sicht und Reichweite aufgehängt hatte, und sich dann abmühen mußte, eine Vaja zu melken, die nicht abgerichtet worden ist, ordentlich stillzustehen. Und was hat es schon zu sagen ...«

»Ich wurde angeschossen.« Lasses Worte fielen auf den Vortrag wie die Schneelast von einem Ast auf einen ahnungslosen Jäger. »Heckram, hilf mir den Mantel auszuziehen!«

Aber bevor Heckram der Aufforderung Folge leisten konnte, war Stina zur Stelle und zog behutsam am Ärmel, und der Ton ihrer Gardinenpredigt änderte sich plötzlich. »Es ist genauso, wie deine Mutter gestern abend sagte, Heckram, als die arme Frau vorbeikam, um zu sehen, ob Lasse Vorräte für mehr als einen Tag mitgenommen hatte. ›Da ziehen sie los zur Jagd, und es kümmert sie überhaupt nicht, ob wir sie jemals wiedersehen werden! Sie müssen fort und die wilde Vaja jagen, während sie beide besser daran täten, zu Haus zu bleiben und zu hüten, was sie schon haben, ja, und vielleicht in eine Zukunft zu blicken, die nicht so weit entfernt ist.‹ Ach, aber was kümmert es einen Mann, wenn er seiner Mutter Sorgen und eine schlaflose Nacht bereitet? Nichts.«

Ihr Mundwerk kam für eine kleine Weile zum Stillstand, als der zerzauste Lasse aus seinem Mantel zum Vorschein kam. Sie gab das Kleidungsstück Heckram, damit er es aufhänge, und kniete bei ihrem Enkel nieder, als wäre er ein kleines Kind. »Nun, Heckram, du magst ein schlechter Schütze sein, aber wenigstens hast du den Arm sauber verbunden. Hier erwartete ich Blut und Schmutz, mit einem Stück Leder zusammengebunden. Aber das ist die sauberste Arbeit, die ich gesehen habe, seit Kila die Geburtshelferin mit den Händlern nach Süden zog und dort heiratete, um nie wieder zu denen zurückzukehren, die sie brauchten, nie auch nur an ihren alten Onkel zu denken, den sie allein zurückgelassen hatte. Aber sieh nur dein Hemd an, Junge! Wo soll ich die richtige Wolle herbekommen, um das auszubessern, und deines Vaters Hemd, von deiner Mutter für ihn gemacht? Ganz voll Blut und der Ärmel zerrissen! Sie vertauschte die Felle ihrer eigenen Rentiere für diese gute Schafwolle, die Arme, die es sich kaum leisten konnte, und bis in die Nacht arbeitete sie im Feuerschein, um es zu weben …«

»Heckram hat mich nicht angeschossen«, unterbrach Lasse. »Es war eine Fremde, die allein jagte. Und sie hat mich auch verbunden.«

»So?« Stina lehnte sich auf ihre Fersen zurück, um ihn mit verwundetem Zorn zu betrachten. »Und kein Wort davon erzählst du deiner eigenen Großmutter! Im ganzen Dorf wird man sich längst diese Geschichte erzählen, und ich werde von Bror, diesem Klatschweib, vom Abenteuer meines Enkels hören müssen. Aber was kann ich schon erwarten? Was bin ich schon, nur eine wertlose alte Frau, die nur zum Weben und Kochen und Flicken und Putzen und Melken taugt …« Mit scheinbarer Demut wandte sie sich zum Feuer und nahm einen Topf mit siedendem Wasser vom Haken. Darauf kehrte sie ihnen den Rücken und schlurfte mit übertriebener Gebrechlichkeit zu ihrer hölzernen Truhe, um Schalen und Löffel herauszunehmen.

»Du bist die erste, die davon hört«, erklärte Heckram. »Abgesehen von ein paar Worten zu Elsa, gerade so viel, um nicht unhöflich zu sein. Sie weiß, daß sie den Rest der Geschichte von dir wird hören müssen, während Lasse ißt und schläft. Nein, danke.« Er schüttelte den Kopf, als sie ihm eine Schale geben wollte. »Ich muß jetzt gehen, damit Lasse dir alles ausführlich erzählen kann. Ich habe selbst eine Mutter, zu der ich gehen muß, und sicherlich Arbeit, die liegengeblieben ist und getan werden muß.«

»Hör sich einer das an! Als ob Ristin ihr Heim vernachlässigen würde und in Trümmer fallen ließe, weil ihr Sohn eine Nacht ausbleibt! Es ist noch nicht so lange her, junger Mann, daß sie Wolfsfelle von der Jagd heimbrachte und du bloß ein kleiner Balg in der hölzernen Komse warst, die an ihrem Packsattel hing, jawohl, und plärrtest, daß sie dir süßes Mark in dein gieriges kleines Mäulchen stecken mußte, um dich zur Ruhe zu bringen. Aber nein, jetzt ist er ein Mann und der einzige, der je gejagt oder gearbeitet hat, nehme ich an. Nun, Lasse, willst du mir von dieser seltsamen Frau erzählen, die auf einen Enkel schießt und ihn dann zusammenflickt? Oder muß ich warten, bis ich die Geschichte von Ristin höre?«

Lasse blickte zu Heckram und rollte die Augen, aber der andere grinste nur, als er den Kopf einzog und aus der Hütte schlüpfte. Draußen sog er die kalte Luft tief ein, dankbar, daß Lasse gut aufgehoben war und daß Stina ihm nicht zürnte. Es war rasch dunkel geworden, und das einzige Licht in der Wintersiedlung war der Feuerschein, der da und dort aus den Hütten drang. Er folgte dem gewohnten Weg zwischen den Hütten und

Zelten und wich den schlafenden Hunden, die vor den Türen ihrer Eigentümer zusammengerollt schliefen, und den ragenden Trockengerüsten aus. Plötzlich trat eine Gestalt aus der Dunkelheit vor ihm auf den Weg, und Heckram hielt inne, um den anderen nicht anzurempeln.

»Gibt es Schwierigkeiten, Joboam?« fragte er in höflichem Ton.

»Nur mit Dummköpfen, die mich im Dunkeln anrennen. Du bist spät von der Jagd zurückgekehrt, höre ich. Dachte schon, vielleicht sähe ich nichts mehr von dir. Aber da bist du wieder, sicherlich mit großer Beute.«

»Sicherlich«, sagte Heckram. »Aber du bist weit von deiner Hütte, Joboam. Suchst du etwas?«

»Vielleicht. Capiam weiß gern, was in allen Teilen des Talvsits vorgeht. Er sagt sich, daß es leichter ist, Ärger zu vermeiden als ihn zu beheben. Also mache ich einen Abendspaziergang für ihn, um mich zu vergewissern, daß alles in Ordnung ist. Sicherlich hast du nichts dagegen.«

»Warum sollte ich? Wenn die Hunde bei Tag zwischen den Hütten herumlaufen, warum sollte Joboam es nicht bei Nacht tun?«

»Capiam wird deinen Scherz sehr erheiternd finden, wenn ich ihm davon berichte.«

»Wenn er nur die Hälfte von dem Mann ist, der sein Vater war, wird er es mehr als erheiternd finden«, erwiderte Heckram und schob sich auf dem schmalen Weg an Joboam vorbei, ohne ihn zu berühren. Er ging weiter, die Schultern angespannt, und überlegte, ob Joboam ihn wohl von hinten anspringen werde. Aber alles blieb still hinter ihm, als er weiterging.

Er unterdrückte seinen siedenden Zorn und sagte sich, er habe keinen Grund, sich zu erhitzen. Was sollte ihn daran beunruhigen, daß Joboam im Dunkeln zwischen den Hütten umherging und sich vergewisserte, daß alles in Ordnung war? Ihn verdroß nur Joboams überhebliche Haltung, wenn er geruhte, zu den bescheideneren Hütten zu gehen. Der Mann maßte sich Autorität an, die ihm nicht zustand. Als Stammesführer sollte Capiam nicht andere ersuchen müssen, sich zu vergewissern, daß im Talvsit alles in Ordnung war. Hatte er nicht selbst zwei Beine, um unter seinen Leuten umherzugehen? Aber nein, seit der alte Capiam im vergangenen Winter gestorben war, hatte sein Sohn sich nicht viel um seine Verantwortung gekümmert; seine freie Zeit verbrachte er mit seiner Frau und seinem Sohn in der Hütte. Wenn er jemanden aussenden mußte, um bei Nacht zwischen den Hütten umherzugehen, warum schickte er dann nicht seinen Sohn, Rolke? Dem konnte es gewiß nicht schaden, wenn er lernte, sich wie der Sohn des Stammesführers zu benehmen, statt den ganzen Tag an der Feuerstelle seiner Mutter zu sitzen. Sie war genauso reich wie Capiam selbst und gab sich kaum noch mit Nähen oder Weben oder Jagen ab. Stina hatte sich einmal laut gefragt, was die Frau den ganzen Tag tue, außer ihre Tochter Kari der Faulheit zu bezichtigen und auszuschimpfen. Sie selbst aber war dick wie eine trächtige Vaja, während das Mädchen dünn und ausgehungert aussah wie ein verwaistes Kalb. Heckram schüttelte voll Widerwillen den Kopf. Capiam schien stolz auf den Umfang seiner Frau zu sein, als ob sie eine Renkuh wäre, die für ein Festmahl gemästet wird.

»Nie würde ich ein Herdfeuer mit solch einer Frau teilen«, gelobte Heckram und war überrascht, sich laut sprechen zu hören. Aber mit welcher Frau würde er dann das Herdfeuer teilen? Das war die nächste Frage, eine Frage, die er bereits aus häuslichen Gesprächen verbannt hatte. Er machte einen Umweg zu seinem Trockengerüst mit seinem spärlichen Dörrfleischvorrat, kletterte hinauf und schnitt ein großzügiges Stück Fleisch von einer der Renkeulen herunter, dem er nach kurzem Zögern noch eine Blutwurst hinzufügte. Nach den Anstrengungen eines Tages ohne Proviant war er hungrig. Er mußte sich jetzt sattessen, auch wenn sein Vorratsgerüst kahler denn je zurückblieb, und auf besseres Jagdglück hoffen. Und welche Frau, dachte er, würde mit einem Mann am Herdfeuer sitzen wollen, der nicht viel mehr als ein leeres Trockengerüst besaß? Er vertrieb den Gedanken mit einem Kopfschütteln und hob die Rentierhaut am Eingang der Hütte, die er mit seiner Mutter teilte.

Das Feuer auf den Herdsteinen war beinahe erloschen. Ristin kniete daneben, nährte es mit Zweigen und blies in die Glut, um neue Flammen zu entfachen. In diesem ersten Augenblick kam sie Heckram klein wie ein Kind vor. Es waren die Schatten, die sie dazu machten. Dabei war sie durchaus keine große Frau. Sie hatte den kurzen stämmigen Körperbau, der für die meisten Angehörigen des Hirtenstammes typisch war. Bisweilen fühlte Heckram sich wie ein schwerfälliger Elch in einer Rentierherde. So wie er war auch sein Großvater gewesen, ein hünenhafter Mann aus dem Süden, der als Händler in den Norden gezogen und geblieben war. Sogar sein Haar war hell wie die Unterseite eines Rentierschwanzes, wie Ristin gesagt hätte. Kleinwüchsig und dunkel, zeigte sie selbst kein Zeichen von Rassenmischung. Nur in ihrem Sohn war das Blut des Großvaters wieder zum Durchbruch gekommen. Sie trug noch ihre warme Fellkleidung, und die bunte Wollmütze bedeckte ihr Haar und die Wangen. Die Fäustlinge hingen von Schnüren an ihren Handgelenken und ließen die Hände frei.

»Wolltest du gerade gehen?« fragte er, nachdem er leise eingetreten war.

Ristin machte ein erschrockenes Geräusch und ließ das Stück Holz fallen, das sie in der Hand hielt. »Ich bin froh, daß du endlich zurück bist. Nein, ich bin gerade zurückgekommen. War heute auf der Jagd, aber ohne viel Glück.«

»Ja? Nach Wölfen oder Söhnen?«

Ristin zuckte mit der Schulter. »Ein wenig von beidem. Ich sorgte mich um dich, und ein neuer Pelz wäre nicht zu verachten. Also nahm ich meinen Bogen und ging hinaus. Wieso, überrascht dich das?«

»Nicht von einer Frau, die Wölfe jagte, als ich als Balg in einer Komse lag, eine Handvoll Mark im Mund, damit ich nicht mehr plärrte.«

Ristin lachte in sich hinein. »Hört sich an, als hättest du mit Stina gesprochen. Sie sorgte sich um Lasse. Es freut mich zu sehen, daß ihre Sorge grundlos war.«

»Nicht ganz.«

»Wieso?« Ristin hatte inzwischen die Arme aus dem Fellmantel gezogen, nun aber hielt sie inne und spähte aus dem Nackenloch wie eine Eule aus einem hohlen Baum.

»Nichts Ernstes, aber es hätte schlimm ausgehen können. Eine fremde Jägerin, die allein unterwegs war, zielte auf eine Vaja und erwischte Lasse, als er gerade die Schlinge nach dem Kalb werfen wollte. Es ist nicht so schlimm«, fügte er hastig hinzu, als Ristins Gesicht ernst wurde. »Aber wie gesagt, es hätte böse ausgehen können. Glücklicherweise war die Frau eine geschickte Heilerin. Sie verband ihm den Arm und gab uns Unterkunft in ihrem Zelt. Ich … ich sagte, ich würde für die Heilung bezahlen, weiß aber nicht, ob sie mich verstand, denn sie spricht unsere Sprache schlecht. Und ich weiß, daß Lasse, wüßte er davon, der Meinung wäre, es sei seine Sache, für die Heilung zu bezahlen.«

»Aber du fühlst dich für seine Verletzung verantwortlich?«

»Ein wenig, ja.« Heckram kratzte sich am Ohr und fuhr über die Bartstoppeln am Kinn.

»Hättest du es verhindern können?«

»Nein. Wahrscheinlich nicht. Aber er ist in mancher Weise noch ein Junge, und Stina vertraut ihn mir an. Ich möchte dieses Vertrauen nicht enttäuschen, selbst dann nicht, wenn es sich um einen Unfall handelt.« Er räusperte sich. »Aber das ist nicht der einzige Grund, daß ich die Heilerin für ihre Arbeit bezahlen will. Sie und ihr Junge haben so etwas an sich …« Er starrte ins Feuer. »Mutter, erinnerst du dich an das Jahr, mehrere Winter nach der Seuche, als wir die beiden Kälber beim Flußübergang verloren und du sagtest, nun könnten wir keines unserer Tiere mehr schlachten, um Fleisch für den Winter zu haben?«

Ristin stand auf, hängte ihren Mantel an seinen hölzernen Haken und schüttelte ihn aus, um ihn zu durchlüften. Dann ließ sie sich am Feuer nieder und löste die Verschnürung ihrer Stiefel. Mit geistesabwesendem Blick zog sie sie von den Füßen und nahm das Schuhgras heraus, das als Kälteschutz diente. Sie lockerte es auf und legte es in die Wärme des Feuers, damit es trockne.

»Erinnerst du dich an den Winter?« drängte Heckram.

Sie blickte auf. »Wie könnte ich solch eine Zeit vergessen? Dein Vater war fort, wir hatten kein fettes Rentierfleisch vom Herbst, keine Blutwurst, keine Markknochen. Nur Hasen und Schneehühner und getrockneten Fisch aus den Fängen des Sommers. Die wilden Rentierherden waren noch von der Seuche verringert, und was von ihnen herumlief, konnten die Wölfe besser jagen als ich. Es war eine harte Zeit für uns alle.«

Heckram schüttelte seinen Mantel aus und hängte ihn zum Lüften neben den seiner Mutter. Als er sich ihr zuwandte, war seine Miene ernst. »Ihr Sohn ißt, wie ich damals aß. Er schaut beim Kochen zu, als hätte er Angst, das Fleisch würde aus dem Topf springen und weglaufen. Ihr Zelt ist nicht gut genäht, die Felle, unter denen sie schlafen, sind dünn. Schlimmer noch, das Messer, das sie besitzt, sieht dem ähnlich, wie ich es damals gemacht haben könnte. Ich glaube auch nicht, daß sie dir als Jägerin gleichkommt. Abgesehen von dem Streifschuß, den sie Lasse beibrachte, hatte sie nur einen mageren Hasen geschossen.«

»Wir sind selbst nicht reich...«, begann Ristin bedächtig.

»Ich weiß, aber...«

»Unterbrich mich nicht. Aber es liegt hier viel herum, was andere nötiger gebrauchen könnten. Ich weiß nicht, warum ich Fäustlinge aufbewahre, die längst zu klein für dich sind. Und wie viele Bogen kann ich zu gleicher Zeit benutzen... obwohl ich sagen muß, daß sie vielleicht gar keinen Bogen braucht, wenn der ihre in der Lage war, Lasse zu Boden zu werfen.«

Heckram schmunzelte. »Ich gebe zu, daß ich den Zustand ihres Bogens nicht gesehen habe. Ich achtete vielmehr auf den Jungen.« Während er sprach, nahm er das Tablobrett herunter und drehte es um, so daß es die narbige Rückseite zeigte. Er legte das gefrorene Fleisch darauf und schnitt es in dünne Scheiben und Schnitzel, die rasch garkochen würden. Er war hungrig an diesem Abend, irgendwie noch hungriger, weil er den Jungen und die Heilerin getroffen hatte. »Sie waren so seltsam. Ich wollte mit ihr reden, sie fragen, woher sie gekommen sind und warum. Sie hat ein Aussehen, als ob sie aus fernen Gegenden käme, und benimmt sich, als wüßte sie nicht recht, wie sie für sich und den Jungen sorgen soll. Ich bin sicher, sie hat Geschichten zu erzählen, und ich wollte sie hören. Aber sie mochte nicht reden. Ich glaube, sie verstand mehr von meinen Worten, als sie sich anmerken ließ. Sie hatte Angst, als ob sie Schaden nehmen könnte, wenn sie offen zu mir redete. Und der Junge... er war ganz Augen, und so still, starrte die ganze Zeit über.«

»Das kann der Hunger ausmachen.« Ristin blickte versonnen in die züngelnden Flammen. »Und das Alleinsein kann eine Frau mißtrauisch machen. Aber Heckram...«

»Ja?«

»Das Schlimmste jener Tage war für mich das Mitleid der Leute. Wir hatten den Stamm, der uns Beistand leisten konnte, und manche waren freundlich. Ich kann nicht zählen, wie viele Male du von Lasses Vater in seinem Zelt gefüttert wurdest. Manchmal hing morgens Fleisch an unserem Trockengerüst, das am Abend vorher nicht dagewesen war. Ich wußte, daß es aus Freundschaft und Hilfsbereitschaft geschah, aber es war …«

»Ich weiß. Ich werde ihr etwas als Bezahlung für Lasses Heilung geben. Sie hatte auch einen Beutel mit Kräutern bei sich und schien sich auf das Mischen zu verstehen. Es ist lange her, seit es einen Heiler bei uns gab. Sicherlich gibt es Arzneien, die uns nützlich wären und die sie machen kann. Ich werde ihren Stolz nicht verletzen.« Er spießte das feingeschnittene Fleisch auf einen zugespitzten frischen Zweig und hielt es über das wiederbelebte Feuer. Bald begann das Fett zu zischen, und sein Magen knurrte verlangend.

Ristin nickte nachdenklich. »Manchmal ist es alles, was einem bleibt. Du könntest auch mit Elsa reden. Sie hatte Knochenschnitzereien und gewebten Stoff, den sie den Händlern mitgeben wollte. Vielleicht gibt sie etwas davon für ein Mittel her, das die Schmerzen in ihrer Schulter lindert, wenn die Tage kalt und naß sind. Seit diesem Herbst ist sie nicht davon losgekommen. Vielleicht solltest du sie sogar mitnehmen, wenn du gehst, die Heilerin zu bezahlen. Das Mädchen arbeitet so fleißig, und diese Gelegenheit zu einem nützlichen Handel könnte ihr guttun. Ist es weit zum Zelt der Heilerin?«

»Nicht mit Skiern. Wären wir nicht zu Fuß gegangen, in der Hoffnung, eine lebende Vaja heimzuziehen, wären Lasse und ich mittags hiergewesen. Und nun, da ich weiß, wo es ist, würde ich es in kurzer Zeit schaffen. Ich werde Elsa Bescheid sagen, wenn ich gehe. Wenn sie mitkommen will, wird sie es sicherlich tun.«

»Du könntest sie mit ein wenig Freundlichkeit behandeln.«

»Das tue ich. Mit der gleichen Freundlichkeit, die ich

Lasse zuwende, oder Jakke. Oder meinen anderen Freunden.«

»Heckram …«

»Bist du hungrig? Das Fleisch ist bald gar.«

Sein Tonfall entging Ristin nicht, und sie seufzte. »Ja. Aber ich möchte dich noch einmal erinnern, daß du nicht jünger wirst. Und ich auch nicht.«

»Und Elsa auch nicht. Ich weiß. Aber ich will kein hungriges Kind an meinem Herdfeuer haben, Mutter. Ich werde erst nach einer Frau Ausschau halten, wenn ich sicher bin, daß ich für sie sorgen kann.«

»Wenn du wartest, bis du bereit bist, wirst du nie verheiratet sein.«

»Mutter.«

Es wurde still zwischen ihnen. Heckram nahm das brutzelnde gebräunte Fleisch vom Feuer, teilte die Portionen auf und legte sie in die Holzschalen, die seine Mutter ihm zuschob. Sie brachte auch Juobmo, saure Milch, die in einem kleinen Faß aufbewahrt wurde und mit Sauerampferblättern gewürzt war. Mit Käse und Blutwurst ergab das eine schmackhafte Mahlzeit, die jedoch still verlief. Das Fleisch war eher würzig als zart. Heckram kaute die Fasern, schaute ins Feuer und dachte nach. Nachdem die Schalen gesäubert und weggeräumt waren, nahm Ristin sich einen halbfertigen Flechtkorb vor. Sie schien lange zu überlegen, welche von ihren Weidenzweigen sie verwenden sollte, und dann legte sie den Korb plötzlich beiseite. Sie starrte ihn an, bis er den Blick hob.

»Heckram«, sagte sie mit leiser Stimme, »dein Vater und ich … wir hatten niemals die Absicht, ein hungriges Kind an unserem Herdfeuer zu haben.«

Der Schmerz in ihrer Stimme zog etwas in ihm zusammen. »Ich weiß das«, sagte er. »Ich hatte meine Worte nicht als Vorwurf oder Tadel gemeint.«

Aber sie ließ sich nicht abbringen. »Wir hatten nie mit der Seuche gerechnet, und ich hatte nie gedacht, daß ich ihn verlieren würde, als du noch ein Junge warst. Aber bei alledem, Heckram, täte ich es wieder, selbst wenn ich vorher wüßte, was über uns kommen würde. Ich nähme ihn wieder zum Mann.«

Wieder wurde es still in der Hütte. Ristin nahm ihren Webgürtel auf und kniete nieder, um ihn am Mittelpfosten anzubinden. Dann zog sie ihn straff, nahm gefärbte Wurzelfasern für das Muster, einige mit Erlenrinde rot, andere mit wilden Zwiebeln gelb gefärbt. Sie sortierte eine Handvoll aus.

»Wenn ich so über Elsa nachdenke«, sagte Heckram, »werde ich sie fragen. Aber nur, wenn ich so empfinde.«

Ristin blickte von ihrer Arbeit auf und sah ihren Sohn lange forschend an. Dann nickte sie langsam. »Das ist annehmbar«, sagte sie leise, als ihr Kopf sich über die Arbeit beugte. »Das ist annehmbar für euch beide. Aber laß uns hoffen, daß sie noch immer etwas für dich empfindet, wenn du soweit bist, sie zu fragen.«

– 8 –

Die Schneehühner waren klein. Sie hob sie an den befiederten Füßen auf, betrachtete die scharlachroten Augenfedern, die sie verraten hatten. Wäre nicht dieser Farbfleck über den Augen gewesen, hätte sie die beiden Vögel niemals in dem verschneiten Weidendickicht gesehen. Aber selbst zwei von ihnen waren nicht viel mehr Fleisch als ein Hase. Nun, sie konnte die Vögel vorsichtig abhäuten und die gefiederten Häute aufbewahren. Und ihr saftiges Fleisch war eine willkommene Abwechslung nach den vielen Schneehasen, die sie in letzter Zeit gegessen hatten. Sie konnte eines der Schneehühner am Spieß über dem Feuer braten und das andere mit Kräutern und Flechten zu einer würzigen Suppe kochen. Zwei Gerichte würden Kerlew das Gefühl geben, daß die Mahlzeit reichhaltiger sei.

Die langen Schatten der Bäume kreuzten ihren Weg als bläuliches Netz auf dem Schnee. Der Abend sickerte den Hang herauf und stieg langsam um sie heran. In den Tälern und Mulden des Landes lagen Nebelschleier, und es war schon dunkel, während die Höhenrücken noch im letzten Widerschein des scheidenden Tages lagen. Schon zeigten sich die hellsten Sterne am tiefblauen Himmel. Die Sonne hatte an diesem Tag ein winziges Stück über den Horizont gelugt und sich ein wenig daran entlanggeschoben. Bald würde das letzte Licht vergehen. Sie mußte sich beeilen.

Tillu duckte sich unter einem Zweig durch, vorsichtig, um keine Schneelast auszulösen. Sie bewegte sich gleitend, fast lautlos, mit angespannter Aufmerksamkeit auf jede winzige Bewegung achtend, die ihrem Bogen ein weiteres Ziel bieten könnte. Ihre Fertigkeit im Bogenschießen wurde besser. Sie lächelte in sich hinein; bald würde sie so gut sein wie die Kinder in Benus Sippe. Aber die Gegend ringsum lag in frostiger Starre, still und scheinbar leblos. Im Zwielicht wurde das Dunkelgrün der Fichtenzweige zu Schwarz und verschmolz mit den schwarzen Stämmen zu Schattenrissen vor dem Schnee. Vielleicht hätte sie nicht soviel Zeit mit der Beobachtung der Rentierherde vergeuden sollen. Alle Überlegungen, wie sie ein Tier erlegen könnte, hatten zu nichts geführt. Sie wußte bereits aus vergangener Erfahrung, daß ihre leichten, primitiven Pfeile, abgeschossen von ihrem zu schwachen Bogen, von den dicken Fellen der Tiere abprallten. Sie hatte nur Pfeile verloren und die Tiere verscheucht. Ein Speerwurf hätte wahrscheinlich auch nicht mehr Erfolg gebracht, denn es fehlte ihr sowohl an der Fähigkeit, einen guten Wurfspeer herzustellen, als auch an der Kraft und Technik des Werfens. Ganz abgesehen davon, daß die Rentiere die Flucht ergreifen und ihr im tiefen Schnee mit Leichtigkeit entkämen, bevor sie nahe genug herangekommen wäre, um einen Wurf zu versuchen. Aber es mußte eine Möglichkeit geben, und sie war entschlossen, sie bald zu finden.

Sie bemühte sich, nicht an die langen Winternächte zu denken, die noch bevorstanden. Um sich Mut zu machen, dachte sie daran, daß der dunkelste Teil der kalten Jahreszeit nun hinter ihr lag und daß ihr Sohn und sie noch am Leben und gesund waren. Mit einem leisen Seufzer gelobte sie sich, daß sich von nun an alles bessern werde. Vor allem ermutigte sie der Gedanke, daß Kerlew sich änderte. In den drei Tagen, seit die Fremden bei ihnen übernachtet hatten, hatte der Junge zwölf Löffel geschnitzt. Gewiß waren einige primitiver als andere, aber jeder zeigte eine gewisse Verbesserung gegenüber dem vorher geschnitzten. Und wie es für Kerlew typisch war, zeigte er nun, da er zuversichtlich die Fertigkeit gewonnen hatte, einen Gegenstand anzufertigen, keine Neigung, irgend etwas anderes zu schnitzen. Sie wollte ihm eine Weile die Freude an seinem Erfolg lassen und ihn dann überreden, etwas Neues zu versuchen. Die Hauptsache war, daß sie überlebten und Kerlew heranwuchs. Darüber hinaus wollte sie sich nicht den Kopf zerbrechen. Tillu überwand den letzten Höhenzug und wanderte abwärts in die geschützte Senke, wo ihr Zelt auf der Lichtung stand.

Seltsame Fährten kreuzten ihren Weg, zwei Linien, die in den Schatten der Dämmerung beinahe blau im Schnee lagen. Tillu erstarrte. Sie blickte in beiden Richtungen die Fährte entlang, sah jedoch nichts. Zur Rechten wie zur Linken verschwanden die Linien zwischen den schneebehangenen Bäumen, ohne ein Zeichen, wer oder was sie verursacht hatte.

Sie kauerte nieder, um die Fährte zu untersuchen, und berührte den glatten Rand mit dem Fausthandschuh. Sie hatte nie Vergleichbares gesehen. Die Fährten waren lang, schmal und durchgehend, beinahe so, als hätte jemand einen langen und schmalen Gegenstand durch den Schnee gezogen. Aber es gab keine Fußabdrücke zwischen oder neben ihnen. Undeutliche kleine Abdrücke im Schnee in ungleichmäßigen Abständen entlang den langen schmalen Spuren bereiteten ihr Kopfzerbrechen. In nichts ähnelten sie den Fußspuren irgendeines ihr bekannten Lebewesens. Sie lauschte, hörte aber nichts. Sie konnte nicht einmal sagen, aus welcher Richtung die geheimnisvollen Linien kamen und in welche Richtung sie gingen. Doch als sie den Weg fortsetzte, bemerkte sie, daß die Fährte dieselbe Richtung wie sie selber nahm. Als es immer offensichtlicher wurde, daß Ziel oder Ausgangspunkt ihr Zelt war, lief sie los.

Sie keuchte, als sie die Lichtung erreichte. Ihre Augen folgten der seltsamen Doppelspur bis zum Rand des niedergetretenen Schnees um ihr Zelt. Sie trat vorsichtig näher, mit Herzklopfen und bangen Befürchtungen. Vier lange schmale Planken mit seltsamen Lederbefestigungen lagen vor ihrem Zelt im Schnee. Die Spitzen der Planken waren an einem Ende aufwärtsgebogen. Neben ihnen staken vier einfache Stöcke im Schnee. Gedämpfte Stimmen drangen aus dem Zelt. Kerlews piepsige und die tiefere Stimme des fremden Mannes. Sorge drückte ihr auf den Magen, als sie die Zeltklappe hob und hineinschlüpfte.

Das Feuer brannte knisternd auf den Herdsteinen und warf tanzende Schatten auf die Häute der Zeltwand. Kerlew kauerte auf den Fersen, hatte seine fertigen Löffel in einer Reihe vor sich ausgelegt und erklärte dem verständig nickenden Heckram geschäftig, wie jeder einzelne gemacht worden war. Eine zweite Fremde, nicht annähernd so groß wie Heckram, stand beim Eingang und betrachtete den Jungen mit einem seltsamen Ausdruck im Gesicht. Als Tillu hinzutrat, wandte die Frau sich ihr zu und musterte sie aus großen schwarzen Augen über hohen Backenknochen. Ihre feingezeichneten Lippen teilten sich in einem ungewissen Lächeln. Das glänzende schwarze Haar steckte unter einer bunten Mütze aus gelber und roter Wolle.

Tillu starrte sie wortlos an, überwältigt von einer seltsamen Aufwallung von Heimweh, wie sie es seit Kerlews Geburt nicht mehr erlebt hatte. Im Lauf der Jahre hatte sie sich daran gewöhnt, Leute in gut geschnittenen und genähten Kleidern aus Leder und Fell, zweckmäßiger, widerstandsfähiger, warmer Kleidung zu sehen. Solche Kleidung trug auch diese Frau. Aber an den Ärmeln und Säumen und am Hals, überall dort, wo Platz dafür war, wiesen ihre Kleidungsstücke Besätze aus bunten gewebten Bändern und Pelzstreifen auf. Perlen aus leuchtendgelbem Bernstein, aus weißem und braunem polierten Bein und Horn klangen mit leisem Klicken aneinander, wenn sie sich bewegte. Der bunte Zierat erweckte in Tillu plötzlich eine quälende Sehnsucht nach einem seßhaften Leben, nach Dörfern, wo Getreide angebaut wurde und wo Haustiere weideten, wo ein Mann oder eine Frau sich für ein paar Augenblicke des Tages mit etwas anderem als dem bloßen Überlebenskampf beschäftigen konnte. Sie erinnerte sich an die Abende mit ihren Eltern, wenn ihre Mutter etwas gewebt und ihr Vater nützliche Gegenstände geschnitzt hatte. An eine Welt, die sie lange Zeit so weit südlich gewähnt hatte, daß sie sie niemals wiedersehen würde. Ihre Augen brannten.

»Heckram«, sagte die Frau; er wandte sich um und nickte Tillu zu.

»Gute Löffel!« sagte er zur Begrüßung, und Kerlew kehrte seiner Mutter ein glückliches, vor Stolz gerötetes Gesicht zu.

»Sie kamen, als du fort warst, um für die Heilung des Jungen mit dem Pfeilschuß zu bezahlen«, sagte Kerlew in seiner gewohnten stockenden Redeweise. »Ich habe ihm meine Löffel gezeigt. Der mit dem Gänsehals gefällt ihm am besten.«

Kerlew fuchtelte mit dem Löffel herum, während er sprach. Es war seine neueste Schöpfung: der leicht gebogene lange Stiel hatte zwei Astknoten und eine Verdickung am Ende, die den Vergleich mit Schnabel und Augen einer Gans am Ende des langen Halses nahelegten.

»Tillu, die Heilerin«, sagte Heckram. »Elsa, meine Freundin.« Tillu nickte, ohne sich von der Stelle zu bewegen. Sie hatte nicht erwartet, daß er wiederkommen und sie bezahlen würde. Sein Dorf mußte näher sein, als sie gedacht hatte. Sie verbarg ihre Verwirrung hinter Geschäftigkeit, löste den Beutel mit der Jagdbeute vom Gürtel und hängte Bogen und Köcher an einen Haken.

»Lasse ist besser?« fragte sie, als sie sich ihnen zuwandte.

»Viel besser.« Heckrams Zähne waren sehr weiß in dem wettergegerbten Gesicht.

»Gut. Gut.« Ihr berufliches Interesse drängte sich in den Vordergrund und rettete sie beide vor der Verlegenheit des Schweigens. »Neuer Verband?« fragte sie. »Schwellung, Blut, heiß?«

»Neuer Verband«, erwiderte er. »Wunde geschlossen. Arm bewegt sich, wenig Schmerz.«

»Gut, gut.« Sie nickte mit dem Kopf wie ein balzender Enterich.

»Du redest wie mit einem Säugling«, sagte Kerlew.

Heckram verstand den Sinn seiner Worte und lachte, dann antwortete er: »Ist leicht zu verstehen.«

»Und du sei nicht unhöflich«, wies Tillu den Jungen zurecht. »Es ist besser, still zu sein und Manieren zu lernen, wenn man jung ist.«

Kerlew ließ den Kopf hängen und zog sich zurück. Heckram verbiß sich ein Lächeln über den altvertrauten Tadel. Selbst wenn er nicht imstande gewesen wäre, die meisten von Tillus Worten zu deuten, hätte er gewußt, was sie sagte. Als Kind hatte er ähnliche Zurechtweisungen oft genug gehört. Tillu spürte, daß er den Jungen durch einen Wechsel des Themas vor weiterer Schelte schützte.

»Bezahle heilen«, sagte er zu Tillu und zeigte zu einem Rentierfell, das zusammengerollt am Boden lag. Er schnürte die Sehnen auf und entrollte es. Dabei kamen mehrere kleinere Bündel zum Vorschein. Sie waren eingewickelt in gewebten Stoff, zum Teil mit bunten Farben eingefärbt. Er berührte sie nacheinander mit dem Finger. »Fisch, Käse, Rentier.« Er hielt inne und blickte zu ihr auf, als wolle er sie auffordern, ihre Wahl zu treffen. Vielleicht wollte er, daß sie selbst entschied, welche Entlohnung sie für die Heilung angemessen fand. Sie zögerte nicht. Sie und Kerlew wurden ständig von Heißhunger nach Fett jeglicher Art geplagt.

»Käse.« Sie lächelte, als sie seine Aussprache nachahmte.

»Käse«, stimmte er ihr zu. Anscheinend versuchte er zu verstehen, warum sie das Wort wiederholt hatte. Dann zuckte er die Achseln, rollte das Fell mit den kleineren Päckchen zusammen und hielt es ihr hin.

»Alles?« fragte sie, verblüfft von der Größe des Angebots.

»Für Lasse«, erklärte er.

»Zuviel.«

Wieder zuckte er mit der Schulter, aber sie war überzeugt, daß er nur vorgab, sie nicht zu verstehen. »Für Lasse«, wiederholte er langsam. »Du heilst, ich bezahle.« Er blickte ihr nicht in die Augen, als er das Bündel vor ihr niederlegte.

Tillu zögerte, aber Kerlew sah sie mit stummer Bitte an. »Danke«, sagte sie etwas steif, aber Heckram grinste dem Jungen zu, als ob sie ein Geheimnis miteinander teilten. Alle standen einen peinlichen Augenblick lang schweigend da.

Dann ergriff Elsa das Wort und fragte: »Ich komme handeln?«

»Handeln?« fragte Tillu verwundert. Sie hatte nicht erwartet, daß die Frau sprechen werde. War sie nicht Heckrams Frau? Sie blickte ihn an, um seine Reaktion zu beobachten. Sie war es gewohnt, daß Männer alle derartigen Verhandlungen führten. Aber Heckram schien in ein Gespräch mit Kerlew vertieft zu sein.

»Alter Schmerz.« Elsa schenkte ihrem Mann nicht die geringste Beachtung, und bei ihren Worten wandte Tillu sich zu ihr zurück. »In Fluß gefallen, auf Stein geprallt.« Die junge Frau legte eine Hand ins Kreuz, dann an die Schulter und verzog schmerzlich das Gesicht.

»Kalter, nasser Tag? Schwellung?« fragte Tillu.

Elsa nickte eilfertig zu beiden Fragen. Tillu zeigte auf Knöchel und Handgelenk. »Schwellung, Schmerz auch hier?«

»Nein.« Wieder berührte sie ihr Kreuz und ihre Schulter. »Nur Schulter, nur Rücken. Gefallen, lange her.«

»Elsa schwer arbeiten? Schwere Lasten heben?«

Elsa lachte. »Ja. Elsa Hirtenfrau. Harte Arbeit, schwere Lasten.«

Tillu nickte. »Ich sehen?«

Elsa nickte und bückte sich, um ihren schweren Fellmantel über den Kopf zu ziehen. Einmal sah sie sich zu Heckram und dem Jungen um, dann kehrte sie ihnen den Rücken und zog sich das Hemd aus gewebter Wolle über den Kopf. Tillu trat an ihre Seite und tastete die Schulter mit einer Hand ab. Nichts deutete auf eine Verletzung hin. Sie zögerte, dann übte sie leichten Druck aus und verstärkte ihn, als sie das Gelenk fühlte. Glatte Muskeln bedeckten den Rücken der jungen Frau. Tillu bezweifelte nicht, daß sie schwere Lasten hob und hart arbeitete. Die Muskulatur der Schultern und des Rückens strafte ihre geringe Körpergröße Lügen.

»Kein Schmerz jetzt«, sagte sie zu Tillu, als diese die

Schulter bewegte. »Nur kalte, nasse Tage. Dann Schmerz, steif.«

Tillu nickte zufrieden. Das war eine Sache, die sie oft erlebt hatte. Ihr Verstand arbeitete rasch. Sie hatte Kräuter, aus denen ein Tee zur Behandlung solcher Schmerzen aufgegossen wurde. Sie hatte andere, die noch besser wirkten, wenn sie mit Fett zu einer Salbe verarbeitet wurden. Aber sie hatte kein Fett.

Tillu bedeutete Elsa zu warten und holte ihre Arzneitasche. Elsa zog das Wollhemd wieder an, während Tillu die Kräuter mischte und in einen kleinen Beutel aus getrockneten Därmen füllte. »Etwas davon in heißes Wasser tun und einweichen, bis die Blätter weich sind. Dann trinken, aber nur eine Schale, nicht mehr. Zuviel kann schlecht sein.« Tillu merkte plötzlich, daß sie kaum noch um leichte Verständlichkeit bemüht war. Sie blickte auf, aber Elsa nickte, schien die Anweisungen zu verstehen. »Ihr habt Bärenfett? Rentierfett?« fragte sie.

Elsa nickte, ein wenig verwundert.

»Du bring etwas, ich mache Arznei zum Einreiben. Besser, hilft mehr. Aber nur, wo es schmerzt. Verstanden?«

»Nächstes Mal«, sagte Elsa, und Tillu nickte. Nächstes Mal. Also würde es weitere Besuche geben, Leute würden kommen und gehen. Vielleicht war das eine gute Sache. Elsa schien freundlich, und Heckram hatte Geduld mit Kerlew und ging auf ihn ein. Vielleicht wäre dieser begrenzte Kontakt eine brauchbare Lösung.

»Dies für Arznei?« fragte Elsa. Sie bot Tillu ein Stück geschnitztes Horn an, in welches rot-, schwarz- und blaubemalte Gestalten eingeschnitten waren. Sie blickte Heckram nicht an, um seine Erlaubnis einzuholen, bevor sie ihr Angebot machte. Wenn eine Frau in Benus Sippe sich so verhalten hätte, hätte ihr Mann sie wegen ihrer Vorwitzigkeit geschlagen. Aber Heckram achtete nicht auf sie. Tillu nahm zögernd das Horn und drehte es in den Händen.

»Hier öffnen. So.« Elsa nahm es zurück und zog die passende Kappe ab. Aus der Höhlung des Hornes fielen drei Knochennadeln in ihre Hand. Sie waren neu und scharf, von geschickten Händen gemacht. Tillu nickte anerkennend und berührte eine davon mit schüchterner Gebärde. Elsa lächelte. »Ich mache sie und Dose. Mein Vater keine Söhne. Lehrt mich schnitzen. Sagt jetzt, ich bin besser als viele Männer. Ich mache Messer, Nadeln, Pfeilspitzen, Ringe für Zaumzeug. Meine sind nicht nur fest. Meine sind hübsch.«

Elsa steckte die Kappe auf die Nadeldose und bot sie Tillu wieder an. Tillu nahm sie vorsichtig und betrachtete die geschnitzte und bemalte Oberfläche. Die winzigen Schmuckornamente und die Figuren gefielen ihr noch mehr als die neuen Nadeln darin. Nach einer kleinen Weile erinnerte sie sich ihrer Gäste.

»Ihr wollt bleiben, Essen?«

Heckram erhob sich von seinem Gespräch mit Kerlew und schüttelte den Kopf. »Schon dunkel. Wir gehen schnell zurück zu Talvsit. Du kommst zum Talvsit, einmal? Leute sagen willkommen zu Heilerin, viel Arbeit für Heilerin, du kommst einmal?«

»Vielleicht einmal«, sagte Tillu zögernd, als Kerlew in seiner Vorfreude auf und nieder hüpfte. Sie folgte ihnen zum Zelteingang und sah mit Verblüffung, wie sie die langen flachen Holzlatten an die Füße schnallten und die Stöcke in die Hände nahmen.

»Skier«, sagte Heckram und lächelte über ihre Verwirrung. »Gehen schnell über den Schnee, versinken nicht. Du hast Skier?«

Tillu sah ihn groß an und schüttelte den Kopf.

Heckram grinste ihr zu. »Du kommst Talvsit, ich lehre dich. Lehre auch Kerlew. Gute Art zu jagen, auf Skiern. Geht schnell, leise. Du kommst zu Talvsit besuchen, lernen Skier. Vielleicht erzählen von deinen Leuten, deinem Land?« Die Frage und das Angebot überrumpelten Tillu, und sie errötete verwirrt. Heckram lächelte und nickte Kerlew aufmunternd zu, der vor Aufregung im Schnee herumsprang.

Elsa zog die Mütze in die Stirn und blickte ungeduldig zu Heckram zurück. »Es wird Zeit«, sagte sie, eine Spur von Gereiztheit in der Stimme.

»Ich freue mich, daß ihr kamt«, sagte Tillu so deutlich wie möglich und überlegte, ob sie die Frau irgendwie gekränkt haben könnte. Aber Elsas Lächeln schien so warm wie zuvor, als sie versprach: »Nächstes Mal Rentierfett.«

Sie winkte, dann stieß sie sich ab und glitt mit langen Schritten auf dem Schnee davon. Tillu bestaunte diese seltsame Methode des Reisens. Sie war unleugbar schnell. Schon hatte Elsa den Waldrand erreicht und stieg schräg den Hang hinauf. Tillu vermutete, daß sie selbst Mühe haben würde, hinaufzusteigen, aber Elsa schien gut voranzukommen. Es sah ganz einfach aus.

»Du kommst Talvsit, bald«, sagte Heckram, als er sich abstieß, der Frau zu folgen. Seine Beine bewegten sich nur wenig, aber die Skier trugen ihn mühelos davon. Tillu schaute ihm nach. Mit seinem längeren Schritt würde er Elsa leicht einholen. Sie mußte es gewußt haben, denn sie wartete nicht auf ihn. Trotzdem war es seltsam, eine Frau verkünden zu hören, daß es Zeit zum Gehen sei, und noch seltsamer zu sehen, daß ein Mann ihr folgte. Kerlew spähte den beiden aus dem Zelteingang nach.

»Skier«, sagte Tillu und zeigte über die Lichtung hinaus. »Tätest du das gern?«

»Eines Tages werde ich es tun. Hast du mein Messer gesehen?« Er hielt ein Knochenmesser in einer Scheide aus geflochtenen Fasern in die Höhe. Als Tillu danach greifen wollte, legte er es schnell an die Brust. Dann zog er es aus der Scheide und fuchtelte gefährlich nahe vor seinem eigenen Gesicht damit herum. Er ließ nicht zu, daß sie es berührte.

»Woher hast du das? Hat der Mann es vergessen?«

fragte sie in der Hoffnung, daß Kerlew es nicht gestohlen hatte.

»Er hat es nicht vergessen. Er wollte den Gänselöffel, also tauschten wir.« Kerlew wich ins Zelt zurück, entzog sich ihrer Berührung. »Jetzt bin ich wirklich ein Mann!«

»Ein Messer macht keinen zum Mann«, schalt ihn Tillu. »Laß mich sehen!«

»Sehen, aber nicht anfassen«, antwortete Kerlew mit Besitzerstolz. »Carp sagte mir, ich solle niemals erlauben, daß eine Frau mein Werkzeug berührt. Ein Schamane kann seine Kraft in seinem Werkzeug verstecken. Ich habe in den Gänselöffel Glück für Heckram getan.«

»Carp!« schnaubte Tillu, ließ aber die Hände sinken.

Er hielt ihr die Klinge zur Begutachtung hin. Es war ein feines Stück Arbeit, mit einem lederumwickelten Griff, der das Abrutschen der Hand verhinderte. Um die Klinge waren oberhalb der Schneide Schmucklinien eingeritzt und schwarz gefärbt. Das Messer war viel mehr wert als ein primitiv geschnitzter Löffel, und Tillu nagte grübelnd an der Unterlippe. Was brachte Heckram dazu, Kerlew so freundlich zu behandeln und sie so großzügig für die einfache Behandlung Lasses zu bezahlen? Sie konnte es nicht verstehen. Es bereitete ihr Unbehagen. Und sie nahm sich vor, bei ihrem nächsten Besuch Mittel und Wege für einen Ausgleich zu finden.

»Sie wird nicht wiederkommen«, sagte Kerlew plötzlich in einer Stimme, die beinahe ein Flüstern war, aber tiefer. Er stand ganz still und starrte den Hang hinauf. Die Spitze des neuen Messers berührte seinen Hals unter dem Kehlkopf.

Die beiden Skiläufer überquerten einen baumlosen Streifen an der Schulter des Höhenzuges. Die Stämme und Zweige der Bäume hoben sich schwarz vom blassen Schnee ab. Die beiden Menschen da drüben am Hang waren nur noch undeutliche Schattenrisse unter dem blauvioletten Streifen, der als letztes Zeichen des vergangenen Tages am Westhorizont stand.

»Sie muß zurückkommen, um das Rentierfett zu bringen, damit ich die Salbe für ihre Schulter machen kann«, sagte Tillu. »Nun mach Platz und laß mich ins Zelt. Es wird kalt hier draußen.«

»Sie wird nicht wiederkommen, weil er sie töten wird. Schon jetzt schluckt die Schwärze sie hinunter, und sie ist weg.«

Ein Frösteln, das nicht von der Kälte herrührte, schüttelte Tillus Körper. Kerlew stand im Zelteingang, das Messer vor sich wie einen Finger, der zu den entfernten Gestalten auf dem Rücken des Höhenzuges zeigte. Seine Augen reflektierten den violetten Schein am Westhorizont und ließen sein Gesicht wie das eines Leichnams erscheinen. Tillu konnte nicht umhin, seinem Blick zu folgen. Die kleine Gestalt verschwand gerade über dem Höhenrücken, schien in die Dunkelheit zu sinken. Als Tillu hinüberspähte, folgte die Gestalt des Mannes der der Frau. Ein leichter Wind kam auf, bewegte die Zweige und löste Schneeklumpen, die kaum hörbar wie unregelmäßige Schritte herabfielen. Als sie sich nach Kerlew umsah, lächelte er sie treuherzig an.

»Laß uns heute abend alle diese Sachen aufessen!« schlug er fröhlich vor und verschwand im Zelt, das hochgeschätzte Messer in der Faust.

»Warte!« rief Heckram. Elsa war auf dem jenseitigen Hang des Höhenzuges abwärtsgefahren und verschwand hinter einem Weidendickicht. Er warf einen letzten Blick zurück zu dem einsamen Zelt, vor dem die Frau und der Junge standen, dann stieß er sich ab und folgte ihr. Sie hatte recht, auf Eile zu drängen, denn in der Dunkelheit waren Bodenunebenheiten und im Schnee verborgene Hindernisse nicht mehr zu erkennen, und man konnte leicht stürzen, wenn auch keine Gefahr bestand, gegen einen Baum zu prallen. Er hatte aber das Gefühl, daß sie die Heimfahrt zu einem Wettlauf machen wollte, weil sie sich so ins Zeug legte. Schon als Kinder hatten sie gewetteifert, zu Fuß, auf den Skiern oder in ihren Schlitten, wenn sie im Winter über den Schnee sausten und die Harkar anfeuerten, die sie zogen. Als Junge hatte Heckram sich angestrengt und seine Wolfsfelle beim Trocknen gestreckt, damit sie größer erschienen als die seiner Nachbarin. Im Sommer hatten sie ihre Fischfänge und die neuen Kälber verglichen, um zu sehen, wessen Rentiere besser gediehen. Elsa war eine tüchtige und vielseitige Frau, fähig und unabhängig. Aber er hatte an ihren Herausforderungen mehr Spaß gehabt, als sie jünger gewesen waren.

»Warte!« rief er wieder, und sie gab endlich nach und stieß die Stöcke zu beiden Seiten ihrer Skier in den Schnee und stützte sich darauf, während sie auf ihn wartete.

Ein kalter Wind fuhr Heckram ins Gesicht, und derselbe Wind und die Anstrengung hatten Elsas Wangen gerötet. Einige Strähnen ihres dicken Haares waren unter der Wollmütze hervorgekommen, und Elsa zog die Hände aus den Fäustlingen und stopfte sie wieder unter den bunten Wollstoff. Sie hatte schwarze Augen, die wie jene einer stolzen kleinen Vaja blitzten. Sie zog die Finger unter der Mütze hervor, aber das Haar verfing sich an ihnen und quoll noch stärker heraus als zuvor. Heckram grinste, als sie es ungeduldig unter die Mütze stopfte.

»Warum läßt du es nicht heraushängen?«

»Daß ich den ganzen Abend sitzen und es auskämmen muß? Nein, danke. Warum hast du mir nichts von dem Jungen erzählt?«

»Das habe ich getan. Ganz sicher. Ich sagte dir, daß die Heilerin einen Sohn hat.«

»Das meinte ich nicht. Warum sagtest du mir nicht, wie seltsam er ist? Lasse sagte etwas darüber, aber als du meintest, er habe es sich eingebildet, glaubte ich dir.

Vorhin aber, als wir hineingingen, bevor seine Mutter kam … Brrr. Viel hat nicht gefehlt, und ich hätte kehrtgemacht und das Weite gesucht. Wie er uns anstarrte!«

»Er ist bloß ein Junge«, schnaubte Heckram. Er war verdrießlicher, als es ihre Bemerkungen rechtfertigten. »Einsam wahrscheinlich, und immer ein bißchen hungrig.«

Elsa ließ die Hände von der Mütze sinken und zog die Fäustlinge an. »Das glaubst du wirklich, wie? Wahrscheinlich bist du nicht viel mit Kindern zusammengekommen. Dieser Junge ist … Also, er ist nicht wie andere Kinder. Denk daran, wie er sich benahm, als wir zuerst hinkamen.«

»Ich weiß nicht, was du damit sagen willst.«

Elsa sah ihn an und schüttelte den Kopf. Dann packte sie ihre Stöcke und stieß sich ab. Heckram folgte ihr, aber etwas seitwärts. »Was tun die Kinder, wenn Händler aus dem Süden zum Talvsit kommen?« Der Rhythmus ihrer Worte war denjenigen ihrer Arme angepaßt, als sie beim Spuren die Beinbewegungen unterstützte.

»Sie kommen aus den Zelten und Hütten gestürzt, schwatzen wie die Elstern, bringen die Hunde in Aufregung und überfallen die Männer mit tausend Fragen«, antwortete Heckram mißmutig. Ihm war, als wolle sie ihn belehren, und das war ihm zuwider.

»Richtig. Aber was tat dieser Junge, als Fremde kamen? Er kam nicht einmal aus dem Zelt, obwohl er uns draußen gehört haben mußte. Erst als du mit lauter Stimme fragtest, ob jemand zu Hause sei, kam er still zum Zelteingang und ließ uns ein und setzte sich ans Feuer und lud uns zum Sitzen ein, als ob wir die ganze Strecke gekommen wären, bloß um ihn zu sehen. Er lief nicht los, seine Mutter zu suchen, er rief sie nicht und erwähnte sie nicht einmal, bis du fragtest, wo sie sei. Und wie er diese Löffel zeigte, die er geschnitzt hatte, als ob sie ein Schatz wären. Du weißt, daß der Löffel, den du nahmst, nicht das Messer wert war, das du ihm dafür gabst. Ich wundere mich, daß seine Mutter es erlaubte.«

»Ich bezweifle, daß sie schon davon weiß. Es war ein Handel zwischen Kerlew und mir. Und es waren nicht so sehr die Löffel, die er mir zeigte, sondern er wollte mir vorführen, was er gelernt hatte, seit ich es ihm letztes Mal zeigte. Was sein Benehmen betrifft… Elsa, sie sind keine Hirtenleute. Es ist klar, daß sie andere Bräuche haben. Vielleicht ist es bei ihnen ungehörig, daß Kinder Lärm machen. Und wenn ich bedenke, daß sie allein leben, dann wundert es mich nicht, daß er gelernt hat, sich älter zu verhalten, als er an Jahren ist.«

»Das ist es überhaupt nicht.« Ihre Stimme spiegelte jetzt seine Verärgerung. »Dieser Junge ist nicht richtig. Er ist – nun kein Schwachsinniger, aber nur einen Schritt davon entfernt. Hör dir nur an, wie er spricht!«

»Er beherrscht unsere Sprache nicht!«

»Sogar wenn er mit seiner Mutter in ihrer eigenen Sprache spricht, hört er sich an, als hätte er Schwierigkeiten mit der Sprache. Warum regst du dich so auf? Du benimmst dich, als ob ich Lasse oder deine Mutter kritisierte. Er ist bloß der Junge der Heilerin.«

»Weil ich – ich weiß nicht. Weil er vielleicht ein bißchen anders ist. Wie ich ein bißchen anders war, ohne einen Vater, der mir die Fertigkeiten eines Mannes beibrachte. Meine Mutter jagte und begleitete die Herde und fischte und webte, und ich arbeitete mit ihr, wann immer ich konnte. Aber immer bedrängte mich die geheime Sorge: Wie, wenn ihr etwas zustieße? Und immer war das Wissen da, daß unser Leben sich von dem der anderen unterschied, in einer Weise, die sie nie verstand.«

Elsa war allmählich langsamer gegangen, während Heckrams Schritt sich mit seinen Worten beschleunigt hatte. Jetzt liefen sie nebeneinander her, und Elsa warf ihm verwunderte Seitenblicke zu. Er biß die Zähne zusammen, um nicht noch mehr zu sagen, und war verlegen, daß er schon soviel gesagt hatte. Und zornig. Zornig auf die Vergangenheit, weil sie so gewesen war. Er konnte nicht zurückgehen und verändern, wie es für ihn gewesen war. Er konnte allenfalls verändern, wie es jetzt für Kerlew war. Er wandte den Kopf zur Seite und erwiderte Elsas Blick.

»Man kann nicht mit dir reden, wie?« bemerkte sie. »Man kann kein Wort zu dir sagen, ohne daß du es persönlich nimmst. Sollen alle immer auf Zehenspitzen um deine Gefühle herumschleichen? Ich bin diejenige, die verletzt sein sollte. Dieses Messer, das du so nebenbei gegen einen krummen Löffel tauschtest, ist dasselbe, das ich für dich machte. Erinnerst du dich? Beim letzten Herdenauftrieb borgte ich mir eines von deinen, um ein Kalb zu markieren, nachdem mein Messer zerbrochen war. Und dann zerbrach ich auch deine Klinge. Also mußte ich zwei neue Messer machen, und das bessere gab ich dir. Aber sieh mich an. Führe ich mich auf, als ob ich beleidigt wäre, weil du es weggabst? Nein. Aber ich brauche nur eine kleine Bemerkung zu machen, und du bist tödlich gekränkt. Wegen solch einer Albernheit. Und Heckram, du warst überhaupt nicht wie dieser Junge, das weißt du so gut wie ich. Ich war dabei, als du ein Junge warst, weißt du noch? Und du warst nie so seltsam wie dieser Kerlew. Aber wenn du dich weiter wegen anderer Leute Kind erhitzen willst, dann ist das deine Sache. Ich werde dich nicht daran hindern. Ich wollte nur sagen, daß er nicht normal ist. Aber das wirst du selbst früh genug sehen. Ich weiß nicht, wie Lasse es ertragen kann, mit dir zu jagen. Alles muß bei dir so finster sein, so abschreckend!«

Er zog die Schultern ein und ließ sie weiterreden. Er schämte sich, daß er ihr Messer weggegeben hatte, ohne sich an die Umstände zu erinnern. Sie hatte ein Recht, sich beleidigt zu fühlen. Aber er sah sie lieber beleidigt, als daß er sich von ihr wie ein unachtsames Kind schelten ließ. Er hätte ihr niemals sagen sollen, daß er die

Heilerin aufsuchen wollte. Es war genauso, wie das alte Sprichwort sagte: Wer es allen recht machen will, macht es keinem recht. Er war ganz sicher, daß seine Mutter bald hören würde, wie ungesellig er gewesen war.

Er schoß ihr wieder einen Seitenblick zu. Elsas Wangen und Nase waren röter, als es durch die Kälte allein zu erklären war. Er mußte sie wirklich beleidigt haben, und sie sagte nur, daß er seinen Gefühlen keinen Zwang antun solle. Aber das war noch schlimmer. Mit großer Anstrengung wechselte er das Thema und fragte: »Wie geht es diesem Kalb? Dem verwaisten, das du mit der Hand nährtest?«

»Es starb«, sagte sie kalt. »Vor bald einem Monat. Wie ich dir sicherlich erzählt habe.«

»Das stimmt«, räumte er hastig ein. »Jetzt fällt es mir wieder ein. Gut. Das zeigt dir, wie gut mein Verstand in letzter Zeit arbeitet. Ich hatte so viel zu bedenken, daß es mir manchmal schwerfällt, meine Gedanken zusammenzuhalten. Sogar Lasse hat mich deswegen gescholten. Es ist ...«

Elsa stieß ihre Stöcke plötzlich in den Schnee und hielt an. Heckram tat es ihr nach, so schnell er konnte, und sah sich nach ihr um. Er war bestürzt. Sie weinte.

»Es tut mir leid, daß ich das mit dem Kalb vergessen hatte«, sagte er, schämte sich seiner Gedankenlosigkeit und war gleichwohl verblüfft über ihre Reaktion darauf. War ein Kalb so wichtig in ihrem Leben geworden?

»Du *bist* ein Narr. Du und dieser Junge, ihr gebt ein feines Paar ab. Ich glaube wirklich, du weißt nichts von all dem, was mit den Leuten der Herde geschieht. Du denkst nur an die Rentiere und an die Jagd und daß du Tiere einfangen und mit deinem Zeichen versehen und nach Haus zerren mußt. Wußtest du, daß Joboam gesagt hat, er wolle mich heiraten?«

Nach einem Augenblick klappte Heckram den Mund zu. Ihm schwindelte von widersprüchlichen Gedanken und Empfindungen. »Er ist ein sehr reicher Mann«, bemerkte er. Dabei sah er eine nahe Fichte an, und es schien, als richte er seine Worte an sie.

»Ja. Und er riecht wie ein nichtausgeweideter Kadaver und hat das Benehmen eines Vielfraßes, und ich würde ihn nicht in meiner Nähe dulden, wenn er der Sohn des Stammesführers wäre. Für den er sich zu halten scheint, obwohl Capiam einen eigenen Sohn hat, der seine Stellung erben wird. Aber er kommt immer wieder vorbei, folgt mir dahin und dorthin wie ein Hund einer läufigen Hündin. Und er macht meinen Eltern Geschenke, die sie nicht ablehnen können, wenn sie ihn nicht beleidigen wollen, Geschenke, von denen ich weiß, daß sie sie brauchen, die ich ihnen aber nicht verschaffen kann. Dinge, die ich niemals zurückzahlen könnte. Er sitzt bis spät in den Abend an unserem Herdfeuer, und wenn ich in die Nacht hinausgehe, um allein zu sein, folgt er mir. Wenn ich sage, ich wolle jemanden besuchen, sagt er, er werde mit mir gehen. Er läßt mich nicht allein. Selbst wenn ich sage, daß ich nicht mit ihm jagen werde, weil ich es vorziehe, allein zu jagen, folgt er mir mit einem Abstand. Ich weiß es, obwohl mein Vater glaubt, ich sei albern und bilde es mir nur ein. Er hat Capiam bereits gesagt, daß ich ihn im Frühjahr heiraten werde, wenn wir ins Hochland ziehen. Ich hörte von Marta, daß Capiam erfreut gewesen sei und gesagt habe, daß es eine schöne Feier geben werde, mit vielen Geschenken für uns. Mir ist, als würde ich von einer reißenden Strömung einen Fluß hinuntergezogen, ohne einen Halt, den ich ergreifen könnte.«

»Sag ihm nein«, sagte Heckram mit rauher Stimme. Er hatte das Gefühl, ersticken zu müssen, als wäre er ein Lachs, den das Gewebe des Netzes aus dem rauschenden Wasser hebt. Die Dringlichkeit, mit der seine Mutter die Frage seiner Eheschließung behandelte, kam ihm nicht mehr seltsam vor. Warum hatte sie nicht offen über Elsas Unglück gesprochen? Zorn wallte in ihm auf. Wer war Joboam, daß alle fürchteten, ihn zu kränken?

»Ich sagte ihm nein. Er sagte mir, ich solle es mir noch einmal überlegen. Er lachte und erzählte meinem Vater, junge Mädchen wüßten nicht, was in ihrem eigenen Interesse sei, aber daß ich, wenn ich erst darüber nachgedacht hätte, anders darüber denken würde. Ich will ihn nicht kränken, aber ...«

»Warum ihn nicht kränken?« erwiderte Heckram. »Er ist bloß ein Hirte, wie jeder von uns. Er hat kein Recht, dir seine Aufmerksamkeit aufzuzwingen. Ist er einer vom Hirtenstamm, oder ist er irgendein Wilder aus dem Wald, der eine Frau stehlen muß, wenn er eine haben will?«

»Aber welchen Grund kann ich ihm angeben? Was kann ich zu ihm sagen?«

»Sag: ›Ich mag dich nicht. Geh weg und hör auf, mich zu belästigen.‹« Er versuchte es so zu sagen, daß es sich wie ein Scherz anhörte, aber die Augen, die sie auf ihn richtete, schwammen in Tränen.

»Heckram ... die Zeiten haben sich geändert. Siehst du das nicht? Joboam hat viele Rentiere, und sein Gerüst ist immer voller Pelze und Fleisch und Felle. Meine Eltern haben mich spät bekommen. Sie werden alt. Meine Mutter kränkelt fortwährend, und meines Vaters Augen ... Ich kann nicht für drei jagen und Rentiere hüten.« Sie machte eine Pause. »Und Joboam macht mir angst. Wenn er sagt, daß Mädchen nicht wüßten, was in ihrem eigenen Interesse liege, wirken seine Augen gefährlich. Er sieht mich nicht an, wie ein Mann eine Frau ansieht. Er sieht mich an, wie ich einen Harke ansehe, der an die Traglast gewöhnt werden muß. Ich frage den Harke nicht, was er vorzieht, denn das hat keinen Einfluß darauf, was sein wird. Ich glaube nicht, daß es Joboam kümmert, was ich vorziehe. Er denkt, daß ich ihn im Frühjahr heiraten werde.«

»Warum erzählst du mir das?«

Es kam barscher heraus, als er beabsichtigt hatte. Sie kehrte sich von ihm ab, und er sah, wie sie sich versteifte. Mit einer stummen Verwünschung ihrer Mütter und ihrer Schwatzhaftigkeit manövrierte er seine Skier näher, bis er die Hand ausstrecken und ihre Schulter berühren konnte. Sie wandte sich zu ihm zurück, und er schloß sie unbeholfen in die Arme. Die kleine Elsa. Nicht einmal so groß wie Lasse. Freundin seiner Kindheit. Eine gutherzige, standhafte Frau, unabhängig, fleißig und geschickt. Aber alles das war nicht mehr genug. Ihre Verantwortlichkeiten waren größer, als sie tragen konnte, und nicht durch ihre Schuld. Er erinnerte sich unbestimmt ihrer beiden älteren Brüder. Sie waren ungefähr in seinem Alter gewesen und hatten den Seuchensommer nicht überlebt. Er tätschelte ihr ungeschickt den Rücken und fühlte ihre Schultern in stummem Schluchzen zucken.

»Es wird alles gut ausgehen«, murmelte er wider besseres Wissen. Statt einer Frau, die für eine dreiköpfige Familie aufkommen mußte, würden sie zu zweit für zwei Haushalte sorgen müssen. Seine eigene Mutter begann ihre Jahre zu fühlen. Oder sogar für drei Haushalte, denn sie müßten ein eigenes Zelt haben und ihre eigene Koppel Harkar. Ihre eigenen Haushaltsgeräte und Lagerstätten, ihre eigenen Schlitten und ihr eigenes Trockengerüst.

Er riß seine Gedanken los von der entmutigenden Liste. »Ich werde mit Joboam sprechen und ihm sagen, daß wir ein Übereinkommen haben. Das wird seinen Nachstellungen ein Ende machen.«

»Ich kann nicht verlangen, daß du das tust.«

»Du brauchst es nicht zu verlangen. Ich frage dich, verstehst du? Ob du dich mit mir zusammentun willst.«

Sie brach von neuem in Tränen aus, diesmal vor Erleichterung. Sie barg das Gesicht an seiner Brust und lehnte sich an ihn. Ihr Scheitel erreichte nicht einmal sein Kinn. »Du sagst so wenig. Ich hatte schon gedacht, es liege dir nichts an mir, du würdest mich nie fragen. Meine Mutter sagte immer, ich solle mich nicht sorgen, du seist eben wie dein Vater. Schüchtern und zurückhaltend. Aber ich hatte solche Angst. Ich liebe dich, Heckram. Ich werde dir eine gute Frau sein.«

Behindert durch die Skier und die dicke Winterkleidung tätschelte er ihr ungeschickt den Rücken. »Du bist eine gute Frau, Elsa«, sagte er, mit Bedacht ehrliche Worte wählend. »Joboam hat eine Frau wie dich nicht verdient.« Und sie verdiente mehr als sorgsam wahrheitsgemäße Komplimente, sagte er sich. Er versuchte mehr zu finden, was er ihr geben konnte. »Ich werde dir ein guter Mann sein.« Er fühlte die bindende Kraft der Worte, und ihre Last senkte sich auf sein Herz.

»Kommst du heute abend zu meinem Zelt?« fragte sie leise. Das war keine ungewöhnliche Frage für eine Frau des Hirtenstammes. Mit oder ohne Eheversprechen stand es ihr frei, ihn einzuladen. Noch war es das erste Mal, daß sie ihn wissen ließ, er werde ihr willkommen sein. Aber er spürte die Frage, wie ein Wolf den Einschlag des zweiten Pfeils fühlt.

»Nein«, sagte er schnell. Und dann, in sanfterem Ton: »In unserem eigenen Zelt, wenn ich die Felle eingehandelt habe und du sie zusammengenäht hast. Dann werden wir zusammen sein, wie es sich ziemt.«

»Sonst kam es dir nicht so darauf an«, neckte sie ihn, das Gesicht noch an seiner Brust. »Im Moos des Waldbodens oder im Gras der Wiese, dir war es alles eins. Sogar damals im Schnee. Erinnerst du dich?« Sie hob den Kopf und blickte in spielerischer Herausforderung zu ihm auf. Aber er starrte zum dunkelnden Himmel über den bewaldeten Hängen hinauf, und sein Mund war ernst.

»Heckram?«

»Bror möchte, daß ich ihm helfe, einen neuen Pulkor zu machen. Ich sagte ihm, daß ich durch die Jagd zu wenig Zeit habe. Aber wenn ich einverstanden bin, wird er mir für die Arbeit vielleicht zehn Felle geben.« Er blickte in ihr Gesicht und sah Ungewißheit in ihren

Augen. »Sei unbesorgt«, versicherte er ihr eilig. »Ich werde Mittel und Wege finden, um die Dinge zu bekommen, die wir brauchen. Es soll dir an nichts fehlen, was du brauchst, Elsa.« In der zunehmenden Dunkelheit beugte er sich zu ihr und küßte sie. Ihre Arme legten sich um seinen Nacken und hielten sein Gesicht an ihrem fest, als ihr Kuß wärmer wurde. Ihr Gewicht zog an ihm, und sein Rücken beugte sich wie unter einer Bürde.

KERLEW:
Der Beutel

Nun war Tillu doch ohne ihn auf die Jagd gegangen. Aber das machte nichts. Ein Schamane brauchte sich nicht auf das Handwerk des Jägers zu verstehen. Ein Schamane hatte mit seiner Zeit Besseres zu tun. Selbst wenn er nie das Jagen lernen sollte, würde er sich deswegen nicht grämen. Sie konnte ihre Geheimnisse behalten, und er würde die seinigen zu wahren wissen.

Kerlew saß am Feuer, seinen Beutel neben sich. Mit einer grünen Weidengerte stocherte er im Feuer. Das entrindete Holz schimmerte weiß in seinen rußigen Fingern. Er hielt die Spitze in die Glut, sah zu, wie sie sich schwärzte und dann plötzlich aufflammte. Er hob sie heraus und hielt sie wie eine Blume mit einem langen Stiel. Liebevoll lächelte er in die Flamme. Sie war kurz und dick, wenn er die Gerte stillhielt, lang und dünn, wenn er sie bewegte. Er hörte auf, sie zu bewegen, und wieder war die kurze dicke Flamme da. Nun wedelte er die Gerte behutsam hin und her, und die Flamme wurde lang und wie ausgerissen. Nach einer Weile fiel ihm ein, daß es mit diesem Spiel mehr auf sich hatte als die Flamme an der Spitze des Steckens. Er starrte hinein, öffnete die Augen zum Licht, wie der alte Schamane es ihn gelehrt hatte. Er zwinkerte unwillkürlich in die Helligkeit und erschrak darüber, was er mit geschlossenen Augen sah. Er schloß sie wieder und konzentrierte sich. Blasse Wolfsaugen in seinen geschlossenen Lidern. Wolf blickte in ihn herein, wie er hinausblickte. Wolf beobachtete ihn, kam zu ihm. Ein wohliges

Prickeln überlief ihn, und er öffnete die Augen wieder zu der Flamme. Der hellen, gelben, tanzenden Flamme. Er führte sie nahe an sein Gesicht heran, bis er ihre Hitze fühlte. Er starrte tief hinein. »Carp?« flüsterte er fragend.

Einen Augenblick später war die Flamme erloschen und hinterließ nur einen dünnen Faden aufsteigenden Rauches. Kerlew seufzte. »Er ist immer noch zornig auf mich.« Er warf die Weidengerte ins Feuer. »Er ist immer noch zornig auf mich«, wiederholte er betrübt. Lange starrte er ins Feuer. Der Magen drückte ihn, und die Kehle fühlte sich beengt und wund. »Mutter!« rief er. »Mutter, ich glaube, mir ist schlecht. Tillu!« Dann fiel ihm ein, daß sie nicht da war. Sie war auf die Jagd gegangen und hatte ihn allein zurückgelassen, und Carp war zornig auf ihn.

Er seufzte und rieb sich das Gesicht. Er wünschte, der fremde Mann möge wiederkommen, der Löffelmann. Es gefiel ihm, daß er so groß war und daß er ihn nicht schlug. Und er war geduldig und lächelte ihn an. Meistens war es so, daß diejenigen, die ihn nicht schlugen, ihn auch nicht anschauten. Er spitzte die Lippen und kniff die Augen zusammen, um diejenigen aufzuzählen, die ihn nicht schlugen, sondern ihn anlächelten. Da war der Löffelmann und … Carp. Er lächelte. Es war das erste Mal, daß er sie in seinen Gedanken zusammenbrachte, und das erfreute ihn. Der Löffelmann und Carp. Es war zu schade, daß Tillu sie nicht mochte.

Tillu. Das Feuer. Er sah es mit plötzlichen Gewissensbissen. Wie er befürchtete, war es fast niedergebrannt. Er sprang auf und lief zum Holzvorrat bei der Tür, brachte einen Armvoll zurück und ließ ihn polternd in die Glut fallen. Es zischte, und Funken sprangen auf den Boden um die Herdsteine. Dampf und Rauch stiegen auf, als das neue Holz Feuer fing.

Rauch. Wenn er nur hinuntergegangen wäre, statt aufwärts mit dem Rauch. Wäre er hinuntergegangen, hätte er jetzt einen Geistesbruder. Und Carp wäre bei ihm, und er wäre ein mächtiger Schamane. Wäre er hinunter statt aufwärts gegangen, müßte er nicht das Feuer hüten. Alle Leute würden ihn achten, wie sie Carp achteten. Sie brächten ihm Zungen und Lebern, weiche Pelze und neues Werkzeug. Niemand schlüge ihn jemals wieder. Und wer es doch täte? Seine bernsteinfarbenen Augen wurden schmal. Dann würde er sie verfluchen, nähme ihnen das Jagdglück, ließe ihre Frauen bei der Geburt sterben, verdürbe das Fleisch und würde ihre Kinder krank machen. Ja! Dann würden sie Kerlew den Schamanen erkennen, wüßten von seiner Macht und würden ihn gut behandeln. Selbst seine Mutter würde sich beeilen, das Feuer für ihn zu machen und ihm die beste Jagdbeute zu bringen. Obwohl sie selten gute Jagdbeute brachte. Meistens war es ein Hase oder ein Eichhörnchen, kleine rotfleischige Tiere mit dünnen Fellen. Kerlew mochte Fleisch, das einen weißen Fettrand hatte, große Stücke Fleisch, die er beim Essen mit beiden Händen halten konnte. Er hielt die Hände hoch und stellte sich vor, daß er ein großes Stück Fleisch hielt, und er grinste. Wäre er erst ein Schamane, würde er große Stücke Fleisch essen und seine fettigen Hände am Haar abwischen, bis es glänzte. Carp machte es so. Carp. Carp war böse mit ihm.

Der Gedanke ernüchterte ihn, und das Lächeln schwand aus seinem Gesicht. Er ließ die Hände in den Schoß fallen und starrte wieder in das lodernde Feuer. Vielleicht sollte er versuchen, Carp in der Flamme einer Weidengerte zu sehen … Nein, das hatte er schon versucht. Was sonst?

Er nahm seinen Beutel und öffnete die ledernen Zugschnur, die ihn verschloß. Dann steckte er Nase und Mund in die Öffnung und atmete tief. Er mochte den Geruch des Beutels. Er roch nach gegerbtem Leder und den Kräutern seiner Mutter. Eine Weile unterhielt er sich damit, daß er den köstlichen Geruch einsog und beobachtete, wie der Lederbeutel dabei flach wurde. Wenn er ausatmete, blähte sich der Beutel wie ein fetter kleiner Hase. Es war sehr lustig. Er kicherte in den Beutel; es hörte sich anders an, wenn er draußen kicherte. Das brachte ihn noch mehr zum Lachen. Zuletzt, als er vor Lachen Bauchweh bekam, nahm er den Beutel von Nase und Mund und faßte hinein.

Es war wichtig, nur einen Gegenstand zur Zeit zu berühren und sie in der Reihenfolge herauszunehmen, wie er sie berührte. Das sagte Carp. Zuerst berührte er das Messer. Anscheinend berührte er das Messer immer zuerst. Es war der größte Gegenstand im Beutel. Vielleicht versuchte der Geist des Messers ihm etwas zu sagen. Er zog es langsam heraus.

Das Messer erfreute ihn. Es war ein sehr gutes Messer, viel besser als dasjenige seiner Mutter, und er wußte, daß sie seines gern benutzt hätte. Auch war es das erste Werkzeug, das ihm jemand gegeben hatte. Als er dem Löffelmann seinen besonderen Löffel mit dem Glück darin angeboten hatte, da hatte der Löffelmann gleich gesehen, was für ein besonderes Ding es war. Darum hatte er ihm solch ein feines Messer dafür gegeben.

Kerlew zog das Messer aus der geflochtenen Scheide. Auf dem Messer waren Rentiere zu sehen. Eins rannte und hatte den Kopf so weit zurückgelegt, daß das Geweih den Rücken berührte. Ein anderes, nahe am Griff, weidete und hatte ein Kalb neben sich. Das Kalb hatte kein Geweih. Zwischen den Rentieren waren kreisförmige Verzierungen, die Kerlew an die Sterne erinnerte, die er erklettert hatte. Dieses Rentiermesser war sehr wichtig. Es hatte nicht nur den Geist der Tiere, die er in seiner ersten Schamanenreise gesehen hatte, es war auch aus den Knochen dieser Tiere geschnitzt. Er drehte es in der Hand, packte es mit einer Faust und schwang es in der Luft. Solch ein Messer! Wenn er es hielt, war es beinahe so, als berührte er das Rentier zwischen den

Augen. Das Messer hatte einen eigenen starken Geist. Um ihm seine Achtung zu erweisen, richtete Kerlew es auf die Flammen und sang mit leiser Stimme lange zu ihm. Dann steckte er es wieder in die Scheide und legte es neben sich.

Wieder griff er in den Beutel und überlegte, was das nächste sein würde. Seine Fingerspitzen berührten eine glatte, kühle Oberfläche. Der rote Stein. Er zog ihn aus dem Beutel und betrachtete ihn. Er überlegte, ob er noch immer zornig auf ihn sei. Er rieb ihn zwischen den Händen, bis er sich warm anfühlte. Nachdem Tillu ihn in den Schnee geworfen hatte, war er sehr kalt und zornig gewesen, als Kerlew ihn schließlich wiedergefunden hatte. Jetzt schien er nicht so zornig zu sein. Er hielt ihn zwischen den Handflächen und sang zu ihm. Es war ein wichtiger Talisman, und da war es nicht gut, wenn er zornig auf ihn war. Der Blutstein, hatte Carp ihn genannt. Carp hatte ihm auch gezeigt, wie er zu finden war. Es war das erste Zeichen seiner Macht. An diesem ersten Tag... Kerlew runzelte die Stirn, als er die Erinnerung hervorsuchte. Es war so lange her, und alles vor dieser Zeit war wie ein langer Traum. Carp hatte ihn aus der Traumzeit geweckt.

Ja. Carp hatte ihn geweckt und bewirkt, daß er aufstand und mit ihm ging, obwohl Kerlews Beine weich und biegsam wie Weidenzweige gewesen waren. Die Sonne war zu hell für seine Augen gewesen, und er hatte sich immer wieder an den Kopf gefaßt, um sich zu vergewissern, daß er noch da war. Sein Hals war lang geworden, und sein Kopf hatte am Ende des Halses gewackelt. Aber er hatte sich sehr gut dabei gefühlt, ganz fein. Und der wichtige Mann, der Schamane Carp, hatte ihn bei der Hand gehalten und geführt. Sie waren hinter den Zelten zu den Hügeln gegangen. Kerlew hatte Kälte und Licht verspürt; er hatte gefürchtet, der Wind werde ihn fortblasen. Er hatte überlegt, wohin sie gingen.

Dann waren sie zu einer zertrampelten Stelle am

Hang gekommen. Carp war bei verstreuten, zerdrückten Beeren stehengeblieben. »Hier«, hatte der alte Mann gesagt. »Hier mußt du danach suchen.« Kerlew erinnerte sich, daß er auf den Fersen gekauert hatte und beinahe umgefallen wäre. Er hatte überlegt, was der Mann von ihm wollte. Der Schamane hatte über ihm gestanden. »Finde es!« Carps Augen hatten ernst geblickt, und Kerlew hatte sich gekrümmt, voll Angst, daß er ihn treten werde.

Aber der erwartete Tritt war nicht gekommen, und nach ein paar Augenblicken hatte Kerlew mit den Fingerspitzen vorsichtig die verstreuten Beeren berührt. Er hatte noch immer nicht gewußt, was der Schamane wollte, aber manchmal wurde man nicht geschlagen, wenn man so tat, als hätte man verstanden. Er ließ die Beeren durch die Finger gleiten und spähte durch die Wimpern zu Carp auf, um zu sehen, ob es ihm gefiel. War es das, was er von ihm wollte? Aber der alte Mann hatte ihn nur beobachtet.

Als er mit den Beeren fertig gewesen war, hatte Kerlew die Fingerspitzen über das Moos und die Blätter gezogen, die den Boden bedeckten. Er hatte sie aufgehoben und neugierig betrachtet und wieder zu Carp aufgeblickt. Gefiel ihm dies? Aber die Miene des alten Mannes war unverändert geblieben. Er hatte über ihm gestanden und gewartet.

Allmählich war Kerlew schwindlig und übel geworden, aber er hatte nicht gewagt, sich zu beklagen. Tillu war weit weg. Sie war Wasser holen gegangen, erinnerte er sich plötzlich, und sie war fort gewesen, als Carp ihn weggeführt hatte. Wenn es Carp eingefallen wäre, ihn zu schlagen und zu treten, hätte sie ihn nicht daran hindern können. Er hatte die Unterlippe vorgeschoben, sein Kinn hatte zu zittern angefangen. Und er hatte durch einen Schimmer von Tränen die nackte Erde gesehen, wo seine Finger Moos und Laub weggekratzt hatten.

Er hatte sich sehr schlecht gefühlt. Die Erde war auf einmal weit weg gewesen, dann wieder näher, und dann wieder weit. Seine Fingernägel waren an etwas hängengeblieben und schmerzhaft zurückgebogen worden. Kerlew hatte vor Schmerz gequiekt, und nun endlich war der Schamane aufmerksam geworden. Plötzlich hatte der alte Mann sich neben ihm gebückt und wachsam zugesehen, wie Kerlews Finger den Stein aus dem Boden gelöst hatten. Kerlew hatte ihn aufgehoben und vor das Gesicht gehalten, um ihn genau anzusehen. Eine Träne war auf die schmutzige Oberfläche gefallen, und der kleine Tropfen hatte auf einmal Rot durchschimmern lassen. Carp hatte geseufzt: »Aahh!«

»Ist es dies?« hatte Kerlew gefragt und dem alten Mann den Stein gereicht. Vielleicht würde er ihn nehmen und ihn in Ruhe lassen, damit er zum Zelt zurücklaufen konnte. Er hoffte, daß seine Mutter ihn in ein weiches warmes Fell wickeln und warme salzige Suppe für ihn bereiten würde.

Aber dann war der alte Mann auf ihn gesprungen, hatte ihn in seine drahtigen alten Arme gezogen und an sich gedrückt. Kerlew war der Atem aus dem Leib gedrückt worden, er hatte nicht schreien können und befürchtet, er müsse sterben. Aber der alte Mann hatte ihn nicht geschüttelt oder gezwickt oder zu Boden geworfen. Der Schamane hatte ihn nur in den Armen gehalten und Lobesworte gemurmelt, dann hatte er ihm aufgeholfen, und sie waren zum Zelt zurückgegangen. Der Schamane selbst hatte die Schale mit warmer salziger Brühe genommen, die seine Mutter bereitet hatte, und hatte sie Kerlew mit dem Löffel eingeflößt und war bei ihm geblieben, bis er eingeschlafen war, den roten Stein in der Hand.

Kerlew legte den Stein ehrerbietig neben das Messer. Das Messer und der Blutstein. Die beiden wichtigsten Talismane in seinem Beutel. Immer schienen sie gemeinsam herauszukommen. Verlangte das Messer nach

Blut? Er schüttelte verwundert den Kopf und wünschte, Carp wäre da, ihn zu beraten. Dann steckte er die Hand wieder in den Beutel. Es war nicht viel darin übrig, und er war nicht sicher, ob die anderen Gegenstände Macht besaßen oder nicht. Er hatte sie aufbewahrt, weil er sich zu ihnen hingezogen fühlte, und sie in seinen Beutel getan, weil er es nicht über sich brachte, sie wegzuwerfen. Es gab wenige Dinge, die allein ihm gehörten, und von keinem dieser Dinge trennte er sich bereitwillig.

Der welke, aber gefiederte Fuß eines Schneehuhnes. Er hatte ihn in einem blutigen Flecken Schnee gefunden, zwischen den Federn, die gleichfalls vom Festschmaus des Fuchses übriggeblieben waren. Er mochte die Art und Weise, wie die Zehen und die Krallen zusammengezogen waren, zu einer Vogelfaust, während die Federn noch so weich waren. Er streichelte den Fuß mit einer Fingerspitze und murmelte ehrerbietig zu ihm, bevor er ihn zu den anderen Talismanen tat.

Wieder in den Beutel. Der Zahn des Vielfraßes. Tillu wäre zornig, wenn sie wüßte, daß er ihn hatte. Sie hatte ihm gesagt, er solle den toten Vielfraß nicht anrühren, als sie ihn in Baumwurzeln verfangen am Rand eines Bachbettes gefunden hatten. Sie hatte gesagt, er sei ertrunken. Wenn er ertrunken war, warum lag er dann nicht mehr im Wasser? hatte er sie gefragt. Und sie hatte gesagt, das Wasser habe den Vielfraß bachabwärts getragen und hier zurückgelassen. Er hatte nachgedacht und dann wieder gefragt, warum er dann nicht im Wasser liege. Aber sie hatte nur das gleiche wiederholt. Vielleicht hatte der Wassergeist es getan. Der Wassergeist konnte stark genug sein, einen Vielfraß zu töten und seinen Körper beiseite zu werfen. Vielleicht hatte seine Mutter befürchtet, der Wassergeist werde zornig sein, wenn er seine Beute berührte. Aber am Abend war er hingeschlichen und hatte den Zahn mitgenommen. Lebendig oder tot, der Vielfraß war ein wilder Geist. Einen seiner Zähne zu besitzen, mochte Kerlew Macht über ihn geben. Er rieb ihn mit dem Daumen und legte ihn neben den Vogelfuß.

Jetzt war der Beutel sehr leicht. Er versuchte sich zu besinnen, was noch darin sein mochte, konnte es aber nicht. Es waren einfach zu viele Dinge darin. Er betrachtete die vielen Gegenstände, die er bereits herausgenommen hatte. Da waren das Messer, der Stein, der Vogelfuß und der Zahn. Mehr, als er zählen konnte. Und noch immer war etwas im Beutel. Etwas Weiches. Er zog den bauschigen leichten Hasenschwanz heraus. Von einem Hasen, den seine Mutter heimgebracht hatte. Er strich sich leicht damit über das Gesicht und fühlte das winzige Kratzen des dünnen Schwanzknochens, der noch in dem Pelzbüschel war. Er schnüffelte daran, roch den Hasengeruch und strich sich wieder über das Gesicht. Zögernd legte er ihn weg. Er mochte den Hasenschwanz und hoffte, er habe Macht.

Er steckte die Hand in den Beutel und zog die Finger sorgfältig die Nähte entlang. Noch etwas übrig? Ja!

Es war verkeilt im Winkel des Beutels. Er machte es vorsichtig los und überlegte, was es sei. Erst als er es hervorgezogen hatte, fiel es ihm wieder ein.

Das Eulennest hatte hoch in einem alten Weidenstumpf gesteckt, auf der anderen Seite der Lichtung. Er war eines Tages hinaufgeklettert, als Tillu auf der Jagd gewesen war. Im Nest hatte er die Reste eines toten Nestlings gefunden. An den Federn, die herumlagen, hatte er erkannt, daß es ein Eulennest war. Aber der winzige schnabellose Schädel hatte ihn erschreckt und geängstigt. Menschenschädel waren nicht so sehr verschieden von diesem. Er hatte ihn in dem Nest gelassen und sich vor der Berührung gefürchtet. Aber wann immer er danach das Nest gesehen hatte, hatte er an den winzigen zerbrechlichen Schädel denken müssen. Und schließlich war er wieder auf den Weidenstumpf geklettert und hatte ihn für seinen Beutel mitgenommen. In diesen Höhlen waren die Augen gewesen. Sie waren jetzt leer, nur ein eingetrockneter Rest alten Fleisches war darin. Und hier war der Schnabel gewesen; er fragte sich, was aus dem geworden war. Oder hatte der Nestling keinen Schnabel gehabt? Wie, wenn er gar keine Eule gewesen war? Ein seltsames Prickeln überlief ihn, und beinahe hätte er den Schädel fallen lassen. Mit zitternden Fingern legte er ihn sorgsam neben seine anderen Schätze. Daß dieser Macht hatte, bezweifelte er nicht. Immer erfüllte er ihn mit Vorahnungen.

Er betrachtete seine Talismane, ließ ihr Wunder auf sich wirken, bis sich ihm die Haare im Nacken aufstellten und die Haut an den Armen prickelte. Hier war eine Botschaft für ihn: Carp hatte ihm gesagt, daß ein Schamane, indem er bloß den Inhalt seines Beutels ausbreitete, vieles lernen könne. Wieder wanderte Kerlews Blick über seine Dinge. Das Messer, den Blutstein, den Vogelkopf. Den befiederten Vogelfuß, den Hasenschwanz, den Blutstein. Sein Geist war nahe daran, alles zu wissen, alles zu verstehen. Es gab ein Muster. Das Messer wollte, daß etwas getan werde, etwas Blutiges. Und der Vogelfuß ...

So rasch die Ideen entstanden waren, zerfielen sie wieder. Ihn fröstelte, als er auf die Anordnung der Talismane vor dem erlöschenden Feuer starrte. Das Feuer. Tillu würde sehr zornig sein, wenn er es wieder ausgehen ließe. Er würde mit dem Essen warten müssen, wenn das Feuer ausging. Hastig legte er die Gegenstände zurück in den Beutel und steckte diesen in den ausgehöhlten Platz neben seinem Lager.

Er brachte einen Armvoll Holz von dem Stapel an der Tür und warf ihn auf die Glut. Es zischte, und Dampf und Rauch stiegen erstickend auf und wirbelten zum Rauchloch in der Spitze des Zeltes. Rauch. Er überlegte, ob Carp noch immer zornig mit ihm sei. Plötzlich hatte er einen Einfall. Er nahm das Messer aus dem Beutel, ging hinaus und suchte nach einer guten dünnen Weidengerte, die er schneiden und entrinden konnte. Vielleicht war Carp nicht mehr zornig auf ihn. Vielleicht würde Carp diesmal zu ihm sprechen.

– 9 –

Es hatte als ein langer Spaziergang angefangen, und er hatte eine Eile vorgelegt, bis er durch den Mund atmete und ihm der Schweiß über den Rücken rann. Jetzt stand er auf der Anhöhe über dem kleinen Zelt und blickte hinab und fragte sich, ob er hierhergeeilt war oder nur fort vom Talvsit.

Die Frage verwirrte ihn, und sein Blick verdüsterte sich, als er zum Zelt hinabspähte, als gäbe es dort eine Schuld. Sie sollte es umdrehen, dachte er bei sich. So umdrehen, daß der Eingang nicht in die vorherrschende Windrichtung zeigt, und sie sollte ihr Brennholz auf der windabgewandten Seite stapeln, damit es nicht so leicht einschneit. Und sie sollte die Nähte mit Fett weich machen und fester zusammennähen. Wahrscheinlich dachte sie nicht an solche Dinge. Es gab vieles, was getan werden konnte, um Mutter und Sohn ein leichteres Leben zu ermöglichen. Einfache, leichte Dinge. Er verstand nicht, warum es ihn beinahe ärgerte, zu dem Zelt hinabzublicken und zu sehen, was getan werden mußte. Was nicht getan wurde.

Er machte sich an den Abstieg. Seine Stiefel brachen bei jedem Schritt durch die verharschte Schneekruste. Wahrscheinlich waren sie nicht einmal im Zelt, und wenn sie da waren, welchen Vorwand für diesen Besuch sollte er angeben? »Ihnen sagen«, murmelte er bei sich, »daß ich mich mit Elsa verbinden werde.« Frohe Nachricht, sagte er sich. Nachricht, die ein Mann mit allen Bekannten teilen sollte. Das ganze Talvsit wußte schon Bescheid. Alle Gesichter lächelten ihm zu und nickten im Wissen um seine Verbindung. Alle, denen er begegnete, fragten ihn danach. Wann würde das Fest sein, wann würden sie ihre Winterhütte bauen, war er nicht froh, eine so kräftige und gesunde Frau zu bekommen? War er nicht glücklich, seine einsamen Tage hinter sich zu wissen? Bald würde er nicht mehr allein auf die Jagd gehen oder allein schlafen oder allein am Feuer sitzen müssen. Bald würde Elsa immer bei ihm sein und alle Augenblicke seines Lebens mit ihm teilen. Er holte tief Atem, sog die Luft ein, als ob er am Ertrinken wäre.

»Kerlew!« rief er, als der Junge den Kopf zum Zelt heraussteckte. Der Junge schaute zu ihm her, und das Lächeln, das in seinem Gesicht aufging, war alles, was ein Besucher wünschen konnte. »Komm herein!« rief er, und seine Stimme war schrill vor Aufregung. »Komm herein und besuch mich!«

Er schlug die Zeltklappe ganz zurück und trat kaum auf die Seite, um Heckram einzulassen. Seine Finger tanzten aufgeregt über Heckrams Ärmel, wagten ihn zu berühren und sprangen dann fort, wie das Beschnüffeln eines scheuen jungen Hundes. Heckram grinste auf ihn hinab, legte ihm eine Hand auf die Schulter und drückte sie fest. Der Junge stand still und grinste zurück. »So ist es, wenn Männer einander begrüßen«, sagte er plötzlich zu Heckrams Verwunderung. Eine dünne Hand streckte sich zu ihm herauf, um schüchtern Heckrams Schulter zu berühren. »Willkommen in meinem Zelt!« sagte er großartig und machte eine einladende Geste zu dem kleinen Feuer.

»Ich danke dir für das Obdach«, antwortete Heckram förmlich. Er spürte die Bedeutung, die dies alles für den Jungen hatte. Nur zu gut erinnerte er sich jenes formlosen Schmerzes seiner Kindheit, des Bedürfnisses, von anderen als vollwertige, eigenständige Person gesehen zu werden, nachdem er allzu lange

›Ristins Junge‹ gewesen war. Zweifellos hatte Kerlew es satt, nur ›der Junge der Heilerin‹ zu sein. Er nahm die Mütze ab, zog die Fäustlinge von den Händen, trat zu dem kleinen Feuer und setzte sich. Kerlew umrundete das Feuer und setzte sich ihm gegenüber. Sein breites Lächeln verblaßte allmählich, als sie in einem Schweigen dasaßen, das peinlich zu werden drohte. Heckram begriff, daß der Junge nichts vom selbständigen Umgang mit anderen Menschen wußte. Er wußte nicht, wie er mit jemandem reden sollte; seine Mutter besorgte alles das für ihn. Kerlews Lächeln wurde klein und verzweifelt.

Um ihm zu helfen, sagte Heckram: »Ich dachte, ich könnte heute einmal einen kleinen Besuch machen, um zu sehen, wie es dir und deiner Mutter geht.«

»Mir geht es gut. Ich halte das Feuer am Brennen. Manchmal mache ich einen Löffel.« Kerlew hielt inne, suchte nach weiteren Gedanken.

»Und deine Mutter? Wie geht es ihr?«

»Es geht ihr gut. Aber sie ist nicht hier.« Kerlew brach plötzlich ab, und ein seltsamer Ausdruck trat in sein Gesicht.

»So?« sagte Heckram und überlegte, was das Problem sei.

Kerlew blickte ins Feuer, dann seitwärts in die schattigen Winkel des Zeltes. »Jagen gegangen«, murmelte er, »um Fleisch für uns zu holen.«

»Ah.«

»Ich achte darauf, daß das Feuer nicht ausgeht. Wenn ich auch ginge, könnte das Feuer ausgehen. Oder etwas Schlimmes könnte hier geschehen.« Es hörte sich an, als sei er den Tränen nahe. Auf einmal dämmerte Heckram die Erkenntnis. Er verlagerte sein Gewicht auf den Fersen und zögerte für einen kleinen Augenblick, bevor er in beiläufigem Ton sagte: »Ich frage mich, wer die bessere Beute heimbringen wird. Wird es Tillu sein«, und er grinste verschmitzt, »oder wir?«

Kerlew mußte zweimal Atem holen, bevor er mit großen Augen fragen konnte: »Wir jagen, du und ich?«

Heckram nickte. Alles Zögern verflog vor dem Eifer des Jungen. Er war dankbar, daß er am Morgen aus Gewohnheit den Bogen umgehängt hatte. Der Blick des Jungen haftete daran.

»Nimm deinen Bogen und zieh dich warm an«, sagte er zu Kerlew. Dann sah er, wie das Licht jäh aus dem Gesicht des Jungen schwand, und wunderte sich.

»Kein guter Tag zum Jagen«, sagte Kerlew plötzlich, den Blick auf Heckrams Stiefel gerichtet. »Wir würden nichts finden. Und ich habe andere Arbeit zu tun. Das Feuer. Und einen Löffel.« Der Junge stieß die Worte einzeln hervor, als säßen sie in seiner Kehle fest. Heckram fiel ein, wie ungeschickt der Junge das Messer seiner Mutter in die Hand genommen hatte, wie sie ihm Schaber zum Schnitzen gebracht hatte. Er fühlte eine Verengung in der Brust. Arm mochten sie sein, aber kein Junge in Kerlews Alter sollte solche Demütigung erleiden. Kein Wunder, daß der Junge so verzweifelt nach Selbstbestätigung suchte. Konnte seine Mutter das nicht sehen? Er überlegte, wie er es richtig sagen könnte, ohne es schlimmer zu machen.

»Du könntest mit meinem lernen«, bot er ihm an, »bis wir dir einen eigenen Bogen machen können.«

Kerlew stand sehr still und klein vor ihm. Er starrte ins Feuer, als er sprach. »Wenn du jemals mein Leben brauchst, werde ich es dir geben«, sagte er mit winziger Stimme. Er hob den Blick seiner hellen Augen zu Kerlews Gesicht. Heckram nickte; er wußte, daß das Angebot aufrichtig war. Es war alles, was Kerlew ihm zu bieten hatte.

»Dann laß uns jagen gehen«, sagte er, und Kerlew wurde plötzlich lebendig und sprang zu seinen Stiefeln. »Zieh dich warm an«, erinnerte ihn Heckram. »Wir werden den ganzen Tag draußen sein. Ich werde das Feuer aufhäufen, damit es nicht ausgeht.«

»Macht nichts!« erklärte Kerlew frohlockend. »Wenn es ausgeht, kann ich ein neues anzünden. Ein andermal zeige ich dir, wie man es macht.«

Die Sonne auf dem Schnee war blendender, als Heckram sie in Erinnerung hatte, die Luft frischer, der Himmel blauer. Eifer und Unerfahrenheit machten den Jungen ungeschickt, aber Heckram staunte über seine eigene Geduld. Er fand gute Deckung über einem Wildwechsel, und das Warten auf ein Kaninchen wurde spannender als alle Rentierjagden, die er und Lasse den Winter über unternommen hatten. Der Bogen war für Kerlew viel zu groß; Heckram mußte ihn spannen und Kerlew helfen, ihn ruhig zu halten. Der Junge begeisterte sich für Heckrams farbige und gefiederte Pfeile und mußte jeden einzelnen im Köcher untersuchen, bevor er entscheiden konnte, welcher aufgelegt werden sollte. Heckram dankte dem Geist, wer immer es war, der das Wild an diesem Tag so unternehmungslustig machte. Von sieben Kaninchen, die des Weges kamen, erlegten sie drei, und die Bergung der anderen Pfeile, die in den Wald davongeflogen waren, wurde zu einem großen Spaß.

Sie sprachen wenig, um das Wild nicht zu verscheuchen, verständigten sich mit Kopfnicken und Rippenstößen, was die Unbeholfenheit des Jungen mit Worten bedeutungslos machte. Als das erste Kaninchen fiel, ließ er es von Kerlew holen. Der Junge hob es an dem schweren Hochwildpfeil hoch, der den ganzen Körper durchbohrt hatte. Er starrte das Tier an, als ob er noch nie ein Kaninchen gesehen hätte. Als er aufstand, reckte er die Schultern und schien größer als zuvor. Sein Kinn kam hoch, und etwas leuchtete in seinen Augen. »Tillu wird es bald sehen!« sagte er nur. Er kam zurück in die Deckung, um auf das nächste Kaninchen zu warten, und das Lächeln wich nicht mehr aus seinem Gesicht.

Die Sonne sank im Westen, bevor sie müde wurden,

und dann kehrten sie in der Abenddämmerung zurück. Heckram hatte die Hand auf Kerlews Schulter gelegt, und der Junge drückte seine drei Kaninchen an die Brust. Sie sagten wenig, während sie gingen. Beide waren zu sehr mit der Vorstellung beschäftigt, wie Tillu auf dieses großartige Festmahl reagieren würde. »Es sind schwere Kaninchen«, sagte Kerlew einmal. »Sehr, sehr schwer.« Heckram war zu klug, als daß er angeboten hätte, sie für ihn zu tragen.

Der Wind frischte auf, als sie die letzte Anhöhe erreichten, und Tillus Stimme wehte ihnen wie klagendes Wolfsgeheul zu: »Kerlew!« Ihre Stimme zog den Namen in die Länge und warf ihn in den Wind, Hoffnungslosigkeit im dunklen Atem der Nacht. Der Schmerz darin zerriß Heckram das Herz; es war der Schrei einer Frau, die alles verloren hatte. »Wir kommen! Wir kommen!« brüllte er in die Nacht und eilte weiter, stieß den Jungen vor sich her.

Sie traten auf die Lichtung, und Tillu starrte die große Silhouette an, die neben ihrem Sohn ging. Erleichterung durchflutete sie, und sie lief ihnen entgegen und warf die Arme mit einem glücklichen Ausruf um den Jungen. Verlegen suchte dieser sich zu befreien; sie hatte nicht einmal die Kaninchen in seinen Armen bemerkt. »Wo bist du gewesen?« verlangte sie von ihm zu wissen, und dann von Heckram: »Wo hast du ihn gefunden?« Sie blickte auf ihren Sohn hinab, auf das breite Grinsen in seinem Gesicht angesichts der Sorgen und Ängste, die sie ausgestanden hatte. Zorn stieg in ihr auf, daß er auf eigene Faust in der Gegend herumzog und Heckram Anlaß gab, seine Jagd zu unterbrechen und den Jungen zurückzubringen. »Warum bist du so fortgelaufen?« schalt sie ihn. »Meinst du, ich hätte sonst nichts zu tun, als mich um dich zu sorgen? Meinst du, Heckram hat nichts Besseres zu tun, als sich um dich zu kümmern? Du weißt, daß du das Zelt nicht verlassen sollst, wenn ich fort bin! Was wäre geschehen, wenn Heckram dich nicht gefunden und heimgebracht hätte?«

Kerlews Triumph zerschmolz in Demütigung. Er stand wortlos vor ihrem wachsenden Zorn, seine wertlosen Kaninchen an sich gedrückt. Heckram legte den Arm um ihn und drückte die Schulter des Jungen. »Wir waren auf der Jagd«, sagte er zu Tillu, verblüfft über den Trotz, den er aus der eigenen Stimme heraushörte.

»Man sollte meinen, du hättest mich fragen können, bevor du meinen Sohn aus dem Zelt holtest«, versetzte Tillu. »Ihr hättet ein Zeichen zurücklassen können, aber nichts war da, nichts! Ich habe gesucht und gerufen, bis ich heiser war! Du hattest kein Recht, ihn mitzunehmen, ohne mich zu fragen.«

»Kerlew wollte mitgehen«, verteidigte sich Heckram. Die Worte der Frau waren ihm plötzlich verständlich wie nie zuvor, obwohl ihr Akzent fremdartig blieb. »Und er jagte gut.«

»Er ist nicht alt genug, solche Dinge für sich selbst zu entscheiden. Ist es bei euch Sitte, einer Frau das Kind aus dem Zelt zu entführen und ihr nichts davon zu sagen?«

»Ist es bei euch Sitte, daß eine Mutter ihren Sohn vor seinem Freund demütigt, statt sich über seine erste Beute zu freuen? Der Junge hat seine Sache gut gemacht! Es ist Zeit, daß er lernt, auf die Jagd zu gehen!«

»Das zu entscheiden, ist nicht deine Sache! Du kennst Kerlew nicht, er ist nicht wie andere Jungen! Er ist ...«

»Fort«, sagte Heckram.

Und so war es. Kerlew hatte seine Kaninchen als mitleiderregenden Haufen vor ihre Füße in den Schnee fallen lassen und war im Zelt verschwunden. Tillu wurde still, stand einen langen Augenblick da und starrte auf die Jagdbeute vor ihr. Verlegenheit stieg ihr heiß in die Wangen. Wie konnte sie mit einem Fremden über ihr eigenes Kind streiten, ihm gegenüber zugeben, daß Kerlew ständiger Überwachung bedurfte? Wie konnte er sie bemitleiden und Entschuldigungen für ihren Sohn vorbringen? Sie starrte stirnrunzelnd auf die Jagdbeute. »Du brauchst nicht für uns zu jagen«, sagte sie. »Ich kann das Fleisch besorgen, das wir brauchen. Und ich kann für meinen eigenen Sohn sorgen. Nimm deine Kaninchen und geh!«

»Es sind nicht meine!« Am liebsten hätte Heckram sie bei den Schultern gepackt und geschüttelt, und das Verlangen danach hallte in seiner Stimme wider. »Kerlew erlegte sie. Jedes von ihnen. Um dir zu gefallen. Um dir eine Freude zu machen. Um ein Mann zu sein. Warum behandelst du ihn so schlecht? Warum hat der Junge keinen Bogen, warum hältst du ihn wie ein Kleinkind? Willst du nicht, daß er erwachsen wird?«

Tillu sank langsam in die Knie und legte die behandschuhte Hand auf das weiche Fell der toten Kaninchen. »Er hat sie wirklich erlegt?« fragte sie ungläubig. Heckram nickte stumm. »Mein Sohn kann jagen.« Sie sagte die Worte laut, doch wußte Heckram, daß sie nicht für ihn bestimmt waren. Sie waren zu ihr selbst gesprochen, in einem Ton voller Verwunderung und Dankbarkeit. Sie blickte zu ihm auf. »Seine erste Beute.« Sie hielt inne, und ihr Gesicht umwölkte sich, als sie erkannte, was sie gesagt und getan hatte. »Ich war so besorgt«, sagte sie leise. »So ängstlich.« Sie blickte zu ihm auf. »Es tut mir leid.«

Er schüttelte den Kopf. »Sag das Kerlew. Ich sollte dir sagen, daß es mir leid tut. Ich hätte ihn nicht einfach so mitnehmen sollen, ohne ein Zeichen. Es war nicht böse gemeint.« Nun, da der Streit zu Ende ging, war ihm die Offenheit seiner vorausgegangenen Worte peinlich. Wer war er, daß er sich zwischen Tillu und ihren Sohn drängte? »Ich sollte zum Talvsit zurückkehren. Es ist spät.«

»Nein!« Die Heftigkeit ihres Tones überraschte ihn. Sie hob die Kaninchen auf und hielt sie wie Säuglinge in den Armen. »Bitte«, setzte sie mit leiserer Stimme hinzu. »Ich habe ihm beinahe alles verdorben. Bleib und iß mit uns. Feiere mit ihm.«

»Jede Mutter wäre in Sorge gewesen. Es war töricht von mir, ihn mitzunehmen, ohne ein Zeichen zu hinterlassen.« Sein Verhalten erschien ihm auf einmal tadelnswert. »Ich hätte dich zuvor fragen sollen.«

»Nein, nein. Immer sage ich mir, wenn der Junge nur etwas von sich aus täte, wenn er nur für sich entscheiden würde, dann wüßte ich, daß es Hoffnung für ihn gibt. Und wenn er dann das erste Mal selbständig handelt, schelte und demütige ich ihn. Ich habe ihm seine Jagd und seine erste Beute verdorben.«

Hoffnung für ihn? Heckram konnte die Angst in ihrer Stimme nicht verstehen. Wie konnte sie erwarten, daß der Junge etwas lernte, wenn niemand ihm etwas beibrachte? Wie konnte sie ihn so sehr lieben und so wenig verstehen? Laut fragte er: »Wie war deine eigene Jagd?«

Sie zuckte mit der Schulter. »Ein paar Schneehühner.«

»Nur zwei?«

Sie nickte.

»Dann ist ja alles gut.« Er hob die Stimme. »Kerlew! Komm heraus und hilf mit den Kaninchen. Es ist, wie ich dir sagte! Wir zwei haben viel besser gejagt als Tillu. Deine Beute ist drei zu ihren zwei! Kerlew! Komm, oder denkst du, ich trage alle diese Kaninchen selbst?«

Das Zögern des Jungen war schmerzlich zu sehen. Er kam langsam heraus, die Schultern eingezogen, als ob er sie beide fürchtete. Erst als Tillu beiseite trat, wagte er sich näher zu Heckram heran. Die Kaninchen lagen im Schnee, wo er sie hingeworfen hatte. Sein Blick wanderte von ihnen zu Heckram und schließlich zu seiner Mutter.

»Es ist eine sehr gute Beute«, sagte sie leise.

Er sah sie nur an. Sie hob den Blick zu Heckram und begegnete dann dem Starren ihres Sohnes. »Besser als meine. Ich habe nur zwei magere Vögel erlegt. Aber du, du hast von deiner ersten Jagd dieses ganze Fleisch heimgebracht.« Sie richtete sich auf. »Siehst du, wie gut mein Sohn jagt?« fragte sie Heckram. Der Stolz in ihrer Stimme klang echt. »Bald werden es nicht Kaninchen sein, die er bringt, sondern fette Hirsche. Das Fett wird über dem Feuer brutzeln, und alle werden es riechen.«

Etwas von seinem früheren Triumph stellte sich wieder ein und leuchtete aus den Augen des Jungen. Er hob die Kaninchen auf, hielt sie in den Armen. »Komm in unser Zelt«, sagte er würdevoll zu Heckram. »Meine Mutter wird meine Beute kochen, und wir zwei Jäger werden heute abend gut essen.«

Er ging voraus zum Zelt, und Heckram folgte. Er mußte sich bücken, um einzutreten, und das Licht des Feuers ließ Bronzetöne in seinem dunklen Haar aufschimmern. Die Zeltklappe fiel hinter ihnen zu, und Tillu stand allein im Dunkeln. War das ihr Sohn gewesen, der so gut gesprochen hatte und beinahe gerade gestanden war? Hatte er wirklich diese Kaninchen getötet, oder hatte er nur an Heckrams Jagd teilgenommen? Sie schüttelte den Kopf, und die Frage schien auf einmal weniger wichtig als die Frage, warum Heckram ihren Sohn mit auf die Jagd genommen hatte. Und ihn dann gegen ihr eigenes übereiltes Urteil verteidigt hatte. Und warum er den Triumph des Jungen nach ihrer gedankenlosen Demütigung gerettet hatte.

Die Stimmen der beiden drangen aus dem Zelt an ihr Ohr. Kerlews hohe Stimme antwortete auf etwas, was der Mann gesagt hatte, und dann vereinigten sich beide in lautem Gelächter. Ich könnte in die Nacht fortgehen, dachte sie bei sich. Ich könnte fortgehen und meinen Sohn bei ihm lassen, und es würde dem Jungen guttun. Ich könnte ihn nicht bei Carp lassen. Aber ich könnte Kerlew diesem Heckram geben, ohne es zu bedauern.

Die Zeltklappe wurde wieder gehoben, und Licht fiel heraus. »Komm herein!« rief Kerlew ungeduldig. »Wir wollen essen, und du mußt Heckrams Neuigkeit hören. Er nimmt bald eine Frau, diese Elsa. Ist er nicht ein

Glückspilz?« Er verschwand wieder im Innern, ohne ihre Antwort abzuwarten.

Ist sie nicht ein Glückspilz? dachte Tillu, dann runzelte sie die Brauen und kehrte zurück zu dem Zelt, das sie mit ihrem Sohn teilte.

– 10 –

Mutter?«

Der Schmerz in Heckrams Stimme riß Ristin aus ihrer Arbeit an der Zelthaut, die sie zum Verschnüren durchbohrte. Sein Schatten fiel auf die Tür der Grassodenhütte, aber hinter ihm war der sonnige Tag zu sehen. Sie blinzelte ins Licht, und er trat ein und ließ den Türvorhang aus Rentierfell fallen. Er sah bekümmert aus. In diesem Augenblick wußte sie, wie er als Leichnam aussehen würde. Das ängstigte sie.

Sie bemühte sich, es nicht zu zeigen. »Das ist ein langes Gesicht für einen Mann, dessen Hochzeitsversammlung nur noch fünf Abende entfernt ist.« Sie schlug mit der flachen Hand auf die Haut, die sie sich über den Schoß gelegt hatte. »Ich bin mit dem Bohren der Löcher beinahe fertig. Elsa hat die Sehnen zum Verschnüren bereit. Wenn du Stangen schneidest und entrindest, könnte dieses Zelt bis heute abend fertig sein. Oder hast du es dir anders überlegt?«

Als ob diese Verbindung das Ergebnis reiflicher Überlegung gewesen wäre. Er zeigte ihr ein mattes Lächeln. »Im Gegenteil. Ich habe gerade entschieden, meinen fettesten Harke für das Fest zu schlachten. Magst du mir dabei helfen?«

Sie starrte ihn verblüfft an, wußte sie doch nur zu gut, daß er höchst ungern irgendeines seiner Tiere schlachtete, schon gar nicht seinen schwersten Renochsen.

»Aber ich dachte, du wolltest das Fleisch durch die Jagd heranschaffen ...«

»Das wollte ich, aber jemand hat mich der Mühe enthoben. Es ist Bruk. Er muß geschlachtet werden. Ich könnte Hilfe gebrauchen.«

Ristin stand so plötzlich auf, daß ihr die Knochenahle und die schwere Rentierhaut vom Schoß rutschten. Ohne ein Wort folgte sie ihm aus der Grassodenhütte und hinaus zu der Fläche, wo ihre Harkar auf der Weide angepflockt waren. Die Sonne schien auf den Schnee und blendete die Augen, aber die Luft war kalt. Ristin umfaßte die Oberarme mit beiden Händen und verwünschte, daß sie sich nicht die Zeit genommen hatte, ihren Fellmantel anzuziehen. Die Kraft des Winters war gebrochen, und mit jedem Tag stieg die Sonne höher und schien länger, aber das bedeutete nicht, daß das Frühlingstauwetter schon begonnen hätte. Sie beeilte sich, den langen Schritten ihres Sohnes nachzukommen, und strengte das Gehör an, um seine gemurmelten Worte aufzufangen.

»Ich wollte Bruk anschirren und den Pulkor zur Heilerin hinüberfahren. Ich wollte sie und den Jungen zum Festmahl einladen. Aber als ich hier herauskam ...« Er beendete den Satz mit einer hilflosen Geste.

Ristins zwei Harkar waren am Waldrand und scharrten auf der Suche nach Flechten den Schnee auf. Der Rest der Herde weidete höher auf den Hügeln, zusammen mit der Hauptherde der zahmen Rentiere. Die beiden Harkar und Bruk wurden aus Gründen der Bequemlichkeit näher bei der Siedlung gehalten. Bruk war ein prachtvolles Tier und wog das Doppelte ihres großen Sohnes, obwohl der Widerrist des Harke ihm gerade bis zur Brust reichte. Bruk hatte ein glattes, gesundes Fell, Nacken und Keulen waren prall von Muskeln. Er konnte sein eigenes Gewicht als Packlast tragen oder den ganzen Tag einen beladenen Schlitten ziehen, ohne Schwäche zu zeigen. Heckram hatte ihn vor zwei Jahren als Zugtier gezähmt, als Bruk ein kräftiger Dreijähriger gewesen war. Inzwischen war er so gehorsam, intelligent und treu, daß Heckram sich von einem Tier nicht mehr wünschen konnte; er war gesund und stark und hatte ein langes nutzbringendes Leben vor sich. Ristin konnte sich keinen Besitz denken, den ihr Sohn höher schätzte.

Aber der Harke lag im Schnee und weidete nicht mit den anderen. Er ruhte, aber seine Flanken hoben und senkten sich, als ob er die ganze Nacht gelaufen wäre. Dann erhob sich das Rentier vor Ristins Augen auf die Vorderbeine. Schnaufend und grunzend versuchte es aufzustehen. Aber seine Hinterläufe blieben schlaff und nutzlos im Schnee liegen. Er sank zurück in den zerstampften Schnee, offensichtlich erschöpft, und verkündete seine Not mit hustenden Grunztönen.

»Was fehlt ihm?« fragte Ristin, die eine neue Krankheit befürchtete. Sie wollte nicht näher herangehen.

»Seine Knieflechsen wurden durchschnitten. Jemand muß es in der Nacht getan haben.« Heckram sagte es in neutralem Ton, aber Ristin wußte, welche Anstrengung ihn das kostete. Bruk war das Ergebnis jahrelanger Arbeit, war Heckrams kräftigster und bester Harke. Nun taugte er zu nichts mehr als zu Fleisch. Es war ein schwerer Schlag für einen Mann, der an eine Eheschließung dachte.

Und ein unvorstellbares Geschehen. »Aber wie?« rief Ristin mit schriller Entrüstung. »Kein Tier kann das getan haben! Jedes Raubtier hätte ihn getötet und ihn gefressen, bevor es sich davongemacht hätte. Und wir hörten nichts!«

Heckram merkte wohl, daß sie die Ungeheuerlichkeit nicht aussprechen mochte. »Bruk war Menschen gewohnt«, sagte er und trat näher an das ängstliche Tier heran. »Wahrscheinlich stand er ruhig da und erwartete, daß ihm das Geschirr angelegt würde.« Er legte dem Tier eine Hand auf die Schulter, und Bruk blickte mit einem gequälten und verwunderten Ausdruck in den großen braunen Augen zu seinem Herrn auf. »Ruhig, Junge«, sagte Heckram und tätschelte ihm den Hals. Das ermüdete Tier ließ den Kopf sinken, und Heckram beruhigte es weiter mit seiner Berührung und besänftigenden Worten. Dann stieß er ihm mit einem geraden, schnellen Stich das Jagdmesser ins Herz. Er gab der Klinge eine geübte Drehung und ließ sie in der Wunde stecken. Bruk stieß ein erschrockenes Bellen aus, dann sank er langsam in den zertrampelten Schnee. Nur wenig Blut floß aus der Wunde. Es war die Methode der Hirtennomaden, ein Fleischtier zu töten. Das Blut sammelte sich in der Brusthöhle, wo es gerann, um später beim Ausweiden mit Kellen aus Birkenholz herausgeholt und zu Blutwurst verarbeitet zu werden.

Ristin, die schon viele Schlachtungen miterlebt hatte, zuckte zusammen und verzog das Gesicht, als das Messer in den Körper eindrang. Sie blieb still, bis eine letzte Zuckung durch Bruks kräftigen Körper lief.

»Wer kann so etwas getan haben?« fragte sie endlich mit erstickter Stimme. »Hast du es Capiam gemeldet? Er sollte kommen und dies sehen, bevor wir schlachten, um die Wahrheit unserer Aussage zu bezeugen. Wer immer dies getan hat, muß vor den Stammesführer gebracht werden!«

»Nein.« Heckram kniete neben dem Tier nieder. Das Messerheft ragte aus dem Fell, und er streichelte dem toten Harke über die Flanke, als könne er von der Berührung Trost empfangen. »Nein, ich habe es nur dir gesagt. Wir werden nichts erzählen. Denk darüber nach, Mutter. Hat Capiam zu meiner Verlobung einen Glückwunsch gesandt? Hat er Nahrung als Geschenk gesandt oder etwas für das Festmahl versprochen? Wer hat das getan? Lasses Großmutter, natürlich. Rilk und Reinor. Trode und Lanta, Jakke, Ibba und Bror. Alles Leute, die wie wir am Rand leben. Diejenigen, die am wenigsten etwas erübrigen konnten, haben das meiste geschickt.

Und jene, die im Überfluß schwelgen und ihre Hunde mit Nahrung füttern, über die unsere Kinder sich freuen würden? Sie haben nichts geschickt, kein Wort, kein Geschenk, kein Zeichen.

Soll ich denen die Befriedigung verschaffen, daß sie mich zu Capiam laufen sehen; um vor ihm den Verlust eines Tieres zu beklagen und nach Gerechtigkeit und Bestrafung des Schuldigen zu rufen? Nein. Es würde keine Gerechtigkeit geben, nur Befriedigung für den, der es tat, wer er auch ist. Er erführe, daß sein Schlag geschmerzt hat. Also werden wir statt dessen eine Schlachtung machen. Du und ich. Unseren besten Harke, Elsa und ihrer Familie zu Ehren. Bruk wird freilich etwas zäh sein. Er war nicht jung, und er hatte lange Stunden schmerzhafter Anstrengung hinter sich, als ich ihn fand, aber er hat viel Fleisch, und es wird gut für unsere Wertschätzung Elsas und ihrer Familie sprechen.« Wieder strich er dem toten Tier über das glänzende Fell. »Er wird ein warmes Schlaffell für Elsa abgeben, der arme Bruk.«

»Soll ich Lasse fragen, ob er helfen will?« fragte Ristin.

»Noch nicht«, antwortete Heckram. »Später. Wenn er nicht mehr sehen kann, daß die Knieflechsen durchschnitten waren, bevor das Tier starb. Ich wünsche kein Wort der Klage von uns oder in unserem Namen. Vielleicht wird jemand übermütig genug sein, sich zu verraten.«

»Du verdächtigst Joboam.« Es war eine Feststellung, keine Frage. »Wirst du Elsa davon erzählen?«

»Nein.«

»Auch später nicht?«

»Nein. Es sollen glückliche Tage für sie sein. Ich möchte nicht, daß unsere Hochzeit durch Sorge und Furcht entwertet wird. Und würde es nicht die Wirkung verderben, daß ich einen Harke geschlachtet habe, wenn sie wüßte, daß mir nichts anderes übrigblieb?« Er zeigte seiner Mutter ein wölfisches Grinsen. »Laß mir mein Verdienst für die Tat – wenigstens in den Augen meiner zukünftigen Frau.«

»Heckram, es ist ein schlechter Anfang, mit Geheimnissen und verborgenen Sorgen.«

»Mach du mir deswegen keine Vorhaltungen, denn ich habe es nicht so gewollt.«

»Hmh.« Seine Mutter erhob sich. »Ich hole die Abhäutemesser. Er sieht nicht sehr fett aus, nicht?«

»Nicht so fett, wie er vor zwei Monaten war. Aber besser als jedes andere Tier, das ich in letzter Zeit gesehen habe. Besser als ein wildes Rentier. Armer Bruk.«

Sein Tonfall bewirkte, daß Ristin sich zu ihm umwandte. »Heckram, wenn du nicht vor Capiam Gerechtigkeit fordern willst, dann mußt du es ganz sein lassen. Es gibt keinen anderen Weg, nicht in unserem Stamm. Unsere Tradition verlangt, daß der Stammesführer allein das Recht zur Bestrafung hat.«

»Überall entstehen neue Traditionen, Mutter. Einer jungen Frau Aufmerksamkeiten aufzudrängen und sie mit Besitzansprüchen zu verfolgen, weil ihre Familie nicht so wohlhabend ist wie seine, dem Bräutigam seinen besten Harke vor der Hochzeit durch Zerschneiden der Knieflechsen unbrauchbar zu machen… Vielleicht ist es Zeit, daß ich selbst ein paar neue Traditionen schaffe.«

Ristin schüttelte den Kopf. »Bist du ein Mann oder ein kleiner Junge? So sprechen Kinder, die einander drohen, die sich auf der Erde wälzen und raufen, als ob das bewiese, wer recht und wer unrecht hat. Sind wir von irgendeinem halbwilden Waldstamm, wo man sich gegenseitig umbringt und einander in Streitereien verstümmelt? Nein! Wir sind ein Hirtenvolk. Bei uns wird Recht gesprochen! Wenn jemand so tief gesunken ist, daß er nicht mehr unter uns leben kann, ächten und vertreiben wir ihn, und das ist Strafe genug. Handelst du wie ein Wilder, so bereitest du mir und dem Gedächtnis deines Vaters Schande. Und dann wirst du derjenige sein, der aus dem Stamm verstoßen wird.«

Heckram starrte auf seinen toten Renochsen, stumm, aber ohne seine Worte zu bereuen. Ristin spürte die Tiefe seines Zornes und trat an seine Seite. »Du hast mir nie erzählt, was Joboam sagte, als du ihm mitteiltest, daß Elsa dir versprochen sei.«

»Da gab es nichts zu sagen. Ich trat ihm nicht gegenüber, um ihn zu erniedrigen, obwohl ich jetzt wünsche, daß ich es getan hätte. Ich fand es besser, die Angelegenheit zu behandeln, als sei nichts weiter geschehen. Elsas Stolz zuliebe, nicht so sehr um seinetwillen. Ich wartete auf eine passende Gelegenheit. Eine Gruppe von Jägern war gerade zurückgekehrt, Joboam unter ihnen. Sie standen herum, betrachteten ihre Beute, und ich trat zu ihnen und sagte: ›Ich habe mehr Glück gehabt als jeder von euch bei der heutigen Jagd, denn Elsa hat ein Datum für unser Hochzeitsmahl festgesetzt.‹ Einige von ihnen wünschten mir Glück. Amma, du weiß, daß er stets zu Scherzen aufgelegt ist, überlegte laut, ob ich der Jäger oder die Beute sei. Einige sagten nichts, sondern kehrten sich ab, um über andere Dinge zu sprechen. Joboam warf mir einen finsteren Blick zu, dann wandte er sich weg. Es wurde nichts gesagt.«

»Das sieht ihm ähnlich, herumzuschleichen wie ein Hund, der nach den Fersen schnappt. Da hast du einen bösen Feind, Heckram. Einen, der das Ohr des Stammesführers besitzt.«

Heckram grunzte. »Nun, wenn er das Ohr des Stammesführers besitzt, mag er auch Capiams Tochter haben. Ich habe gehört, daß sie mit dem Partner, den sie in diesem Sommer heiraten wird, nicht glücklich ist. Soll sie statt seiner Joboam nehmen.«

»Du solltest solchen Klatschgeschichten keine Beachtung schenken. Kari spielt nur die Widerwillige, um mädchenhafter zu wirken. Ich erinnere mich, daß vor mehreren Jahren davon geredet wurde, sie solle mit Joboam zusammengegeben werden. Aber es wurde nichts daraus.«

»Ich sollte nicht auf Klatschgeschichten achten? Wenn du es schon erzählen mußt, dann wenigstens richtig.« Heckram hatte seine Klinge aus geschliffenem Feuerstein gezogen, ein Vermächtnis seines Vaters. Er machte einen sorgfältigen Einschnitt am After des Tieres und schnitt vorsichtig weiter durch die Bauchhaut, um eine Verletzung der Eingeweide und vor allem der Gallenblase zu vermeiden, deren Inhalt das Fleisch verderben würde. »Joboam wollte sie nicht haben. Er hatte sich allerlei hübsche Entschuldigungen zurechtgelegt, aber darauf lief es hinaus. Pirtsi nahm sie nur, um einen Platz an Capiams Seite zu bekommen. Das Mädchen ist unfähig und wertlos, und außerdem launenhaft. Entweder weint sie, oder sie läßt den Kopf hängen. So hübsch, wie sie ist – wer möchte mit so einer das Herdfeuer teilen?«

»Ist Pirtsi vielleicht ein Mann, der das Herz einer Frau höher schlagen ließe?« versetzte Ristin. »Wenn er nicht herumstolziert wie ein Sumpfvogel im Frühling, rammelt er mit jeder Frau, die töricht genug ist, sich mit ihm einzulassen. Es kann Kari nicht stolz machen, solche Geschichten von dem Mann zu hören, den sie diesen Sommer heiraten wird.«

»Ich dachte, sie täuschte nur mädchenhafte Zurückhaltung vor?« fragte Heckram. Der Einschnitt erweiterte sich langsam über Bruks haarigen Bauch. Er zog das Messer heraus, wischte anhaftendes Haar und Blut im Schnee ab und schob es wieder in den Schnitt. »Sie werden ein feines Paar abgeben, ohne Zweifel. Sie kann weinen, wenn er ihr nahekommt, und den Kopf hängen lassen, wenn er es nicht tut.«

Ristin stand mühsam auf; ihre Kniegelenke knackten. »Ich werde die Messer bringen«, sagte sie, ohne auf seine Bemerkungen einzugehen. Doch im Gehen rief sie über die Schulter zurück: »Solange man den Kummer eines Menschen nicht kennt, kann man nicht mitfühlen. Aber man sollte auch nicht annehmen, daß Elend und Niedergeschlagenheit immer grundlos sind.«

Fell und Deckhaut lösten sich mit einem reißenden Geräusch vom Fleisch. Gelegentlich wurde das Messer eingesetzt, um bei einer hartnäckig haftenden Partie nachzuhelfen. Aber das Häuten des Tieres war mehr ein Abziehen als ein Losschneiden. »Siehst du? Du hältst die Spannung gleichmäßig und schneidest unter der Haut entlang, wenn sie sich nicht löst. Auf diese Weise bekommst du eine Haut ohne Löcher und ohne große, anhaftende Stücke Fleisch, die später abgeschabt werden müssen. Siehst du? Du setzt das Messer nur ein, wo es sein muß. Wenn du zum Schwanzende kommst ... Kerlew!«

Der Kopf des Jungen kam mit einem Ruck hoch, und er zog die blutigen Finger schnell aus dem Maul des toten Renkalbs. »Was?« fragte er seine Mutter.

»Warum gibst du nicht acht? Du mußt lernen, wie man ein Tier abhäutet, damit du jagen und dein Fleisch selbst zubereiten kannst. Was hast du überhaupt gemacht?«

»Nichts«, antwortete der Junge schuldbewußt. »Soll ich es jetzt versuchen?«

Er zog sein eigenes Messer, das Heckram ihm gegeben hatte. Dann stand er auf und nahm das abgelöste Stück Haut fest in den Griff und zog aufwärts. Die weiße Unterschicht, die Haut und Fleisch miteinander verband, zog sich straff. Sie war beinahe durchsichtig, wenn sie glattgezogen wurde, glasig und klar anzusehen, aber klebrig an der Hand. Als er fester anzog, löste sich ein Stück vom Fleisch. Das Innere der Haut war weißlich und glatt, und im Fleisch zeichneten sich die Linien der Muskelfasern deutlich ab. Das abgehäutete Tier war purpurrot und weiß und blutrot. Als die Haut an einer Stelle festhielt, streckte Kerlew die Hand mit der Messerklinge aus und schnitt, ehe er sich's versah, ein Loch in die Haut.

Er erstarrte. Tillu ließ den angehaltenen Atem in einem Seufzer entweichen. »Macht nichts«, zwang sie sich zu sagen. »Du lernst es schon. Nächstes Mal denk daran, daß dein Messer der Krümmung des Tierkörpers folgt. Du mußt mit flacher Klinge eng am Fleisch entlangschneiden, nicht an der Haut. Versuch es weiter. Aber zieh jetzt nicht die Haut an der schwachen Stelle, sonst reißt sie weiter. Fang an einer anderen Stelle an und arbeite von da aus weiter.«

Der warme Geruch des frisch geschlachteten Tierkörpers erfüllte die Luft. Tillu hatte die Eingeweide bereits herausgezogen und vom Körper getrennt. Angesichts der Schwierigkeiten, die Kerlew beim Abhäuten hatte, war sie froh, daß sie ihm nicht erlaubt hatte, beim Ausweiden zu helfen. Ein Schnitt in die Gedärme konnte dem Fleisch einen stinkigen Geschmack verleihen. Sobald es abgehäutet war, mußte das Kalb in handliche Stücke zerteilt werden, bevor sie es heimschaffen konnten.

Sie biß die Zähne zusammen, als sie Kerlew beim Abhäuten zusah. Wieder durchbohrte er das wertvolle Fell, aber sie sagte nichts. Wo sie gearbeitet hatte, war die Haut glatt und talgig weiß abgelöst; mit Schnitten und anhaftenden roten Fleischfetzen verunziert, wo Kerlews Messer Unterhaut und Muskeln verletzt hatte. Das Schaben der Haut versprach ein mühsames Geschäft zu werden. Aber der Junge mußte lernen. Und er lernte nicht wie andere Kinder durch Zusehen und Nachahmen. Kerlew konnte ihr tausendmal bei der Zubereitung von Kräutertee zuschauen. Doch als sie ihm das erste Mal gesagt hatte, er solle den Tee bereiten, hatte er die Blätter in kaltes Wasser getan und dann über das Feuer gestellt, statt das Wasser kochen zu lassen und dann die Kräuter hineinzutun, um sie ziehen zu lassen.

Er bemühte sich. Tillu wußte, daß er sich bemühte, und wünschte, es wäre genug. Aber es war nicht genug. Man konnte über dem Bemühen, Feuer zu machen, erfrieren; und über dem Bemühen, ein Wildtier zu erlegen, konnte man Hungers sterben. Kerlew mußte Besseres tun als sich nur zu bemühen. Noch vor Tagen, als er mit Heckram von der Jagd zurückgekehrt war, hatte sie Hoffnung gehabt. Ihr Sohn, ihr Kerlew, war auf der Jagd gewesen und hatte Beute gemacht. Aber wie sein unwiederholter Triumph mit dem Feuermachen war es ein einzelnes Ereignis geblieben, ein zufälliger Erfolg in einer Reihe von Fehlschlägen. Sein Gedächtnis war wie ein zerrissenes Fischernetz, das den Fang bald festhielt, bald entschlüpfen ließ. Er konnte Wasser und Holz herbeischaffen, das Feuer in Gang halten. Aber wenn sie ihm sagte, er solle Brennholz holen, um das Feuer zu nähren, und Wasser, um es zum Kochen zu bringen, verlor er die Reihenfolge seiner Aufgaben, wenn nicht gar diese selbst aus den Augen. Später fand sie dann den Wassereimer beim Brennholzstapel. Auf ihre zornigen Rufe erhob er sich schließlich vom Bachufer, wo er die in der Strömung treibenden Blätter betrachtet hatte, um sie unschuldig zu fragen, wann das Essen fertig sei. Andererseits konnte er Carps Geschichten Wort für Wort wiederholen und war imstande, sie beiläufig zu fragen, was sie mit etwas gemeint habe, das sie vor Monaten gesagt hatte.

Schläge halfen nichts. Als sie beide jünger gewesen waren, hatte sie ihn für solches Versagen geschlagen, weil sie ihn für träge oder einfach ungehorsam gehalten hatte. Sie hatte andere Frauen um ihre hübschen, aufgeweckten Kinder beneidet. Nichts hatte sie sich sehnlicher gewünscht, als daß er aufgeweckt, gewandt oder liebevoll und gehorsam sei. Sie hatte stolz sein wollen auf ihn.

Statt dessen hörte sie das Gespött anderer Kinder, wenn der kleine Junge seine stockenden Worte sprach, und die mitleidigen Worte anderer Frauen angesichts ihres Unglücks, daß ihr einziges Kind schwachsinnig sei. Das hatte sie immer zornig geleugnet und ihm irgendeine Aufgabe gestellt. Gewöhnlich hatte er versagt. Dann hatte sie ihn in Scham und Zorn geschlagen. Mit dem Ergebnis, daß er, verwirrt angesichts der Bestrafung, hilflos geweint hatte, weil er sich an nichts Unrechtes erinnern konnte.

Der Anblick seines kleinen verängstigten Gesichts und der rinnenden Tränen beschämte sie. Und ihre Seele empörte sich gegen sie selbst, wenn sie die Hände ausstreckte, ihn zu trösten, und er sich vor ihnen krümmte, die ihm so kurz zuvor Schmerzen bereitet hatten, oder sich versteifte und gegen ihre reuige Umarmung wehrte. Schließlich hatte sie aufgehört, ihn zu schlagen oder zu stoßen, daß er in den Schmutz fiel; es tat ihnen beiden nicht gut. Die Leute lachten nur über sie oder wandten sich peinlich berührt ab. Sie war nicht länger das Kind mit der beschädigten Puppe. Sie hatte anzunehmen gelernt, daß er nicht wie andere Kinder lernte. Aber lernen mußte er, und so mußte ein neuer Weg gefunden werden.

Und so kauerte sie nun mit kalten Füßen, die im Schnee gefühllos wurden, mit ihrem Sohn bei dem toten Renkalb und beobachtete geduldig, wie er die Haut vom Körper löste. Das Glück, das ihnen dieses Kalb zugeführt hatte, allein und nach seiner Mutter blökend, würde sich nicht so bald wiederholen. Das Tier war erschöpft durch den Schnee gewankt. Tillu mutmaßte, daß seine Mutter von einem Vielfraß getötet worden war. Dieser schlaue Räuber wartete, bis das Rentier den Kopf in das Loch gesteckt hatte, welches es zuvor in den Schnee gescharrt hatte, um an das Rentiermoos und die Flechten zu gelangen. Je tiefer der Schnee, desto leichter war es für den Vielfraß, sich auf das weidende Tier zu stürzen und die Zähne in die ungeschützte Gurgel zu schlagen. Tillu war in den vergangenen Wochen wiederholt auf die Spuren solcher Überfälle gestoßen und hatte einen Vorrat von blutigen Knochen zusammengetragen, um sie zu Brühe zu kochen und aufzuschlagen, um das Mark herauszuholen. Dieses Kalb, kleiner als die meisten, die sie gesehen hatte, war vermutlich vor solch einem Massaker geflohen. Nur um Tillu über den Weg zu stolpern, als sie auf der Jagd gewesen war. Sie hatte das Tier mit einem abgebrochenen Ast betäubt und ihm die Kehle durchgeschnitten. Sie bedauerte es nicht. Welche Götter oder Geister auch immer über diese bewaldeten Hügel herrschten, sie machten keinen Unterschied zwischen Kerlew und dem verwaisten Kalb. Also hatte Tillu an ihrer Stelle entschieden, welches der beiden Geschöpfe den Winter überleben würde. Und den Jungen geholt, damit er ihr beim Abhäuten und Tragen half.

Kerlew unterbrach seine Arbeit des Abhäutens, um sich geschäftig die Wange zu kratzen. Seine Finger hinterließen rote Streifen auf der Haut. Er hatte die Knie seiner Hosen und die Ärmel seines Mantels mit Blut beschmiert.

»Soll ich dich ablösen?« fragte Tillu. Nach einer stirnrunzelnden Pause nickte der Junge. Er stand mit gewichtiger Miene auf. Es war ein so bewußter Ausdruck von Reife, daß sie lächeln mußte. Er war ein guter Junge, und sie liebte ihn. Es gab Augenblicke, Zeiten, wenn er sich Mühe gab und alles zwischen ihnen gut war, wenn ihr Herz von Liebe zu ihm überquoll. In solchen Augenblicken erschien ihr die Zukunft hell, die Zeit ihrer Sorgen und Verdrießlichkeiten überwunden. Jetzt nickte sie ihm zu und sagte: »Für das erste Mal hast du sehr gut gearbeitet.«

»Ich weiß«, erwiderte er und berührte stolz den Griff seines Messers. »Ich kann vieles. Ich kann Löffel schnitzen und ein Feuer machen. Ich kann Kaninchen erlegen und Tiere abhäuten. Ich bin mehr ein Mann, als du weißt.«

»Männer prahlen nicht«, bemerkte Tillu.

Kerlew streichelte bloß das Heft seines Messers, unbeeindruckt von ihrem Tadel. Sie seufzte.

»Während ich abhäute«, sagte sie, »trägst du den Korb heim. Sei vorsichtig damit.« Sie nickte zu einem tropfenden Korb hinüber, der sich tief in den Schnee neben ihnen eingeschmolzen hatte. Er enthielt Leber, Zunge, Herz und Nieren des Renkalbes. »Und wenn du zum Zelt kommst«, fuhr sie fort, »mußt du Holz ins Feuer legen, damit es nicht erlischt, bevor wir zurückkommen. Und danach kommst du sofort hierher zurück und hilfst mir, das Fleisch heimzutragen. Kannst du das alles behalten?«

Kerlew nickte energisch. »Was glaubst du – daß ich noch ein Säugling bin?« Plötzlich zog er die Brauen zusammen, und seine engstehenden Augen spiegelten Sorge wider. Aber er wiederholte langsam: »Ich bringe das Fleisch heim, lege Holz nach und komme gleich zurück.«

Tillu lächelte. »Dann geh. Beeil dich, aber sieh zu, daß nichts aus dem Korb fällt.«

Sie sah ihn davonstapfen. Der Packkorb hinterließ eine rote Tropfenspur. Der Junge wuchs jetzt rasch und gut. Vielleicht war es dies, was er immer gebraucht hatte: eine Gelegenheit, allein mit ihr zu sein, so daß sie sich auf ihn und seine Erziehung konzentrieren konnte. Und wenn er eine Gelegenheit hatte, die Fertigkeiten eines Mannes von einem Jäger wie Heckram zu erlernen, um so besser. Dann schüttelte sie den Kopf. Kerlew konnte von jedem lernen, der sich Zeit mit ihm nahm. Das war alles, was zählte. Nun, da Heckram eine Frau nahm, würden sie ihn weniger häufig sehen. Ihr war es gleich. Sie konnte für sich selbst und ihren Sohn aufkommen, ihn alles lehren, was er wissen mußte. Kerlew entwickelte sich schon richtig. Sie lächelte vor sich hin. Ihr Sohn. Bald würde er der Mann sein, der zu sein er behauptete. Er würde seine eigenen Entscheidungen treffen, nach seinem Gutdünken handeln, sein eigenes Leben führen. Und dann? Konnte auch sie dann ihr eigenes Leben führen? Sie schnaubte bei dem Gedanken. Wenn sie sich jetzt allein durchschlagen konnte, dann würde es ihr, sobald sie nur für sich selbst zu sorgen hätte, erst recht gelingen. Sie beugte sich über das Tier, zog mit einer Hand kräftig an der Haut und schnitt sie mit der anderen geschickt und schnell los.

Als das Tier abgehäutet war, rollte sie das Fell mit der Hautseite nach außen zusammen und legte es beiseite. Dann begann sie, das Renkalb in handliche Stücke zu zerlegen. Mit einem größeren Tier wäre es schwieriger gewesen, aber selbst ihr bescheidenes Messer konnte das zarte Fleisch schneiden. Sie löste die Beine an den Hauptgelenken aus und schnitt zwischen Kugel und Gelenkpfanne, um das Tier in vier Viertel zu zerlegen, wobei Kopf und Hals für sich blieben.

Als sie mit der gröbsten Arbeit fertig war, stand die Sonne am Horizont. Sie schwitzte in ihrem Wintermantel, wußte aber, daß es töricht wäre, ihn abzulegen. Der Schweiß würde auf ihrer Haut abkühlen, und sie würde zu frösteln anfangen und sich eine Krankheit holen, die tödlich ausgehen konnte. Besser schwitzen und in Bewegung bleiben als das riskieren. Sie spähte die Fährte entlang, aber von Kerlew war noch nichts zu sehen. Vielleicht war noch nicht so viel Zeit vergangen, wie sie sich einbildete. Vielleicht hatte er im Zelt etwas gegessen, bevor er sich auf den Rückweg gemacht hatte. Und der Korb war schwer. Sicherlich hatte er Ruhepausen einlegen müssen, die eine Verzögerung bewirkten. Sie bückte sich und schnitt ein dünnes Stück roten Fleisches vom Kalb. Sie biß davon ab und genoß den Geschmack des frischen Blutes. Sie aß die Schnitte schnell, eine weitere etwas langsamer. Wo blieb der Junge? Nun, sie wollte keine Zeit mit unnützem Warten vergeuden.

Mit einem Seufzer wandte sie sich dem Eingeweidesack zu. Sie trennte die Innereien und drückte den Dung mit den Fingern aus dem Darm. Gereinigt, hatten die Eingeweide vielerlei Verwendungsmöglichkeiten.

Sie sammelte Klumpen von Nierenfett und Talg und legte sie zusammen. Ein Messerschnitt trennte den Magen, dessen Inhalt sie in den Schnee entleerte. Dann wurde er zu einem Behälter für den Talg. Sie würde den Raben wenig übriglassen. Zwischendurch richtete sie sich auf, rieb sich das schmerzende Kreuz, blickte die Fährte entlang und machte sich wieder an die Arbeit. Bis Kerlew zurückkäme, wäre sie fertig.

Später, als die Schatten des Abends miteinander verschmolzen, von Blau zu Schwarz geworden waren und sie nicht länger die Farben des Waldes unterscheiden konnte, verkeilte sie den größten Teil des Fleisches in die Gabelung eines Baumes und bedeckte es mit Schnee. Sie konnte nur hoffen, daß keine klettergewandten Räuber oder Aasfresser es finden würden, bevor sie wiederkehren konnte. Sie rollte ein Hinterviertel in die inzwischen steifgefrorene Haut und hob die Last auf die Schultern. Der Rücken schmerzte von der gebückten Arbeit, die Füße schmerzten ihr von der Kälte, und der auffrischende Wind biß ihr ins Gesicht. Sie verdrängte den Schmerz in der Brust und die Tränen, die ihr nicht nur vom kalten Wind in die Augen traten, verdrängte das Wissen, daß Kerlew niemals normal, niemals ein stattlicher und lachender junger Mann sein würde, der stolz eine erlegte Beute ins Dorf brachte. Ihre Füße schleiften durch den Schnee, als sie unter der Last heimwärts stapfte.

– II –

Gelbrote Feuerzungen stachen zwischen den Fichtenästen hervor und vereinigten sich plötzlich zu züngelnden Flammen. Heckram öffnete die Augen zum neuen Licht. Er hatte das Gefühl, daß es früher war als die gewohnte Zeit zum Aufstehen, aber Ristin war bereits auf den Beinen, goß frisch zubereiteten Tee in eine Schale und setzte sich damit ans Herdfeuer. Ihre Blicke begegneten sich, und Ristins Augen wurden auf einmal naß, bevor sie sich abwenden konnte. Er rieb sich das Gesicht, verlegen, daß sie ihn im Schlaf beobachtet hatte.

»Ist etwas geschehen?« fragte er mit noch schläfriger Stimme.

»Nein. Nein, alles ist gut. Ich dachte nur daran, daß es der letzte Morgen ist, an dem mein Sohn in meiner Hütte erwacht. Morgen schon werde ich allein aufwachen. Und jeden Tag danach.« Ihre Stimme klang gepreßt, und sie schaute nicht zu ihm her.

Heckram rieb sich abermals das Gesicht, gähnte, fühlte die Stoppeln an den Handflächen kratzen. Den Seufzer, der in seiner Brust zusammengerollt lag, versteckte er im Gähnen. Es war schwierig genug gewesen, seinen eigenen Widerwillen zu überwinden. Er bezweifelte, ob er auch noch mit Ristins neuen Zweifeln fertig werden konnte. »Ist es denn nicht das, was du wolltest? Ich erinnere mich, bei jeder Gelegenheit von dir gehört zu haben, ich solle in meinem eigenen Heim leben und Enkelkinder zu deiner Unterhaltung zeugen. Nun befolge ich endlich deinen Rat und sehe beim Aufwachen, daß du darüber weinst.«

Ristin stieß ein kurzes hohes Lachen aus, das in ein Schluchzen überging. Sie wandte sich ihm zu, und zwischen den Tränen, die ihr über die Wangen liefen, zeigte sich ihr Lächeln. »Ich freue mich für dich. Ich bin so froh und so erfreut, daß Elsa bei dir ist, daß ich es dir kaum sagen kann. Ich weine nicht über eure Verbindung. Nur wegen der Veränderungen, die es bringen wird. Wir alten Leute weinen immer, wenn die Zeiten Veränderungen bringen: Geburten und Todesfälle, Eheschließungen und Trennungen. Das sind die richtigen Anlässe für diese Tränen.«

»Alte Leute!« spottete Heckram. Er warf die Felle von

sich und stand vom Lager auf. »Erzähl das dem Fuchs, den du gestern zur Strecke brachtest!«

»Es sind nicht die Dinge, die du tun kannst, die dir dein Alter vor Augen führen. Es sind die Dinge, die du nicht mehr tun kannst.«

Heckram warf ihr einen forschenden Blick zu, ermaß das Bedauern in ihrer Stimme. Er versuchte, sie wie ein Fremder zu sehen, konnte es aber nicht. Ristin war Ristin. Ein bißchen dünner vielleicht, die Falten um ihre Augen zahlreicher, die Gelenke und Knöchel ihrer Hände und Finger schärfer hervortretend, aber immer noch die tüchtige Ristin. Er weigerte sich, auf ihre Schwermut einzugehen.

»Willst du andeuten, daß du zu alt bist, um beim Bau einer Hütte für Elsa und mich zu helfen?« fragte er. »Ich könnte vielleicht Lasses Großmutter fragen, ob sie für dich einspringt ...«

»Was fällt dir ein ... du Frechdachs! Spotte nicht über die Jahre deiner Mutter. So alt bin ich noch nicht. Nun mach dich fertig. Ich habe heute morgen für dich gekocht; vielleicht zum letzten Mal in meinem Leben – obwohl ich das nicht bedauere! Bring Wasser herein, wasch dich, und dann iß. Dafür zu sorgen, daß sie dich gewaschen und reinlich vorfindet, ist das wenigste, was ich für Elsa tun kann, obwohl ich noch immer nicht verstehen kann, warum sie dich überhaupt will. Also vorwärts, du großer Lümmel! Du hast heute eine Hütte zu bauen und eine Frau zu nehmen.«

Während sie sprach, nahm sie ihren Mantel vom Haken und zog ihn über. Sie lächelte ihm im Vorbeigehen zu, als sie die Hütte verließ, und Heckram grinste zurück. Aber sobald sie draußen war, verlor sich das Lächeln aus seinem Gesicht. Eine Schwere lastete auf seinem Herzen, als er zum Feuer tappte. Heute würde er mit dem Bau einer Grassodenhütte seinen Anspruch auf Elsa förmlich geltend machen. Heute würden sie ihr gemeinsames Leben beginnen, selbst wenn die Eheschließung erst formell anerkannt wurde, wenn sie sie vor der Stammesversammlung der Hirten im Hochland verkündet hätten. Er ließ den Blick über die rauchgeschwärzten Wände der vertrauten Hütte schweifen und teilte unversehens die wehmütige Erkenntnis, daß er nicht mehr hier erwachen, nicht mehr an ihrem Feuer sitzen und das Essen mit ihr teilen würde. Veränderungen. Sie würde allein leben, und er würde mit Elsa leben.

Er widerstand der Versuchung, wieder unter seine Schlaffelle zu kriechen, reckte die Arme und prüfte den Inhalt der Kochtöpfe. Am Rand der heißen Herdsteine blubberte ein Brei aus Fleisch und gemahlenem Korn. Etwas weiter von den Flammen entfernt steckte ein Topf mit Kräutertee zwischen den Herdsteinen. Er tauchte eine aus knorriger Birke geschnitzte Schale in den Topf und schlürfte geräuschvoll dampfenden Tee. Die heiße Flüssigkeit spülte die Klebrigkeit der Nacht aus seiner Kehle und reinigte seinen Sinn von nutzlosem Bedauern.

Er aß rasch, und als er sich ankleidete, versuchte er das Gefühl der Hinnahme seines Schicksals wiederzubeleben. Gestern hatte er den jungen Harke seiner Mutter mit dem Vorwand ausgeborgt, daß dieser weiterer Ausbildung bedürfe, hatte das Tier vor seinen Pulkor gespannt und war in den Wald gefahren. Der Schlitten war leicht über den verharschten Schnee dahingeglitten, der junge Renochse hatte ihn beinahe bereitwillig gezogen, und Heckrams Kopf war frei vom Geschwätz der anderen Leute gewesen. Er hatte hin und her überlegt, ohne recht auf den Weg zu achten, während er den Pulkor mechanisch um und zwischen Hindernissen hindurchlenkte. Hauptsächlich hatte er an Elsa gedacht. Die Knie zitterten ihm bei dem Gedanken an sie nicht gerade vor Lust; sie erfüllte seine Brust nicht mit Seufzern. Er hatte in ihrer Freundschaft immer eine Befriedigung gefunden, einen Trost in ihrer Beständigkeit. Nun fragte er sich, ob ihr das reichen werde. Oder ihm. Er kannte keine andere Frau des Hirtenstammes, die ihm anziehender vorgekommen wäre. Elsa fehlte keine der Fertigkeiten, die von einer Frau erwartet wurden. Sie war weder stumpfsinnig noch unterwürfig. Sie hatte ein Temperament, das er bewunderte. Und sie hatte Mut; nicht nur den Mut, Joboams Zudringlichkeiten zu widerstehen, sondern auch den Mut, zu ihm zu kommen und offen zu sprechen. Und sie wollte ihn. Sicherlich zählte das auch. Er hatte von Frauen gehört, die widerwillig geheiratet hatten. Elsa würde nicht mit Unwillen zu ihm kommen. Sie hätte einen wohlhabenden Mann haben können, reich an Rentieren und Bronzewerkzeug, einen Mann, der sie mit Bernstein und Bronze und Elfenbein behängt hätte. Sie aber hatte ihn vorgezogen.

Verspätet war Heckram klar geworden, daß er auf seiner Schlittenfahrt dreimal den Weg zum Zelt der Heilerin eingeschlagen hatte, dann aber abgebogen war. Er hatte Kerlew sehen wollen: wie das Gesicht des Jungen in freudiger Erregung aufleuchtete. Er hatte ihn im Pulkor mitnehmen wollen. Er war überzeugt, daß der Junge noch nie einen Pulkor gesehen hatte. Und seine Mutter auch nicht. Aber Tillus Gesicht würde bei seinem Anblick nicht wie das des Jungen aufleuchten. Tillu würde wie die Füchsin sein, die ihren Welpen beim Spiel bewachte. Immer wachsam, um Schaden von ihrem Jungen abzuwenden. Welch heftige kleine Frau sie war; wie sie ihn gescholten hatte, als er Kerlew damals mit auf die Jagd genommen hatte. Und wie ihre Züge weich geworden waren, voll von Liebe zu ihrem Sohn, als sie ihren Irrtum eingesehen hatte. So war Ristin zu mir, dachte er bei sich. Sie ist dem Jungen eine gute Mutter. Sie können für sich selbst aufkommen. Darin hat sie recht.

Erst bei Sonnenuntergang war er von seiner langen Schlittenfahrt zurückgekehrt. Er war noch immer nicht verliebt gewesen, hatte aber die Vorzüge und Qualitäten der Frau, die sich ihm schenkte, uneingeschränkt anerkannt. Er hatte seine Zweifel und sein Zögern in den Hintergrund gedrängt und beschlossen, sich seinen Verpflichtungen zu stellen. Seine Träume von den Handelsdörfern im Süden und den fremden Ländern jenseits davon waren nichts als die Hirngespinste und Träumereien eines Kindes. Etwas, was ihm geholfen hatte, die rauhe Wirklichkeit zu ertragen, als er zu jung gewesen war, um selbst etwas an den Lebensumständen zu ändern. Jetzt war er ein Mann, im Begriff, Elsa zur Frau zu nehmen. Da gab es andere Dinge zu bedenken.

Als er die Stiefel anzog und verschnürte, dachte er wieder an seinen Entschluß, die Heilerin und ihren Sohn nicht einzuladen. Er hätte sie gern als Besucher gesehen, und es hätte ihm Freude gemacht, Tillu mit dem Dorf und seinen Bewohnern bekanntzumachen und Kerlew essen zu sehen, bis er nicht mehr konnte. Und vielleicht hätte sie ihm von den Leuten erzählt, unter denen sie früher gelebt hatte. Sie sah nicht wie die Menschen aus, die er bisher kennengelernt hatte. Ihre Erscheinung war beinahe so fremdartig wie seine eigene: Aber er dachte, daß Elsa seine Begeisterung für Geschichten von fernen Gegenden nicht teilen würde und daß es sie verdrießen könnte, wenn die Heilerin die Aufmerksamkeit der Dorfbewohner von ihrer Eheschließungszeremonie ablenken würde. Ein andermal, gelobte er Kerlew und sich selbst. Ein andermal.

Er nahm die Ledereimer, verließ die Hütte und ging zum Quell. Trotz der frühen Stunde waren die Hirtenleute auf den Beinen und gingen ihren Geschäften nach; das Talvsit summte gleichsam von unterdrückter Energie. Auf dem Weg zur Quelle wurde Heckram mit Lächeln und wissendem Kopfnicken begrüßt. Der Morgen war sonnig, und trotz der noch vorherrschenden Nachtkälte lag eine Milde in der Luft, die der Atem des Vorfrühlings sein mußte. Er ließ sich auf ein Knie nieder, um die Eimer zu füllen, dann trug er seine Last zurück. Einmal machte er bei Lasses Hütte halt, um die nassen Handgriffe besser in den Griff zu bekommen und eine Fläche jenseits der Hütte zu betrachten, die vom Schnee befreit worden war. Gestern hatten er und Lasse sie abgeschritten. Der Junge hatte ihm geholfen, den Schnee mit Fichtenzweigen wegzufegen und dann eine Schicht von gefrorenem Moos und Gras wegzukratzen. Jetzt wartete die nackte braune Erde, leer zwischen den verschneiten Flächen ringsum. Stina würde eine gute Nachbarin sein, sie hatten nicht weit zur Quelle, und hinter der Hütte gab es eine gute Weidefläche für ein oder zwei Harkar. Es war ein guter Platz für ein Winterquartier.

Er hob die Eimer und ging weiter. Bror stand vor seiner Hütte, gähnte und reckte die Arme in das dünne Morgenlicht. Er grinste, als er Heckram sah.

»Du hast heute ein gutes Stück Arbeit vor dir, junger Mann.«

»Ein wenig«, räumte Heckram lächelnd ein.

»Denk daran, daß du dich nicht allzusehr ermüden darfst, wenn du verstehst, was ich meine. Dicke Wände allein wärmen eine neue Hütte nicht ausreichend. Wozu ist das Wasser?«

»Zum Waschen. Und zum Rasieren. Daß mein Großvater mir seine Körperlänge vererbte, hat mir nie etwas ausgemacht, aber warum mußte er mir auch seinen Bart vererben?«

Bror war wie die meisten Angehörigen des Hirtenstammes bartlos, ausgenommen ein paar feine schwarze Haare auf der Oberlippe. Diese strich er mit Daumen und Zeigefinger, als er Heckram zunickte. »Ich an deiner Stelle würde mich zu dieser Jahreszeit nicht waschen, Frau oder nicht. Wer sich im Winter die Haut naß macht, kann sich damit den Tod holen. Wart bis zum Frühling, wenn das Wasser in den Bächen rauscht. Das ist die rechte Zeit zum Waschen und Baden. Ein bißchen Dampf, ein bißchen Öl auf der Haut, um sie zu glätten, das sollte jedem Mädchen genügen. Du willst sie doch nicht verziehen, oder?« Bror kratzte sich energisch im Nacken.

Ibba steckte den Kopf aus der Hütte und schnitt den beiden Männern eine Grimasse. »Verzieh sie nur, Heckram, verwöhn sie. Oder du mußt stillsitzen wie Bror jetzt, während deine arme Frau dir die Nissen und Läuse vom Kopf sammelt. Komm herein, du alter Schwätzer. Heckram hat keine Zeit, herumzustehen und sich deine schlechten Ratschläge anzuhören. Er hat eine Hütte zu bauen und eine Frau zu nehmen. Geh nur zu, Heckram. Und wasch dir ordentlich den Hals!«

Er grinste den beiden zu, als die Frau Brors Hand ergriff und den protestierenden alten Mann in die Hütte zog. Er lächelte weiter vor sich hin, als er den Weg zwischen den Hütten hinauf zu Ristins Behausung zurücklegte. Die Stimmung war ansteckend. Er fühlte sich allmählich so, wie sich ein Mann an dem Tag fühlen sollte, da er seine Talvsithütte baute. Erwartungsvoll und froh. Er ertappte sich dabei, daß er leise sang, einen der langen, beinahe wortlosen Joiks seines Volkes, und den Rhythmus den knirschenden Tritten seiner Stiefel im Schnee anpaßte.

»So ein glücklicher Bräutigam!«

Die harte, kalte Stimme war wie ein Guß Wasser ins Gesicht. Heckram hatte auf wenig mehr als auf den Weg aus festgetretenem Schnee geachtet. Als die allzu vertraute Stimme seine Gedanken unterbrach, stellte er die Eimer zu beiden Seiten ab und rollte die Schultern, um die Muskeln aufzulockern. Er blickte flüchtig zu Joboam hinüber, der an einem aufgestellten Schlitten neben dem Weg lehnte.

»Bist du gekommen, um mir Glück zu meiner Verbindung mit Elsa zu wünschen, Joboam?«

»Ich frage mich, ob Glück genügen wird. Es erfordert mehr als Glück, um eine Frau zufriedenzustellen und im Haus zu halten. Und vergiß nicht, zwischen heute und dem Sommer im Bergland steht es ihr immer noch frei, dich ohne ein Wort zu verlassen. Es ist schon oft vorgekommen, daß eine Frau sich mit einem Mann zusammengetan und nachher gefunden hat, daß sie doch nicht als Ehefrau mit ihm zusammenleben will.«

Joboam richtete sich langsam auf und reckte die Arme. Heckram hob das Kinn, um Auge in Auge mit ihm zu bleiben. Joboam war größer und breiter als er, muskulös und fleischig. Neben ihm nahm Heckram sich beinahe drahtig aus. Er hatte sich oft gefragt, wer von ihnen der Stärkere sei, und als Joboam angriffslustig auf ihn zu trat, schien es, als sollte es sich heute erweisen.

»Elsa sagte, sie werde mit mir zufrieden sein. Anders als manche Männer bin ich geneigt zu glauben, daß Frauen wissen, mit wem sie sich zusammentun wollen.« Heckrams Stimme war leise und angenehm. Er ließ die Arme locker an den Seiten hängen und wartete.

»Es überrascht mich nicht, das von dir zu hören. Es hat in diesem Dorf immer Männer gegeben, die es zufrieden waren, von ihren Frauen beherrscht zu werden und in den Zelten ihrer Mütter zu leben, bis sich Frauen finden, die sie wählen.«

»Besser, als in meinem eigenen Zelt zu leben und nie gewählt zu werden«, erwiderte Heckram.

Joboams Augen wurden noch ein wenig schmaler. Heckram atmete tief durch und spannte die Muskeln. Gleichzeitig aber wuchs eine tiefe Geduld in ihm. Dieses Spiel vertrug sich nicht mit Hast. Es sollte nie gesagt werden, er habe den Mann des Stammesführers provoziert. Ein Lächeln zupfte an seinen Mundwinkeln, als er auf Joboams Angriff wartete. Die Augenblicke vergingen, und Joboam rührte sich nicht. Heckram vermutete, daß Joboam vielleicht noch mehr Worte machen, aber den Streit nicht zu Tätlichkeiten vorantreiben würde. Joboam war offensichtlich nicht begierig, festzustellen, welcher von ihnen der Stärkere war. Jedenfalls vorerst nicht. Heckrams Lächeln wurde zu einem Grinsen.

Ein kleiner Muskel zuckte in der Wange des anderen. »Warum sich von einer Frau wählen lassen, wenn ein Mann jede oder alle wählen kann?« fragte Joboam plötzlich. Seine Stimme war zu laut und rauh. Er bluffte. »Die läufige Hündin geht nicht zu dem schleichenden Köter, der nach ihr winselt, sondern wird von dem stärksten Rüden genommen.«

»Joboam!«

Die Stimme klang schrill, und beide Männer fuhren herum. Kari, die Tochter des Stammesführers, kam den Weg herauf. In ihrem offenen Mantel und mit den rudernden Armen glich sie einer hüpfenden Krähe. Ihr schwarzes Haar war glatt zurückgekämmt und am Hinterkopf so straff zusammengefaßt, daß sich ihre Gesichtshaut spannte. Ihre schwarzen Augen glänzten, die Lippen waren zu rot, die Zähne dahinter zu weiß. Die feinen Knochen ihres Gesichts zeichneten sich durch die Haut ab. »Joboam!« schrillte sie wieder.

»Was ist los?« fragte er unwillig.

»Capiam braucht dich. Sofort. Zweimal hat er zu deiner Hütte geschickt, und beide Male warst du nicht da. Also schickte er mich, dich zu holen. Kommst du mit?«

»Ich komme.« Er warf Heckram einen herausfordernden Blick zu und wartete, daß dieser etwas sagte, aber Heckram grinste den größeren Mann nur an. Kari kam mit kurzen schnellen Schritten durch den Schnee auf sie zu. Ihr offener Mantel zeigte das Innenfutter aus weißem Fuchspelz. Sie hatte abgenommen, und die lose um ihren Körper fallenden Kleider verstärkten den Eindruck des Zarten. Sie schob sich zwischen die beiden und blickte zu Heckram auf.

»*Ich* wünsche dir Glück in deiner Verbindung mit Elsa«, sagte sie. Heckram fragte sich mit Unbehagen, ob Kari ihren vorausgegangenen Wortwechsel belauscht hatte. Er suchte sich zu besinnen, was er gesagt hatte und ob etwas davon so ausgelegt werden konnte, daß Verdruß daraus entstehen würde. Vielleicht hatte sie die ganze Zeit irgendwo in der Nähe gelauert. Ihr Blick bohrte sich tief in seine Augen. »Ich hoffe, sie erkennt ihr Glück. Nicht nur zu wissen, wen sie zum Mann wünscht, sondern auch die Freude zu haben, ihn zu bekommen! Nun laß dich nicht aufhalten, Heckram, mach dich bereit für sie, und errichte die Wände ihres Heimes.«

Joboam war zurückgetreten, als Kari das Wort an Heckram gerichtet hatte. Nun wandte Kari sich ihm zu und klatschte in die Hände, als ob er ein unaufmerksamer junger Hund wäre. »Und du, Joboam! Zu Capiam, schnell! Laß ihn nicht warten, nachdem er die eigene Tochter geschickt hat, dich zu holen. Vorwärts! Lauf!«

Joboam blickte finster von Heckram zu Kari, aber als Kari das letzte Wort hervorstieß, setzte er sich widerwillig in Bewegung.

»Joboam!« rief Heckram ihm nach, und als der andere über die Schulter zurückblickte, sagte er: »Ich weiß nicht viel von Hunden. Aber Wölfe paaren sich fürs Leben. Denk daran.«

»Niemand, der Wölfe jagt, sollte es vergessen«, bemerkte Kari, und ihr Gelächter war in der kalten Luft spröde wie ein Eiszapfen. Sie brach ab, seufzte und wandte sich zu Heckram. »Ich werde heute abend zu euch kommen«, erklärte sie unvermittelt und sah ihn mit ihrem starren Blick an.

»Du wirst willkommen sein, ebenso wie alle anderen, die uns mit ihrem Besuch ehren«, erwiderte er ernst.

Sie blieb noch einen Augenblick lang vor ihm stehen und starrte unverwandt zu ihm auf. »Du riechst nach Schlachterei und Rentier. Geh und wasch dich«, sagte sie, dann machte sie kehrt und eilte mit ihren kurzen hüpfenden Schritten davon. Der Mantel schlug wie die Flügel eines verkrüppelten Vogels um sie.

Heckram sah ihr nach, als sie sich auf dem gewundenen Weg zwischen den Hütten und Trockengerüsten entfernte. Bald schon verließ sie den ausgetretenen Weg und stapfte durch den Schnee, wo sonst niemand ging. Heckram fühlte seinen Puls noch stark in den Schläfen pochen; die Erregung über seinen gerade noch vermiedenen Kampf mit Joboam steckte noch in ihm und fand keinen Auslaß. Er bückte sich nach seinen Eimern und eilte weiter zu Ristins Hütte.

Endlich in der Hütte, goß er das Wasser in Tontöpfe, steckte sie zwischen die Herdsteine und legte Holz nach. Er stellte einen Holzbottich auf und nahm seines Vaters Rasiermesser aus dem Schatz seiner Habseligkeiten. Er goß etwas vom erwärmten Wasser in den Bottich, dann nahm er das Rasiermesser in die Hand und betrachtete es. Es war beinahe das einzige Bronzewerkzeug, das er besaß. Er hatte noch ein Bronzemesser aus dem Besitz seines Vaters. Ein Messer, das beinahe zu kostbar war, um benutzt zu werden. Die Händler sagten, daß weit im Süden heutzutage alle Werkzeuge aus Bronze seien, und nur die Armen verwendeten noch Feuerstein. Aber in Heckrams Dorf waren Feuerstein und Knochen noch immer die wichtigsten Materialien zur Werkzeugherstellung. Die Steinwerkzeuge wurden jetzt geschliffen und poliert, um ihnen Ähnlichkeit mit ihren bronzenen Gegenstücken zu verleihen, aber sie blieben doch aus Stein und waren bei weitem spröder als das neue Metall. Immer mehr Bronzegegenstände fanden in diesen Zeiten ihren Weg in den hohen Norden. Heckram hatte die neue Bronzeaxt gesehen, die Capiam gegen Bernstein und weiße Fuchsfelle getauscht hatte. Sie war genauso geformt wie die handelsüblichen Äxte aus geschliffenem Feuerstein, und ihr Stiel zeigte eine leichte Krümmung, wie ein Rengeweih. Aber die Klinge war aus Bronze, und die gesamte Oberfläche mit Ausnahme der Schneide war mit kunstvollen eingeätzten Mustern verziert. Trotz ihrer Schönheit hielt diese Axt Beanspruchungen aus, die eine Steinaxt längst zerstört hätten. Vielleicht sollte er mehr an das Sammeln von Bernstein und das Erbeuten der weißen Pelze denken, die von den Händlern im Süden geschätzt wurden, und weniger an die Vergrößerung der Rentierherde. Aber dann schüttelte er den Kopf. Der traditionelle Maßstab des Reichtums war zu tief im Bewußtsein verwurzelt, als daß er ihn hätte verleugnen können.

Das bronzene Rasiermesser hatte einen beinernen Griff, der mit feinen Spiralmustern verziert war. Er befeuchtete Gesicht und Klinge, dann schabte er die Bartstoppeln von der Haut. Zur Probe strich er sich mit den Fingerspitzen über die Wange und fühlte befriedigt die Glätte, die der Klinge folgte. Dann, eingedenk der Zeit, die er bereits vergeudet hatte, beendete er hastig seine Rasur.

Darauf schüttete er kaltes und dampfendes Wasser in den Bottich, um eine angenehme Temperatur zu erzielen, und entkleidete sich rasch. Unter den Winterpelzen trug er ein langes Hemd aus gewebter Wolle. Er konnte sich nicht erinnern, wann er es zuletzt ausgezogen hatte. Bevor im Herbst die ersten Fröste eingesetzt hatten? Jetzt zog er es über den Kopf und stand fröstelnd und nackt da. Nach kurzem Zögern öffnete er die Truhe. Auf dem übrigen Inhalt lagen, als hätte es auf ihn gewartet, ein Lederbeutel mit aromatischen Kräutern und ein viereckiges Stück grob gewebter Fasern. Er nahm beides heraus.

Nachdem er eine Handvoll Kräuter in die Mitte des Geflechts getan hatte, faltete er dieses zu einem handlichen Päckchen. Er tauchte es in das warme Wasser, und sobald die Kräuter Feuchtigkeit aufnahmen, verbreiteten sie einen feinen Duft, der die Hütte erfüllte. Er rieb sich Gesicht und Hals mit dem rauhen Päckchen, das er zwischendurch immer wieder ins Wasser tauchte, und bald fühlte er, wie seine Haut sich der Wärme und Nässe öffnete. So bearbeitete er den ganzen Körper. Das Wasser wurde schmutzig, und er schüttete den Inhalt des Bottichs vor die Hütte und füllte ihn wieder auf. Das von seiner Haut verdunstende Wasser verschaffte ihm eine Gänsehaut, und er begann zu frieren, ließ aber nicht nach, ehe er fertig war. Dann warf er eine Handvoll Kräuter in das warme Wasser, kniete nieder und schöpfte mit beiden Händen Wasser, um es über sein dichtes dunkles Haar zu gießen. Dann steckte er der Einfachheit halber den Kopf in den Bottich mit duftendem Wasser und rieb und schrubbte, bis sich das schmutzig-verfilzte Haar unter seinen Händen seidig anfühlte. Wenigstens hatte er keine Sorgen mit Läusen, wie Bror. Ristin hätte in ihrer Hütte kein Ungeziefer geduldet. Er vermutete, daß Elsa genauso dachte.

Das feine Haar fing sich in seinen Fingern, verhakte sich an der von Arbeit aufgerauhten Haut. Er befreite seine Hände, murmelte eine Verwünschung und tauchte den Kopf wieder ins Wasser. Als er ihn heraushob, hing ihm das Haar wie ein triefender Vorhang vor dem Gesicht, und er betrachtete das rinnende und in den Bottich tropfende Wasser. Seine Kopfhaut fühlte sich sauber an. Er drückte das Haar über dem Bottich aus und richtete sich auf. Elsa mochte sein Haar. Seit sie sich einig geworden waren, hatte sie es bei jeder ihrer Begegnungen berührt, hatte im Gespräch mit ihm Strähnen um ihre Finger gewickelt. Sein Haar war feiner als das der anderen Männer des Stammes, und wenn die Sonne darauf schien, glänzte es nicht bläulich, sondern bronzefarben – wie seine Körpergröße ein Erbe seines blonden, helläugigen Großvaters. Heckram fand die Feinheit seines Haars lästig, denn der Wind blies es ihm in die Augen, und wenn er es glätten wollte, haftete es an seinen Fingern. Er warf es zurück und strich es mit beiden Händen glatt.

Fröstelnd hob er sein langes wollenes Hemd auf, wo er es abgelegt hatte. Aber als er es über den Kopf ziehen wollte, traf ihn der Geruch mit voller Wucht. Er ließ es fallen, schnaubte. Das hatte er getragen? Kein Wunder, daß Kari seinen Geruch beanstandet hatte. Er warf es in das nach Kräutern duftende Wasser im Bottich und hielt nach einem anderen Kleidungsstück Ausschau. In seinem Kleiderbündel fand er zwei dünne Hemden aus Kaninchenleder, gut für das milde Sommerwetter, aber nicht für den Winter. Doch als er nichts anderes fand, nahm er eines davon und ein sauberes Paar Beinlinge aus dem Bündel. Er mußte sich eben behelfen. Er warf die Sachen am Herdfeuer vorbei auf sein Lager, dann hob er seine Stiefel auf und folgte ihnen.

Das Hemd weckte unbestimmte Erinnerungen. Vorstellungsbilder von seinem Vater, der in seinem Gedächtnis immer als eine große, undeutliche Gestalt erschien, gewannen plötzlich Schärfe. Auf einmal erinnerte sich Heckram eines unglaublich langen Mannes, der laut wie ein Sturmwind auf ihn herablachte. Der Mann hatte graue Augen, und seine Nase war lang und dünn, verglichen mit den mehr breiten und platten Nasen der Hirtennomaden. Seine großen Hände umfaßten Heckrams kindlichen Oberkörper, als der Mann ihn hochhob, bis sein Kopf das Hüttendach berührte. Ein Mann, der dieses weiche Lederhemd getragen hatte. Er hob es auf und schnüffelte daran, roch die Kräuter, die seine Mutter mit in die Truhe tat, um die Mäuse fernzuhalten. Vorsichtig, als fürchte er sich, die Erinnerungen zu zerstören, die er damit in Verbindung brachte, zog er es über den Kopf. Er legte die ledernen Beinlinge an und verschnürte sie und stand dann auf. Er bewegte die Schultern und versuchte sich mit dem Gefühl vertraut zu machen.

»Es ist dir eng. Du bist breiter, als er war, glaube ich, obwohl es mir erst jetzt auffällt. Das Blut der hellen Rasse muß stark in dir sein, von deinem Vater und von meinem. Aber das Leder ist noch weich und wird sich dehnen.«

Er wandte sich langsam zur Tür und sah Ristin in der Öffnung stehen und ihn mit einem bittersüßen Lächeln betrachten. »Du bist ihm ziemlich ähnlich. Auch in deinem Temperament. Elsa wird lernen müssen, mit deinen Stimmungen zu leben, wie ich lernte, mit seinen zu leben.«

Heckram nickte bedächtig. »Du hast diese Hemden für mich aufbewahrt?«

Sie nickte zurück. »Eigentlich wäre das Wollhemd heute richtig gewesen, das da im Wasser liegt. Denn er trug es an dem Tag, als er mich zur Frau nahm.« Sie wandte sich schnell ab, unfähig, ihn anzusehen. »Du mußt dein Haar auskämmen, und dann lauf zu. Ich werde dieses letzte Mal für dich aufräumen und auch dein Hemd auswaschen. Schnell jetzt. Lasse und die anderen haben lange genug auf dich gewartet.«

Während sie sprach, legte sie den Beutel mit Kräutern in ihre Truhe zurück und rührte im Bottich, um das Hemd einzuweichen. Er wußte, daß sie jetzt nicht weiter mit ihm reden wollte, also zog er einen Knochenkamm durch sein Haar, bis es feucht und glatt aus der Stirn nach hinten gekämmt war, zog die Mütze darüber und verließ still ihr Zelt.

»Eine feine Jahreszeit, um eine Grassodenhütte zu bauen«, raunte Lasse den anderen zu, als Heckram sich näherte. Heckram begrüßte die Männer feierlich, gab einigen die Hände, umarmte andere und übersah mit Bedacht die Traube von Mädchen und Frauen, die sich hinter Stinas Hütte versammelt hatte, um die Vorgänge zu beobachten. Er glaubte Elsas blaue Mütze unter ihnen zu sehen, mochte aber nicht den Kopf wenden und sich vergewissern.

»Also, Heckram, du hast beschlossen, heute eine Hütte zu bauen?« fragte Bror mit lauter Stimme.

»Ja, es könnte sein. Ich dachte, es könnte ein nützlicher Ort zur Aufbewahrung meiner Sachen sein.« Die Männer gaben sich betont beiläufig, als sie ihm über die Lichtung und den Hang hinauf folgten. Schweigend sahen sie zu, wie Heckram den Schnee von einem Flecken Erde fegte und dann ein langes knöchernes Torfmesser tief in den Boden stieß. Sorgfältig schnitt er ein Rechteck in die Oberfläche des freigelegten Bodens und löste die Grassode mit ihrem dichten Wurzelgeflecht und der anhängenden Erde mit einer hölzernen Hacke heraus. Erdbrocken fielen herab, als er diesen ersten Baustein zu seiner Hütte aufhob und in den Armen den Hang hinuntertrug, als wäre er ein zarter Säugling. Vorsichtig senkte er die Grassode auf den Boden und klopfte sie dort fest, wo er sie haben wollte. »Und hier ist der Anfang der Wand«, sagte er mit lauter Stimme.

Darauf hatten sie alle gewartet. Plötzlich erschienen Werkzeuge und Schlitten. Einige, ungeduldiger als die anderen, hatten bereits ihre Grassoden herausgeschnitten, während sie auf Heckrams Ankunft gewartet hatten. Diese wurden nun vom Schlitten abgeladen und an seine Grassode gelegt. Bald war der kreisförmige Grundriß der neuen Hütte ausgelegt, und die Männer kamen und gingen und fügten weitere Soden hinzu. In Größe und Form würde die Hütte einem Zelt ähneln, aber ihre dicken Erdwände boten mehr Schutz vor Wind und Wetter. Kräftige Pfosten und Stangen erschienen, um den Eingang einzurahmen und als Dachsparren zu dienen. Das Dach selbst war aus Birkenzweigen und Rindenstücken, die auf Fichtenstangen lagen und mit Moos abgedichtet wurden. Als die Männer vom Einsammeln der Materialien zurückkehrten, fanden sie, daß jemand eine Rentierhaut an den Türrahmen gehängt hatte. Sie machten keine Bemerkung darüber, auch nicht über die dichte Schicht von Birkenzweigen, die am Boden der Hütte erschien, während sie fortgegangen waren, um ihre zweite Ladung Material zum Eindecken des Daches zu holen. Lasse winkte Heckram vom Dach, als er hinaufklettern wollte, um die letzten Rindenstücke um das Rauchloch anzuordnen. »Du bist zu schwer. Du wirst das ganze Dach zum Einsturz bringen.« Gewandt wie ein Eichhörnchen kletterte der Junge hinauf und legte letzte Hand an das Dach.

Heckram ging um die Hütte herum und hielt Ausschau nach Spalten, die mit Moos verstopft werden mußten, oder Stellen, wo die Soden vielleicht ungleichmäßig gesetzt waren. Aber es war eine gute, fest und sorgfältig gebaute Hütte, die für viele Jahre dem Schnee und dem Regen standhalten würde. Wenn er im nächsten Herbst zu ihr zurückkehrte, würden die Wände ihr eigenes Leben angenommen haben. Kleine Pflanzen würden sich ansiedeln, Gräser und Moos würden die Wände mit ihrem Grün überziehen und vor Abtragung durch Wind und Wetter schützen. Er nickte befriedigt, dann schob er die Türhaut beiseite und trat ein. Die kahlen Birkenzweige knackten unter seinen Füßen. Die anderen Männer drängten sich in der Türöffnung und spähten in die neue Hütte.

»Keine Herdsteine!« bemerkte Bror mit lauter Munterkeit. »Es wird eine kalte Hütte sein, ohne ein Herdfeuer zum Erwärmen und Kochen!« rief Lasse in die kalte Luft.

»So wird es sein«, stimmte Heckram zu. Die anderen Männer nickten mitleidig, als Heckram wieder zum Vorschein kam, gebückt in der niedrigen Türöffnung. »Aber was versteht ein Mann davon, wie man einen Herd baut?«

»Überhaupt nichts!« rief Stina. Sie liebte die Zeremonien einer Eheschließung und war immer die erste Frau, die das Wort ergriff. »Aber hier kommt eine Frau, euch zu zeigen, wie es gemacht wird! Ich bringe dir einen Stein für deinen Herd!« Sie tappte vorwärts, so schnell ihre steifen Beine es erlaubten, um Heckram spöttisch ein bröckelndes Stück Schiefer zu präsentieren, nicht größer als ihre Faust. Aber Heckram nahm es mit ernster Miene entgegen und machte viel Aufhebens mit der Untersuchung des Steines.

»Es sieht wie ein feiner Herdstein aus«, erklärte er

und zog damit einen Chor höhnischer Zurufe von den Frauen auf sich. »Aber er ist nicht wie die Steine, die meine Mutter verwendete. Ich werde weder deinen Herdstein noch dich in meine Hütte aufnehmen, Frau!«

Stina zog eine Grimasse tiefer Enttäuschung und kehrte in die Reihen der Frauen zurück. Ibba kam herbei, um ihm einen kopfgroßen runden Felsbrocken anzubieten. Wieder untersuchte er ihn mit ernster Miene, befand jedoch, daß er nicht so sei wie die Steine im Arran seiner Mutter. Eine Frau nach der anderen trat zu ihm, und er untersuchte einen Stein um den anderen und wies sie alle zurück, und das Gelächter der Versammelten wurde lauter, weil die Steine immer ungeeigneter für einen Herd wurden. Zuletzt kam Tranta, Elsas Freundin, und beleidigte ihn, indem sie ihm eine Handvoll Kieselsteine und Rindenstücke für seinen Herd anbot. Wieder lehnte er ab und fragte die Umstehenden mit lauter Stimme: »Gibt es hier keine Frau, die einen Herd bauen kann, der zu einer neuen Hütte wie dieser paßt?«

Die Gruppe der Frauen teilte sich, und Elsa trat näher. Ihre Wangen waren noch rosiger als gewöhnlich, ihre Augen glänzten. Sie trug eine neue Mütze aus roter Wolle, und ihr schwarzes Haar schimmerte, wo es darunter hervorlugte. Statt eines Mantels aus Rentierfell trug sie einen Umhang aus weißem Fuchspelz über einem gewebten knielangen Wollkleid mit bestickten Säumen. Beifälliges Gemurmel erhob sich ringsum, als sie sich langsam der Hütte näherte. Mit beiden Händen hielt sie einen schönen flachen Herdstein.

Heckram nahm ihn feierlich aus ihren Händen entgegen, und ihre Blicke begegneten einander, als er das Gewicht des Steines übernahm. Er drehte ihn in seinen großen Händen, untersuchte ihn mit ernster Miene von allen Seiten, bis die Menge über die Verzögerung zu murren begann. Elsas dunkle Augen waren groß, als er endlich von dem Stein aufblickte. Er versuchte den Schalk aus seinen Augen zu verbannen.

»Dies, als einen Herdstein?« fragte er in zweifelndem Ton, und auf die empörten Zurufe der Frauen ließ er den Scherz hastig fallen und fügte hinzu: »Er wird den feinsten Arran abgeben, an dem sich je ein Mann gewärmt hat. Deinen Herdstein werde ich in die Hütte aufnehmen, und dich mit ihm.« Er legte ihn feierlich zurück in ihre Hände und trat ins Innere der Hütte, um sie einzulassen. In der Mitte, unter dem Rauchloch, war eine Fläche frei von Birkenzweigen geblieben. Hier legte sie den Stein ab. Sie arbeitete sorgfältig, um ihn in die Erde zu setzen. Alles war still, als sie die Hütte verließ und dann mit einem weiteren Stein zurückkehrte, den sie neben dem ersten in die Erde bettete. Der Vorgang wiederholte sich noch zweimal, und zuletzt kam sie mit einer brennenden Fackel, die sie am Herdfeuer ihrer Mutter entzündet hatte. Ihre Mutter, Missa, und Ristin folgten ihr und trugen Holz für das neue Feuer. Unterdessen war es Abend geworden, und die Fackel brannte sehr hell im Zwielicht. Wieder hob Heckram den Vorhang am Eingang, um sie einzulassen. Diesmal folgten ihr Missa und Ristin, und die Gesichter der anderen drängten sich in der Türöffnung, als Elsa niederkniete, um das erste Feuer auf den neuen Herdsteinen zu entzünden.

Als die Flammen heiß und hoch aufloderten, kam sie an Heckrams Seite. Zusammen wandten sie sich den Leuten zu, die in der Türöffnung und davor zusammengedrängt standen. »Warum steht ihr draußen in der kalten Nacht herum?« fragte Heckram. »Kommt und wärmt euch an dem schönen Feuer, das meine Frau auf unseren Herdsteinen gemacht hat.«

Und Elsa rief: »Steht nicht unter dem Himmel! Kommt in die feste Hütte, die mein Mann für mich gebaut hat, und wärmt euch. Wir sind arme Leute, gerade erst miteinander verbunden, aber wir werden mit euch teilen, was wir haben.«

Die Stille löste sich in einem Stimmengewirr auf, als

die Gratulanten sich hereindrängten. Alle bewunderten laut die dichten Wände und die hellen Flammen des Feuers. Dann fand einer nach dem anderen etwas an dem neuen Heim auszusetzen. »Gibt es nichts zum Niedersetzen als Birkenzweige?« verlangte Kuoljok zu wissen. »Nun, ich habe hier ein armes Kaninchenfell, das die Zweige von der Haut fernhalten mag!« Mit diesen Worten entrollte der Brautvater ein fein gegerbtes Bärenfell vor dem neuen Herd.

»Wollen sie ihren Gästen nichts zu Essen anbieten?« schnaufte Stina. »Nun, ich habe einen kleinen Topf Tee, den ich erübrigen kann.« Mit angestrengtem Grunzen setzte sie einen schweren Topf mit Schmorfleisch, das von der Hitze ihres eigenen Herdes noch siedete, auf die Steine des neuen Arran.

»Und wie sollen sie darin rühren? Mit einem Stock oder einem Finger?« fragte Ibba. Und sie tauchte eine frisch geschnitzte Knochenkelle tief in das schmackhafte Gericht.

»Das muß eine faule Frau sein, die keinen Käse für den Winter beiseite gelegt hat«, sagte Lasse mit kummervoller Miene und machte sich daran, sechs große Käse an die neuen Dachsparren zu hängen.

Heckram und Elsa konnten nur auf dem Bärenfell vor dem neuen Herdfeuer sitzen und ihre Armut und Unfähigkeit zur Gründung eines Hausstandes zugeben, während ihre Freunde und Verwandten zu der neuen Herdstelle beitrugen. Morgen würden sie ihre Habseligkeiten aus ihren alten Hütten herbeischaffen, aber heute abend würde ihre Bequemlichkeit von der Großzügigkeit anderer abhängen. Elsas Augen leuchteten, als ihre Finger das Bärenfell streichelten, auf dem sie saßen. Ristin brachte Fleischstücke auf Spießen, die um das Feuer zwischen die Herdsteine gesteckt wurden, und erzählte dabei den anderen, wie erleichtert sie sei, ihren faulen Sohn aus ihrer Hütte hinauszubekommen. Missa, die Käse schnitt und etwas von dem Schmorgericht in Schalen füllte, vertraute den Gästen mit lauter Stimme an, daß ihre Tochter keine Ahnung habe, wie man ein Heim warm und wohlversorgt erhalte. Gelächter begrüßte jede abfällige Bemerkung, und die Prophezeiungen von Unglück und Elend wurden immer abenteuerlicher, als jeder Gast an die Reihe kam.

»Ein so schlechter Jäger wird seine Frau mit Fröschen und Mäusen ernähren.«

»Das Haar wird sich von den Fellen lösen, die sie gerbt, und ihre gewebten Stoffe werden auseinanderfallen!«

»Seine krummen Pfeile werden in die Bäume fliegen, und ihre Käse werden ranzig und verdorben sein.«

»Komme ich zu spät, um einen Stein für den Herd anzubieten?«

Alle Augen richteten sich auf den Eingang und den Neuankömmling, der dort stand. Es war Kari, die es fertigbrachte, zugleich furchtsam und hochmütig auszusehen. Kein anderes Familienmitglied des Stammesführers hatte es für nötig befunden, an dieser Feier teilzunehmen. Die Mißachtung war nicht unbemerkt geblieben, obwohl niemand davon gesprochen hatte. Nun kam sie unerwartet, und niemand machte Anstalten, sie willkommen zu heißen. Ihre Wangen erröteten dunkelrot, und ihre Augen leuchteten. In der ausgestreckten Hand hielt sie einen Klumpen Bernstein von der Größe ihrer Faust. Kualjok keuchte hörbar. Stille sank herab wie dichter Schneefall, als alle Versammelten auf die Kostbarkeit starrten. Es war ein als peinlich empfundenes Geschenk, außerhalb ihrer Tradition. Die Stille zog sich in die Länge, das Unbehagen des Mädchens wuchs.

Lasse beendete die Peinlichkeit mit dem Ausruf: »Einen Stein wie diesen sah ich nie im Herd meiner Mutter!« Die Gäste lachten nervös.

»Ich werde ihn beim Arran niederlegen«, erklärte Kari. Ihre Stimme schnappte vor Aufregung über. Alle Blicke folgten ihr, als sie zum Herdfeuer trat und niederkniete, um den gelben Klumpen vor das neue Paar zu legen.

Stina blickte zu Lasse und räusperte sich in der alten Kehle. »Leg ihn nicht da hin! Elsa wird ihn mit dem Feuerholz durcheinanderbringen und versuchen, ihn zu verbrennen!«

Der Scherz war treffend genug für Leute, die gern ungezwungen sein wollten. Der peinliche Augenblick verging, und Stimmengewirr und Gelächter stiegen wieder in die Nacht empor. Kari blickte dankbar zu Lasse, und der antwortete, indem er ihr etwas vom frisch gerösteten Fleisch anbot.

Die Stimmen wurden lauter; ein Faß Juobmo wurde geöffnet und später ein Faß Bier. Jemand brachte Würste von den Trockengerüsten herein. Das Herdfeuer wurde frisch genährt, so daß die Flammen wieder hoch aufloderten. Ristin machte einen weiteren Gang zum Trockengerüst. Die Luft in der Hütte wurde dick von den Gerüchen der Menschen, dem gerösteten Fleisch und Bier. Dunkle Augen glänzten und breite Gesichter erröteten, als unverheiratete Frauen ungeniert mit den jungen Männern scherzten, während die älteren Paare sich herzerwärmenden Erinnerungen an ihr eigenes Zusammenfinden hingaben.

Mehrere Rentierfelle zierten inzwischen den mit Zweigen bestreuten Boden, und verschiedene Werkzeuge und Geräte hingen von den Dachsparren. Diese Menschen, die ärmeren Leute des Stammes, waren großzügig gewesen. An der Wand lehnte eine Komse aus Holz und Leder in der ruhigen Erwartung, daß Elsa sie füllen werde, bevor das Jahr zu Ende ging. Diese Wiege des Nomadenvolkes war mit Gurten ausgestattet, an denen der Säugling an einem Packsattel befestigt oder an einen Baumast gehängt werden konnte. Das Stimmengewirr der Feiernden, unterbrochen von jähen Lachsalven, drang hinaus in die kalte Nachtstille. Und Elsa beugte sich näher zu Heckram und bemerkte leise:

»Es ist so spät, daß man denken könnte, sie sollten ihre eigenen Herdstellen aufsuchen.«

»Aber die Nacht ist noch jung«, protestierte er. Dann aber, als er in ihr Gesicht blickte und ihre warme Zuneigung sah, fühlte er ein ähnliches Empfinden in sich. Sie kniete neben ihm auf dem Bärenfell. Plötzlich wurde ihm die Wärme ihres Schenkels an seinem Bein bewußt. Ihre Lippen öffneten sich in einem Lächeln, als sie die erwachte Begierde in seinen Augen sah. Ohne sich um die anderen zu kümmern, beugte er sich zu ihr und küßte sie. Ihr Mund war feucht unter seinem, und warm, und schmeckte nach dem Bier aus dem Süden.

Lasses Grinsen entging ihm, aber er hörte es in seiner Stimme, als er vernehmlich gähnte und ausrief: »Manch einer muß morgen auf die Jagd gehen und braucht seinen Nachtschlaf.« Er stand gemächlich auf.

»Kuoljok sagte, er sah Wolfsspuren auf dem südlichen Kamm«, meinte Ristin. »Ich denke, ich werde dort morgen mein Glück versuchen.«

Lasse hielt das Rentierfell an der Tür auf, und Kari schlüpfte hinaus in die Nacht. Ibba und Bror folgten ihr.

»Es ist doch keine gar so schlechte Hütte«, bemerkte Kuoljok, und Missa nickte. Ihre Augen glänzten feucht, als sie sich von der Herdstelle ihrer Tochter abwandte.

»Das Feuer brennt gut«, sagte Ristin und ging den beiden nach.

Heckram und Elsa saßen vor ihrer Herdstelle, als ihre Gäste sich mit verschiedenen belanglosen Bemerkungen verabschiedeten und in die Nacht hinausschlüpften. Stina verweilte noch ein wenig, nachdem die anderen gegangen waren, häufte das Brennholz an und nahm einen Topf von den heißen Steinen. Sie blickte zu den beiden hin, öffnete den Mund, um etwas zu sagen, und beschränkte sich dann auf ein kurzes Kopfnicken. Nachdem das Fell an der Türöffnung hinter ihr zugefallen war, herrschte Stille in der Hütte. Nur das neue Herdfeuer knisterte und knackte leise.

Elsa, plötzlich verlegen, beugte sich nach vorn und stocherte in den brennenden Scheiten des Herdfeuers. Ihr Rocksaum gab die Waden bis fast zu den Knien frei. Es war wie eine Einladung, und Heckram fühlte das Blut schwer und dumpf in den Adern pochen. Er richtete sich auf, zog sie mit sich hoch und an sich. Als sie ihr Gesicht an seiner Brust barg, fühlte er ihren warmen Atem durch das dünne Hemd und wurde sich wieder ihrer Kleinheit bewußt. Er sah auf die reine Haut ihres Scheitels im glänzenden schwarzen Haar. Sie blickte zu ihm auf, die Augen klar und feucht wie die dunklen Augen einer kleinen Vaja. Er sank auf die Knie, drückte sein Gesicht an ihr Hemd und liebkoste ihre Brüste durch den grobgewebten Stoff, während seine Finger an den Verschnürungen fingerten. Ihre Hände verfingen sich in seinem feinen Haar und zogen seinen Mund an die Festigkeit ihrer Brüste. Ihre Brustwarzen gemahnten ihn an Himbeeren, noch warm von der Mittagssonne, und ihre Schenkel waren glatt und kräftig wie poliertes Elfenbein. Die Wärme von ihrem neuen Herdfeuer erhitzte ihre entblößte Haut, und die geschenkten Felle waren seidenweich unter ihnen.

Spät in dieser Nacht stand sie auf, um Feuerholz nachzulegen. Er beobachtete sie aus der Wärme der Felle, als sie sich bewegte, golden im Widerschein der Glut, das Haar eine schwarze Welle, die ihr über die Schultern fiel, und war beinahe zufrieden. Dann stieß sie einen jähen Schreckensschrei aus und sprang von der Herdstelle zurück.

»Hast du dich verbrannt?« fragte er.

»Nein.« Sie wandte ihm den Kopf zu, und in ihren Augen standen Furcht und Sorge. »Einer von unseren Herdsteinen ist gesprungen.«

Bei einem älteren Ehepaar wäre es nicht mehr als ein Omen künftigen Streites oder eines beutelosen Jagdtages gewesen. Aber dies war eine neue Herdstelle, und ihre Verbindung war erst wenige Stunden alt. Es konnte keine schlimmere Vorbedeutung für eine neue Ehe geben als ein gesprungener Herdstein im frischgesetzten Arran, und Elsas Augen spiegelten ihr Wissen darum. Er wußte, daß sie Schelte von ihm erwartete, daß er sagen werde, sie habe die Steine schlecht ausgewählt oder das erste Feuer zu heiß gemacht. Statt dessen hob er nur die Felle und winkte sie zu sich.

Sie kroch zu ihm unter die warmen Felle, unsicher zuerst, aber bald schmiegte sie sich an ihn und streichelte das Haar auf seiner Brust. Später schliefen sie. Doch als er erwachte, konnte er sich nur erinnern, daß er von beladenen Schlitten geträumt hatte, die zu den südlichen Handelsorten fuhren. Der Morgen war kalt, und das Feuer auf dem zersprungenen Herdstein war erloschen.

- 12 -

Aber ich dachte, wir wollten zu der Herde, um nach unseren Tieren zu sehen.«

»Es liegt am Weg. Und es wird nicht lang dauern.«

»Es liegt nicht am Weg«, widersprach Elsa. »Und ich verstehe nicht, warum wir überhaupt Zeit damit vertun sollten. Warum willst du heute einen Besuch machen?«

Heckram schob seine Skier weitere drei Schritte durch den verharschten Schnee, bevor er antwortete: »Nur so.« Seine breiten Schultern hoben sich in einem Achselzucken. Er war froh, daß er vorausging und sie sein Gesicht nicht sehen konnte. Sie hätte sonst gemerkt, daß er mit etwas zurückhielt. Aber sie argwöhnte das auch so.

Es war einer jener seltenen Tage, die bisweilen mitten im Winter kamen und daran erinnerten, daß der Frühling näherrückte, daß das Leben des Waldes unter der kalten weißen Schneedecke nur schlief, sich aber schon unmerklich zu regen begann. Der Himmel war von einem bodenlosen Blau, von dem sich das Dunkelgrün der Fichten scharf abhob. Auf dem Schnee lag ein eigenes Licht, wie es nur der Vorfrühling kannte, ein so helles Glitzern, daß Heckram blinzeln mußte und Tränen in den Augen fühlte. Und dazu war es ungewöhnlich mild. Die Natur zeigte das Bild einer Vollkommenheit, der nichts von Menschen Gemachtes auch nur nahekommen konnte. Jeder dunkel benadelte Zweig trug eine leichte, im Abtauen begriffene Schneebedeckung. Sie überquerten eine offene Stelle, wo hohe Gräser durch den Schnee stießen. Im Schatten war jeder Stengel noch von der Nacht mit weißen Reifkristallen besetzt, die den dürren Rispen und Distelköpfen unwirkliche Schönheit verliehen. In den schattigen Waldsenken, wo die Nachtkälte sich noch halten konnte, prickelte der Frost auf den Wangen. Wo die Sonne schien und der Blick sich weitete, wärmte nicht nur die Schönheit der Landschaft das Herz; auch unter den Fellmänteln wurde es warm.

»Aber warum? Wir brauchen nichts von der Heilerin. Und es liegt wirklich nicht am Weg; die Herde ist westlich von hier, auf den Hügeln dort.«

Er blickte nicht zurück, um zu sehen, wohin ihr Stock zeigte. Er wußte es selbst. Ein Monat mit ihr, und er kannte sie bereits allzugut. Er wünschte, daß sie still wäre und den Tag beschaute, wie er ihn betrachtete, um den Zauber des Tages, den Rauhreif auf den Gräsern, den Sonnenschein und die abwechselnd warme und kalte Luft mit ihm zu teilen.

»Ich möchte den Jungen besuchen«, sagte Heckram und überraschte sich selbst mit der Aufrichtigkeit seiner Worte. »Er ist zuviel allein.«

»Er ist bei seiner Mutter«, entgegnete Elsa. »Wenn sie dächte, er sei zuviel allein, würde sie ihr Zelt näher zum Talvsit verlegen. Aber ich glaube, sie hält ihn absichtlich allein.«

»Vielleicht.« Heckrams Stimme klang grimmig, und

seine Schultern arbeiteten mehr als nötig, während er sich mit den Stöcken weiterschob.

»Nun, du weißt, wie er ist. Ich glaube nicht, daß er mit den anderen Kindern zurechtkommen würde. Sie haben nichts gemeinsam. Also wäre er selbst dann allein, wenn sie ganz ins Talvsit zögen. Ich habe eine Idee, Heckram. Laß uns zuerst die Herde suchen und nach den Tieren sehen. Und dann, auf dem Rückweg, wenn wir noch Zeit haben, werden wir bei der Heilerin haltmachen und sie besuchen.«

»Ihr Zelt liegt in der nächsten Talmulde hinter dieser Höhe«, erwiderte er und stieß sich weiter voran, kämpfte sich mit einer Wut den Hang hinauf, der Elsa in ihrem Bemühen, mit ihm Schritt zu halten, alles abverlangte.

Der Schnee um das Zelt war zertrampelt und von anderen Skispuren durchzogen. Offenbar hatten auch andere vom Hirtenstamm Ursache gehabt, die Kenntnisse der Heilerin in Anspruch zu nehmen. Tillu war draußen vor dem Zelt und spannte das Fell eines Renkalbs auf einen Rahmen. Sie sah sehr klein aus, wie sie da im Schnee kauerte. Sehr allein, als ob ihr Zelt das einzige auf Erden wäre. Kerlew war auf der anderen Seite des Zeltes. Er hielt einen langen Stab in der Faust und machte ein ausgeklügeltes Schauspiel aus der Pirsch auf einen Baumstumpf. Seine Bewegungen waren stilisiert, mehr Tanz als Spiel. Sein Körper bewegte sich wiegend und leichtfüßig, ganz anders als in seiner üblichen unbeholfenen Art. Bald beugte er sich vornüber und kämpfte sich auf den Baumstumpf zu, als ob er sich gegen einen Sturm vorwärtsarbeiten mußte, bald erhob er sich auf Zehenspitzen und bedrohte den Baumstumpf mit kurzen zustoßenden Hieben seines Stabes. Der leichte Wind trug Heckram einzelne Worte seines Singsangs zu. Sie waren in keiner Sprache, die Heckram je gehört hatte. Er stand still und beobachtete.

»Siehst du, was ich meine?« sagte Elsa. »Was für eine

Art von Spiel ist das, bei einem Jungen seines Alters? Warum tut er nichts Nützliches, um seiner Mutter zu helfen?« Ihr kleines Gesicht zeigte einen Ausdruck von Mißbilligung, der ihre Züge hart und alt machte. Heckram wandte den Blick von ihr.

»Er ist bloß ein Junge«, sagte er in freundlichem Ton und stieß sich ab. Einen Augenblick später hörte er das Zischen ihrer den Schnee durchschneidenden Skier, als sie ihm folgte.

Kerlew sah sie zuerst und rannte ihnen mit einem Freudenschrei entgegen. Er kam direkt auf Heckram zu, der in einem ungeschickten Manöver, das ihn beinahe in den Schnee geworfen hätte, haltmachen mußte, um den Jungen nicht zu überfahren. Er hörte einen ärgerlichen Ausruf von Elsa, aber sie konnte ihm und Kerlew noch rechtzeitig in einem eleganten Bogen ausweichen und gelangte als erste vor dem Zelt an. Tillu erhob sich mit steifen Bewegungen von ihrem Spannrahmen und begrüßte sie mit deutlicher Überraschung. Und Heckram war allein mit Kerlew.

Sie grinsten einander an, in einem Einvernehmen, das auch ohne Worte vollständig war. Kerlew umfaßte sein Handgelenk mit beiden Händen. »Du mußt kommen und das Kalbfell sehen. Ich habe es selbst abgezogen, ganz vorsichtig, mit dem Rentiermesser, das du mir gabst. Tillu hat kein so gutes Messer.«

»Hm.« Heckram merkte es sich. »Dann bist du zu einem guten Jäger geworden, kleiner Mann?«

Kerlew zuckte die Achseln in der abschätzigen Gebärde eines Mannes, der seinen Stolz verbergen will. »Das Kalb war klein«, sagte er beiläufig, »aber es wird meiner Mutter zu essen geben, bis ich ein anderes erlegen kann. Heute mache ich den Jagdtanz, der mir Glück bringen soll.« Der Junge machte eine Pause, dann sagte er angelegentlich: »Vielleicht magst du morgen mit mir auf die Jagd gehen?«

Diese versteckte Bitte konnte Heckram nicht abschlagen. »Vielleicht«, antwortete er, schon mit Plänen beschäftigt. Er blickte hinunter zum Zelt, wo Elsa und Tillu standen. Elsas Haltung, die Art, wie sie die Schultern hielt, ließ erkennen, daß die Situation von Gezwungenheit und Verlegenheit bestimmt wurde. Sowohl sie als auch Tillu blickten über die Lichtung zu ihnen her. Er tat gut daran, sie nicht länger warten zu lassen. »Hier«, sagte er zum Jungen, »stell deine Füße hinten auf meine Bretter. Nein, du mußt dich an mir festhalten, ich brauche die Stöcke. Wenn ich meine Füße bewege, bewegst du deine mit. Zuerst den linken... jetzt den rechten. Fertig? Also los!«

Es war ein kurzes Stück über die Lichtung, und das Gefälle so gering, daß Heckram mit den Stöcken nachhelfen mußte, aber der Junge jauchzte vor Vergnügen. Sein Griff um Heckrams Hüften war überraschend kräftig. Das letzte ebene Stück war schwieriger, nicht so sehr wegen des Jungen, der hinter ihm auf den Brettern stand, sondern vielmehr wegen der zwei Gesichter, die ihn erwarteten. Das Lächeln in Tillus Zügen war vorsichtig und dünn, während Elsas warnender Ausdruck schon allzu vertraut zu werden begann. Sie mißbilligte diese Albernheit und die Zeit, die sie verschlang.

»Steig ab«, sagte er zu dem Jungen, als sie bei den Frauen anhielten. Aber Kerlews Arme umklammerten seine Hüften noch einen Augenblick länger und verstärkten ihren Druck in einer kurzen dankbaren Umarmung, bevor sie losließen und Kerlew von den Brettern stieg. Sein kleines Gesicht strahlte vor Aufregung.

»Und nun wirst du mein Kalbfell anschauen und dann im Zelt meiner Mutter Tee trinken!« rief Kerlew.

»Ich fürchte, wir können nicht so lange bleiben«, warf Elsa ein. »Wir müssen heute nach der Herde sehen, also haben wir noch einen weiten Weg vor uns. Und wir müssen früh genug hinkommen, damit wir vor dem Dunkelwerden zurück sein können.«

In Kerlews Gesicht erlosch das Licht wie wenn die

Sonne hinter einer Wolke verschwunden wäre. Elsa fuhr fort: »Ich sagte Tillu gerade, daß wir nur auf dem Weg vorbeischauen wollten. Es ist ein hübsches Kalbfell; schade nur, daß es beim Abhäuten eingeschnitten wurde.«

Heckram zauste Kerlews Haar in einer Geste, die beinahe besitzergreifend war. »Ein paar Schnitte in einem Fell machen nicht viel aus. Eine geschickte Frau kann sie immer zunähen.«

Tillu sah ihn dankbar an. »Wenn ihr ein paar Augenblicke bleiben wollt«, sagte sie, und ihr Blick ging rasch von Heckram zu Elsa, »könntet ihr eine Schale mit heißem Tee trinken, um euch aufzuwärmen. Und ich habe Talg, von dem Kalb. Ich könnte das Einreibmittel für dich mischen, Elsa. Für deine Schulter.«

»Ich habe heute nichts zum Tauschen bei mir«, sagte Elsa. Die kühle Förmlichkeit in ihrer Stimme war unverkennbar.

»Das ist nicht nötig«, sagte Tillu. »Als du mir die Nadeln und die Dose gabst, sagte ich, daß ich dir das Einreibmittel machen würde. Die Zubereitung dauert nur einen Moment.« Sie blickte von Elsa wieder zu Heckram, offenbar verwundert über Elsas Mißvergnügen. Dann fiel ihr Blick auf Kerlew. Er kauerte neben Heckram im Schnee, und seine Finger befühlten das Muster der Linien und Farben, das Heckrams Skistock schmückte. Ihre Augen wurden schmal, und stumpfe Hinnahme verdrängte die Lebhaftigkeit ihres Blickes. »Natürlich, wenn ihr in Eile seid, könntet ihr ein andermal kommen, es zu holen. Wann immer es euch paßt. Kerlew! Lauf ins Zelt und bring mir den anderen Schaber. Ich glaube, er ist bei dem Arzneibeutel.«

Der Junge gehorchte zögernd. Und da war es wieder, dachte Heckram, während er sein aufgesetztes freundliches Lächeln beibehielt. Die Füchsin witterte Gefahr für ihren Welpen und jagte ihn zurück in den Bau. War dies der Grund, daß sie abseits von allen Menschen lebten?

Er erkannte, daß Elsa recht hatte. Die Frau lebte absichtlich allein hier draußen. Nicht um Kerlew der Gesellschaft anderer zu berauben, sondern um ihn vor der Gefahr anderer Menschen zu schützen. Um ihn vor unfreundlichen Blicken und spöttischen Worten zu schützen und vor Anrempeleien und Schlägen, wenn niemand hinsah. Etwas in seiner Brust zog sich schmerzlich zusammen.

»Ich möchte Kerlew heute mit uns nehmen«, sagte er plötzlich. Er hatte schon seit dem Morgen mit dem Gedanken gespielt. Aber nun schien die Idee neue Bedeutung zu gewinnen. Tillu blickte abwehrend und wachsam, während Elsa nach Luft schnappte, als ob er sie mit kaltem Wasser übergossen hätte.

»Wie soll das möglich sein, Heckram? Wir sind auf Skiern. Er könnte niemals Schritt halten.«

»Er könnte hinten auf meinen Brettern stehen. Oder auf meinen Schultern sitzen. So groß ist er nicht, Elsa.« Heckram sprach langsam und überlegt.

»Aber er hielte uns auf«, wandte sie ein. »Und wir haben mit dem Aufenthalt hier schon Zeit verloren. Nein, Heckram, das können wir nicht tun, nicht heute.« Ihre Stimme war höflich, aber entschieden.

Und Tillu sagte: »Das Angebot ist sehr freundlich, aber der Junge hat Arbeit zu tun.«

Mit Elsa hätte er reden können, aber Tillus Worte ließen keinen Raum für Einwände. Er blickte sie an, sah einen Augenblick die Wachsamkeit, die nicht erlauben würde, daß ihr Sohn in irgendeine Lage käme, wo sie ihn nicht würde schützen können. Dann war ihr Gesicht höflich und leer, und sie blickte weg.

»Ich hatte gehofft«, sagte er, »den Jungen morgen mit auf die Jagd zu nehmen.«

»Aber Heckram …«, unterbrach ihn Elsa in offensichtlicher Bestürzung.

»Nein«, sagte Tillu sofort, »morgen werde ich ihn hier brauchen. Ihr müßt sehen, wie es ist. Der Junge und ich leben hier allein. Ich brauche Kerlew für viele Verrichtungen; ich kann nicht erlauben, daß er mit dir geht.«

»Mutter!«

Es war ein gequälter Aufschrei: Kerlew war still aus dem Zelt hinter ihr gekommen. Der Schaber fiel ihm aus der Hand, als er zu Heckram sprang. Sie faßte ihn am Kragen und zog ihn zurück. »Sie haben es eilig«, sagte sie mit fester Stimme. Kerlew wand sich und zappelte, und ihre Knöchel wurden weiß vor Anstrengung, ihren Griff zu halten. »Sie müssen jetzt gehen, Kerlew, und du mußt bei mir bleiben. Bist du nicht der Mann dieses Zeltes? Hast du nicht eigene Aufgaben, die dich beschäftigen?«

Kerlew warf Elsa einen schnellen Blick zu, sah ihre Mißbilligung der ganzen Szene. Er richtete seine Augen, die groß und glänzend vor Verzweiflung über den Treubruch waren, zu Heckram. Es war ein Blick, dem Heckram nicht standhalten konnte. »Vielleicht ein andermal, Kerlew«, murmelte er und bückte sich, um sich imaginären Schnee von den Beinlingen zu wischen.

Plötzlich hörte Kerlew auf, sich gegen Tillus Griff zu wehren. Ganz still stand er, und als Heckram in sein kleines Gesicht aufzublicken wagte, war es verschlossen. So ausdruckslos leer wie Tillus. »Und vielleicht nicht«, sagte er mit zitternder Stimme. Dann kam seine Sprache schneller, und die Worte purzelten und stießen sich über die unbeholfene Zunge. »Es ist nicht so, daß ich viel Zeit übrig hätte. Jagen ist schön, aber ein Schamane muß sich um viele andere Dinge kümmern. Es gibt eine Welt, die andere Menschen nicht sehen, die Welt, in der ein Schamane sich bewegt. Dort bin ich mehr von einem Mann, als ihr euch vorstellen könnt, ja, und dort beschütze ich meine Mutter und bringe ihr Tiere, die sie erlegen kann. Dort gehe ich und rufe Carp, und er wird kommen, sehr bald wird er kommen, und ich werde keine Zeit haben, auf die Jagd zu gehen, nein, auch keine Zeit, einen Bogen zu gebrauchen, also hat es keinen Zweck, wenn du mir einen machst, denn ich würde ihn nie gebrauchen, er läge nur in einem Winkel…«

»Wir müssen gehen«, sagte Elsa mit Unbehagen. Sie stieß ihre Skistöcke in den Schnee, wendete ihre Skier und brachte sich mit kräftig abstoßenden Schwüngen ihrer Arme in Fahrt. Heckram wurde sich verspätet bewußt, daß er ihr folgte und Kerlews Worte hinter sich auf den Schnee fallen ließ. »Es tut mir leid«, sagte er, obwohl er wußte, daß der Junge ihn nicht hören konnte. Er mußte sich beeilen, um mit Elsa Schritt zu halten; er konnte nicht zur Lichtung zurückblicken, wo Kerlew plapperte und die Worte wie nutzlose Geschosse gegen seinen eigenen Schmerz von sich schleuderte. Ihm war, als wäre etwas in ihm zerrissen, und das zerrissene Fleisch war wund, sehr wund.

Vom Kamm der Anhöhe wagte er einen Blick zurück. Tillu kniete wieder bei dem Fell und arbeitete mit dem Schaber. Kerlew kauerte im Schnee. Das Gesicht in den Händen. In seinem Kummer schaukelte er mit dem Oberkörper vor und zurück. Er sah viel jünger aus, als er war. Der Schmerz des Jungen drückte Heckram das Herz ab. »Warum geht sie nicht zu ihm, nimmt ihn in den Arm, tröstet ihn?« stieß er hervor.

Elsa blickte über die Schulter zurück. »Was sagtest du?« Sein Zorn flammte auf. »Warum mußtest du dich so benehmen? Konntest du nicht sehen, wie tief der Junge verletzt war?«

Ihr Gesicht wurde steinern. »Ich sah nur einen ungezogenen kleinen Jungen. Einen Jungen, dessen Mutter ihn besser erziehen sollte. Kein Wunder, daß sie abseits von anderen Menschen leben müssen. Wer könnte ein Kind wie dieses in einem Dorf dulden?«

»Ich.«

Elsas Miene erwärmte sich. Sie kam an seine Seite, legte ihren Fäustling auf seinen. »Ich weiß, daß du es könntest. Wer hätte gedacht, daß ein Mann wie du sich so in einen Jungen vernarren kann?« Ihre Hand fuhr seinen Arm hinauf. »Wir haben zu lange gewartet, du und ich. Aber sei jetzt nicht ungeduldig. Ich bin ganz sicher, daß nächstes Jahr um diese Zeit ein kleines Kind in der Komse sein wird. Ein Junge vielleicht, der aussehen wird wie du und der groß und stark werden wird. Ein Junge, der dein eigen sein wird, den du erziehen und mit dem du spielen und auf die Jagd gehen kannst. Du wirst einen eigenen Sohn haben, mit dem du diese Dinge teilen kannst, Heckram. Ein aufgewecktes, wohlerzogenes Kind.«

Er blickte ihr ins Gesicht, sah ihre eigene Sehnsucht. Sie würde eine gute Mutter sein, voller Träume für ihre Kinder. Sie würde dicke, gesunde Säuglinge zur Welt bringen, sie eifersüchtig behüten, solange sie klein wären. Und wenn sie älter wären, würde sie ihre Kinder in die Unabhängigkeit entlassen, wie Blätter, die man in einen Bach streut. Er sah ihr ins Gesicht und erkannte die Richtigkeit ihres Wunsches. Es würde Kinder für sie geben, einen eigenen Jungen, der nichts von Kerlews Andersartigkeit haben würde. Ihr Sohn würde ein guter Jäger sein, gesund und stark, alles, was ein Vater erwarten konnte. Einen Jungen, auf den man stolz sein konnte, ohne Kerlews Unbeholfenheiten und Schwierigkeiten. Elsa und er würden eine gute Familie gründen. Ihre Kinder würden gedeihen. Aber …

»Was ist mit Kerlew?«

Elsa zog die Brauen zusammen, dann milderte sie die Reaktion mit einem Lachen. »Einfältiger Mann! Ist dein Herz so leicht gerührt? Er bedeutet uns nichts. Der Junge hat eine Mutter, die für ihn sorgt. Er ist gut aufgehoben. Du mußt die beiden ihrem eigenen Leben überlassen, Heckram. Wenn du dich einmischst, wirst du es für den Jungen nur schwieriger machen, wirst Wünsche in ihm wecken, die nicht erfüllbar sind. Laß sie ihr Leben führen, Heckram. Wir haben unser eigenes Leben auszufüllen.«

Sie zog seine Hand näher, drückte sie an ihre Brust. In ihrem Lächeln war ein zärtliches Versprechen. Er beantwortete es mechanisch mit einem eigenen Lächeln, bevor er sich sanft von ihr losmachte. Sie setzte die Stöcke ein und stieß sich ab, glitt schräg über den glitzernden weißen Hang hinunter, und er fuhr ihr nach. Aber eine Frage folgte ihm, hartnäckig wie ein Wolf auf warmer Fährte.

Was sollte aus Kerlew werden?

– 13 –

Er hätte bei Elsa bleiben sollen. Er wußte das, wußte auch, daß die anderen es von ihm erwartet hatten und entsetzt sein würden, daß er es nicht getan hatte. Aber er konnte nicht. Er mußte sich bewegen, seinem Tier und sich selbst Anstrengung abverlangen. Im Dahinsausen des Schlittens, im Schnaufen seines Atems und im dumpfen Schlagen seines Herzens, im Glitzern des Schnees und dem Vorüberhuschen schwarzer Bäume fand er Trost. Er tat etwas, stand nicht nur entsetzt und betroffen da. Er konnte vorgeben, eine gewisse Kontrolle über das zu haben, was geschah. Er floh vor dem eigenen Schmerz und Zorn. Und vor seiner Angst. Ja, Angst, aber nicht um sich selbst. Angst, daß alles geschehen konnte, wenn dies unter den Menschen des Hirtenstammes möglich war. Alles. Die Entrüstung, die seit Bruks Verstümmelung in ihm am Sieden war, kochte jetzt über und verbrühte seine Seele.

Vor wenigen Stunden noch war die Nacht ein behaglicher Ort am Herdfeuer gewesen, wo die Männer Gerätschaften ausgebessert, geschnitzt oder Tablo gespielt und die Frauen gewebt und geschwatzt hatten. Elsa und er waren zu Besuch in der Hütte ihrer Eltern gewesen. Missas Herdfeuer hatte seinen Schein auf alle geworfen, den Farben Wärme mitgeteilt und die Umrisse weicher gemacht. Er und Kuoljok hatten das Brettspiel auf die Reisekiste gestellt. Diese schwere hölzerne Truhe war früher einmal mit buntbemalten Mustern geschmückt gewesen. Inzwischen hatte die Patina des Alters und der häufigen Benutzung das Muster beinahe zum Verschwinden gebracht, und die Farben waren verblaßt. Doch im warmen Licht des Herdfeuers erschien sie durch ihre Narben schöner und ehrwürdiger als sonst.

Geradeso verhielt es sich mit den Gesichtern der Eltern. Kuoljoks Haar war dünn und schwarz und struppig; es umgab sein gefurchtes Gesicht wie eine Aureole. Er hatte tiefliegende schwarze Augen, in denen noch das Weiße bräunlich war, als sei ihm flüssige Farbe hineingeraten. Seine gelbliche Haut war braun und wettergegerbt, wo sie der Sonne und den Elementen ausgesetzt war. Er überlegte seinen nächsten Zug und versteckte ein schlaues Lächeln hinter einer Hand, die ganz Sehnen und Knöchel war. Auch Heckrams Mutter, Ristin, war gekommen. Sie arbeitete an einem farbigen Besatz für sein Hochzeitshemd, eine Arbeit, die sie immer wieder unterbrach, um Vergleiche mit der Webarbeit anzustellen, die Missa sich vorgenommen hatte. Die formelle Hochzeitszeremonie im Sommer verlangte, daß neue und reich geschmückte Festtagstracht getragen wurde. Dort im Hochland versammelten sich die Hirten vieler Stämme, und Capiams Stamm wurde nicht nur nach der Zahl seiner Rentiere beurteilt, sondern auch nach den Hochzeitsgewändern der versprochenen Paare. Die Mütter taten alles, um mit ihren farbenfrohen Webmustern Ehre aufzuheben.

Beide Frauen saßen steif aufrecht auf dem Boden aus Birkenzweigen und Fellen. Ihre Webgurte banden sie an den Mittelpfosten der Hütte. Während sie Pflanzenfasern, buntgefärbtes Wollgarn, Pelzstreifen und Lederschnüre zu komplizierten Mustern verwoben, schienen ihre geübten alten Finger wie losgelöst von ihnen einen eigenen Tanz aufzuführen. Kleine Schalen enthielten Perlen aus Knochen und Horn und Bernstein, die in das Muster eingearbeitet wurden. Die beiden Frauen schwatzten und lachten bei der Arbeit, als hätten sie kaum auf die Muster achtzugeben, die aus ihren Fingern flossen. Missas Saum sollte Elsas Hochzeitskleidung aus schneeweißem Pelz schmücken. Die Pelze stammten von Polarfüchsen, die im Winter mit Fallen gefangen worden waren. Elsa selbst saß über eine Schüssel gebeugt, in der sie Flachsfasern färbte.

»Du wirst dich zu Tode schwitzen«, bemerkte Heckram, während Kuoljok über dem nächsten Zug grübelte. »Die Hochzeit wird zur Sommersonnenwende sein. Niemand trägt dann Fuchspelze.«

»Die Schönheit wird das bißchen Unbequemlichkeit wert sein«, versicherte ihm Missa. »Und Elsa möchte die Hochzeit am Abend feiern, wenn der kühle Wind von den Gletschern weht.«

Heckram gestand seine Niederlage mit einem Grunzen ein und wandte sich wieder dem Spiel zu. Die Würfel waren aus den Zehenknochen eines Rentierkalbs gemacht, während seine Figur, der verfolgte Wolf, aus einem größeren Knöchel geschnitzt und schwarz gefärbt war. Kuoljok würfelte und lächelte, als er seine Figuren näher an den fliehenden Wolf heranschob. Heckram nahm die Würfel und wärmte sie in der Hand, überlegte seine Strategie. Der Duft frisch bearbeiteten neuen Holzes vermischte sich mit den heimeligen Gerüchen der Hütte. In einem Winkel standen die Anfänge einer Reisekiste, umgeben von Holzschnipseln und Hobelspänen. Heckram hatte die Tischlerarbeit unter den wachsamen Augen des alten Mannes ausgeführt, aber beide waren zu dem Schluß gelangt, daß ihre Arbeit an diesem Abend weit genug fortgeschritten sei und zugunsten des Spiels unterbrochen werden dürfe.

Heckram bewegte seine Figur widerwillig. Der alte Kuoljok kicherte, würfelte und zog rasch nach. »Die Reisekiste könnte morgen abend fertig sein, wenn wir tagsüber daran arbeiten«, schlug er vor.

Heckram schüttelte den Kopf, als er die Würfel zwischen den Händen rieb. »Lasse und ich gehen auf die Jagd.«

»Schon wieder?« fragte Elsa. »Kannst du nicht zwei Tage hintereinander zu Hause bleiben?«

Er schloß für einen Moment die Augen, dann öffnete er sie wieder und konzentrierte sich auf das Spielbrett. »Nicht, wenn du noch immer vorhast, für unseren Hochzeitsschmaus im Sommer zwei Tiere zu schlachten. Wenn ich jetzt ein paar junge Sarva einfangen kann, wären sie bis zum Sommer groß und fett.«

»Heckram, du redest, als ob wir am Verhungern wären. Eines von deinen Tieren, eines von meinen – das wird uns nicht erschöpfen. Bis dahin werden neue Kälber geboren sein. Wir werden mit so vielen Tieren zurückkommen, wie wir ins Hochland getrieben haben.«

»Ich käme gern mit mehr Tieren zurück«, sagte er.

Elsa schnaufte. »Wir haben nur uns zwei zu ernähren. Und dafür haben wir reichlich Tiere. Warum mußt du immer auf die Jagd gehen, immer mehr Rentiere und Pelze erbeuten? Wir haben alles, was wir brauchen.«

Die Würfel in Heckrams Hand knirschten gegeneinander. »Ich kann mich an eine Zeit erinnern, als mein Vater seine Koppelschnur um die Mitte trug, und die Ohrenabschnitte daran waren so dicht wie Blätter an einem Zweig. Jedes Jahr hatte er Pelze und Bernstein, um sie im Süden zu vertauschen, und seine Werkzeuge waren aus Bronze, nicht aus Knochen. Jedes Jahr reiste er nach Süden, um die Händler zu treffen. Immer hatte er Geschichten zu erzählen, Nahrung zu teilen. Immer aßen wir gut, und unsere Mäntel waren dick.«

»Ahm«, machte Kuoljok. »So ging es uns allen, in

jenen Tagen. Niemand hatte die Stammesherde jemals so groß gesehen. Die Wölfe wurden fett von den schwachen Tieren, aber die starken waren so zahlreich, daß sie sich wie Wasser über das Land ergossen. Die Leute veranstalteten ohne Grund Festmähler, und die Trockengerüste waren schwer von Fleisch. So war es drei, vier, vielleicht fünf Jahre lang. Jedes Jahr mehr Rentiere. Wenn sie zogen, fühlten wir den Donner ihrer Hufe durch die Gebeine der Erde. Es war eine Zeit der Fülle für alle. Dann kam die Seuche. Und die Herde war kleiner, als ich sie je gesehen hatte, und die Wölfe rissen einander in der Raserei ihres Hungers. Heckram, es wird immer fette Jahre und magere geben, aber ich glaube, keiner von uns wird so fette Jahre wie diejenigen vor der Seuche erleben.«

»Die Größe der Herde war der Reichtum des Volkes«, fügte Missa hinzu. »Kein Mann kann genug jagen, um für sich diese Ebene des Wohlstandes zu erreichen. Nicht einmal der beste und geschickteste Jäger.«

Heckram saß schweigend, den Kopf über das Spielbrett gebeugt, und blieb still. Aber in ihm wuchs eine harte Entschlossenheit. Drohte seine Brust in einem trotzigen Aufbrüllen zu sprengen, einem wilden Aufbegehren gegen ihre geduldige Hinnahme dieser Zeiten, gegen ihre stumpfsinnige Zufriedenheit in den voraussagbaren Kreisläufen ihres Hirtenlebens. Wünschten sie nichts, verwunderte sie nichts? Er runzelte die Brauen über dem Spielbrett. Seine Zähne waren aufeinandergebissen, und er blickte starr vor sich hin, und die Stille im Raum löste sich, als Missa und Ristin über ihre Webarbeit berieten.

»Willst du würfeln, oder gibst du das Spiel jetzt auf?« fragte Kuoljok mit schlauem Blick.

»Ich denke nach.«

»So ist es recht. Laß dir Zeit. Man soll es nie eilig haben zu verlieren.« Der alte Mann lachte mit brüchiger Stimme. Heckram brummte verdrießlich und ließ die

Würfel rollen, obwohl er wußte, daß er bereits verloren hatte. Er bewegte den Wolf vorsichtig, spielte auf Zeitgewinn. Immer wartete er ab.

»So, das ist erledigt.« Elsa erhob sich von ihrer Arbeit und schüttelte die Finger. Heckram blickte vom Spielbrett auf und folgte ihren Bewegungen. Der Feuerschein fiel auf ihr Haar und ließ die bläulichen Glanzlichter des tiefen Schwarz hervortreten. Ihre Hände waren blau vom Färbemittel, und auch neben ihre Nase hatte sich ein Streifen Blau verirrt. Aber niemand hätte gesagt, daß diese Zeugnisse ihres Fleißes sie weniger hübsch gemacht hätten. Ihre Züge waren noch gedankenvoll von der Arbeit, die sie soeben beendet hatte. Aber als sie den Wassereimer aufnahm, um sich die Hände zu waschen, begegneten sich ihre Blicke. Sie lächelte ihm zu, beinahe schüchtern, weil sie sich von ihm beobachtet wußte. Die echte Zärtlichkeit in ihrem Blick weckte sein eigenes langsames Lächeln, aber er schlug den Blick nieder. Ihm war, als müsse ihm das Herz brechen, nicht weil er sie liebte, sondern weil er es nicht tat. Sie wärmte ihm das Bett und kochte seine Mahlzeiten, sie rieb ihm die Schultern, wenn er kalt und müde von der Jagd heimkehrte, sie strich ihm übers Haar, wenn er bei ihr unter den Fellen lag. Aber die Empfindung, die in ihm wachsen sollte, schien ferner denn je. Er mochte das Mädchen. Aber manchmal sehnte er sich danach, die sanfte Berührung ihrer Hände abzuschütteln und allein in die Nacht hinauszugehen. Sie hatte so wenig Verständnis für die Entschlossenheit, die ihn antrieb. Immer versuchte sie ihn von den Dingen wegzulocken, die er tun mußte, drängte ihn, einen stürmischen Tag gemütlich an ihrem Herdfeuer abzusitzen. Manchmal war ihm, als bekäme er keine Luft. Und manchmal träumte er von einem anderen Herdfeuer und von einem Jungen, der daran saß.

Er war seit seinem letzten verunglückten Besuch mit Elsa nicht mehr zum Zelt der Heilerin gegangen. Er schämte sich, als ob er dort ein großes und feiges Unrecht begangen hätte, für das es keine Rechtfertigung gab. Immer wieder stand das Bild des kleinen Kerlew vor seinem inneren Auge, wie er schluchzend im Schnee kauerte, die Hände vor dem Gesicht, und jedesmal endete der Gedankengang mit einem gequälten Seufzen. Er war zu beschäftigt, um hinzugehen, wirklich. Er hatte jetzt eine Frau, mußte sich um sein eigenes Leben kümmern.

Außerdem hatte Elsa recht. Es war nicht seine Sache, sich in das Leben des Jungen einzumischen und Wünsche in ihm zu wecken, die nicht erfüllt werden konnten. Er starrte auf das Brett und die Falle, in die er sich manövriert hatte.

»Der Eimer ist leer!« rief Elsa enttäuscht.

»Dann hol Wasser«, sagte Missa zu ihrer Tochter, ohne von der Arbeit aufzublicken.

»Ich hole es«, erbot sich Heckram. Die Hütte erschien ihm auf einmal erstickend eng. Sie schloß ihn ein, wie ein Pferch zur Aussonderung eine Rentierherde einschloß. Wie die eingeengten Tiere verspürte er den Drang, einen Ausweg aus der Enge zu suchen, die Schranken zu durchbrechen und wild davonzugaloppieren. Doch als er mit dem Gedanken an kühle Luft und schwarzen Himmel, der sich über allem wölbte, aufstehen wollte, schloß sich Kuoljoks Hand um seinen Arm.

»Nichts da, Heckram!« gackerte Elsas Vater. »So leicht entwischst du dem Spiel nicht. Bleib und verlier wie ein Mann!«

»Spielt nur weiter! Ich bin gleich wieder da«, sagte Elsa. Sie machte sich nicht einmal die Mühe, für den kurzen Weg zur Quelle den Mantel überzuziehen. Den Eimer in der Hand, hob sie das Türfell und verschwand in der Nacht.

»Ein guter Rat, junger Mann«, sagte Kuoljok in lautem Flüsterton. »Tu nie für eine Frau, was sie selbst tun kann. Sonst wird sie bald nichts mehr tun!«

Missa schrie höhnisch auf. »Hört euch den Alten an! Als ob ich jemals von ihm verlangt hätte, etwas für mich zu tun! Ich tue meine Arbeit und die Hälfte von seiner dazu! Wo warst du, als deine Vaja und ihr Kalb vor drei Jahren in der Furt beinahe ertrunken wären? Ich war bis zu den Schultern im Wasser und versuchte das Kalb zu halten und die Mutter abzuwehren, die dachte, ich wollte das Junge verletzen! Und was ruft er mir vom Ufer zu? ›Du schaffst es schon, Missa. Ich will die neue Hose, die du mir gemacht hast, nicht durch Nässe verderben!‹ Solch eine Hilfe ist er!«

Der Vorfall war seit drei Jahren Teil der Stammesüberlieferung, aber sie lachten trotzdem, Kuoljok am lautesten von allen. Nur Heckram blickte stirnrunzelnd auf die Würfel, die in der denkbar schlechtesten Kombination gefallen waren. Langsam schob er seinen gejagten Wolf von der Spitze eines Dreiecks zur anderen. Dieses Spiel war nicht zu gewinnen. Der alte Mann hatte ihn, da war nichts zu machen.

Kuoljok schüttelte die Würfel heftig und grinste über Heckrams langes Gesicht. Heckram blickte weg, fuhr mit den Fingern müßig das verblassende Muster auf dem Deckel der Reisekiste nach. Die Verbindung mit Elsa war ungefähr so, als hätte er Lasse geheiratet, dachte er mißmutig. Eine gute und fröhliche Gefährtin, aufrichtig, tüchtig, geschickt und fürsorglich. Was konnte er von einer Frau mehr erwarten? Darauf hatte er keine Antwort. Plötzlich überkamen ihn hilfloser Zorn und Panik über die ungewollte Richtung, die sein Leben nahm. Halb unbewußt nahm er seine Spielfigur vom Brett, gerade als Kuoljoks knotige Hand sie packen wollte.

»He!« rief der alte Mann. Heckram zwang ein gefrorenes Grinsen in sein Gesicht und ließ die Figur in die Hand fallen, die sich für sie öffnete.

»Du hast mich gefangen, da gibt es nichts zu deuteln«, räumte er ein. Als Kuoljok zufrieden grinsend die

Würfel und Spielfiguren in ihren kleinen Lederbeutel tat, stand Heckram auf. Er reckte sich, bis seine Fingerspitzen die Dachsparren der Hütte berührten.

»Elsa ist schon lange fort, nicht? Ich dachte, sie wollte nur zur Quelle.« Er berührte mit den Fingerspitzen die langen Pflanzenfasern, die sie zum Trocknen aufgehängt hatte. Sie färbten stark ab.

»Nicht anfassen!« schalt ihn Ristin. »Du verdirbst ihr sonst die Arbeit. Sicherlich hat Elsa jemanden getroffen und unterhält sich. Mach dir ihretwegen nicht soviel Sorgen. Ihr gehört jetzt zusammen! Sicherlich kannst du es ertragen, ein paar Augenblicke von ihr getrennt zu sein.«

»Mir kam es nur so vor, als wäre sie schon lange fort«, sagte er lahm.

»Dann beruhige dein sorgenvolles Gemüt, Heckram«, sagte Missa weise. »Geh und hol sie.« Heckram entging nicht der verschwörerische Blick, den die beiden Mütter tauschten. Waren sie nicht auch einmal junge Frauen gewesen, die einen Vorwand fanden, um mit einem stattlichen jungen Mann allein unter dem Nachthimmel zu sein? »Und ihr zwei könntet etwas von der guten Blutwurst mitbringen, die am Trockengerüst hängt. Ein paar Bissen würden uns allen schmecken.«

»Gib acht, daß du sie nicht küßt, Heckram. Damit würdest du ihr nur in die Hände spielen«, sagte Kuoljok mit schlauem Blinzeln. Es sagte Heckram, daß Frauen nicht die einzigen seien, die solche Spiele spielten.

Heckram schnaubte unverbindlich und zog seinen schweren Fellmantel über. Seit er und Elsa verbunden waren, behandelten sie ihn mehr als ein Kind denn als einen Mann. Er, der mehrere Jahre über das Alter hinaus war, da die meisten Männer heirateten, wurde angeredet, als ob er ein verliebt schmachtender Jüngling wäre. Es war ein weiterer Verdruß, der an diesem Abend in ihm nagte. Ein weiterer Treiberstock, auf den er nicht reagieren würde.

Er stieß den Fellvorhang beiseite und trat hinaus in die Nacht. Im Dorf war es still. Die abendlichen Arbeiten waren getan, die Leute saßen gemütlich in ihren Hütten beisammen. Die Dorfhunde schliefen gewöhnlich vor den Hütteneingängen, um an der herausdringenden Wärme teilzuhaben. Heckram reckte sich und atmete die kalte Nachtluft tief ein. Der Mond war beinahe voll, und der Schnee reflektierte sein silbernes Licht und malte eine Welt aus schwarzen, silbernen und grauen Tönen. Seine Stiefel knirschten auf dem gefrorenen, festgetretenen Schnee des Weges, der zwischen den hingeduckten Hütten durch die Siedlung führte. Aus einigen der Hütten fiel Lichtschein, und undeutliche Stimmen drangen heraus. Ein Hund stand auf und streckte sich, Heckram zu begrüßen. Ein kurzes Tätscheln und ein leises Wort brachten das Tier wieder zur Ruhe. Er kam an seiner eigenen Hütte vorbei, die still und schwarz in der Dunkelheit stand.

Die Quelle war am anderen Ende des Dorfes, eingerahmt von einem Weidendickicht. Im näheren Umkreis standen keine Hütten, denn im Frühjahr sog sich der Boden voll und wurde zu einem Sumpf unter einem wogenden Schilfwald. Nur der winterliche Frost verringerte die Wassermenge und zähmte sie. Das kalte Quellwasser strömte schwarz aus der Erde und sammelte sich in einem Tümpel, der nicht größer war als zwei weite Männerschritte. Aus diesem Tümpel floß es in einen Bach ab, der nun von Eis und einer Schneeschicht bedeckt war. Die Dorfbewohner hielten den Quelltümpel eisfrei, denn hier füllten sie ihre Eimer.

Elsa kniete im Schnee, fast verborgen in den Schatten der umgebenden Weidensträucher. Ihr Eimer lag leer neben ihr, und sie schien in den schwarzen Wasserspiegel des Quelltümpels zu starren. Heckram wunderte sich, was sie so faszinieren konnte, daß sie ohne warmen Wintermantel im Schnee kniete und ins Wasser starrte. Er rief leise ihren Namen, um sie nicht zu erschrecken. Sie machte ein gutturales Geräusch und wandte den Kopf langsam in seine Richtung.

»Elsa!« rief er, und die kalte Nacht verschluckte seinen entsetzten Ausruf. Das Mondlicht lag gnädig auf ihr, aber seine Schlagschatten konnten dennoch nicht die Ruine ihres Gesichts verbergen. Ihr Unterkiefer hing unnatürlich offen, und Schwärze troff von ihrem Mund und durchtränkte ihren Kittel. Sie hob eine Hand zu ihm auf. Weiße Fingerknochen leuchteten einen Augenblick im Mondlicht auf; dann fiel die Hand kraftlos in den Schnee neben ihr. Schwärze breitete sich von ihr aus.

Es war nicht möglich, so sanft mit ihr umzugehen, wie es nötig gewesen wäre. Sie schrie wortlos, als er sie aufhob, und ihre Beine schlugen vor Schmerz um sich. Um ihr die Erschütterungen zu ersparen, durfte er nicht laufen, aber seine Seele floh ihm voraus den Weg zwischen den langen Reihen der Grassodenhütten hinauf. Er brachte keinen Laut heraus, keinen Hilferuf, und so waren sie unvorbereitet, als er den Fellvorhang beiseite stieß und gebückt in die Hütte kam. Die Köpfe wandten sich langsam, die Gesichter erstarrten, als er vor ihnen niederkniete und ihnen den zerschlagenen Körper darbot, in dem die Seele ihrer Tochter gefangen war. Für einen langen Augenblick stand die Welt still und schweigend.

Dann brach es wieder über ihn herein, wie ein Sturmwind in einem engen Tal, wie das entfesselte Toben eines Flusses in der Schneeschmelze.

»Was ist geschehen?«

»Legt sie hierhin! Vorsichtig, vorsichtig! Oh, ihre Hand!«

»Kaltes Wasser. Ein Verband! Sie zittert, deckt sie zu. Elsa, Elsa. Lieg still, Kleine, lieg still. Du bist jetzt sicher. Gib mir kaltes Wasser!«

»Ich ließ den Eimer bei der Quelle«, murmelte Heckram. Er starrte auf Elsa. Wäre sie von einer Lawine erfaßt und durch einen Wald gerissen worden, hätte sie so aussehen können. Wäre sie in einen von der Schneeschmelze angeschwollenen Fluß gefallen und von reißender Strömung gegen Felsblöcke und Uferböschungen geschlagen worden, hätte er dies erwartet. Aber sie war nur gegangen, einen Eimer voll Wasser zu holen, von ihrer eigenen Dorfquelle. Er starrte sie an, außerstande, die Wirklichkeit zu begreifen.

Etwas hatte ihre Kopfseite getroffen. Es hatte den Unterkiefer aus dem Gelenk gerissen, so daß sie mit schief herabhängender Kinnlade ins Nichts gähnte. Vom Mundwinkel bis in die Wange hinauf war das Fleisch aufgerissen. Der Blutfluß färbte ihre untere Gesichtshälfte rot und rann auf ihre Brust. Heckram verspürte einen fast übermächtigen Drang, sich über sie zu beugen und ihr den Mund zu schließen, um ihr Gesicht wieder zusammenzusetzen. Bei jedem Atemzug, den sie ausstieß, kam ein gräßliches kleines Geräusch wie ein hoffnungsloser, nutzloser Hilferuf. Ein Arm hing unnatürlich von einer Schulter, die in ihrem Gelenk eingebeult war. Die Hand am anderen Arm schien kaum noch eine Hand zu sein.

»Heckram!« Die Stimme seiner Mutter fiel ihn an; ihre Hände nahmen sein Gesicht und schüttelten ihn. »Du kannst nicht einfach dastehen. Geh und weck Lasse und schick ihn zur Heilerin. Dann geh zu Capiam. Melde ihm dies. Das hat kein Bär getan. Das ist die Niedertracht eines Mannes. Beeil dich!«

Er fühlte sich aus der Hütte zurück in die dunkle und blutige Nacht gestoßen. Er stand einfältig blinzelnd, sah Kuoljok mit einem Eimer, aus dem bei jedem Schritt seines unsicheren Trotts Wasser schwappte. »Elsa, Elsa«, keuchte der alte Mann, während er rannte, ein zittriger, hilfloser Ruf. Er brachte Heckram zur Besinnung. Er rannte los durch die Nacht, floh, bevor Kuoljok zu ihm sprechen konnte.

Sein Pulkor. Seiner Mutter Harke, ein junges, starkes

Tier, das erst halb abgerichtet war. Aber Britsi war schnell und ausdauernd. In dieser Nacht hatte Heckram keine Zeit für freundliche und beschwichtigende Worte. Als der scheue Britsi von ihm wegsprang, setzte er ihm nach und packte ihn grob beim Unterkiefer. Britsi versuchte sich aufzubäumen und mit den Vorderbeinen auszuschlagen, aber Heckram war erbarmungslos. Er zog das Rentier mit seinem Gewicht herunter in den Stand.

Das Zaumzeug war rasch angelegt, das lederne Kummet über den Hals geschoben und die Enden über die Brust und zwischen den Vorderbeinen durchgezogen. Hinter den Vorderbeinen waren die beiden Riemen an den Zügeln befestigt, die dann zwischen den Hinterbeinen zum Pulkor liefen. Britsi tänzelte unruhig, als Heckram in den Pulkor sprang, und im nächsten Augenblick jagte das Rentier in die Winternacht auf und davon. Der Pulkor schleuderte hinter ihm von einer Seite zur anderen, und Heckram rief dem Tier Anfeuerungen und Ermutigungen zu.

Der hölzerne Schlitten glitt auf seinem Kielboden fast ohne Widerstand den Weg aus festgetrampeltem Schnee durch das Dorf. Als Britsi aber in den tieferen, verharschten Schnee außerhalb der Siedlung kam, ging es langsamer. Die Dunkelheit des Waldes nahm sie auf, das Dorf blieb hinter ihnen zurück. Heckram bemühte sich, im bewaldeten Gelände zu bleiben und den tiefen Schnee der Lichtungen zu meiden, wo Britsi nur noch im Schritt vorangekommen wäre.

Bis auf das Schnaufen des Rentiers, seine hastigen Tritte und das zischende Dahingleiten des Schlittens herrschte vollkommene Stille im nächtlichen Wald. Er schlug die noch undeutlich erkennbare Fährte ein, die ihre Skier auf ihrer letzten Fahrt zur Heilerin hinterlassen hatten. Erinnerungsbilder kamen ihm in den Sinn. Elsa, wie sie sich abmühte, ihr dichtes Haar unter die Mütze zu stopfen. Er vertrieb sie. Lasse war seitdem zweimal bei Tillu gewesen, einmal, um ein Heilmittel gegen krankhaften Ausfluß zu besorgen, und einmal, um ein Kräftigungsmittel für seine Großmutter zu holen. Unter den Bäumen war der Schnee so dick verharscht, daß die Oberfläche das Rentier trug. Der Pulkor glitt glatt und leise scharrend hinterdrein.

Der Wald erstreckte sich endlos um ihn und vor ihm. Er wuchs aus der Nacht und seiner Angst, und seine uneingestandene Schuld lauerte darin, so unfaßbar und durchdringend wie Nebel.

In den Talsenken sausten sie vorbei an Weidendickichten und durch Erlenbrüche, die ihre Zweige wie abgezehrte Arme nach innen ausstreckten. Die bereiften Zweige glitzerten weiß wie Fingerknochen im Mondlicht. Dann den nächsten Hang hinauf, durch einen Gürtel geisterhafter Birken, nackt und trauernd, und hinein unter die dunklen Fichten mit ihren herabhängenden Ästen. Der Weg schien endlos, und Heckram verfluchte Britsi und zerrte an den Zügeln, wann immer das Tier von der Spur abkam. Dann überwanden sie den letzten Höhenrücken, und vor ihnen lag der lange, sanft geneigte Hang. Der winzige Feuerschein, der aus Tillus abgenutztem Zelt sickerte, war wie ein Leuchtfeuer der Hoffnung. »Tillu! Tillu!« rief er mit überschnappender Stimme in die kalte schwarze Nacht.

Der Schlaf hatte sich kaum wie eine weiche Decke auf sie gesenkt, als sie von Ferne heisere Rufe hörte. Sie erhob sich hastig, strich sich das Haar aus den Augen und zog den Gürtel ihres weichen ledernen Hemdes enger, als sie den Kopf durch die Zeltklappe steckte und hinausspähte.

Der Anblick, der sich ihren Augen bot, war wie ein Bild aus einer seltsamen mythischen Fabel. Ein Rentier kam in vollem Lauf den Hang herab und auf die Lichtung, gefolgt von einem Mann auf einem gleitenden Baumstamm. Sie erkannte Heckrams Stimme, und als er näher kam, fing sie das Wesentliche seiner Worte auf. »Elsa ... verletzt ... schnell kommen.« Sie sprang zurück ins Zelt und zog ihre Kleider an, als er durch die Zeltklappe hereinplatzte, noch immer seine heiseren Rufe ausstoßend. Sein Haar war zerzaust, seine Augen blickten wild, als er ihren Arm faßte, um sie mitzuziehen. Sie machte sich los, nahm seine Hand in die ihre und sprach ruhig und deutlich.

»Ich muß meine Tasche mitnehmen und Kerlew wecken. Beruhige dich. Was ist geschehen?«

Er überschüttete sie mit einem Redeschwall, den sie wegen seines fremdartigen Akzents nicht verstehen konnte. Alle Spuren seiner früheren Zurückhaltung waren verschwunden. Seine überlaute Stimme weckte Kerlew, der sich in seinen Fellen aufrichtete und verwirrt umherblickte. Tillu trat an ihm vorbei, um ihren Beutel mit Arznei von der Zeltstange zu nehmen. Sie durchsuchte eilig den Inhalt, um sich zu vergewissern, daß sie Vorräte von den gebräuchlichsten Kräutern hatte. Aber als sie einen kleinen Kasten öffnete, um diejenigen zu ergänzen, von denen sie nicht mehr viel hatte, trat Heckram an ihr vorbei, hielt den Kasten zu und nahm ihn unter den Arm. Dann ergriff er sie wieder am Ellbogen und zog sie zum Ausgang.

»Will er auf die Jagd gehen?« fragte Kerlew verschlafen.

»Nein. Jemand im Dorf ist verletzt. Elsa, glaube ich. Ich muß zu ihr gehen.« Tillu zog die Kapuze über den Kopf.

»Ich komme auch mit.« Der Junge stieß die Felle von sich und griff nach seinen Beinlingen.

Jetzt endlich wurde Heckram klar, was für einen Aufruhr er verursachte. Er ließ Tillus Arm los und fuhr sich mit der Hand über die Augen. Er verstummte und blickte voll Sorge und Verlegenheit von Tillu zu ihrem Sohn. Dann holte er tief Luft und versuchte in normalem Tonfall zu sprechen, stieß die Worte aber keuchend hervor. »Kerlew, du wirst hierbleiben müssen. Kein Platz im Pulkor. Sei ein guter Junge.«

»Kerlew, bleib hier und benimm dich«, befahl ihm Tillu mit fester Stimme. »Ich werde nicht lange fort sein. Leg dich wieder schlafen, und wenn du aufwachst, werde ich zurück sein. Du bist groß genug, um allein zu bleiben. Du tust es den ganzen Tag.«

»Bei Nacht ist es anders. Was mache ich, wenn ein Bär kommt? Wenn der Eulengeist kommt, mich zu stehlen?« Er brachte die Einwände in seiner stockenden Rede vor, und ein ängstlich bebender Unterton war nicht zu überhören.

»Sei nicht albern«, erwiderte Tillu. »Das sind bloß alte Geschichten. Leg dich einfach wieder schlafen, und am Morgen werde ich zurück sein.«

»Schon recht!« sagte Kerlew heftig. Er schloß den Mund, konnte jedoch nicht verhindern, daß seine Unterlippe zitterte.

»Wir müssen eilen. Elsa braucht Heilerin sehr. Kerlew, sei tapferer Junge. Ich werde Lasse schicken, dir Gesellschaft zu leisten. Du zeigst ihm deine Löffel, ja?« plapperte Heckram, während er Tillu zum Ausgang zog. Aber der Junge wandte sich wortlos von ihm ab.

»Kerlew wird sicher sein?« fragte Heckram, als die Zeltklappe fiel.

»Ich denke schon«, antwortete Tillu mit einem unbehaglichen Blick zurück. Sie hoffte, der Junge würde nichts Törichtes tun, solange sie fort wäre. Wenn ihn etwas ärgerte, reagierte er sich in seltsamer und oft unberechenbarer Weise ab. Aber jetzt war keine Zeit, sich Sorgen zu machen. Sie starrte auf ein Rentier, das vor ein Boot gebunden war. Das Tier bäumte sich auf und schlug mit den Vorderläufen nach ihnen, als sie sich näherten.

Heckram schien nichts dabei zu finden. Mit einer aus Übung geborenen Sicherheit griff er zu, erwischte das Rentier beim Unterkiefer und zog es herunter. »Steig ein!« rief er Tillu zu und zeigte zum Boot. Sie trat näher und blickte zögernd hinein. Dort war ein Nest aus Fellen, und die langen, jetzt schlaff herabhängenden Lederriemen, die zum Rentier führten. Ja, es war ein Boot, zusammengefügt aus Holzplanken, die gebogen und mit Holznägeln verbunden waren. »Steig ein!« rief Heckram wieder, und sie folgte der Aufforderung.

Sie hatte kaum ihren Platz eingenommen, als er die Zügel ergriff und dem Rentier zuschnalzte. Tillus Kopf wurde in den Nacken geworfen, als sich das Boot mit einem heftigen Ruck in Bewegung setzte und in schnellem Tempo über die Lichtung glitt. Sie umfaßte ängstlich die Seiten des gleitenden Bootes. Pulkor hatte Heckram es genannt. Bäume, Schnee und Dunkelheit sausten in beängstigender Geschwindigkeit an ihr vorbei. Das stoßfreie Dahingleiten machte die Geschwindigkeit noch entnervender. Vor ihr wirbelten die Hinterbeine des Rentiers und schleuderten verharschten Schnee hoch, der schmerzhaft im Gesicht prickelte, wenn er sie traf. Um sie waren das Knarren und Scharren des Pulkors, die knirschenden Tritte von Mann und Rentier, ihr tiefes, schnaufendes Atmen und die vorbeihuschenden Schattengestalten der Bäume unter dem lastenden schwarzen Himmel. Tillu kroch fröstelnd tiefer in das Nest aus Fellen.

- 14 -

Tillu hatte gedacht, sie sei immun gegen Schreie. Sie hatte so viele Arten gehört: die Schreie einer Frau in den Wehen, schnell vergessene Schreie, wenn ihr der Säugling in die Arme gelegt wurde; die Schreie eines Kindes, mehr ängstlich als in Schmerzen, wenn Tillu es von seiner Mutter losmachen mußte, um eine Verletzung zu behandeln; der kurze Aufschrei eines mutigen Mannes, aus seiner Lunge gepreßt, wenn die gebrochenen Enden eines Knochens zusammengefügt wurden. Doch sie waren alle nichts, verglichen mit dem unaufhörlichen schrillen Wimmern, das mit jedem ausgestoßenen Atemzug aus Elsas zerrissenem Mund kam. Heckrams gekeuchte Worte hatten Tillu nicht auf dies vorbereitet.

Sie fröstelte vor Kälte und banger Erwartung, als Heckram sie vor sich her in die Grassodenhütte stieß. Sein Glaube an sie und ihre Heilkraft war mitleiderregend deutlich, als er sie zu der Verletzten zog. Sein Gesicht war vom Lauf rot und weiß gefleckt, er keuchte noch vor Anstrengung. In seinen dunklen Augen aber war Hoffnung. Sie fürchtete diese Hoffnung. »Die Heilerin ist da; alles wird jetzt gut sein«, schien der Blick zu sagen. Was konnte sie tun, solch eine Hoffnung nicht zu enttäuschen?

Die beiden älteren Frauen im Raum machten ihr Platz. Ihre Gesichter waren erwartungsvoll. Tillu versuchte ruhig zu erscheinen, als sie neben Elsa niederkniete. Sie legte den Beutel mit ihren Arzneien auf den Boden, und Heckram trat näher, um den Kasten mit den Vorräten danebenzustellen. Er wankte ein wenig, als er sich wieder aufrichtete. Tillu fühlte sich von den Blicken der Frauen durchbohrt. Sie mußte sich zwingen, ihre Aufmerksamkeit ganz der Verletzten zuzuwenden.

Es war schwierig, die gesunde und tüchtige Frau wiederzuerkennen, die zu ihrem Zelt gekommen war. Elsa war ein jämmerlich zugerichtetes Bündel menschlichen Elends. Tillu fragte sich, welcher erbarmungslose Instinkt sie bei Bewußtsein hielt. Ohne Elsa zu berühren, verschaffte sich Tillu einen Überblick über die Verletzungen, die sie behandeln konnte, und legte zugleich die Reihenfolge für ihre Arbeit fest. Für den gebrochenen Unterkiefer und die aufgerissene Wange konnte sie nicht viel mehr tun, als sie in ihre frühere Position zu bringen und zu hoffen, daß der Körper sich selbst heilen könne. Ob Elsa jemals wieder normal würde sprechen können, vermochte Tillu nicht zu beurteilen. Nach der Lage eines Armes war er in der Schulter ausgekugelt. Die Hand am anderen Arm war ein Rätsel; sie sah sowohl aufgeschnitten wie gebrochen aus. Später, als die zerbrochenen Stücke von Elsas Messer an der Quelle gefunden wurden, sollte Tillu erkennen, daß diese Verletzungen durch ihren verzweifelten und vergeblichen Kampf, die Waffe zu behalten, verursacht worden waren.

Ihre zerrissene Kleidung mochte andere Verletzungen verbergen, aber dies waren die Wunden, welche die anderen am meisten ängstigten. Blut und gebrochene Knochen waren ein schrecklicher Anblick. Aber Heiler lernten noch mehr die unsichtbaren Verletzungen fürchten, diejenigen, welche verborgene innere Teile des Körpers geschädigt hatten und der Behandlung unzugänglich waren. Teile, die das Auge nicht sehen, der Finger nicht berühren konnte. Tillu sagte den anderen nichts von ihrer Befürchtung. Zuerst mußte sie warten, sich nach Möglichkeit vergewissern. Nicht allzuoft hatte sie solche Fälle gehabt. Einmal war es ein Kind gewesen, das einen Abhang hinabgefallen und mit dem Kopf an einen Fels geschlagen war. Ein andermal war es ein Mann gewesen, den der Keulenschlag eines Rivalen gestreift hatte. Tillu erinnerte sich ungern dieser Fälle. Sie hatten sich lange gequält, ehe sie gestorben waren. Zuerst kam es zu einem leichten Vorquellen der Augen, wie sie es bei Elsa auszumachen glaubte. Später wuchs der Druck im Innern des Schädels an und verformte das Gesicht mit Schwellungen. Kein Heiler konnte da helfen, obwohl sie es versucht hatte, mit kalten Umschlägen und Aderlässen und warmen Breiauflagen auf die Wunde. Es waren tödliche Leiden, verursacht durch einen Schlag auf den Kopf, aber in ihrem Verlauf geheimnisvoll. Wahrscheinlich eine unsichtbare, unheilbare innere Verletzung.

Heckram sank neben ihr nieder und kniete auf den Fellen. Sein Körper nahm ihr das Licht, sein keuchender Atem lenkte sie ab und entnervte sie. Als sie die Hand zu Elsa ausstreckte, sog er scharf den Atem durch die Zähne ein, offenbar in Erwartung des Schmerzes, den Elsa erleiden würde.

Tillu wandte sich zur Seite und faßte ihn bei der Schulter. »Heckram, du bist mir im Weg.« Sie sagte es freundlich, aber entschieden. Er hörte sie nicht. Sie blickte zu den Frauen, froh über eine Gelegenheit, sie abzulenken. »Bringt ihn fort. Gebt ihm Suppe oder laßt ihn schlafen. Sonst wird er krank werden.« Ihr Blick fiel auf einen alten Mann im Winkel, der am Boden kauerte und sich wortlos und mit geistesabwesendem Blick auf Ballen und Zehen wiegte. »Den da auch. Bringt sie fort von hier, damit sie nicht im Weg sind. Es wäre mir eine große Hilfe.«

Der Eifer, mit dem die Männer ergriffen und aus dem Zelt gedrängt wurden, war ein Hinweis darauf, wie hilflos die beiden Frauen sich gefühlt hatten und wie stark ihr Wunsch zu helfen war. Sobald das Türfell hinter ihnen zufiel, beugte Tillu sich wieder über Elsa. Sie mußte jetzt schnell arbeiten, um den schwersten Teil ihrer schmerzverursachenden Behandlung hinter sich zu bringen, solange die anderen Frauen draußen waren. Sie sprach Elsas Namen, aber die Verletzte gab durch nichts zu erkennen, daß sie von ihrer Anwesenheit wußte. Sie machte nur das gleichbleibende schreckliche Geräusch, das aus ihrer Qual emporstieg. Tillu überlegte, ob sie ihr ein Schlafmittel geben sollte, bevor sie anfing. Widerwillig entschied sie sich dagegen. Die halb bewußtlose Frau würde Gefahr laufen, daran zu ersticken, wenn sie nicht schlucken konnte.

Der Unterkiefer war an mehr als einer Stelle gebrochen. Tillus geschickte Finger tasteten das geschwollene Fleisch ab und versuchten die gebrochenen Knochenstücke aneinanderzufügen und auszurichten. Vorsichtig schob sie den Kiefer in ungefähr die richtige Lage und drückte die aufgerissenen Wundränder zusammen. Jemand war so vernünftig gewesen, Wasser in einen Tontopf zu schütten und am Feuer zu wärmen. Beim Eingang stand ein Eimer mit schmelzendem Schnee. Tillu entschied sich für das warme Wasser. Sie säuberte die Wunde sorgfältig, ohne auf die Geräusche der Frau zu achten, an der sie arbeitete. Eine sorgfältige Umwicklung mit dünnen, elastischen Lederbandagen hielt Fleisch und Kiefer zusammen. So. Elsa sah jetzt besser aus, aber ein Blick in ihre Augen sagte Tillu, daß es keinen Unterschied machte. Elsa würde sterben.

Als sie an der Hand arbeitete, fragte sie sich, warum sie es tat. Was nützte es, die armen verstümmelten Finger zu verbinden, lindernde Salbe auf das zerrissene Fleisch zu legen und die blutigen und gebrochenen Stellen so zu verbinden, daß man sie nicht mehr sehen konnte? Der neue Schmerz beim Geraderichten ihrer gebrochenen Finger veränderte Tonhöhe und Lautstärke von Elsas keuchendem Winseln. Als Tillu sorgfältig einen Finger geradezog, um die gebrochenen Fingerknochen zusammenzufügen, stieß Elsa ein jähes Keuchen aus, und ihre Fersen trommelten auf die Felle ihres Krankenlagers. Dann erschlaffte sie, endlich ohnmächtig.

Tillu nützte die Gelegenheit. Elsa würde den Schmerz jetzt nicht fühlen. Mit einem geschickten und kraftvollen Ruck renkte sie die ausgekugelte Schulter wieder ein. Sie suchte und fand ein besseres Messer als ihr eigenes und gebrauchte es rücksichtslos, um das Leder, die gewebte Wolle und die bunten Borten von Elsas Kleidung zu durchtrennen. Als sie Elsas Körper freigelegt hatte, zeigten sich schwärzliche Blutergüsse auf der linken Seite des Brustkorbs. Nach vorsichtigem Abtasten entschied Tillu, daß keine Rippen gebrochen waren. Eine kleine Falte erschien zwischen ihren Brauen. Sie überlegte, warum die Frau so geschlagen worden war, und wer es getan hatte. Allem Anschein nach war sie nicht vergewaltigt, sondern nur brutal verprügelt und ihrem Schicksal überlassen worden. Vielleicht hatte sie gegen ein Stammesgesetz verstoßen.

Tillu schüttelte den Kopf über ihre neugierigen Gedanken. Das waren Fragen, die eine Heilerin nichts angingen. Sie hatte bei anderen Stämmen Frauen gesehen, die ähnlich schwer mißhandelt worden waren, manchmal von einem Vergewaltiger, manchmal von einem Liebhaber oder dem eigenen Vater. Kerlews unheimliche Prophezeiung, daß Elsa nicht zurückkommen und daß ›er sie töten‹ würde, kam ihr in den Sinn. Hatte Heckram das getan? Es war möglich. Sie hatte Männer gesehen, die genauso reuig und schuldbewußt gewesen waren, wie er es zu sein schien. Es war möglich. Und nicht ihre Sache. Mit den Jahren hatte sie gelernt, keine Fragen zu stellen. Die Antworten machten das Heilen niemals leichter. Sie deckte den armen, zerschlagenen Körper behutsam zu. Ihre Fingerspitzen befühlten Elsas Schädel vorsichtig durch das dichte schwarze Haar. Sie fand die Stelle, wie sie vermutet hatte, und ihr wurde übel, als sie sie befühlte. Kein Blut floß heraus. Aller Schaden war innen.

Tillu kehrte Elsa den Rücken und legte Holz ins Feuer. Sie fühlte sich ausgekühlt und erschöpft, mehr als die lange Fahrt durch die Nachtkälte und ihr unterbrochener Schlaf erklären konnten. Es war diese ›Heilung‹. Eine Heilung, die mehr eine Vorbereitung auf das Begräbnis war. Es hatte in Tillus Leben nicht viele solcher Fälle gegeben, aber jeder einzelne bedrückte sie und ließ sie ihre Fähigkeiten in Frage stellen. Diese Elsa würde sterben. Jede der anderen Verletzungen hätte sie mit etwas Glück überleben können. Aber Tillu konnte die Zeichen nicht länger ignorieren. Trotzdem rief sie noch nicht nach Heckram und den anderen. Elsa war eine starke junge Person gewesen. Ihr Sterben würde Tage und Nächte dauern. Und ihre Angehörigen würden lange genug bei ihr wachen müssen. Mochten sie jetzt ausruhen.

Sie entrollte ein Stück geschabter und gebleichter Tierhaut. Auf diesem Stück legte sie Päckchen und Bündel von Kräutern aus, warf verdorbene Stückchen ins Feuer und wählte andere aus, die sie zu zwei kleinen Häufchen anordnete. Ihre Finger und ihre Nase kannten jedes trockene Blatt, jedes eingerollte kleine Rindenstückchen, als sie sortierte. Hier war duftende Schafgarbe, welche die Blutung einer Frau auslösen konnte und sich zur Wundbehandlung eignete, hier waren die langen Blätter der Hirschzunge, die als Brechmittel diente. Hier war die eingerollte Rinde vom Strauch der Bärentraube, gut für Blasenbeschwerden, und die lange Löwenzahnwurzel als Stärkungsmittel mit leicht abführender Wirkung. Manche Heilkräuter kannte sie seit den Unterweisungen, die sie in ihrer Kindheit erhalten hatte, andere hatte sie auf ihren Wanderungen von den Stämmen gelernt, unter denen sie gelebt hatte. Die Namen mochten von einem Stamm zum anderen verschieden sein, aber nicht ihre Eigenschaften. Tillu traf ihre Auswahl mit Bedacht. Auf das erste Häufchen kamen Mittel zum Reinigen blutender Wunden und solche mit gefäßverengender, zusammenziehender Wirkung. Auf das zweite tat sie schmerzlindernde und den Schlaf fördernde Mittel.

Als nächstes nahm sie den hölzernen Kasten vor, den Heckram mitgebracht hatte, öffnete ihn und suchte ihr Werkzeug heraus. Als Mörser und Stößel verwendete sie Pfanne und Hüftgelenk eines Renkalbs. Sie sammelte das erste Häufchen Heilkräuter und begann es zu Pulver zu zermahlen. Sobald es fein genug war, vermischte sie es mit lauwarmem Wasser. Sie weichte einen frischen Verband darin ein und wickelte ihn tropfnaß über die verbundenen Finger. Sie wischte Blut von Elsas Gesicht und stellte fest, daß die aufgerissene Wange nicht mehr blutete. Die hervortretenden Augäpfel unter den geschlossenen Lidern versuchte sie zu ignorieren.

Über der zweiten Mischung zögerte sie. Elsas Verletzungen waren schwer. Es bedurfte einer starken Mischung, wenn sie Wirkung zeigen sollte. Aber Elsa war bereits geschwächt. Zuviel würde ... vielleicht barmherzig sein. Tillu wies den Gedanken von sich. Wahre Heiler verweigerten solche Entscheidungen. Ihr Beruf war die Versorgung von Wunden und die Heilung von Krankheit. Mochten andere entscheiden, wenn jemand jenseits ihrer Hilfe war. Um als Heilerin Erfolg zu haben, mußte sie immer an das Überleben ihrer Patienten glauben. Ihre Hand schwebte über dem säuberlich zusammengetragenen Häufchen der Heilkräuter. Nach langem Zögern tat sie zwei Beeren vom Schwarzen Nachtschatten hinzu. Todessamen hatte Benus Sippe diese Beeren genannt, und in einem anderen Stamm war sie als Bitterschlaf bekannt. Sie brauchte eine Mischung, die eine stark beruhigende Wirkung haben und Elsa von ihren Schmerzen befreien, ihr aber dennoch erlauben würde, von ihrer Familie Abschied zu nehmen. Wenn sie die Augen jemals wieder öffnete.

Tillu zerkleinerte die Beeren und Kräuter zu einer groben Mischung, fügte Wasser hinzu und stellte das Gefäß zur Erhitzung an den Rand des Herdfeuers in die heißen Steine. Die Arznei würde vielleicht nie benötigt, aber wenn Elsa in Schmerzen zu sich kam, wollte Tillu sie nicht auf Linderung warten lassen.

Sie stemmte die Hände auf den Boden und richtete sich auf. Die Wände der Hütte schwankten einen Augenblick vor ihr; sie war trotz ihrer Erschöpfung zu schnell aufgestanden. Sie rieb sich die brennenden Augen und setzte sich neben Elsa. Sie zog die wärmenden Felle zurecht und murmelte beruhigende Worte. Dann lehnte sie sich mit einem Seufzer gegen die kühle Erdwand.

Ein Geräusch ließ sie aufmerken. Eine der Frauen

kam in die Hütte zurück. Etwas in ihrem Gesicht ... Tillu erkannte, daß sie Elsas Züge in diesem älteren Gesicht gespiegelt sah. Eine Angehörige, vielleicht die Mutter. Hinter ihr kam eine Handvoll Männer, die Tillu unbekannt waren, und zuletzt die andere Frau, die bei Tillus Ankunft in der Hütte gewesen war, gefolgt von Heckram. Tillu seufzte. Er sah erschöpft und mitgenommen aus, und zornig über etwas. Jetzt erst bemerkte sie die grauen Fäden in seinem schwarzbronzenen Haar. Es erinnerte sie an ein Wolfsfell. Die Linien in seinem Gesicht hatten sich diese Nacht vertieft, und auf einmal fragte sie sich, wie sie gedacht haben konnte, daß er ein junger Mann sei. Er war älter als sie.

Die Dorfbewohner kamen schweigend herein, und Tillu spürte, daß ihr Schweigen die Fortsetzung irgendeines Streites war, der die deutliche Spannung zwischen ihnen erzeugt hatte. Es war offensichtlich, daß die anderen Männer Elsas Verletzungen noch nicht gesehen hatten. Ihre Gesichter spiegelten unterschiedliche Empfindungen und verhüllten andere. Einer war der Stammesführer des Dorfes. Man brauchte Tillu nicht über seine Bedeutung aufzuklären. Sein wirres schwarzes Haar bezeugte, daß er geweckt worden war und sich in Eile angekleidet hatte, aber er hatte nicht vergessen, sich mit einer Halskette aus Bernsteinkugeln zu schmücken. Seine Kleidung war reicher als die der anderen, die Pelze weicher und dichter, die Farben der Besatzstreifen bunter und breiter. Der magere Bursche neben ihm mußte sein Sohn sein. Tillu faßte augenblicklich eine Abneigung gegen ihn. Sein Gesicht spiegelte nichts von der Besorgnis seines Vaters um Elsa, nur die lüsterne Neugierde eines Menschen, der von Blut und Schmerz fasziniert ist. Er leckte sich die schmalen Lippen und reckte den Hals nach dem Mädchen. Muskeln zuckten um seine Augen.

Der dritte war ein breitbrüstiger Bär von einem Mann. Stellte Heckram eine Ausnahmeerscheinung unter den Hirtennomaden dar, so galt dies erst recht für diesen Mann, der noch deutlicher die Kennzeichen der hellen südlichen Rasse zeigte. Er war noch einen halben Kopf größer als Heckram, und sein Haar war von der Sonne braun gebleicht, mit goldenen Strähnen. Er hatte das Leben mit einem guten Gesicht angefangen, entschied Tillu, hatte es aber im Laufe der Jahre verdorben. Seine Züge waren grob geworden und seine Augen schienen sich nicht ganz zu öffnen. Ein abwartender, im Verborgenen handelnder Mann. Seine Kleidung war einfach, aber gut gemacht. Ihre gedeckten Farben und einfacheren Säume ließen eher Reichtum ahnen als die bunt herausgeputzten Sachen, die der Sohn des Stammesführers trug. Und dieser Mann benahm sich, wie der Sohn es hätte tun sollen. Als er auf Elsa blickte, stieß er ein tiefes Seufzen wie ein Zischen aus und kreuzte die dicken Arme vor der breiten Brust. Er war der erste, der das Schweigen brach.

»Hätte sie meine Werbung angenommen«, sagte er mit ernster Strenge, »hätte ich sie nicht bei Nacht allein zur Quelle gehen lassen, um ihr Glück mit wilden Tieren zu versuchen. Warum müssen manche Männer beanspruchen, wofür sie nicht sorgen können? Du kannst nur dir selbst die Schuld daran geben, Heckram. Ich verstehe, warum du Capiam erst jetzt Meldung davon machtest. Kein Mann, der etwas auf sich hält, gibt so etwas gern zu …«

»Joboam.« Die Stimme des Stammesführers ließ ihn verstummen. Heckram holte aus, aber die Frau bei ihm ergriff seinen Arm und verhinderte, daß er dem Joboam genannten Mann die Faust ins Gesicht schlug. Tillu kauerte bei ihrer Patientin und machte sich kleiner, aber die Blicke, mit denen sie dieses Drama verfolgte, verrieten deutlich ihren Unwillen. Spannungen und Streitigkeiten dieser Art taten einem verletzten Menschen niemals gut. Wenn es noch mehr Unruhe gab …

Heckram schüttelte die Frau ab und trat von ihr weg,

so daß er zwischen Joboam und der Frau am Boden stand. »Es war kein wildes Tier«, grollte er. »Ein Mann tat dies. Und ich ging zuerst zur Heilerin, weil ich wußte, daß du doch nur dastehen und nutzlose Bemerkungen machen würdest, um die Schuld jemandem zuzuschieben, statt herauszufinden, wer es tat.«

»Es könnte ein Dämon gewesen sein«, sagte Capiams Sohn. Seine Augen leuchteten bei der Vorstellung. Niemand schenkte ihm die geringste Beachtung. Die Spannung knisterte zwischen Joboam und Heckram. Sie hätten allein in der Hütte sein können.

Auf einmal nahm die Frau, die Heckram zurückgehalten hatte, das Wort und zog alle Blicke auf sich. »Capiam, bist du der Stammesführer oder nicht? Leitest du dieses Dorf? Es ist einer unter uns, der dies getan hat. Wenn du uns führst, dann bist du es, nicht mein Sohn, der zu verantworten hat, daß man solch einen Mann unter uns leben läßt.«

Der ruhige Ton, in dem die Anklage vorgetragen wurde, machte sie um so schärfer. Der Sohn des Stammesführers glotzte. Die andere Frau sperrte den Mund auf. Dann klappte sie ihn zu, und ihr Blick wurde hart.

»Sie hat recht«, sagte sie mit brüchiger Stimme. »Sie hat recht! Noch nie hat es eine Zeit gegeben, da eine Frau sich fürchten mußte, allein zur Quelle zu gehen! Niemals ist eine Frau so brutal mißhandelt worden, am Rand unseres Lagers! Was soll aus uns werden, wenn es einen unter uns gibt, der dies ungestraft tun kann? Wohin führst du uns, Capiam?«

Ihre Stimme wurde mit jedem Wort schriller, und plötzlich keuchte sie. Sie drückte eine Hand an ihre Brust und sank langsam zu Boden. Ihr Gesicht löste sich in Falten und Tränen auf.

»Wer bist du, daß du so zum Stammesführer sprichst, alte Frau?« sagte Joboam mit zornbebender Stimme.

Heckram fuhr herum. Die Sehnen an seinem Hals traten wie straff gespannte dicke Schnüre hervor. Der Sohn des Stammesführers brachte sich zurückweichend in Sicherheit, stolperte in seiner Hast gegen Tillus Topf mit schmerzstillender Arznei und hätte ihn beinahe umgestoßen. Heckram trat einen Schritt auf Joboam zu und war überrascht, als die kleine Heilerin ihm plötzlich den Weg versperrte.

»Still! Still!« zischte sie. Jeden Augenblick konnten die beiden sich in die Haare geraten, und dann würde sie mehr Köpfe zu verbinden und gebrochene Finger einzurichten haben. Nicht heute nacht, gelobte sie sich. »Hinaus! Männer hinaus!« fügte sie energisch hinzu, als niemand reagierte. »Elsa braucht Ruhe. Elsa braucht Stille. Andere Männer hinaus, sagt Heilerin. Heckram bleibt hier, hilft Elsa behandeln.« Es war ein schlauer Gedanke, einen der Kontrahenten zurückzuhalten, und sie beglückwünschte sich im stillen dazu. »Du, Stammesführer.« Capiam mochte ihr Wort nicht verstanden haben, aber er sah den Finger, der zustoßend auf ihn zeigte. »Bring Männer fort, laß sie nicht hier streiten. Redet am Morgen, nicht jetzt. Nicht jetzt! Hinaus. Still!« zischte sie wieder, als der Sohn des Stammesführers den Mund auftat.

Einen langen Augenblick rührte sich keiner von der Stelle. Dann legte Capiam seinem Sohn eine Hand auf die Schulter, drehte ihn um und schob ihn aus der Hütte. »Joboam?« Er machte den Namen des Mannes zu einer Frage und zu einer Warnung. Joboam ballte die Faust und ließ sie Heckram sehen, dann zog er sich rückwärtsgehend aus der Hütte zurück, ohne Heckram aus den Augen zu lassen. Heckram starrte ihm nach wie ein knurrender Hund.

Tillu kniete neben der wehklagenden Mutter nieder. Sie legte die Arme um sie, ließ ihr den Trost des Weinens und schaukelte mit ihr vor und zurück. Die rhythmischen Bewegungen verschafften ihr selbst eine kleine Erleichterung. Eines Tages, dachte sie, würde sie zu sehr auf ihren Status als Heilerin vertrauen. Sie hatte darauf spekuliert, daß sie einen Stammesführer aus der Hütte weisen konnte, ohne Schläge dafür zu ernten. Sie hatte recht behalten, aber nun zitterte sie bei dem Gedanken, welches die Folgen gewesen wären, wenn sie sich verschätzt hätte.

Die andere Frau kam, ihren Platz einzunehmen, und vermischte ihre Tränen und leisen Klagen mit denen ihrer Freundin. Tillu überließ die beiden sich selbst und öffnete ihren Kräuterkasten. Eine Heilerin hatte keine Zeit, sich Kummer und Wehklagen hinzugeben. Sie nahm Kamille, Hopfen, Baldrian und Johanniskraut aus ihrem Kräuterkasten und vermischte sie mit kleinen Stückchen Weidenborke. Dann stellte sie frisches kaltes Wasser auf den Herd, während sie ihre Kräuter mischte. Als das Wasser kochte, nahm sie den Topf vom Feuer, tat die Kräuter hinein und stellte ihn zum Ziehen abseits. Diese Kräuter waren für leichten Schlaf und zur Linderung der Kopfschmerzen vom Weinen. Alle würden sie diese Nacht brauchen.

Als sie von ihrer Arbeit aufblickte, sah sie, daß auch Heckram die Anweisung der Heilerin befolgt hatte. Er saß neben Elsa und hielt ihre unverletzte, aber leblose Hand in der seinen. Mit einem Ausdruck ernster Sammlung schaute er in ein Gesicht, das immer weniger wie Elsa aussah. Entmutigt fragte sich Tillu, wie lange sie zum Sterben brauchen würde. Inzwischen konnte es keinen Zweifel mehr daran geben, daß der Druck im Schädel wie das Schwären im Innern einer geschlossenen Wunde zunahm. Sie verstand diese Verletzung nicht. Sie konnte nicht wie eine Infektion geöffnet werden, ließ sich nicht mit Umschlägen lindern wie das Anschwellen eines verstauchten Gelenks. Sie konnte nichts tun, als ihrem Sterben zuzusehen.

Der Tee hatte lange genug gezogen und war nun dunkel wie Honig. Sie nahm aufs Geratewohl einen Schöpflöffel von der Wand, wo er mit anderen Küchenutensilien hing, blickte umher und fand die geschnitzten hölzernen Schalen. Die Frauen hatten sich ausgeweint, lehnten aneinander und sahen ihr teilnahmslos zu, als sie ihnen den Tee brachte. »Ihr sollt ruhen«, sagte sie ihnen, und beide nickten. Tillu füllte eine dritte Schale und hielt sie Heckram hin, aber der bemerkte es nicht. Als sie seine freie Hand mit der Schale berührte, fuhr er zusammen, als ob sie ihn gestochen hätte. Langsam ließ er Elsas Hand sinken und deckte sie zu. Dann nahm er Tillu die Schale aus der Hand.

Eine Weile blieb er so sitzen, die Schale vor sich, und starrte in Elsas Gesicht. Zuletzt blickte er zu Tillu auf, und sie bedauerte, daß sie ihn bei Elsa zurückgehalten hatte. Sie sah jetzt, welche Anstrengung es ihn gekostet hatte, diese leblose Hand zu halten.

»Sie stirbt.« Sie las ihm die Worte von den Lippen ab, denn seine Stimme war leise wie ein Hauch. Er fragte sie nicht, verlangte nicht nach einer Lüge, um sich selbst zu beruhigen. Er sagte ihr, was er wußte. Sie neigte zustimmend den Kopf. Die nächsten Worte, schienen keinen Sinn zu ergeben. »Ich liebte sie nicht genug«, bekannte er. Dann hob er die Schale und trank den Tee aus, so heiß, wie er war.

Eine kleine Weile saß er in Gedanken, dann gab er Tillu die Schale zurück und streckte sich langsam auf den Fellen am Boden aus. Seine Hand berührte nicht Elsa, sondern den Rand des Felles, das sie bedeckte. Sie hörte sein angestrengtes Schlucken und wandte sich ab, um ihn allein zu lassen. Die Frauen murmelten miteinander. Sie weinten und klagten nicht mehr. Die Leidenschaft ihres Kummers war einstweilen versiegt. Bald würden sie schlafen.

Auch Tillu legte sich zur Ruhe. In der Nähe des Herdfeuers bereitete sie sich ein Lager, indem sie eines der Felle des Bodenbelages aufhob und sich damit zudeckte. Sie starrte in die Flammen, dann schloß sie die Augen und ließ ihr Bewußtsein unter den Rand des Schlafes gleiten.

Das Feuer war heruntergebrannt. Die weicheren Schatten in der Hütte, die ruhigen Geräusche der Schlafenden wirkten beruhigend auf Heckram. Er lag still, lauschte und starrte zu den Dachsparren hinauf. Das Gebräu der Heilerin hatte ihn nicht eingeschläfert. Ein Teil von ihm überlegte, ob etwas von dem Tee im Topf geblieben sei, ob eine zweite Schale endlich das ersehnte Versinken im Nichts bringen würde, aber der andere Teil von ihm war zu sehr mit Nachdenken beschäftigt, um sich zur Suche nach einer Schale mit beruhigendem Tee aufzuraffen.

Er versuchte sich zu erinnern, wann er Elsa das erste Mal berührt hatte, wie ein Mann eine Frau berührt. Er konnte sich nicht entsinnen. Es war in einer Zeit gewesen, die nicht mehr in den allgemeinen Zusammenhang seines Lebens zu passen schien. Er war später als die meisten Jungen zur Mannbarkeit erwacht und war für eine kürzere Zeit Opfer dieses Erwachens gewesen. Ungern erinnerte er sich des Heckrams jener Tage, eines jungen Burschen mit siedendem Blut, wie ein springender, schnaubender Sarva in der Brunft. Wie ein Sarva war er von einem willigen Mädchen zum nächsten gesprungen, hatte nur einen Augenblick mit jeder geteilt, mit geschlossenen Augen seine Lust genossen, den eigenen Herzschlag laut in den Ohren. Es war eine Zeit, die er bedauerte.

Niemand vom Stamm hatte ihn deswegen verurteilt. Machten nicht alle, Männer und Frauen, diese Zeit unvernünftiger Hitze und Verwirrung durch, um als Erwachsene daraus hervorzugehen? Die älteren Leute wandten den Blick von den Exzessen der Jugend und vertrauten darauf, daß die Zeit diesen Verirrungen ein Ende machen oder sie zu dauerhaften Beziehungen vertiefen würde. Heckram war ein ruhiger und nüchterner Junge gewesen, und nun war er ein gesetzter und verantwortungsbewußter Mann. Doch zwischen diesen beiden Leben lag jene Zeit unvernünftiger Wildheit. Er hatte auch wie ein Sarva gerauft, noch in den unschuldigsten Neckereien Beleidigungen gesehen und gegen alle gekämpft, Jungen seines Alters und solche, die Jahre älter waren als er. Er hatte nicht alle Kämpfe gewonnen, noch hatte er alle Mädchen gewinnen können, denen er nachgestiegen war. Doch so wenig er sich seiner Niederlagen entsinnen zu können schien, so verschwommen und unwirklich nahmen sich im Rückblick seine Siege aus.

Elsa war eine gewesen, die er gewonnen hatte, aber er konnte sich kaum an Einzelheiten der Eroberung erinnern. Wie er selbst, war auch sie vom ersten Aufkeimen der Reife erhitzt gewesen, aber sie war jünger als er gewesen, so viel jünger. Er bemühte sich um irgendein Detail, ein Wort in der Dämmerung, eine Berührung, die Form einer entblößten jungen Brust. Aber sein Gedächtnis gab nichts her. Sie war für ihn nur eine von vielen gewesen. Und dies machte das Wissen, daß er von ihren vielen der eine gewesen war, soviel schlimmer.

Es hatte ein paar Jahre gedauert, bis sein Blut abgekühlt war, aber als sein Übergang ins Erwachsenenalter vollzogen war, sah er sich in einem kalten, unbarmherzigen Licht. Daß niemand sonst ihm sein Verhalten zum Vorwurf machte, war für ihn keine Rechtfertigung. Er fand seine besondere Scham in dem Wissen, daß die Hitze seines Körpers niemals sein Herz berührt hatte. Elsa, so einfach und vertrauend, hatte ihn auf verschiedene Weise wissen lassen, daß sie kommen würde, wenn er sie riefe. Sie war bereit gewesen, auf ihn zu warten, bis er sich bereit fühlen würde, Verantwortung zu übernehmen, ohne jemals zu zweifeln, daß er mit der Zeit zu ihr finden würde. Nun wünschte er, daß er den Mut gefunden hätte, sie abzuweisen, ihr auf eine freundliche, nicht verletzende Art und Weise zu sagen, daß sie einen besseren Mann als ihn suchen solle. Inzwischen hätte sie Kinder haben können, Frau und

Mutter sein können. So viel hatte sie mit dem Warten auf ihn versäumt.

Er wartete darauf, daß Tränen kämen, aber seine Augen waren trocken, die Lider wie sandig, wenn er sie schloß. Er seufzte, dann ging ein Ruck durch ihn, als er ein antwortendes Seufzen von Elsa hörte. Im Nu war er neben ihr auf den Knien, flüsterte: »Elsa? Elsa?«

Sie antwortete mit einem langgezogenen Stöhnen, dem mit dem nächsten Atemzug ein weiteres folgte. Er nahm ihre schlaffe Hand. Die Finger zuckten leicht gegen seine rauhe Handfläche. Er schloß seine Hand um sie und hoffte, sie könne fühlen, daß er da war.

Ein Rascheln, und die Heilerin war bei ihnen. Das Haar hing ihr ungekämmt ums Gesicht, und ihre Augen waren alt, als sie sich nahe über Elsa beugte und sie beobachtete. Als sie sich aufrichtete, blickte sie ihm ins Gesicht und schüttelte langsam den Kopf. »Quäl dich nicht«, flüsterte sie leise. »Hoffe nicht.«

»Sie leidet Schmerzen«, erwiderte er.

Tillu sagte nichts, sondern wandte sich zum Herdfeuer. Sie nahm einen Löffel aus ihrem eigenen Kasten, schöpfte damit Flüssigkeit aus dem Topf, den sie neben dem Feuer warmgehalten hatte. Dann bedeutete sie ihm, Elsa vorsichtig anzuheben, daß sie trinken könne. Elsas bandagierter Kopf lag steif an seiner Schulter, als er sie stützte. Tillu hielt den Löffel an ihre geschwollenen Lippen, gab ihr aber nicht mehr, als zu ihrer Befeuchtung ausreichte. Er runzelte die Stirn über ihren Geiz.

»Schwarzer Nachtschatten«, erklärte sie im Flüsterton. »Zuviel tötet. Kleines bißchen macht tiefen Schlaf.«

Er ließ Elsa behutsam auf das Lager zurücksinken, blieb aber bei ihr sitzen und hielt ihre Hand. Eine Weile gingen ihre Atemzüge ächzend. Dann wurden die Geräusche leiser und beruhigten sich.

»Sie schläft«, sagte Tillu. »Nicht auch schlafen jetzt?«

»Nein.« Aber er legte sich wieder neben Elsa. Gern

hätte er sich an sie geschmiegt, sie gehalten und gewärmt, um ihr das Gefühl zu geben, daß er sie beschützte, den Tod mit der Wärme seines eigenen Lebens in Schach hielt. Aber er wußte, daß der Druck seines Körpers ihr nur Schmerzen bereiten würde. So gab er sich damit zufrieden, ihre Hand zu halten. Er streichelte ihre kleinen Finger, drückte sie einmal an seine Lippen. Er schloß die Augen. Diesmal behielt er ihre Hand in seiner, als er ihr hinab in die Dunkelheit des Tiefschlafes folgte.

Der Morgen kam, ein kaltes rauhes Tier, das Heckram beschnüffelte und aus der Behaglichkeit des Schlafes stieß. Er ließ die Augen geschlossen und widersetzte sich dem Bewußtsein. Aber sein Körper beklagte sich über Kälte und Steifheit. Er murrte halblaut und machte Anstalten, eine bequemere Lage zu finden, nur um sich einer kalten Hand in seiner bewußt zu werden. Die Ereignisse des Vorabends brachen erbarmungslos über ihn herein, rissen ihn in hellwaches Erschrecken. Er fuhr hoch, kam auf die Knie und starrte schweigend in Elsas Gesicht.

Sie war tot. Er hatte ihre Todeskälte in seiner Hand gefühlt und es im Schlaf gewußt. Er hatte sie im Traum als Tote gesehen, wie sie durch den Schnee nach Saivo fortgegangen war. Sie hatte den Bogen umgehängt, und an ihrer Hüfte baumelte die bestickte Jagdtasche. Ihr leichter Schritt hatte sie über die verharschten Schneewehen getragen. Sie hatte im Sonnenschein des Vorfrühlings ihre rote Mütze abgenommen, und ihr offenes Haar hatte heller geglänzt als die Schneewehen. So schön. Er hatte ihr nachgesehen, ihr nachgelächelt. Er hatte sie nicht zurückgerufen.

Dieser Morgen fand sie nicht so schön. Er wandte den Blick von dem bandagierten Kopf, dem geschwollenen, schwärzlich verfärbten Gesicht, denn nicht dies war es, was er von ihr im Gedächtnis behalten wollte. Sorgsam bedeckte er ihr Gesicht mit einem Fell, um es nicht dem Licht auszusetzen, das zum Rauchloch hereindrang. Als er es tat, rollte etwas von ihrer Decke, wo es gelegen hatte. Es fiel mit leisem Geräusch auf die Bodenfelle und rollte in einem Halbkreis, bis es an seinem Knie zur Ruhe kam. Er starrte darauf. Es war etwas Finsteres an dem einfachen, unschönen Stiel und der schwarzen, fleckigen Kelle.

Sein Blick ging zu den Herdsteinen. Der kleine Topf, der die Arznei enthalten hatte, lag auf der Seite. Heckrams Gedanken drehten sich wie betäubt im Kreis; er verweigerte Schlußfolgerungen. Er wollte nicht nachsehen, wieviel Arznei noch im Topf war, wollte nicht versuchen, sich zu erinnern, ob Tillu den Schöpflöffel am Abend zuvor in den Topf zurückgetan hatte. Hatte sie ihn etwas gefragt, als sie gesagt hatte, zuviel davon würde töten? Hatte sie in seinem Gesicht eine unausgesprochene Antwort zu lesen geglaubt? Plötzlich kam ihm Bruk in den Sinn, hilflos zappelnd im Schnee, und seine eigene besänftigende Hand, die dem suchenden Messer vorausgegangen war. Er stöhnte leise.

Er nahm den Schöpflöffel beim Stiel, trug ihn zum Topf und ließ ihn auf die kalten Herdsteine fallen. Es klapperte hölzern, aber niemand regte sich. Ristin und Missa schliefen Seite an Seite, vereint im Kummer. Elsa war das letzte überlebende Kind Kuoljoks und Missas gewesen. Mit ihr war die Hoffnung auf Enkelkinder zerbrochen. Sie waren die aufgefaserten Enden einer langen Leine, die von weit her kam und nun abgeschnitten war. Er dachte an den armen alten Kuoljok, der bald in Heckrams Hütte erwachen würde, allein und verwirrt. Er hatte gestern abend ganz verstört gewirkt. »Was ist geschehen?« hatte er wieder und wieder gefragt, lange nachdem Heckram müde geworden war, ihm zu erklären, daß er es nicht wisse. Die einfache Frage hatte schmerzlicher getroffen als Joboams törichte Beschuldigung.

Und die Heilerin? Er wandte langsam den Kopf und sah sie in einem dunklen Winkel der Hütte schlafen. Auf unerklärliche Weise war Kerlew da, lag zusammengerollt neben ihr und lächelte im Schlaf.

- 15 -

Nasse Schneeklumpen glitten von den Ästen und Zweigen der Bäume und fielen mit dumpfem, weichem Aufschlag zu Boden. Es war ein unregelmäßiges, verstohlenes Geräusch, als ob irgendein großes Tier durch die Wälder schliche. Das war nicht das einzige Zeichen der Veränderung. Die papierdünne Rinde der Birken schien von innen heraus zu leuchten, und an den Zweigen der Salweide saßen dicke rote Knospen. Aber die abrutschenden Schneelasten auf den Zweigen waren das deutlichste Zeichen. Von ihrer Bürde befreit, schnellten die Zweige hoch, erschütterten die Bäume und lösten neue Naßschneelawinen aus, die mit dumpfem Geräusch in den aufgeweichten, mit dürren Nadeln bestreuten Firn am Waldboden plumpsten. Sogar die kleinen dunklen Jungfichten der feuchtkalten Tallichtungen hatten zum Einzug des Frühlings ihre weißen Kappen abgelegt.

Früher am Tag hatte sich eine fallende Schneelast auf Heckrams Schultern und Rücken ergossen, und einiges davon war ihm in den Kragen geraten und eisig über Brust und Rücken geronnen. Er war noch immer naß und fröstelte. Die Tage des Frühlingstauwetters waren eine elende Zeit. Der dunstige Sonnenschein, der den Schnee aufweichte, aber nicht stark genug war, ihm nachhaltig den Rücken zu wärmen, wurde von den schrumpfenden Schneewehen gleißend zurückgeworfen und zwang ihn, die Augen blinzelnd zusammenzukneifen. Der nasse Schnee, durch den er watete, durchweichte Schuhe und Hosen, beschwerte sie und hing an seinen Beinen, so daß jeder Schritt beschwerlich wurde. Der Wechsel der Jahreszeiten, der sonst immer sein Herz erfreut hatte, ermüdete ihn jetzt nur. Er stand am Hang des langgestreckten Höhenzuges, blickte hinab zu den Rentieren und zog die Stirn in Falten.

Die Tiere arbeiteten sich durch die schweren, nassen Schneewehen, in denen sie bis an die Bäuche versanken, und wenn sie scheuten, brandeten sie in wilden Fluchten hindurch. Um an die Flechten zu kommen, scharrten sie Löcher in den Schnee, steckten die Köpfe hinein und rupften die Flechten von dem noch gefrorenen Boden. Und jede Nacht kehrte der Winter zurück und überzog den weichen Schnee mit einer dicken Eiskruste, die den Tieren die Läufe wundrieb und zerschnitt. Am schlimmsten war es, wenn die Rentiere nach dem Aufscharren der oberen Schneekruste oder Savve den Boden mit Flen bedeckt fanden, einer dicken vereisten Unterschicht, die sich mit den zarten weißen Flechten verband, die als Rentiermoos bekannt sind. Hartnäckig scharrten die hungrigen Tiere die gefrorenen Brocken heraus und fraßen sie. Weil sie mit den Flechten aber zuviel Eis verzehrten, wurden sie schwerfällig und bisweilen krank. Seine eigenen Tiere schienen noch gesund zu sein, aber die von Elsas Eltern sahen bereits abgemagert aus. Er mußte etwas unternehmen.

»Heckram!«

Er wandte sich um, erschrocken und bereits ärgerlich über die Störung seiner Einsamkeit. In den letzten Wochen hatte er genug geredet, daß es für ein Leben reichte. Zuerst hatte er nur schlafen und sich in Bewußtlosigkeit vor den Gedanken verstecken wollen. Dann war seine Müdigkeit in erbitterte Empörung umgeschlagen. Gegen den Rat seiner Mutter und Elsas Eltern war er zu Capiam gegangen. Vor dem Stammesführer und den Dorfältesten, die seine Berater waren, hatte er kühn seinen Verdacht zur Sprache gebracht. Und sie hatten ihn zurechtgewiesen. Sein Magen zog sich zusammen, als er daran dachte.

Capiams Augen hatten wie schwarzer Obsidian geblitzt. Zorn hatte ihm die Brust geschwellt, aber er hatte äußerlich ruhig gefragt, auf der Grundlage welcher Beweise er Joboam dieses abscheulichen Verbrechens beschuldige. Heckram verzog das Gesicht, als ihm seine stockenden Bemühungen einfielen, seinen Verdacht glaubhaft zu machen. Daß Joboam sich Elsa aufgedrängt hatte, daß er sich des Nachts zwischen den Hütten herumgetrieben hatte und daß Elsa sich sogar noch nach ihrer Verlobung beklagt hatte, der Mann sei ihr nachgegangen, als sie auf der Jagd war. Selbst in seinen eigenen Ohren hatte es sich wenig überzeugend angehört, mehr wie das jammernde Genörgel einer überreizten Einbildungskraft. Die Ältesten hatten zugehört und Blicke ausgetauscht, während er seine Klage vorgebracht hatte. Und dann hatte Capiam gesprochen. »Kannst du nicht davon ablassen, Heckram? Es ist für Joboam schmerzlich genug, daß die Frau, die er begehrte, dich statt seiner wählte. Es ist Kummer genug für ihn, daß sie umgekommen ist. Ich werde ihn nicht dieser Tat beschuldigen. Ich weiß, daß er mit Rolke Tablo spielte, als wir zuerst von Elsas Unglück hörten. Es ist uns allen auch bekannt, Heckram, daß du ihr in die Nacht hinaus folgtest. Doch niemand sprach wegen solch einer Geringfügigkeit gegen dich. Du würdest gut daran tun, unserem Beispiel zu folgen. Laß die kleinlichen Eifersüchteleien der Kindheit beiseite. Betrauere Elsa, wie es sich ziemt. Aber versuche nicht einem Mann die Schuld an ihrem Tod aufzubürden, der ihr nur Zuneigung und Fürsorge zeigte. Dein Vater war ein Mann, dem ich vertraute, Heckram. Ich stützte mich auf seine Weisheit. Ich wünschte, du hättest sie geerbt. Geh jetzt. Sprich nicht mehr darüber. Was auch immer, Tier oder Dämon, Elsa tötete, es ist uns entkommen. Es hat keinen Sinn, weiter darüber nachzudenken.«

So hatte er die Hütte des Stammesführers verlassen und nicht mehr davon gesprochen. Aber es war bald offenkundig geworden, daß alle von seiner Anschuldigung gehört hatten. Die meisten sahen darin eine Tat, die eines Mannes vom Hirtenstamm unwürdig sei.

Aber er konnte nicht davon ablassen, noch konnte er sich in den Schlaf flüchten. Seine Gedanken jagten sich im Kreis, nahmen ihm den Appetit und ließen ihn nicht ruhig schlafen. Er hatte gespürt, wie seine Mutter und Missa ihn beobachtet hatten, wenn Lasse gekommen war, um ihn zur Jagd zu überreden. Gelegentlich hatte er an die Heilerin und ihren Sohn gedacht, aber kein Verlangen verspürt, dem Jungen gegenüberzutreten, den er allzu lange zurückgesetzt hatte, geschweige denn der Frau, die an Elsa eine so tödliche Heilung praktiziert hatte. Seine Gedanken hatten ihn verfolgt und gebissen wie ein Rudel Wölfe, die einen alten Sarva eingekreist haben. Dann war er eines Tages aufgestanden und allein in die Stille der Wälder zu den Herden gegangen. Er hatte sich so sehr in die Arbeit vertieft, daß er nicht über die nächsten Dinge hinausdenken konnte. Außer, wenn irgendein Dummkopf kam, mit ihm zu reden.

Lasse mühte sich den Hang herauf. Bei jedem Schritt versank er bis über die Knie im Schnee. Heckram beobachtete ihn mit kritischem Blick. Der Junge war mager, aber sein Haar glänzte in der Sonne. Er neigte noch immer dazu, den längst verheilten Arm an den Oberkörper zu drücken. So gern er den Jungen hatte, er wünschte, daß Lasse nicht gekommen wäre. Zu Heckram sprach Lasse selten von Elsa. Aber sein Stillschweigen war irgendwie schlimmer als die tröstenden und mitfühlenden Worte der anderen. Bevor der Junge näher gekommen und ihn mit seinen mitfühlenden Blicken peinigen konnte, rief er Lasse zu:

»Gib für mich acht, daß die Tiere auf Distanz bleiben, Lasse. Ich will einen Baum fällen.«

Er zog seine Handaxt aus dem Gürtel. Der Stiel war aus der natürlich gewachsenen Krümmung eines Rentiergeweihs gemacht, die Klinge aus geschliffenem und poliertem Stein. »Warte!« rief Lasse zurück, und Heckram sah, daß der Junge eine größere Holzfälleraxt bei sich trug. Er winkte damit herauf, und Heckram steckte seine Handaxt wieder ein.

»Ich dachte mir, daß du sie brauchen könntest«, schnaufte Lasse, als er zu ihm kam. »Und ich wollte dir sagen, daß ich die Godde gesehen habe. Sie ziehen zu den höheren Hügeln. Was meinst du?«

»Ich habe seit Tagen nicht an die wilde Herde gedacht, Lasse. Ich habe keine Zeit mehr zum Jagen. Ich muß mich nicht nur um meine eigenen Tiere kümmern, sondern auch um die meiner Mutter und die Kuoljoks und Missas.« Elsas erwähnte er nicht. Das Eigentum an ihnen war an ihre Eltern zurückgefallen, obwohl Missa darauf hatte bestehen wollen, daß Heckram als ihr Verlobter sie übernehmen solle. Die Erinnerung an das schmerzliche Hin und Her tat wieder weh.

»Ich meinte nicht, daß wir auf die Jagd gehen sollten. Ich meinte, wir sollten ihnen folgen, unsere Tiere hinauf zu besserer Weide treiben, bis der Frühling stärker ist. Der Flen ist so dick, daß man ihn kaum mit einem Stock durchstoßen kann. Ich habe es versucht.«

»Deshalb will ich einen Baum fällen; damit sie ihn abweiden können. Halte sie auf Abstand, ja?«

Mit einem schweigenden Nicken des Dankes nahm er dem Jungen die Axt aus der Hand und wählte einen Baum, der sich bereits stark neigte. Moos und Bartflechten hingen dick von seinen Ästen. Die ersten paar Schläge warfen den schweren nassen Schnee mit dumpfem Gepolter herunter, und er brachte sich mit einem Satz in Sicherheit. Als die Schneelast unten war, trat er neben den Stamm, spreizte die Beine und schwang die

Axt. Die Klinge biß in das weiche Holz und ließ Rindenstücke und weiße Späne fliegen. Lasse stapfte im Schnee hin und her und versuchte tapfer, die älteren Tiere zurückzutreiben, die bereits wußten, daß Axtschläge Nahrung bedeuteten. Als der Baum zu ächzen begann, brüllte Heckram: »Weg da, er kommt!« Der Junge sprang zur Seite, und gleichzeitig brandeten die hungrigen Tiere vorwärts. Mit einem jähen, scharfen Bersten fiel der Baum und schlug mit seinen ausgestreckten Zweigen auf Nüstern und Schultern der ungeduldigsten Rentiere. Sie taumelten, wichen zurück, drängten aber sofort wieder heran. Im Nu war der gefallene Baum umringt von Rentieren, die ihm die Bartflechten von den Zweigen und Ästen rissen.

Während die Tiere beschäftigt waren, fällten Heckram und Lasse kurz nacheinander zwei weitere Bäume, indem sie sich mit der Axt abwechselten. Lasses Tiere hatten die Axtschläge gleichfalls vernommen und kamen von ihren Weideplätzen weiter unten den Hang herauf, um an dem mühelosen Mahl teilzunehmen. Die beiden Hirten setzten sich keuchend auf das Stumpfende eines der gefällten Bäume und sahen ihren Tieren zu.

»Du hast recht. Es wird Zeit, daß wir sie ins höhere Hügelland treiben«, sagte Heckram, als hätte es keine Unterbrechung ihres Gesprächs gegeben. »Die Godde wissen, wo die Weide am besten ist. Ein kluger Hirte sieht zu, daß seine Tiere ihnen folgen.«

»Gut. Heute nacht?«

Heckram überlegte. Bei diesem Wetter war nachts die beste Zeit für den Herdentrieb. Dann war die Schneeoberfläche zu einer harten Kruste gefroren, die Mensch und Tier tragen konnte. Er und Lasse konnten ihre Tiere in höheres Gelände führen, wo das Frühjahrstauwetter die Weide noch nicht ruiniert hatte. Sobald der Frühling dann auch diese Höhen erreichte, würden sie ihre Tiere wieder hinausführen und die lange Frühjahrswanderung von den Wäldern über die flache Tundra zu den Sommerweiden beginnen.

»Heute nacht, ja. Kommt deine Großmutter?«

Lasse blickte zur Seite, blinzelte über den im Licht gleißenden Schneehang. »Nein. Diesmal nicht.«

Heckram wußte, daß es ein schlechtes Zeichen war. Wenn die älteren Leute anfingen, sich zu alt zu fühlen, um im Vorfrühling die Wanderung vom Talvsit zu den zeitweiligen Lagern im höheren Hügelland zu unternehmen, war es ein Zeichen, daß sie des Lebens müde wurden. »Ich glaube, meine Mutter und Elsas Eltern werden dieses Jahr auch nicht mitkommen.«

Lasse dachte darüber nach. Aber er sagte nur: »Dann wirst du eine Menge Tiere zu führen haben.«

Heckram schnaubte. »Es heißt, unsere Väter wären mit genauso vielen und noch mehr umhergezogen, und alle hätten ihnen selbst gehört«, sagte er in unbekümmertem Ton. »Wir haben noch viel zu tun, bevor wir wiedergewinnen, was sie hatten.«

»Ist dir das so wichtig?«

Heckram sah ihn erstaunt an. »Dir nicht? Außerdem, was gibt es sonst? Wäre es nicht gut, in diesem Herbst einen fetten starken Harke zu schlachten und das Fleisch für den Winter aufzuhängen, statt dich mit den alten, abgenutzten Tieren zu begnügen? Würde es dir nicht gefallen, Pulkors und Harkar mit deinem Überschuß an Fleisch und Fellen zu beladen und nach Süden zu ziehen? Um dort Bronzewerkzeug einzuhandeln, statt dich mit Stein und Knochen zufriedenzugeben, und Hemden aus warmer Wolle, statt aus Lederflecken?«

»Leben wir denn so armselig?« fragte Lasse mit leiser Stimme.

Heckram schwieg verdutzt. Dann meinte er: »Nein. Aber es ist auch nicht so üppig.«

Lasse blinzelte über den Schnee hinaus, während er sprach, und Heckram überlegte, ob er zu ihm oder zu sich selbst spreche. »Trotzdem, es gibt Arme und Arme.

Da ist Joboam, der doppelt so viele Tiere hat wie du, die dichtesten Pelze, die beste Vaja, das Beste von allem. Und doch wollte Elsa ihn bei all seinem Reichtum nicht haben. Und da bist du, nicht reich, aber mit genug Tieren, um durchzukommen, wenn du sparsam und vorsichtig bist. Aber Elsa war bereit, auf dich zu warten, bis du soweit wärst. Ich glaube, ihr zwei hättet reicher als Joboam oder der Stammesführer werden können. Wünschst du dir manchmal, du hättest nicht so lange gewartet, Heckram?«

Heckram musterte den Jungen, sah ihn mit anderen Augen. Er war bei seiner Frage errötet, und seine Mutter hatte ihm die alte Mütze mit einer neuen Borte geschmückt. Er saß nicht da wie ein Junge, der auf Heckrams Antwort wartete. Seine Haltung zeigte, daß er jetzt ein Mann war und daß sie beide Männer waren, die über das Leben und die Verhältnisse sprachen. Heckram überlegte, wer das Mädchen sein mochte, und wie gut oder schlecht Lasse die Regungen seines Herzens beherrschen würde. Aber als er antwortete, sagte er kalt: »Nein. Ich habe mein Warten niemals bedauert.« Nur ihres. Aber das sagte er nicht, und Lasse würde es nie vermuten.

Lasse war taktvoll genug, nicht nachzufragen. Stattdessen verkündete er unvermittelt: »Capiam denkt daran, die Heilerin zu fragen, ob sie mit uns zur Sommerweide ziehen will.«

Heckram versteifte sich ein wenig. »Wozu?«

»Wozu?« echote Lasse. »Als Heilerin, versteht sich. Wie lang ist es her, seit wir eine hatten? Die alten Frauen tun, was sie können, aber sie wissen nur, was sie von ihren Müttern haben. Sie sind keine richtigen Heilerinnen. Und Tillu ist gut, selbst wenn sie Elsa nicht retten konnte. Denk nur, wie gut mein Arm verheilt ist.«

Nachdem sie dir ein Loch hineingeschossen hatte, dachte Heckram bei sich. Und du wirst nie erfahren, wie wirksam ihre ›Arznei‹ für Elsa war, mein Freund.

»Lanja ist mit ihrem Jungen zu Tillu gegangen«, plapperte Lasse weiter. »Du weißt, er hatte immer diesen Ausschlag. Tillu stellte eine Menge Fragen und sagte dann, der Junge dürfe keine Rentiermilch und keinen Käse essen. Jetzt ist der Ausschlag beinahe weg. Und für die Schulter meiner Großmutter machte sie eine Salbe zum Einreiben, die ihre Schmerzen lindert und die Steifheit herausbringt, sogar im Winter.«

»Dann wird sie wohl mit uns kommen«, bemerkte Heckram. Er hatte seit Elsas Tod nicht mit ihr gesprochen. Seine Empfindungslosigkeit wunderte ihn. Entweder sollte er ihr dankbar sein, daß sie Elsas Leiden beendet hatte, oder er sollte sie aus demselben Grund hassen. Diese eigentümliche Leere in ihm war unangemessen. Sie ähnelte allzu sehr dem, was er bei dem Gedanken, Elsa zu heiraten, gefühlt hatte. Glaubte er, der Heilerin ebensowenig entrinnen zu können? Er zog sein Messer aus dem Gürtel, um aus einem Schößling in der Nähe eine schlanke Gerte zu schneiden. Während er daran schnitzte, hörte er Lasse mit halbem Ohr zu.

»Ich wette, sie wird mitkommen, wenn Capiam sie fragt. Einige sind dagegen. Joboam kann ihren schwachsinnigen Jungen nicht ertragen. Er sagt, der Kleine habe Wolfsaugen. Einige der anderen denken ähnlich. Mir kam Kerlew nicht so seltsam vor, aber …«

»Kerlew ist kein Schwachsinniger«, erklärte Heckram mit Entschiedenheit, und diesmal überraschte ihn die Stärke seines Empfindens. Sein Messer schälte einen langen Rindenstreifen von der Gerte.

»Sicher, das ist wahr, nehme ich an. Er tappt nicht herum und sabbert, oder so etwas. Aber als Missa ihn an dem Morgen Wasser holen schickte, tat er, als könnte er nicht verstehen, was sie wollte. Schließlich gab sie ihm den Eimer in die Hand und deutete zur Quelle. Als er hinkam, drehte er den Eimer um und setzte sich darauf. Saß einfach da und starrte mit diesem unheimlichen Blick in den Augen aufs Wasser …« Lasses Stimme versagte plötzlich. Er räusperte sich. »Zwei von Kelrs kleinen Jungen wollten mit ihm reden, aber er antwortete nicht. Weil er sie nicht beachtete, bewarfen sie ihn mit Schnee, nur um ihn in Bewegung zu bringen, du weißt, wie Jungen sind. Und Kerlew, doppelt so alt wie sie, rannte heulend zurück zu seiner Mutter. Und wollte nicht zurückgehen, um den Eimer oder das Wasser zu holen. Du kannst nicht sagen, das sei nicht seltsam.«

»Das Seltsamste daran ist, daß Kelr seinen Jungen erlaubt, einen Fremden so zu behandeln.«

»Es war bloß ein harmloser Jungenstreich!« sagte Lasse. Er zupfte gefrorene Schneeklumpen von seinen feuchten Beinlingen.

»Das war es vielleicht für Kelrs Jungen, aber was war es für Kerlew? Und du kannst den Wert eines Jungen nicht nach einem kleinen Vorfall wie diesem beurteilen. Denk daran, daß er in der Nacht allein zum Talvsit kam. Ich kann noch immer nicht glauben, daß er nachts der Pulkorspur von seinem Zelt bis zu unserem Dorf folgte. Allein, im Dunkeln.«

»Aber das ist wieder so eine Sache«, wandte Lasse ein. »Warum blieb er nicht in seinem Zelt, wie seine Mutter ihm befohlen hatte?«

»Ich hatte versprochen, daß ich dich hinschicken würde, ihm Gesellschaft zu leisten. Und über allem anderen vergaß ich, es dir zu sagen.«

»Das ist kein sehr guter Grund, um diese ganze Strecke in Nacht und Kälte zu gehen.«

»Vielleicht nicht für einen von uns. Aber Kerlew kommt mir wie ein sehr zielstrebiger junger Mann vor.«

»Zielstrebig, sagst du. Einfältig, sagen die anderen. Nun, mir ist es gleich. Kerlew unter uns zu dulden ist ein geringer Preis dafür, daß wir wieder eine Heilerin bekommen.«

Heckram schwieg eine Weile. Dann stieß er plötzlich ein rauhes Lachen aus, das Lasse zusammenschrecken ließ. Er sah die krumme Gerte an, die er gerade durchgeschnitten hatte, und warf sie in den Schnee. Mit müder Stimme sagte er: »Ich frage mich, ob jemand daran gedacht hat, welchen Preis Kerlew dafür zahlen wird, daß wir seine Mutter als unsere Heilerin bekommen?«

»Was für ein Preis?«

Tillu kehrte ihrem Feuer den Rücken. Sie hatte gerade dampfendes Wasser in einen kleinen hölzernen Trog gegossen. »Was du geben willst.«

Joboam dachte, es sei eine Frage. Er saß mit entblößtem Unterkörper auf den Fellen und hielt den linken Unterarm in Schoß. Ein Breiumschlag aus der gekochten und zerstoßenen inneren Rinde einer Fichte bedeckte die angeschwollene und gerötete Vereiterung an der Rückseite seines Unterarms. Der Schnitt war nicht länger als ein Finger, aber die von ihm ausgehende Anschwellung hatte seinen Ellbogen versteift und seine Finger zu dicken Würsten an einer aufgedunsenen Hand gemacht. Trotz seiner Schmerzen handelte er. »Zwei Wolfsfelle, ohne die Schwänze. Oder eine Wurst und zwei Käse?«

»Was du wählst. Wie alt, dieser Schnitt?«

Joboam blickte auf den Arm und zog die Brauen zusammen, als ob die Betrachtung der Wunde seine Schmerzen vergrößerte. Er nahm sich mit der Antwort Zeit. »Sehr alt. Lange, lange her. Ich hatte geschnitzt und schnitt mich. Nicht schlimm. Es blutete nicht sehr. Es heilte eine Weile. Dann wurde der Arm dick, und es fing an zu eitern. Ich nahm mein Messer, schnitt die Stelle auf, wusch sie aus. Sie fing an zu heilen. Dann kam wieder die Anschwellung, größer, schlimmer. Wieder schnitt ich hinein. Ich dachte, es heilt, aber dann wurde es wieder schlimmer, schwoll noch stärker an. So schlimm wie jetzt war es noch nie.«

Joboam sprach langsam und mit einfachen, deutlichen Worten, genauso wie Tillu. Sie sagte den Leuten aus dem Dorf nicht, daß sie ihre Sprache inzwischen verstand. Bestimmte Wörter mochten ihr unverständlich bleiben, aber sie hatte sich an die seltsame Aussprache und Betonung gewöhnt. Und sie konnte den Dialekt dieser Leute fließender sprechen, als sie es tat. Sie fand es leichter, sehr einfach und kurz zu sprechen. Es enthob sie der Notwendigkeit, über etwas anderes als das Heilen zu sprechen. So konnte sie ihre Distanz wahren.

»Sei froh, Mann. Ein Glück, daß du noch lebst, nicht vergiftet. Schlimme Verletzung. Vielleicht etwas da drinnen. Wenn etwas, müssen wir finden, herausholen. Wird große Schmerzen machen, es finden. Aber wenn wir nicht finden, es wird dich töten.« Während sie es sagte, öffnete sie einen kleinen Lederbeutel und schüttete etwas Salz daraus in ihre Hand. Dann biß sie sich auf die Unterlippe und schüttete noch etwas mehr auf das Häuflein glitzernder Kristalle. Das Salz war kostbar, nicht nur als Gewürz, sondern auch wegen seiner Zugwirkung, wenn man es in Umschlägen und zum Einweichen verwendete. Wie Joboams Arm aussah, würde die Behandlung den größten Teil ihres Vorrats verschlingen. Wieder einmal fragte sie sich, warum die Reichsten die Geizigsten waren, wenn es ans Bezahlen ging.

»Glotz mich nicht so an, Junge!« knurrte Joboam plötzlich.

Tillu blickte auf. Joboam war sehr zeitig gekommen. Sie hatte Essen für den Jungen und sich bereitet, die Arbeit aber beim Anblick von Joboams Arm zurückgestellt. Kerlew wartete auf den Fellen beim Herdfeuer. Er sah wie ein hungriger Hund zu, wie sie ihre Gerätschaften herausnahm. Kerlew antwortete Joboam nicht, ließ aber den Kopf hängen. Seine Hände spielten lustlos mit seinen kostbaren Löffeln.

»Kerlew«, sagte Tillu in freundlichem Ton, »geh hinaus. Du kannst Brennholz für mich sammeln.«

»Aber ich bin hungrig!«

»Dann nimm Käse und Wurst mit und iß das.«

»Ich will warmes Essen.«

»Raus, Junge!« grollte Joboam. Kerlew blickte nervös zur Seite, gab aber sonst nicht zu erkennen, daß er den Mann gehört hatte. Er sog seine Unterlippe ein und blickte zu Tillu auf.

Sie zwang sich zur Ruhe. »Dann geh Brennholz holen. Iß jetzt Käse und Wurst, und wenn du das Holz aufgestapelt hast, werde ich von dem Rentierfleisch kochen, das Lanja uns gebracht hat. Geh jetzt. Dann kann ich schneller arbeiten. Lauf schon!«

Sie blickte nicht zu Joboam, als sie den Jungen zum Verlassen des Zeltes drängte. Es hatte immer Männer wie Joboam gegeben und würde immer Männer wie ihn geben. Männer, die glaubten, sie könnten das Kommando übernehmen, wenn kein anderer Mann da war. Männer, die Kerlews eigentümlichen Blick nicht ertrugen, die sich von seiner stockenden Sprechweise und seinem seltsamen Verhalten herausgefordert fühlten. Männer, die imstande waren, den Jungen zu schlagen, wenn er ihnen zu nahe kam oder sie zu lang anschaute. Männer, die ihn fürchteten, wie sie Krankheit oder Wahnsinn fürchteten.

Als sie das Salz in dem dampfenden Wasser auflöste und sauberes weißes Moos bereitlegte, sagte sie sich, daß Joboam Schmerzen litt. Wahrscheinlich war er müde von der Wanderung zu ihr, und fühlte sich unbehaglich am fremden Ort. Sie mußte geduldig sein und sich erinnern, daß sie eine Heilerin war. Eine Heilerin. Sie seufzte, und langsam wich die Spannung aus ihren Schultern. Sie würde ihn behandeln können, wie sie jeden anderen behandelte. Und dann würde er gehen.

»Heißes Wasser. Langsam, langsam«, sagte sie, als sie den Trog vor ihn stellte. Er war gerade groß genug, daß Joboam den Unterarm eintauchen konnte. Sie nahm den Breiumschlag von der Wunde und zeigte zum Wasser.

Sie beobachtete sein Gesicht, sah ihn zucken, als sein Ellbogen das heiße Wasser berührte. Seine Backenmuskeln traten knotig hervor, und seine Augen wurden schmal, aber langsam senkte er seinen Arm ins Wasser. Schweißperlen erschienen auf seiner Stirn und der Brust, aber er gab keinen Laut von sich. Sie wandte sich zur Seite, nicht bereit, seine Selbstbeherrschung zu bewundern.

»Warum bist du nicht früher gekommen?« Sie suchte im Moos herum und zog kleine Hölzer und Erdklümpchen heraus und warf sie ins Feuer.

»Ich dachte, es würde von selbst heilen.« Seine Stimme klang etwas gepreßt. »Wie lange muß ich den Arm im Wasser lassen?« »Wasser läßt Wunde aufgehen. Wunde entleeren. Dann können wir Eiter herausholen; dann greifen wir hinein, graben und suchen nach Ding darin.«

»Oh.«

Er sagte es leise, und als Tillu über die Schulter blickte, sah sie Linien der Anspannung in seinem Gesicht. Er wollte etwas sagen, dann biß sie sich beschämt auf die Zunge. Ihre bewußt unbarmherzige Beschreibung hatte ihn erschreckt, und das war ihre Absicht gewesen. Aber sie war eine Heilerin, und sie durfte nicht kleinlich sein. Wenn sie die Situation ausnützte, um seine Selbstbeherrschung zu brechen und ihn zum Schreien zu bringen, würde sie nicht seinen Respekt für sich oder Kerlew gewinnen. Sie würde nur ihre Selbstachtung verlieren.

Sie kniete an seiner Seite nieder, tauchte ihre Hände in das heiße Wasser und berührte vorsichtig die Oberfläche der Wunde. Sie öffnete sich beinahe augenblicklich, entließ Eiter und Fäulnis ins Wasser, und Joboam keuchte, als der Druck in seinem Arm nachließ. »Ruhig. Stillsitzen«, sagte sie, über den Arm gebeugt. Joboam roch nach Schweiß und Männlichkeit.

Sie arbeitete sorgfältig und geschickt. Mit angefeuchteten Stückchen ihres weißen Mooses reinigte sie die Wunde von Eiter. Dann bedeutete sie Joboam, den Arm aus dem Wasser zu heben. Die Wunde klaffte weit und bösartig in seinem Fleisch. »Etwas darin«, sagte sie. »Muß es finden, herausholen.« Sie stand auf, trug das verschmutzte Wasser hinaus und schüttete es in den Schnee.

Kerlew stand neben dem Zelt und sah gelangweilt aus. »Mir ist kalt«, winselte er.

»Nein, das stimmt nicht.« Tillus Tonfall duldete keinen Widerspruch. »So warm wie heute ist es seit Tagen nicht gewesen. Wenn dir kalt ist, arbeite. Das wird dich wärmen. Bring mehr Holz.«

»Bist du bald fertig?«

Sie bekam Mitleid mit ihm. »Beinahe. Ich arbeite, so schnell ich kann. Wenn ich ihn gut heilen kann, werden wir Wolfspelze haben. Neue Beinlinge für Kerlew, hm?«

»Niemand braucht im Frühling neue Beinlinge«, erwiderte der Junge, sah aber gleichwohl erfreut aus.

»Mehr Brennholz«, erinnerte sie ihn, als Joboams Stimme aus dem Zelt dröhnte.

»Heilerin! Heilerin, was hält dich auf?«

Tillu ersparte sich die Antwort, als sie ins Zelt zurückkehrte. Sie wischte den Trog mit Moos sauber und stellte ihn ab. Wieder tat sie Salz hinein und stellte einen Topf Wasser zum Erhitzen zwischen die Herdsteine. Dann kniete sie neben Joboam nieder und untersuchte die Verletzung. Sie konnte sich denken, wo das Problem lag. Es gab Anzeichen, daß das Fleisch versuchte, sich über einem Gegenstand zu schließen, nur um wieder aufzureißen, wenn Joboam den Arm gebrauchte. Was es auch war, es war tief hineingegangen. Doch war es zur Zeit der Verletzung wahrscheinlich keine große Wunde gewesen, nur ein kurzer, tiefer Schnitt.

»Wird schmerzen. Aufschneiden, herausholen. Ich mache zuerst Arznei, hilft gegen Schmerz.«

Joboam zögerte, nickte dann. Klug. Sie stand auf,

schätzte seine Größe und sein Gewicht und wandte sich dann ihren Kräutern zu. Hier war eine starke Mischung vonnöten. Sie kniete am Feuer, tat Heilkräuter in verschiedenen Mengen aus ihrem Vorrat und zerdrückte sie im Mörser. Sie setzte Himbeerwurzel und Weidenblätter und Rinde zum Einweichen an. Auf eine Wunde gebunden, wirkten sie blutstillend. Tillu hoffte, daß sie sie nicht benötigen würde.

»Wo ist dein Mann?« fragte er ihren Rücken.

Sie wandte sich nicht um. »Fort.«

»Was ist geschehen? Ist er tot, oder hat er dich verlassen?«

»Fort.« Sie wiederholte es vernehmlich, ohne ihre Arbeit zu unterbrechen.

Joboam schnaubte wissend. »Der Junge, wie? Ja, es wäre hart, mit ihm leben zu müssen. Aber hast du keine anderen Leute?«

Tillu wandte sich schließlich zu ihm um. »Fort.« Ihre Augen blickten ausdruckslos, ihre Lippen waren eine dünne Linie. Aber Joboam blieb von ihrem abweisenden Verhalten unbeeindruckt.

»Ganz allein, hm? Muß schwer sein. Möchtest du dich dem Hirtenstamm anschließen? Mit uns gehen?« Ein seltsamer Unterton war in seiner Stimme, wie von einem Händler, der seine Ware anpreist.

»Gehen?« Tillu war doppelt verwirrt. Sie hatte das Talvsit als eine Dauersiedlung angesehen, aber nun sprach dieser Mann von ›gehen‹, als ob sie ein Volk von Jägernomaden wären. Gehen? Mit einem jähen Schmerz erkannte sie, wie sehr sie sich an die Vorstellung gewöhnt hatte, allein, aber in Reichweite eines Dorfes zu leben. Sie hatte gedacht, sie hätte einen Platz als Heilerin gefunden, zugleich aber die Zurückgezogenheit behalten, die sie für Kerlews Sicherheit brauchte. Sie hatte gedacht …

»Ja, gehen.« Joboam hatte ihre Verwirrung nicht bemerkt. »Capiam sagt, du könntest mit uns zu den Sommerweiden ziehen und unsere Heilerin sein. Ein besseres Leben für dich. Du hättest Nahrung und Felle und Hilfe beim Transport deines Zeltes, selbst wenn niemand geheilt werden muß. Vielleicht geben wir dir sogar Rentiere. Vielleicht. Was hältst du davon?«

Es waren zu viele neue Ideen, die zu schnell auf sie einstürmten. Sie versuchte sich vorzustellen, wie so viele seßhafte Leute plötzlich ihre Sachen packten und anderswohin zogen. Und dann die Idee, eigene Rentiere zu bekommen. Seit sie in jener Unglücksnacht in Heckrams Pulkor gefahren war, hatte sie gelernt, daß diese Leute Rentiere als Haustiere hielten. Aber selbst Eigentümerin eines oder mehrerer Tiere zu sein war allzu seltsam. Wie wenn sie Eigentümerin eines Baumes oder einer Quelle wäre. Und sie war nicht glücklich, ihre Hoffnung auf ein seßhaftes Leben zwischen bestellten Feldern aufzugeben.

»Herdenleute gehen bald?«

»Ja. Es wird nicht mehr sehr lange dauern. Wir lassen das Talvsit zurück und ziehen hinaus zur Tundra. Wenn du nicht mit uns gehst, wirst du den ganzen Sommer allein sein. Völlig allein.«

In seinen Worten klang leiser Spott an. Sollte es eine verhüllte Drohung sein? Warum? Wozu? »Nicht allein«, berichtigte sie ihn mit ruhiger Stimme. »Kerlew bei mir.«

Joboam schnaubte geringschätzig, und Tillu bedauerte beinahe, daß sie die schmerzlindernde Arznei, die jetzt über dem Feuer zog, für ihn bereitet hatte. Sie hätte ihm so, wie er dasaß, den Fremdkörper aus dem Arm schneiden sollen. Wieder am Herdfeuer beim Umrühren der Arznei, unterdrückte sie ihren Unmut. Sie wußte nicht genau zu sagen, warum sie diesen Mann so irritierend fand. Je eher er behandelt und verbunden war, desto früher würde er gehen.

Sie stocherte in der dickflüssig aufgequollenen Masse am Boden des kleinen Topfes. So mußte es taugen.

Sorgsam fügte sie warmes Wasser hinzu, rührte um und schöpfte mit der Kelle die dunkle Flüssigkeit, brachte sie zu Joboam. Er rümpfte die Nase über den Geruch.

»Bitter«, sagte sie, bemüht, die Befriedigung aus ihrem Tonfall herauszuhalten. »Alles trinken. Macht dich schläfrig schmerzt nicht so viel.«

Joboam nahm die Kelle aus ihrer Hand und starrte in das dunkle Gebräu. »Vielleicht brauche ich es nicht«, meinte er.

Tillu zuckte mit der Schulter. »Ich schneide, du hast Schmerzen. Du entscheidest. Aber nicht mit dem Arm zucken, wenn ich schneide. Vielleicht kann Kerlew Arm festhalten für mich.«

Er blickte sie finster über den Rand der Kelle an und trank. Ein Schaudern durchlief ihn, und er schluckte mit Mühe.

»Wasser?« fragte er.

»Nein. Macht dich krank, erbrechen. Kein Wasser. Hinlegen. Warten.«

Das gefiel ihm nicht. Ihr war es gleich, aber sie half ihm, sich auf ihren Fellen auszustrecken. Er schluckte geräuschvoll und blickte mißtrauisch zu ihr auf. Sie stand über ihm und wartete auf das Einsetzen der Wirkung. Seine mächtige Brust hob und senkte sich gleichmäßig. Sie war überrascht gewesen, als er seinen Oberkörper freigemacht hatte. Er war haariger, als die Männer von Benus Sippe es gewesen waren. Dunkles Haar bildete ein Dreieck auf seiner Brust und lief zum Bauch spitz zu. Die Bauchmuskeln traten deutlich hervor, angespannt vor Schmerzen und Sorge. Er war auch sauberer. Sie fragte sich, ob alle Männer des Hirtenstammes so seien. Heckrams stoppelbärtiges Gesicht kam ihr in den Sinn. Ob er auch so behaart war?

Mit einem geringschätzigen Stirnrunzeln, das ihr selbst galt, wandte sie sich um und trug die Kelle zurück. Wenn Joboam schwitzte und sich sorgte und gegen die Wirkung der Arznei ankämpfte, würde alles länger dauern. Inzwischen konnte sie etwas für Kerlew zubereiten. Sie war kein dummes Ding, das seine Zeit damit verbrachte, eine behaarte Männerbrust anzugaffen. Sie war eine Frau, die für einen Sohn zu sorgen hatte und Heilerin war. Sobald sie hörte, daß Joboams Atem ruhiger wurde, schnitt sie ein großzügiges Stück Fleisch von der Keule, die an einer der Zeltstangen hing. Es war nicht so, daß sie viel zu erübrigen hätte; es waren die warmen Temperaturen der letzten Tage. Das Fleisch tropfte und würde bald verderben, wenn es nicht gegessen oder zu Dörrfleisch verarbeitet wurde. Das war ein Nachteil am bevorstehenden Frühling. Das Fleisch blieb nicht wie den ganzen Winter durch hartgefroren. Eine Jagdbeute haltbar zu machen kostete mehr Arbeit, und je wärmer es wurde, desto zahlreicher wurde auch das Ungeziefer, das die Vorräte ruinierte.

Sie schnitt kleinere Stücke und steckte sie auf den Bratspieß, um sie über den kleinen Flammen des heruntergebrannten Feuers zu rösten. Bald stellte sich ein Duft ein, der sie daran erinnerte, daß sie auch noch nichts gegessen hatte. Aber sie konnte warten. Sie hatte die Beherrschung ihres Hungers gelernt. Sie drehte das Fleisch über dem Feuer, bis es von allen Seiten gebräunt war, dann ließ sie es braten, während sie Joboam untersuchte.

Er lag auf dem Rücken und hatte den verletzten Unterarm auf der Brust. Seine Augen waren nur halb geöffnet, aber er schlief nicht; er war in jenem halbwachen Dämmerzustand, der dem Schlaf vorausgeht. Sie nahm seinen Arm an Handgelenk und Ellbogen und hob ihn vorsichtig von seiner Brust und auswärts. Sie streckte ihn mit der Handfläche nach oben aus und legte ihn auf ein sauberes Stück geschabte Haut. Joboam starrte zum Rauchloch des Zeltes auf und träumte weiter. Tillu legte sauberes Moos bereit, eine feuchte Umschlagpackung der blutstillenden Kräuter und zuletzt ihr Messer. Sie wünschte, es wäre schärfer. Sie hätte Joboam sagen sollen, daß sie ihn für ein scharfes Messer heilen würde. Vielleicht würde er auf den Handel eingehen, wenn er erwachte. Kerlew trug das Messer, das Heckram ihm gegeben hatte, stets bei sich. Und er legte noch immer größten Wert darauf, daß sie es nicht berührte und gebrauchte. Aber aus Joboams Gürtel schaute der Griff seines eigenen Messers. Warum nicht? Er blieb bewegungslos, als sie es behutsam herauszog und untersuchte.

Sie hatte nicht erwartet, daß das beinerne Heft eine Bronzeklinge hatte. Staunend blickte sie auf die Kostbarkeit. Das Metall fühlte sich kalt an und war schärfer als jede Klinge aus Knochen. Entschlossen festigte sie ihren Griff um das Heft. Damit wollte sie arbeiten. Sie legte es neben ihr eigenes Messer und beugte sich wieder über Joboam. Als sie seine Wange berührte, reagierte er nicht. Sie zwickte leicht hinein, dann fester. Er murrte undeutlich, ohne die Augen zu bewegen. Nach ein paar Atemzügen wandte er den Kopf auf die Seite und entzog das Gesicht ihrer Hand. Er war bereit.

»Mutter?«

Tillu sah sich nach ihm um. »Auf dem Bratspieß ist Fleisch. Verbrenn dich nicht. Nimm es mit hinaus und iß es.«

»Gut!« Kerlew sprang herein. Seine Nase und die Wangen waren gerötet vom Aufenthalt im Freien, aber seine Kapuze war zurückgeschlagen, also konnte er nicht sehr gefroren haben. Er kniete beim Feuer, nahm mit jeder Hand ein Ende des Bratspießes und trug seine Beute hinaus. Noch ehe er den Zelteingang erreichte, fing er schon an zu knabbern, winselte auf, als er sich die Lippen verbrannte, gab aber nicht auf. Tillu sagte nichts. Er würde es schon lernen. Um besseres Licht zu haben, legte sie ein paar trockene Aststücke ins Feuer, dann suchte sie ihr Talglicht hervor. Sie hatte nur sehr wenig Talg dafür, aber es brauchte nicht lange zu brennen. Wieder kniete sie bei Joboam nieder. Gerade als sie ein Knie auf sein Handgelenk setzen wollte, um es niederzuhalten, hörte sie die Stimmen draußen.

»Gib es wieder her!« Das war Kerlew, entrüstet und zornig schon den Tränen nahe.

»Gleich. Hast du ihr gesagt, daß ich hier bin?« Eine spöttische, überlegene Stimme.

»Sag es ihr selbst. Ich bin hungrig. Gib es zurück, oder ich bring dich um!« Kerlew mußte auf das äußerste gereizt sein, um solche wilden Drohungen auszustoßen. Tillu seufzte.

»Und du so ein mächtiger Krieger! Ich zittere. Ich glaube, ich werde das Fleisch essen, während du hineingehst und ihr sagst, daß ich hier bin. Hör auf damit!«

Tillu war beim ersten Wortwechsel aufgestanden, aber das Ringen hatte schon angefangen, bevor sie aus dem Zelt war. Ein älterer Junge, fast schon ein junger Bursche, hielt den Bratspieß außer Kerlews Reichweite. Mit der anderen Hand hatte er Kerlew beim Haar gepackt und hielt ihn auf Armeslänge von sich, während Kerlew zappelte und um sich schlug und schrie. Am Rand der Lichtung stand ein Rentier vor einem Schlitten und beobachtete das Ringen mit runden braunen Augen.

»Laß ihn los!«

Keiner der beiden hörte sie. Tillu trat energisch dazwischen und umfaßte das Handgelenk des älteren Jungen. Ihre erfahrenen Finger drückten auf die empfindliche Stelle zwischen Hand und Handgelenk. »Laß ihn los!« wiederholte sie, und der Fremde tat es eilig. Sie sah sich einem jungen Burschen gegenüber, in dem sie plötzlich Capiams Sohn wiedererkannte. Sie erinnerte sich dieser eigenartigen Mischung von mißmutigem Trotz und wacher Neugierde in seinem Ausdruck. Seine Mütze und die Jacke waren mit bunten Perlen und Borten besetzt. Frech begegnete er ihrem zornigen Blick.

»Da bist du ja, Heilerin. Ich forderte den Jungen auf, dir zu sagen, daß ich warte.«

Sie ließ sich nicht ablenken. »Gib ihm das Fleisch zurück. Sofort.«

Er ließ sich nicht einschüchtern. »Ich wollte es gar nicht. Ich habe es ihm nur genommen, bis er tun würde, wie ich ihm sagte. Hier, Junge, nimm es und hör auf zu heulen.« Er warf den Bratspieß in Kerlews Richtung, aber so, daß der Junge ihn nicht auffangen sollte, und Kerlew konnte es auch nicht. Das Fleisch verschwand im Schnee. Kerlew heulte auf, als hätte er einen Tritt bekommen, und rannte hin, um es wie ein kleiner Hund aus dem Schnee zu scharren.

Der ältere Junge lächelte höhnisch über den Anblick. Er entwand sein Handgelenk Tillus Griff und zog an seiner Jacke. »Ich bin Rolke«, erklärte er großspurig. »Und ich bringe dir eine Botschaft von meinem Vater Capiam, dem Stammesführer der Herdenleute.«

Er merkte plötzlich, daß er zu Tillus Rücken sprach. Kerlew hatte sein Fleisch aus dem Schnee geborgen und streifte schluchzend die anhaftenden Schneereste davon. Sie trat zu ihm und beugte sich näher. Sie wollte ihn nicht zusätzlich demütigen, indem sie ihn vor diesem fremden Burschen umarmte, obwohl sie es gern getan hätte. Sie wußte aus früherer Erfahrung, daß Kerlew sich ihr nur entziehen würde. Sie war diejenige, die Trost suchte. Er wollte nur sein Fleisch wiederhaben, wie es gewesen war, heiß und duftend und saftig tropfend. »Nimm es mit ins Zelt«, sagte sie ihm, »und steck es wieder über das Feuer. Im Nu wird es wieder genauso heiß sein, wie es war. Tue es!« warnte sie ihn und trat vor den Blick wilder Erbitterung, mit dem er Rolke anstarrte. »Ich werde mich um ihn kümmern.«

Als Kerlew im Zelt verschwand, wandte sie sich zu Rolke und richtete sich zu ihrer ganzen Größe auf. Es reichte nicht, um auf ihn herabzublicken. Sie bezweifelte ohnedies, daß er beeindruckt gewesen wäre. In diesem jungen Burschen war sehr wenig Achtung für irgend etwas. Aber sie würde ihm eine Lektion erteilen.

»Willst du die Botschaft vom Stammesführer, oder willst du sie nicht?« verlangte er zu wissen.

»Ich will nichts von dir.« Tillu schob das Kinn vor und hoffte, daß sie mit ihrer Absage nicht eine Bitte um Heilung zurückwies. Aber jemand, der etwas auf dem Herzen hatte, würde nicht einen solch rüpelhaften Boten wählen.

Rolke war sprachlos. Tillu kehrte ihm den Rücken und hob die Zeltklappe. Er bekam einen Schluckauf, als ihm der Atem stockte, und das schien ihn noch mehr zu ärgern. »Dann werde ich sie nicht geben. Ich werde meinem Vater sagen, daß du und dein Balg mich abgewiesen habt! Du bist sowieso nicht geeignet, mit unserem Stamm zu ziehen. Aber mein Vater wird zornig sein, daß du meine Worte nicht gehört hast. Sehr zornig. Und dir wird es noch leid tun, wenn er Joboam schickt, daß er sich mit dir befaßt.«

»Wird er jemanden schicken, der schon hier ist?« fragte Tillu. Sie streifte das errötende Gesicht des Jungen mit einem Blick über die Schulter und fügte hinzu: »Wenn der Stammesführer mir eine Botschaft zu senden wünscht, muß sie von einem höflichen Boten überbracht werden.« Sie ging in ihr Zelt. Drinnen blieb sie stehen und ließ ihren Augen Zeit, sich nach der Helligkeit des Schnees in das Halbdunkel zu gewöhnen. Kurz darauf hörte sie Rolke sein armes Zugtier ausschimpfen. Sie bemitleidete jedes Tier, das solch einen unreifen Rüpel zum Herrn hatte. Irgendwie hatte sie den Eindruck, daß der Junge sich auch als Erwachsener nicht bessern würde.

Kerlew kauerte wie ein kleines geschlagenes Tier beim Feuer. Er hatte die Arme auf der Brust und drückte die eingerollten Finger gegen seinen Mantel. Sein Blick war auf das Fleisch gerichtet, das von den höherzüngelnden Flammen beleckt wurde. Sie hatten die Unterseite bereits geschwärzt.

Tillu seufzte leise, blieb aber still. Jeder andere Junge

in seinem Alter würde es besser gewußt haben. Sie trat näher, um das wieder erhitzte Fleisch vom Feuer zu nehmen und ihm zu geben. Er nahm es mit beiden Händen wie ein Eichhörnchen und blickte bittend zu ihr auf.

»Schon recht«, sagte sie sanft. »Du kannst es hier essen. Aber sei still und störe mich nicht bei der Arbeit. Komm mir nicht mitten in dieser Heilung mit Fragen. Hast du verstanden?«

Er nickte stumm, versuchte bereits an dem Fleisch zu knabbern. Eine weitere Frage kam ihr in den Sinn. »Warum kamst du nicht gleich und sagtest mir, daß jemand mich sprechen wollte, als Rolke hierher kam?«

Kerlew runzelte die Stirn in angestrengtem Nachdenken. »Das wollte ich. Aber du hattest mir das Fleisch gegeben und gesagt, ich solle draußen bleiben.«

»Muß ein Ding das andere aus deinem Kopf jagen? Nächstes Mal gib zuerst die Botschaft. Jedesmal, wenn du eine Nachricht für mich hast, gib sie mir gleich als erstes. Von jetzt an.«

»Das wußte ich nicht«, klagte er und machte sich wieder über sein Fleisch her. »Das hast du mir noch nie gesagt. Es war nicht meine Schuld.«

Nach einem warnenden Blick ging sie wieder zu Joboam. Als sie niederkniete und seinen Arm von neuem in Position brachte, kamen seine Augenlider in zitternde Bewegung. Er drehte den Kopf zu ihr und fragte mit undeutlicher Stimme: »Ist es fertig?«

»Beinahe«, log sie. Die Unterbrechung war zum ungünstigsten Zeitpunkt eingetreten. Die Wirkung ihrer Arznei ließ bereits nach, und sie wagte nicht, ihm mehr davon zu geben. Sie brachte das Talglicht in Position, setzte ein Knie auf sein Handgelenk und das andere auf die Innenseite seines Ellbogens. Dabei ließ sie den größten Teil ihres Gewichts auf ihren Fersen ruhen, war aber bereit, ihr Gewicht vorwärts zu verlagern und den Arm niederzuhalten, wenn er sich wehrte. Sie nahm sein

Messer und setzte die Klinge am tiefsten Punkt in die offene Wunde. Etwas hatte sich dort hineingegraben und war steckengeblieben. Sie stocherte mit der Messerspitze, leicht zuerst, aber als sie auf kein Hindernis stieß, drückte sie behutsam tiefer. Joboam ächzte, hielt aber den Arm ruhig. Tiefer. Die Klinge berührte etwas Hartes, das sich bewegte. Im selben Augenblick ließ Joboam ein tiefes Grunzen hören und hob den Kopf. Tillu verlagerte ihr Gewicht nach vorn auf seinen Arm. »Ruhig«, sagte sie. »Stillhalten.« Wieder setzte sie die Messerspitze gegen das Objekt. Joboams Faust ballte sich, und er holte schnaufend Luft. Sie schob ihren Daumen an der Messerklinge entlang abwärts. Frisches Blut quoll in der Wunde auf; sie konnte nicht sehen, wonach sie fühlte, aber ihr Daumennagel fand es, und sie drückte es gegen die Klinge und zog daran. Es widerstand dem Zug, war halb in das Fleisch eingewachsen. Joboam keuchte laut. Schnell, jetzt. Sie festigte ihren Griff und zog.

Joboam stieß einen wortlosen Schrei aus, als es freikam. Blut quoll auf und füllte die Wunde. Tillu ließ das Messer und den Fremdkörper auf die Unterlage fallen und drückte die Wundränder mit vom Blut schlüpfrigen Fingern zusammen. »Es ist draußen. Es ist draußen«, versicherte sie ihm. Er wand sich vor Schmerzen, und sie verlagerte ihr ganzes Gewicht auf seinen Arm. »Das Schlimmste ist getan.« In einem Reflex hatte Joboam mit der freien Hand seinen verletzten Arm gepackt und über dem Ellbogen umklammert, wie um ihn unter ihr herauszuziehen. »Richtig, halt fest«, ermutigte sie ihn. »So fest du kannst.«

Sie gab seinen Arm frei und griff zu dem Kräuterumschlag, den sie bereitgelegt hatte. Joboam lag jetzt auf der Seite, hielt seinen Arm und starrte auf das Blut. Sie legte den feuchten Umschlag auf den Arm, drückte ihn behutsam gegen das Fleisch. Sein Atem zischte durch die Zähne, aber er hielt still. Bald ließ die Blutung nach.

Er war stark und in guter Verfassung. Die Verletzung würde gut ausheilen, dachte sie. »Weiter festhalten«, sagte sie, als sie den Arm verband. Ihre Finger waren schlüpfrig von seinem Blut, und die Bandage war fleckig, bevor sie angelegt war. Aber Tillu wickelte sie fest um den Unterarm, daß die Wundränder geschlossen blieben. »Diesmal es wird heilen und gut bleiben«, versicherte sie ihm. Sie erhob sich, die Hände zu spülen. Dabei fiel ihr Blick auf das Salz im Trog und sie war froh, daß sie den Arm nicht ein zweites Mal hatte einweichen müssen. Sie kniete wieder bei ihm nieder.

»Besser jetzt?«

»Ich weiß nicht.« Ein Glanz war in seinen Augen, sein Atem ging flach und schnell. »Mir ist schwindlig. Schwach.« Er verstummte, und Tillu drückte ihn behutsam zurück, bis er auf dem Rücken lag. Sie legte ihm den verbundenen Arm auf die Brust und deckte ihn warm zu.

»Ruhe, dann«, sagte sie. Es war unnötig, denn seine Augen schlossen sich bereits. Sie zog ein weiteres Fell über ihn und stopfte es um ihn fest. Die Behandlung war für ihn schmerzhafter gewesen, als sie beabsichtigt hatte. Manchmal konnte der Schmerz einen Verletzten mehr entkräften als die Verwundung selbst. Nur Ruhe heilte das.

Sie rieb sich das Gesicht. Mit der Entspannung überkam sie Müdigkeit. Und der Hunger meldete sich. Aber die Tugenden der Selbstdisziplin und Ordnung waren stark in ihr. Sie wischte das Messer sauber und legte es zur Seite. Kräuter und Salz wurden wieder verstaut, wohin sie gehörten, das Talglicht geloscht und weggestellt. Als sie das Stück abgeschabter Haut aufhob, das seinem Arm als Unterlage gedient hatte, fiel der kleine Fremdkörper herunter. Sie bückte sich, hob ihn auf und drehte ihn neugierig zwischen den Fingern. Dies war das Ding, was sie aus seinem Arm geholt hatte. Sie wischte es sauber und betrachtete es eingehend. »Ich weiß, daß ich weiß, was dies ist«, murmelte sie zu sich selbst. »Ich kann mich nur nicht daran erinnern.« Es war ein flaches Stück bearbeiteter Knochen. Eine Linie war eingeätzt und schwarz gefärbt, vielleicht als Schmuck. Etwas, woran Joboam gearbeitet hatte und das zersprungen war?

Sie legte es neben das Messer und stand seufzend auf. Jetzt konnte sie essen.

KERLEW:

Die Nacht

Er erwachte, wie es oft der Fall war, nach einer Periode des Nichtschlafens. Er brauchte die Augen nicht zu öffnen. Sie waren bereits offen, waren offen gewesen, seit er sich auf seine Felle gelegt hatte. Er hatte zur Spitze des Zeltes aufgeblickt, zum Rauchloch und den wenigen Sternen, die jenseits davon zu sehen waren.

Jetzt war er zum Bewußtsein seiner selbst und seiner Umgebung zurückgekehrt. Ein Schauer überlief ihn, und er fragte sich, was ihn zurückgezogen hatte. Seine Nasenflügel blähten sich, er witterte die Gerüche des Zeltes. Da. Joboam. Er bleckte die Zähne in der Dunkelheit.

Leise wälzte er sich auf seinem Lager herum, aber die Birkenzweige unter seinem Lager knisterten trotzdem. Es machte nichts. Der große Mann schlief fest. Kerlew lächelte dünn bei dem Gedanken an die Schmerzen des Mannes, als Tillu seinen Arm geheilt hatte. Er hatte stillgehalten, selbst als das Blut geflossen war. Erst später, als er fiebrig geworden war, hatte er geflucht und gemurmelt und gebrüllt. Sein Kopf war von einer Seite zur anderen gefallen, und seine unverständlichen Worte waren voller Wut gewesen. Kerlew hatte darüber gekichert, und seine Mutter war zornig gewesen und hatte ihn zu Bett geschickt. Er hatte gehorcht, aber trotzdem sein Vergnügen an Joboams Schmerzen gehabt. Er hatte in seine Felle gekichert, bis Tillu ihm mit Schlägen gedroht hatte. Dann war er wütend auf sie geworden und war mit dem Rauch fortgegangen. Und nun war er zurück. Und Joboam war noch da.

Bei Tag fürchtete Kerlew den großen Mann mit den grausamen Händen. Joboams Augen waren hart und gemein, zornig, daß Kerlew existierte. Er war einer von denen, die finster blickten und schlugen. Kerlew wußte es und hielt sich von seinen Händen fern. Aber in der klaren Dunkelheit einer schamanischen Nacht hatte Kerlew nur Haß für Joboam, keine Furcht mehr. Er schlüpfte leise aus seinen Fellen.

Dies war die Zeit der Macht. Carp hatte mit Vergnügen von den Zeiten gesprochen, wenn die Macht sich den Schamanen öffnete und die Geisterwelt mit der des Tages verschmolz. Kerlew hatte es bis jetzt nie erlebt, aber nun konnte er nicht daran zweifeln. Die Nacht umgab und stärkte ihn, er fühlte sich erfüllt von ihrer Dunkelheit, immun gegen die Welt des Tageslichts. Kälte konnte seine Haut nicht berühren, und sein Körper kannte keine Bedürfnisse. Ein weiterer Schauer überrann ihn, und alle Haare an seinem Körper standen auf. Etwas in dieser Nacht rief ihn. Was?

Lange stand er und lauschte. Dann kniete er an seinem Lager nieder und schob vorsichtig Felle und Birkenzweige von der kalten Erde. Aus der Höhlung, die er dort hineingekratzt hatte, zog er seinen Schamanenbeutel. Er hob ihn an sein Ohr und lauschte. Messer. Messer rief ihn.

Ehrfürchtig knüpfte er die Verschnürung auf, griff mit blinden Fingern in den Beutel. Messer berührte sie. Er zog es langsam heraus und tat den Beutel mit den übrigen Gegenständen zurück in die Mulde. Dann stand er wieder auf. »Messer?« hauchte er fragend. Er hielt es in beiden Händen, daß die Spitze zur dunklen Glut der Feuerstelle zeigte. Er hielt das Messer lange, bis er es in seinen Händen schwer werden fühlte. Messer war bereit. Langsam zog er die Scheide ab.

Die blasse Beinklinge glänzte sogar im matten Widerschein der Glut. Sie würde ihn führen. Es war nicht das erste Mal, daß er ihm folgte. Aber beim ersten Mal war er ängstlich und frierend in die Schwärze der Wälder gestolpert, und aus jedem Schatten und von jedem Ast hatte der Eulengeist gespäht. Dann hatte er geweint und Messer gebeten, und Messer hatte gehört. Messer hatte ihn zum Dorf der Herdenleute geführt. Zu derselben Hütte, wo seine Mutter geschlafen hatte.

Nur eine war an jenem Ort wach gewesen. In der Dunkelheit der Hütte hatte er über ihr gestanden. Sie, die Messer geformt hatte, war dort gewesen und hatte ihren Schmerz in lautlosen Seufzern geatmet. Sie hatte nicht wie Joboam geflucht und gebrüllt. Ihr Schmerz war still gewesen, versiegelt in ihr. Heckram hatte sie bei der Hand gehalten. Die Erinnerung machte Kerlew frösteln. Ihre Augen waren geschlossen gewesen, und sie hatte sich nicht bewegt, aber der Schmerz hatte von ihr ausgestrahlt, wie Wellengekräusel auf einem stillen Teich. Ihr Schmerz hatte Heckram überspült und Falten in sein Gesicht gegraben. Das Messer in seiner Hand hatte in ihrem Schmerz gezittert. Er hatte gewußt, daß sie Ruhe wollte.

Er kannte den schwarzen Schöpflöffel des Schlaftrunkes. Er hatte den Messerrücken benützt, um ihre Lippen offenzuhalten, während er ihr den Schlaftrunk eingeträufelt hatte. Ein letztes Wort war durch die Flüssigkeit hochgekommen und war am Messerrücken zerbrochen. Ein Geheimnis oder Wort war zwischen ihr, die Messer gemacht hatte, und Messer gewechselt worden. Messer hatte gezittert, und dann hatte er das Nachlassen ihrer Schmerzen gefühlt.

Und nun hatte Messer ihn geweckt. Es mußte einen Grund geben, und Messer würde ihn hinführen. Er hielt es auf Armeslänge vor sich. Seine Arme schmerzten vom Stillhalten, aber schließlich fühlte er den Zug der Klinge. Sie zog ihn vorwärts und hinab. Er folgte ihr.

Die Klinge zögerte nicht, wartete nicht auf Kerlews

stolpernde Füße. Sie zog ihn durch die Feuerstelle, so daß Kerlew das kurze Lecken unerträglicher Hitze in seinen bloßen Beinen fühlte, den Biß einer kleinen Kohle in seine schwielige Ferse. Er stieß mit dem Schienbein gegen den Kräuterkasten seiner Mutter und tappte über ihn und weiter. Trotz des lauten Geräusches rührte sich nichts. Er allein fühlte die Macht dieser Nacht und bewegte sich durch sie.

Noch zwei Schritte, und er stand vor Joboam. Messer hielt an und schwebte, zog an Kerlews Armen.

Der Mann war mächtig in seinem Schlaf, größer in der Erschlaffung. Er lag auf dem Rücken. Ein Arm war ausgestreckt und hing über die Seite des Lagers. Der Schlaf war wie ein dichter Nebel um ihn. Kerlew konnte ihn riechen, ein Nebel aus Blutgeruch und Schweiß und dem Geruch seiner letzten Mahlzeit, der aus seinem offenhängenden Mund kam. Das Haar hing ihm in feuchten Locken auf Stirn und Wange. In seinem fiebrigen Schlaf hatte er die Felle von sich geworfen, die ihn wärmen sollten. Seine Brust war breit und glänzte von Schweiß, sein verbundener Arm lag wie schützend darüber.

Die Dunkelheit drehte sich lieblich um Kerlew, als er über dem Mann stand. Messers Heft war rauh und schweißig in seinen Händen. Die Klinge drehte sich ein wenig in seinem Griff, fing den matten Lichtschein auf, der durch das Rauchloch sickerte. Licht rann in welligen Formen die Klinge entlang, Formen, die sich veränderten und ihn an einen dunklen Fleck auf reinem Schnee erinnerten. Messer sog das Licht und die Dunkelheit auf, sammelte Macht in sich selbst. Es lächelte.

Dann stieß es schnell abwärts, zog ihn mit der Gewalt seiner Bewegung auf die Knie nieder. Es fuhr knapp zwischen Joboams Brust und dem ausgestreckten Arm durch und bis zum Heft in die Erde des Zeltbodens.

Kerlew rappelte sich auf. Niemand regte sich. Das Herz hämmerte im Käfig seiner Rippen, hüpfte in seinem Kampf, frei zu sein. Er rieb sich das Gesicht mit den verschwitzten Händen und blickte auf den Boden. Messers Griff stak aus der kalten Erde, aber ein Stück von der Klinge lag daneben. Messer war zerbrochen. Bestürzt setzte er sich hin, rutschte näher, starrte bekümmert auf das Bruchstück der Klinge, das bei Messers aufrechtem Griff auf der Erde lag. Wölfe der Verzweiflung verschlangen sein Herz. Langsam hob er das Bruchstück auf und betrachtete es. Selbst im schwachen Schein, der durch das Rauchloch drang und sich dem rostigen Glimmen der Glut verband, war ein Irrtum nicht möglich. Die Hälfte eines Ornaments und ein fliegender Huf waren auf der zerbrochenen Klinge. Er hob das Stück, hielt es trauernd gegen seine Wange. Es war kalt. Kalt und zerbrochen und zornig mit ihm. So zornig wie Carp und der Blutstein. In seinem Eifer hatte er wieder versagt. Tränen überfluteten seine Augen.

Mit zitternder Hand umfaßte er das Heft und zog Messer aus der Erde. Es hing zwischen seinem Daumen und Zeigefinger, als er darauf starrte. Es war ganz.

Er hob es dicht vor seine tiefliegenden Augen und betrachtete es. Ganz. Kein Splitter war herausgebrochen, keine Kerbe. Ein Rentier galoppierte, das andere weidete, mit dem Kalb an der Seite. Die kreisförmig eingerollten Ornamente waren wie die Sterne, wenn er sich unter ihnen um seine Achse drehte und sie am Himmel kreisen ließ. Sein langsamer Blick wanderte von Messer zu dem abgebrochenen Stück Klinge. Seine Hände brachten beide zusammen. Lange studierte er sie Seite an Seite. Hier war der Huf des springenden Rentiers; hier war der Huf allein. Hier war der eingerollte Teil des Ornaments; und hier war das gleiche Ornament, und ein Teil von einem anderen. Hier war …

Er hielt inne. Sein Geist übersprang die Lücke, und das Wissen schwoll in ihm. Dieses Messer von der Messer machenden Frau. Dieses Stück eines Messers aus Joboams Arm. Kerlew lächelte. Er verlagerte vorsichtig sein Gewicht, kniete bei Joboam nieder und beugte sich über den Schlafenden. Er hielt das Bruchstück der Klinge vor die geschlossenen Augen und grinste auf den Mann herab. Ein Prickeln überrann seinen Körper, als er die Macht fühlte, die durch die zerbrochene Klinge strömte. Ja, sie war kalt und zornig. Aber nicht auf Kerlew. Nein. Sie war zornig auf Joboam. Und in ihrem Zorn verlieh sie Kerlew viel Macht. Viel Macht.

Er ballte die Faust um sein eigenes Messer und hielt es fest an seine Brust gedrückt, als er über Joboam kniete. Er beugte sich noch näher und beobachtete Joboams geschlossene Augen, um sicher zu sein, daß er wirklich schlief. Des Mannes Atem fuhr ihm heiß und stinkend ins Gesicht. Langsam hob Kerlew das zerbrochene Stück Messerklinge. Er berührte damit vorsichtig Joboams Stirn, dann jedes seiner geschlossenen Augenlider. Mit der Spitze des abgebrochenen Stückes fuhr er sorgfältig den Umriß von Joboams offenem Mund nach. Der Mann zuckte, schloß den Mund.

Kerlew hielt Messer und das Bruchstück nebeneinander. Er drehte sie langsam, ließ sie das wenige Licht im Zelt auffangen und wieder schwarz werden wie altes Blut im Schatten. Wieder beugte er sich über den Mann, die Augen groß und aufmerksam auf Joboams fixiert, um jedes Zeichen eines bevorstehenden Erwachens zu erkennen, während Messer und das Bruchstück ein langsames Muster über der unbedeckten Brust des Mannes webten. Er spürte die Macht, die das Bruchstück aus dem Schlafenden zog. Er fühlte sich beinahe schwindlig in der großen Klarheit der Nacht und der Kräfte, die sie durchflüsterten.

Er lieh ihnen seine Stimme. »Joboam.« Leise rief er ihn beim Namen, das Wort war nicht mehr als ein Formen seines Ausatmens. Niemand konnte solch einem Ruf folgen, außer ein Geist. Sein Geist würde Kerlews Worte hören. »Joboam. Es hat in deinem Blut gelegen, Joboam. Du kannst es nicht leugnen. Es kennt das Innere deines Fleisches. Es hat dein Leben gekostet und verlangt danach, deinen Tod zu kosten. Fühle das Messer, Joboam.« Er zog das Bruchstück der Klinge leicht über die bloße Brust des Schlafenden. »Das Messer versagte, Joboam, und das Versagen war ihm verhaßt. Es wünschte zu treffen. Also hat es sein Brudermesser gerufen. Und sein Brudermesser hat mich gerufen. Und ich habe versprochen, ihm zu geben, was es will.«

Er beugte sich wieder über das Gesicht des Schlafenden. Falten erschienen zwischen Joboams Brauen, und seine Atmung wurde unregelmäßig. Joboams Geist war unruhig. Kerlew starrte mit großen Augen in Joboams geschlossene, atmete ihm ins Gesicht und sagte leise: »Du weißt, was das Messer will, Joboam.«

Die Lider des Schlafenden zuckten, dann öffnete er weit die Augen.

– 16 –

»Wolf! Wolf!«

Der heisere Ruf riß Tillu aus dem Schlaf. Er kam aus dem Inneren des Zeltes. Sie hörte das Rascheln von Fellen und schnelle Bewegung, keuchendes Atmen. Sie wälzte sich von ihrem Lager auf die Knie, und als sie aufsprang, hielt sie eine kurze Stoßlanze in den Händen. Sie blickte mit vom Schlaf verschleierten Augen im dunklen Innern des Zeltes umher. Nichts regte sich. Ihre Augen versuchten die dunklen Winkel zu durchdringen. Alles war still und ruhig. Ihr Herzklopfen ließ nach. Kerlew war ein zusammengerolltes Bündel unter seinen Fellen. Sie sah, wie er daran zupfte, und vermutete, daß er wach sei. Wach und in Angst vor Wölfen, hatte er sich unter seine Felle verkrochen. Sie seufzte, als sie zum Eingang trat, die Zeltklappe hob und in die

Dunkelheit hinausspähte. Nichts. Nur die Kälte und die leere Dunkelheit unter den Bäumen, und über allem der allmählich verblassende Sternhimmel des frühen Morgens. Sie wandte sich zu Joboam um. Er hatte sich auf einem Ellbogen aufgerichtet, und seine großen Augen glänzten dunkel.

»Was hast du gesehen?« fragte sie ihn.

»Ich … gelbe Augen. Die mich anstarrten.« Er atmete stoßweise. Tillu legte den Kurzspieß aus der Hand und bückte sich über das am Eingang ordentlich aufgeschichtete Brennholz. Sie warf ein paar Stücke in die absterbende Glut des Herdfeuers, dann durchquerte sie das Zelt zu Joboam. Sie berührte seine Halsseite und den verbundenen Arm mit kühlen, sicheren Fingern. Sein Gesicht war verschlafen und gezeichnet von den Schmerzen ihrer Behandlung.

»Dein Fieber ist gebrochen, das ist alles. Manchmal, wenn der Fiebertraum in ruhigeren Schlaf übergeht, sind die Bilder besonders lebhaft. Hier ist aber nichts. Leg dich wieder schlafen.«

»Ich …« Joboam schien benommen und erschöpft. Er blickte verwirrt im Zelt umher. »Was tue ich hier?«

Tillu kauerte neben ihm nieder. Der Boden war kalt unter ihren bloßen Füßen. »Du kamst, damit ich deinen Arm heile, erinnerst du dich? Ich gab dir einen Tee zur Beruhigung und schnitt einen Knochensplitter aus deinem Arm und verband ihn. Dein Arm blutete wieder, du warst schläfrig vom Tee, und das Ablaufen der unreinen Säfte aus deinem geschwollenen Arm gab dir ein Fieber. Das kommt manchmal vor. Wir Heiler sagen, der Körper brennt sich rein. Also ließ ich das Fieber gewähren, aber nicht zu hoch steigen. Und jetzt geht es dir besser. Erinnerst du dich, du erwachtest zweimal, und ich gab dir Wasser. Erinnerst du dich?« Sie sprach besänftigend, wie zu einem verängstigten Kind. Und bald entspannte er sich.

»Ja, ja, jetzt fällt es mir ein. Trink und ruh dich aus,

sagtest du. Aber der Wolf … Ich fühlte seinen heißen Atem im Gesicht. Seine Augen waren gelb, und er lachte mich an …«

»Ein Traum. Nur ein Traum.« Tillu strich ihm das schweißnasse Haar aus der Stirn, fühlte noch einmal, ob das Fieber sich gelegt hatte. Der Traum mußte den Mann tief erschreckt haben; die Furcht steckte noch in ihm. »Du hast die schädlichen Gifte ausgeschwitzt. Das ist gut. Schlaf jetzt, und wenn es Tag wird, kannst du nach Haus gehen.«

»Ja. Schlafen.« Er begann sich zurückzulegen, dann war er plötzlich wieder auf einem Ellbogen und tiefe Furchen standen zwischen seinen Brauen. »Ein Knochensplitter? Von meinem Arm?«

»Nicht von deinem eigenen Knochen. Ein Stück bearbeiteter Knochen oder Horn.«

»Wo ist es? Laß mich sehen. Ich will es.«

»Es muß hier sein, warte einen Augenblick«, sagte Tillu. Die Schatten im Zelt waren tief. Sie war müde und schläfrig und wurde seiner Traumängste und Zwangsvorstellungen überdrüssig. Ihre Finger fühlten am Boden herum, fanden zuerst sein Messer, dann ein Stück Rinde, dann etwas von dem Moos, mit dem sie seine Wunde gereinigt hatte. Sie tastete weiter umher, während ihre Zehen gefühllos zu werden drohten. »Ich werde es am Morgen finden«, versprach sie ihm und wunderte sich, daß er begierig danach war. Sie hielt ihm das Messer hin, mit dem Heft voran. »Ich borgte mir dein Messer, um den Arm aufzuschneiden. Mein eigenes ist alt und stumpf, und eine scharfe Klinge ist für solche Arbeit am besten.«

Er nahm es wortlos, starrte es verwundert an, ließ es wieder auf den Boden fallen. Darauf legte er sich auf den Rücken und starrte zur dunklen Zeltspitze. »Wolf. Es war ein Wolf, und er zeigte mir zwei Messer, eines war ganz, und eines war … zerbrochen. Er zeigte sie mir, und dann lachte er. Er sagte … er lachte. Das war alles.«

»Ein Traum. Bloß ein Fiebertraum.« Sie wünschte, er würde sich endlich beruhigen und einschlafen. Sie fror in ihrem langen Hemd aus dünnem Leder. Plötzlich schoß sein Unterarm heraus, und seine Hand umfaßte mit festem Griff ihren Oberarm. Sie war völlig überrascht.

»Sag keinem etwas«, befahl er ihr in drohendem Ton. »Wenn du jemandem sagst, daß du mich geheilt hast, werde ich dich umbringen.«

»Ruhig.« Sie zog an seinen Fingern und zuckte zusammen, als sein Griff nur noch fester wurde. »Du träumst noch. Laß mich los, du tust mir weh. Laß los!«

»Sag niemandem etwas!« wiederholte er drängend. Seine Augen brannten.

»Ich werde es niemandem sagen. Warum sollte es jemanden interessieren? Laß los.«

»Gut. Sag nichts.« Er starrte sie an. Sein Griff lockerte sich, aber er gab sie nicht frei. Statt dessen zog er sie näher, bis sie über ihn gebeugt war. Sein Blick ging an ihr vorbei zu den Schatten hinter ihr, kam zurück und glitt langsam über ihren Körper. »Ich wollte dir nicht weh tun. Tut mir leid.«

»Laß mich los.«

»Sei nicht wütend. Ich war … es war bloß der Traum. Ich wollte dir nicht weh tun.« Seine Stimme war leise, weich. »Ich weiß das und bin nicht zornig. Aber laß mich gehen.«

»Warum?« Seine Augen brannten noch, aber es war eine andere Art Feuer. Er verzog ein wenig das Gesicht, als er die andere Hand hob, um ihr Gesicht zu berühren. »Ich merkte wohl, wie du mich ansahst. Bevor du meinen Arm behandeltest.«

Sie entzog sich der Liebkosung, zeigte die Zähne.

»Laß mich los, oder ich werde dir weh tun«, sagte sie leise.

»Du? Du bist nicht größer als ein Kind!« Er lächelte nachsichtig. Seine freie Hand fühlte durch das dünne

Leder ihres Hemdes nach ihrer Brust. Dann keuchte er, als ihre Hand auf seinen verletzten Arm fiel und fest auf den Verband drückte.

»Es ist mein Ernst. Laß mich los, oder du bekommst noch mehr.« Er ließ die Hand von ihrem Arm fallen, und sie sprang auf und zurück. »Morgen verläßt du mein Zelt.« Sie stieß die Worte abgehackt hervor. Sie wußte, daß Kerlew zusah und zuhörte. »Sobald es Tag wird. Komm nicht zurück!«

Joboam ließ sich auf das Lager zurücksinken, und er starrte sie mit runden Augen an. »Wie ein kleiner Vielfraß. Ich wollte dir nicht weh tun, Tillu. Und du solltest nicht versuchen, mir weh zu tun. Komm her.« Er lächelte schiefmäulig. Ihre Zurückweisung hatte ihn nur ermutigt.

Sie starrte zurück. Er mußte wirklich geglaubt haben, daß sie ihn wollte. Glaubte es noch immer, hielt ihr Widerstreben für ein Spiel. Hatte sie ihn gewollt? Sie kehrte ihm den Rücken und tappte zu ihrem Lager. Sie konnte sich nicht vor seinen Blicken verbergen, die ihr folgten, als sie sich hinlegte und wieder zudeckte. Ihr Herz schlug ein wenig schneller, und sie fühlte sich verwundbarer, wenn sie lag. Er war ein großer Mann, und stark. Sie steckte eine Hand unter der Felldecke hervor und tastete nach dem Kurzspieß. Dann schloß sie die Augen, lauschte aber hellwach und angespannt. In dieser Nacht würde sie nicht mehr schlafen. Sie blinzelte durch die Lider zum Feuer, als es die nachgelegten Holzstücke verzehrte und wieder zu Glut zusammenfiel. Durch die Wimpern beobachtete sie Joboam. Sein Gesicht war ihr zugekehrt, schaute herüber. Und lächelte.

Sie blickte weg. Hatte sie ihn gewollt? Nein. Einen Mann, ja. Ihr Körper hungerte nach einem Mann. Sie war eine Frau und hatte ihre Bedürfnisse. Das Verlangen in ihr nahm mit dem Mondzyklus ab und zu. In manchen Nächten waren ihre Gedanken voll von Vorstellungsbildern von Männern, und sie fühlte Unruhe und ein Prickeln, und ihre Brustwarzen spannten sich. Aber diesen Mann wollte sie nicht. Sie war lange ohne einen Partner gewesen, aber wenn sie auch noch so lange warten mußte, einen Mann wie ihn würde sie niemals wollen. Selbst wenn er nicht so arrogant und grob gewesen wäre, hätte sie ihn abgewiesen. Er war zu groß, zu einschüchternd. Er würde ihr das Gefühl geben, hilflos und kindlich zu sein. Wieder fühlte sie das drückende Gewicht eines männlichen Körpers auf ihr, das sie auf den Erdboden preßte, roch den Rauch eines brennenden Dorfes.

Ihr Verlangen verging. Sie schüttelte den Kopf, die alten Erinnerungen zu vertreiben. Nie wieder. Sie wollte nichts mit Männern zu tun haben, die viel größer waren als sie selbst, nichts mit beherrschenden, erdrückenden Männern.

In Benus Sippe hatte es Raduni gegeben, einen kleinen, flinken Mann mit einem Lächeln, das beinahe größer als sein Gesicht gewesen war. Als sie sich Benus Sippe angeschlossen hatte, war er ihr oft mit diesem Lächeln begegnet. Sie hatte seine leichtfüßige Geschmeidigkeit bewundert. Sie hatte über seine Schnelligkeit und Sicherheit gestaunt, als er bäuchlings am Bachufer gelegen und mit der bloßen Hand glitzernde Forellen herausgeholt hatte. Und er hatte ihr ungebeten einen Teil seines Fanges angeboten. Sie hatte gehofft, daß er ihr einen Antrag machen würde. Allzu bald aber war er sich Kerlews bewußt geworden. Des seltsamen Jungen. Seine Andersartigkeit war Raduni Grund genug gewesen, zu zögern und sich dann von ihr abzuwenden. In den Augen der Männer war ihr Sohn wie ein Makel, der auf ihr lag. Sie fragte sich, was Männer zu diesem Verhalten Anlaß gab. Raduni war nicht der erste gewesen. Glaubten sie, all ihre Kinder müßten wie Kerlew werden? Glaubte sie es selbst? Sie war nicht sicher. Sie kannte nur den Ausgang: Nach anfänglichem Interesse zogen sich alle von ihr zurück. Schließlich waren ihr nur die Aufmerksamkeiten Carps geblieben, eines weiteren Mannes, den sie nicht wollte.

Sie seufzte und drehte sich auf die andere Seite. Rolkes Angebot kam ihr in den Sinn. Angenommen, es würde wiederholt, in höflicherer Form? Wollte sie mit diesen Herdenleuten auf Wanderschaft gehen? Sie neigte nicht dazu. Kerlew war für solch ein Leben nicht bereit. Und sie auch nicht. Warum sollte sie ihr unabhängiges Leben für einen Platz im Hirtenstamm aufgeben? Mit Männern wie Joboam, die jederzeit bereit waren, sich zu Herren ihres Haushalts aufzuwerfen? Mit Männern wie Heckram, die sich so schnell die Entscheidung über Leben und Tod anmaßten?

Sie fühlte sich beinahe von ihm verraten. Sie hatte besser von ihm gedacht. Ihre Gedanken gingen zurück zu jener Nacht und dem Rätsel, das sie so oft beschäftigt hatte. Sie hatte Heckram gewarnt, daß zuviel von der Arznei töten würde. Warum hatte er sie Elsa gegeben? Weil er nicht hatte ertragen können, sie leiden zu sehen, aus Liebe also? Oder war es kalte Überlegung gewesen? Sah so das Schicksal von Frauen unter den Hirtennomaden aus, wenn sie entstellt oder nutzlos waren?

Keine der beiden Erklärungen stellte sie zufrieden. Sie hatte Heckram gesehen, als Lasse verwundet worden war. Er hatte nicht versucht, sein Mitgefühl und seine Sorge zu verbergen. Sie hatte seine Freundschaft mit dem Jungen gespürt. Und mit Elsa? Mit Elsa war es das gleiche gewesen. Eine tiefe Freundschaft, eine Loyalität. Keine Beziehung von der Art, die sich Macht über Leben und Tod anmaßte. Doch diese Freundschaft zeigte, daß Elsas Tötung nicht die beiläufige Beseitigung einer nutzlos gewordenen beweglichen Habe gewesen war.

Erst vor kurzem hatte Tillu den seltsamen Status der Frauen unter den Hirtennomaden verstehen gelernt. In keinem anderen Stamm hatte sie Frauen angetroffen, die nicht nur ihren eigenen Besitz hatten, sondern ihr Privateigentum selbst nach der Eheschließung behielten. Das Fleisch, mit dem Lanja sie bezahlt hatte, war Fleisch von einem ihrer eigenen Tiere gewesen. Die Frauen tätigten ihre Handelsgeschäfte unabhängig von ihren Männern und gingen mit ihnen oder auch allein auf die Jagd. Ihr Weben und Nähen hatte den gleichen Wert wie das Schnitzen und Hüttenbauen der Männer. In einem Volk, wo der Mann die Handarbeiten seiner Frau nicht in Besitz nehmen konnte, wußte die Frau um ihren eigenen Wert. Zum erstenmal in ihrem Leben hatte Tillu Frauen kennengelernt, die stolz auf ihre Unabhängigkeit waren. Sie beneidete sie.

Aber immer führten die Spekulationen sie zurück zu Heckram und Elsa. Kein anderer als er konnte es gewesen sein. Die Frauen in der Hütte hatten nicht gewußt, was für eine Arznei es war, und sie hätten Elsa nichts davon verabreicht, ohne vorher zu fragen. Und die Art und Weise, wie er sich am nächsten Morgen von ihr abgewandt hatte. Seine Augen waren leer gewesen, als er sie angesehen hatte, sein Gesicht starr. Schuld. Es half nicht, wenn sie sich sagte, daß es nicht wichtig sei, daß Elsa ohnedies gestorben wäre. Manchmal versuchte sie sich zu überzeugen, daß Elsa einfach gestorben sei, daß sie nachgelassen habe, statt im Schmerz auszuhalten. So verlockend die Vorstellung sich ausnahm, sie war unglaubwürdig. Wichtiger erschien ihr, verstehen zu lernen, warum er es getan hatte, warum er sich der Tat schuldig fühlte. Dann würde sie vielleicht wissen, warum sie seit jener Nacht weniger von Heckram hielt. Vielleicht würde sie sogar verstehen, warum es sie traurig machte, daß er ihrem Blick nicht mehr begegnen konnte.

Sie seufzte. Was hatte es schon zu sagen? Ein Blick zu Joboam zeigte, daß der Schlaf ihn wieder überwältigt hatte. Gut. Morgen würde er fort sein, und bald danach der ganze Hirtenstamm. Fort aus ihrem Leben. Sie würde ihre Unabhängigkeit bewahren. Wieder allein sein. Sie erinnerte sich wohl ihrer Ängste vor dem Alleinsein, als sie Benus Sippe verlassen hatte. Aber sie hatte diese Ängste überwunden und den Winter durchgestanden. Ein kleiner Stolz schwoll in ihr. Sie konnte selbst in der schwierigsten Zeit für sich und ihren Sohn aufkommen. Konnte für sie nähen, für sie jagen, konnte sogar die Zudringlichkeiten eines Riesen wie Joboam abwehren. Und Kerlew entwickelte sich in letzter Zeit so gut ... In mancher Weise schrieb sie es sich selbst zu. Er schnitzte jetzt und versuchte sogar zu jagen, obwohl er bisher noch keinen eigenen Erfolg gehabt hatte. Er erinnerte sich seiner Pflichten, Brennholz zu sammeln, das Feuer zu hüten. Und er dachte von sich aus daran. Es war gut, daß er sich nicht an Heckram angeschlossen hatte, es war gut, daß er aus eigenem Antrieb etwas tat. Sie spürte, daß sie sich einer Zeit näherten, wo Kerlew seine eigenen Entscheidungen treffen und sich selbst als eine von ihr unabhängige Person sehen würde. Sie wartete, beobachtete ihn schweigend, der kleinen Veränderungen in ihm bewußt. Sie lächelte zu sich selbst und erkannte, daß sie kein Bedauern empfand. Mochte der Hirtenstamm gehen, wohin er wollte.

Der Morgen fand sie übernächtigt und erschöpft nach der fast schlaflosen Nacht. Ihre Augen waren gerötet und brannten, als sie die innere Rinde einer Erle schabte und einen rötlichen Tee daraus bereitete. Es war ein nützliches Kräftigungsmittel für jemanden, der sich von einer Krankheit erholte. Oder nach einer schlaflosen Nacht, sagte sie sich, als sie ihre Schale füllte.

Sie trank den Tee im Stehen und sah sich im Zelt um. Es war nicht die armselige Behausung, die es im Tiefwinter gewesen war. Wohin sie auch sah, überall waren die Zeichen ihres Handels mit den Herdenleuten. Der Einfluß, den sie auf ihr Leben hatten, ließ sich nicht leugnen. Sie schnitt den Rest von Lanjas Fleisch auf und warf die Stücke in den sehr verbeulten Bronzekessel, den Bror und Ibba ihr als Lohn für die Wurmkur ihres besten Harke und die Mischung einer Kräutertinktur zur Entlausung gegeben hatten. Sie rührte mit einem Löffel in der siedenden Fleischbrühe, der aus knorrigem Birkenholz geschnitzt und mit eingeschnittenen und buntgefärbten Verzierungen geschmückt war. Diese Dinge gehörten ihr, selbst wenn die Herdenleute sie verließen. Sie brauchte nicht mit ihnen zu gehen, denn der Sommer war nahe, die Zeit der Fülle. Sie brauchte nicht mit ihnen zu gehen.

Sie weckte Kerlew, und er aß. Wie gewöhnlich, wenn sie allein waren, sprachen sie sehr wenig. Wenige Worte waren nötig. Erst nachdem er gegessen hatte, mußte sie mit ihm reden. Er hatte seine Schale mit Fleischbrühe und gekochtem Fleisch gegessen und kauerte auf den Fersen, während er mit dem Finger die fettige Innenseite der Schale säuberte und den Finger ableckte. Das hätte Tillu unbeachtet gelassen, aber Kerlew kauerte am Ende des Lagers, wo Joboam noch schlief. Er starrte den Schlafenden an, während er sich die Finger leckte, und als er sich von Tillu beobachtet fühlte, kicherte er sein sprödes kleines Lachen.

Sie blickte ihn ernst an, nicht bereit, auf seine Heiterkeit einzugehen. Er kicherte wieder.

»Laß ihn in Ruhe«, sagte sie.

»Wolf!« platzte er heraus und konnte sich vor Lachen nicht halten. Joboams Augenlider zuckten. Kerlew beugte sich zu ihm, unbekümmert um die mögliche Reaktion des Mannes. »Hat Wolf dich wirklich in der Nacht besucht?« fragte er erfreut. Seine Augen blitzten.

»Kerlew!« sagte Tillu in ärgerlichem Ton.

Joboam gähnte und knurrte dann: »Halt mir diesen Balg vom Leibe!«

»Hinaus, Junge«, sagte Tillu mit ruhiger Festigkeit. »Brennholz.«

»Ich habe gestern welches geholt«, jammerte Kerlew.

»Dann bring mehr. Wir können es immer gebrauchen.«

»Nicht, wenn wir mit den Herdenleuten gehen. Jetzt kommt der Stammesführer, dich zu fragen, ob du Heilerin sein willst.«

»Hinaus mit dir!« wiederholte Tillu streng. »Nimm die Schalen, und reinige sie mit Moos und Schnee. Sofort!«

Er wandte sich von Joboam weg, der die Felle seines Lagers um sich zog, als wäre Kerlew ein Ungeziefer, das dadurch abgewehrt werden könnte. Wortlos nahm der Junge Tillus und seine eigene Schale und hob die Zeltklappe. Das graue Morgenlicht fiel durch die Öffnung. Entfernte Rufe erreichten ihre Ohren.

»Capiam«, hauchte Joboam. Seine Augen verengten sich argwöhnisch, als er dem Jungen nachblickte. Oder war es Furcht? Einen Augenblick später hatte er die Felle von sich gestoßen und mühte sich auf die Beine. »Ich werde gehen«, sagte er und griff nach seinen Stiefeln. »Und du wirst nicht sagen, daß ich hier gewesen bin. Verstanden?«

Sie verstand nicht, warum er nicht wollte, daß andere von seinem Besuch erfuhren. Aber es war ohnedies zwecklos. »Capiam weiß, daß du hier bist. Gestern kam sein Sohn. Er weiß, daß du hier bist.«

Joboam ließ den Stiefel fallen, den er in der gesunden Hand hielt. »Rolke? Rolke war gestern hier? Was hast du ihm gesagt?«

»Ich sagte ihm, Capiam kann nicht einen zu mir schicken, der schon da ist.«

»Und das war alles? Du sagtest nicht, daß du meinen Arm heilen wolltest?«

Tillu versuchte sich auf ihren Wortwechsel mit Rolke zu besinnen. »Nein. Ich sagte nur, Capiam kann keinen schicken, der schon bei mir ist.«

Joboam spielte mit seinem Stiefel. Undeutbare Gefühlsregungen spiegelten sich in seinen Zügen, als er überlegte. Tillu konnte inzwischen das Knirschen und Quietschen eines Rentierschlittens hören. Zu ihrer Überraschung lehnte Joboam sich zurück, zog die Felle über sich und streckte sich aus. »Geh hinaus!« befahl er mit gebieterischer Geste. »Geh hinaus und rede mit ihm. Sag nichts von mir, wenn er nicht fragt. Dann sag, daß ich hier bin. Geh hinaus! Schnell!«

»Das ist mein Zelt!« sagte Tillu durch zusammengebissene Zähne.

»Schnell!« drängte Joboam.

Sie ging zögernd, strich sich das Haar aus dem Gesicht. Im Hinausgehen warf sie ihm einen letzten Blick zu. Er starrte ihr mit einem Grinsen nach, das Anspannung und Befriedigung zeigte. Sie konnte ihn nicht verstehen und wollte es auch nicht.

Zwei Schlitten hielten auf der Lichtung vor ihrem Zelt. Rolke war da, mißgelaunt wie immer, und hinter ihm stand sein Vater. Capiams Miene war streng. Er stand gerade und feierlich, die schwarzen Augen auf die Heilerin gerichtet. Er war stämmig und klein wie die meisten der Herdenleute, aber seine Haltung und Kleidung wirkten zusammen und erzeugten den Eindruck von Größe. Seine Kleider waren reich, aber von einfachem, strengem Schnitt. Seine Mütze war aus geknüpfter schwarzer Wolle, sein Mantel und die Beinlinge aus schwarzem Wolfspelz. Der Mantelsaum war mit Hermelinschwänzen besetzt, die Borte, die seine Ärmel schmückte, war ein Schwarzweißmuster. Ein dicker Ledergürtel mit einer großen Bronzespange hielt den Mantel um seine Mitte zusammen. An einer Lederschnur hing ein weiteres Stück Bronzezierrat von seinem Hals. Wenn er beabsichtigt hatte, Tillu zu beeindrucken, war es ihm gelungen.

Sie versuchte, nicht daran zu denken, wie sie aussehen mußte, in ihrem Mantel und den Beinlingen aus abgetragenen Fellen. Sie stand gerade und erwiderte seinen Blick, bemüht, die Albernheiten ihres Sohnes zu übersehen. Kerlew kauerte hinter einem Baum, der viel zu dünn war, um ihn zu verbergen, und spähte hinter dem dünnen Stamm hervor, ohne die Besucher zu begrüßen. Tillu preßte die Lippen zusammen, holte Luft und ging auf die Besucher zu. Sie lächelte nicht, sondern sagte mit ruhiger Miene und Stimme:

»Capiam. Rolke. Ich bin geehrt, daß ihr mich besucht.«

Capiam sagte nichts. Auch Rolke schwieg, bis Capiam ihn heftig von hinten anstieß. Die Augen des Jungen glitzerten zornig, als er sprach, aber seine Worte waren höflich. »Ich wünsche dir einen guten Morgen, Heilerin Tillu. Ich komme, eine Botschaft von meinem Vater zu überbringen, dem Stammesführer Capiam von den Herdenleuten. Darf ich zu dir sprechen?« Sie hörte ihn beinahe mit den Zähnen knirschen, als er den Mund zuklappte.

»Gewiß«, antwortete sie freundlich. »Ich bin immer froh, eine Botschaft zu empfangen, die höflich überbracht wird.«

Er zuckte mit den Lidern, und die Röte im Gesicht vertiefte sich noch mehr. Sie sah, daß sie den wunden Punkt getroffen hatte. Capiam war mitgekommen, um sicher zu sein, daß seine Botschaft höflich überbracht würde.

»Der Stammesführer Capiam«, fuhr Rolke fort und blickte zur Seite, wo Kerlew hinter der Nichtdeckung des jungen Baumes zu ihm herübergrinste, und verlor den Faden. Er holte schnaufend Luft und richtete den Blick wieder auf Tillu. »Der Stammesführer Capiam lädt dich ein, an der Frühjahrswanderung unseres Volkes teilzunehmen. Lange sind wir ohne erfahrene Heilerin gewesen. Letztes Jahr erlitten Menschen und Rentiere Verletzungen, die eine Heilerin hätte lindern können. Ein Kind aß verdorbenes Fleisch und starb. Das gebrochene Bein einer Frau verheilte schlecht, so daß sie nun hinken muß. Stammesführer Capiam ist ein Mann, der für sein Volk sorgt. Er wünscht nicht, es krank und verkrüppelt zu sehen, weil eine kundige Heilerin fehlt. Also bin ich geschickt worden, dir diese Dinge anzubieten, wenn du mit uns kommen willst.« Er holte tief Atem und begann seine Aufzählung. »Felle für ein neues Zelt und den Gebrauch eines Harke zum Tragen deiner Besitztümer. Fleisch, soviel du benötigst, und gewebten Stoff zur Bekleidung für dich und deinen Sohn. Der Stammesführer wird Sorge tragen, daß du nicht hungerst oder irgendwelcher Notwendigkeiten ermangelst. Und so frage ich dich: Willst du mit unserem Stamm gehen und unsere Heilerin sein?«

Tillu stand schweigend, noch immer unschlüssig. Aber Kerlew sprang hinter seinem Baum hervor und schrie: »Ja, o ja, Mutter, sag ja! Ich hab' genug davon, Kaninchen zu essen und immer am selben Ort zu bleiben. Laß uns mit ihnen gehen!«

In Rolkes Zügen malten sich Abneigung und Abscheu, als Kerlew vor ihnen im Schnee wild herumsprang. Widerwille zeigte sich für einen Moment auch in Capiams Augen; dann gewann er seine stoische Haltung zurück. Wenn sie mit ihnen ginge, würden die Empfindungen dieser Leute für Kerlew sich nicht ändern. Sie würden sich nur vertiefen. Kerlew würde für Rolke so etwas wie eine lästige Räude sein, etwas, woran man endlos kratzte und das immer neuen Anlaß zu Verdruß gab. Sie sollte hierbleiben, allein mit sich und dem Jungen, ihn erziehen und beschützen.

Aber durch ihr Bedürfnis, ihren Sohn zu schützen, meldete sich die Heilerin in ihr. Etwas in ihr hatte sich zusammengezogen, als er das an verdorbenem Fleisch gestorbene Kind erwähnt hatte, die Frau, die jetzt hinken mußte. Es war nicht richtig, daß so viele Menschen ohne Heilerin sein mußten. Ihre Kenntnisse und ihr Geschick erlegten ihr eine Pflicht auf. Wie sie es in der Vergangenheit schon des öfteren getan hatte, konnte sie die Herdenleute immer verlassen, wenn es zu unangenehm wurde. Ihr erst in der letzten Nacht gefaßter Entschluß geriet ins Wanken.

»Ich muß nachdenken«, sagte sie leise. »Wenigstens eine Weile.«

Rolke nickte kurz und ließ den Kopf hängen, um einen giftigen Blick zu Kerlew zu verbergen. Er war mit seinem Erfolg als Bote nicht zufrieden. Einen Augenblick begegneten sich die Blicke Tillus und des Stammesführers, der sie aufmerksam musterte. Sein Gesicht war ernst, als wüßte er von ihren persönlichen Zweifeln. Dann nickte er langsam seine Zustimmung. Plötzlich ging sein Blick an ihr vorbei und weitete sich überrascht. Tillu wandte verblüfft den Kopf, um zu sehen, was hinter ihr war.

»Joboam? Du bist hier?« fragte Capiam ungläubig.

»Wie du siehst.« Der hünenhafte Mann trat aus dem Zelt ins Tageslicht heraus und reckte sich. Sein Haar war noch wirr vom Schlaf, und er hatte seinen Mantel nicht übergezogen. Tillu war verblüfft. Hatte er ihr nicht gerade befohlen, nichts von ihm und seinem Besuch zu erwähnen? Und nun kam er heraus, als wollte er sich mit seiner Anwesenheit brüsten.

»Aber was tust du hier?« fragte Rolke, der in seiner Neugierde vergaß, was er von Höflichkeit wußte.

»Ich …«, begann Joboam, dann zögerte er.

»Rolke!« wies ihn der Vater zurecht, und der Junge riß in jähem Begreifen die Augen auf. Er blickte zu Tillu, und dann verbreitete sich langsam ein schmutziges Lächeln über sein jugendliches Gesicht. Ein wissender Blick kam in seine Augen.

»Ich kam, mit der Heilerin zu sprechen und sie zu … überreden, daß sie mit uns kommen solle.« Joboams Stimme war ölig vor Selbstzufriedenheit. Capiam schaute unbehaglich drein, Rolke begierig. Tillu fragte sich, was für eine Botschaft ihr entging. Selbst Kerlew stellte sein Herumspringen ein und starrte mit offenem Mund von einem Erwachsenen zum nächsten. Tillu kannte ihre Sprache inzwischen gut genug, aber was zwischen den Männern hin und her ging, war eine unausgesprochene Implikation, die sich ihr entzog und die sie verdroß. Noch einen Augenblick länger stand Joboam in ihrem Zelteingang. Dann zog er sich ins Innere zurück. Capiam scharrte verlegen mit den Füßen.

»Heilerin, wir hoffen, daß du mit uns kommen wirst. Ich verspreche dir, daß es dir an nichts fehlen soll, wenn ich auch sicher bin, daß Joboam für alle deine Bedürfnisse sorgen ...«

»Ich werde mit dir zurückfahren, Capiam, wenn du einen Augenblick warten möchtest. Mein Harke und Pulkor sind hinter dem Zelt. Ich brauche nur anzuspannen.«

Während er sprach, schnallte Joboam seinen schweren Gürtel über den Mantel. Er schenkte Capiam ein fröhliches Lächeln guter Kameradschaft, und dann trat er zu Tillu und lächelte zu ihr herab. Sie blickte in seine Zähne auf. Als er sprach, geschah es in einem weichen, zärtlichen Ton, aber laut genug, daß die anderen ihn hören konnten. »Tillu. Es tut mir leid, daß ich so plötzlich gehen muß, aber es gibt Dinge, die zu erledigen sind, besonders nachdem du dich entschlossen hast, eine der unsrigen zu sein. Aber du weißt, daß ich bald wiederkommen werde. Was soll ich dir bringen?«

Seine süßliche Stimme und die besitzergreifende Art und Weise, wie er sich über sie beugte, waren nicht zu verkennen. Sie konnte nicht verstehen, was er mit seinem Spiel bezweckte, aber sie konnte es auch spielen. Sie lächelte zu ihm auf, ganz Zähne und dünne Lippen. »Ich habe mich noch nicht entschieden«, sagte sie deutlich. »Aber du kannst mir ein Bronzemesser bringen. Als Heilerin der Herdenleute brauche ich eins. Wenn du wiederkommst, bring mir ein Bronzemesser mit. Eine schmale Klinge ist am besten, aber ich kann auch mit einer breiten auskommen.«

Sie sah den aufblitzenden Zorn in seinen Augen, als sie den exorbitanten Preis dafür nannte, daß sie sein Spiel nicht verriet. Aber er hatte sich rasch wieder in der Hand, und Tillu verspürte eine kleine Regung von Besorgnis, als sie erkannte, wie wichtig ihm diese Täuschung des Stammesführers sein mußte. »Also ein Messer«, stimmte er zu. Er war nicht so einfältig, daß er versucht hätte, sie zum Abschied zu berühren. Aber die Art und Weise, wie sein Blick über ihr Gesicht wanderte, war Berührung genug, um in Tillu Unbehagen zu wecken. Er machte auf der Stelle kehrt, und der Schnee knirschte unter seinen Stiefeln, als er um ihr Zelt ging, wo sein Harke, an langer Leine angebunden, auf ihn wartete.

Die Stille kehrte zurück und hing zwischen ihnen wie ein Vorhang. Kerlew hatte das Interesse an den Vorgängen verloren. Er ließ sich an den ausgestreckten Armen von einem niedrigen Birkenast baumeln, die Füße noch am Boden, aber mit eingeknickten Knien, so daß der Junge Baum unter seinem Gewicht schwankte.

Rolke beobachtete ihn naserümpfend. Plötzlich schrie Kerlew: »In der Nacht hatte Joboam eine Vision vom Wolf. Er brüllte ›Wolf!‹, und Tillu sprang von ihrem Lager auf und nahm den Kurzspieß!«

»Kerlew!« tadelte sie ihn. Nicht so sehr wegen der Klatschgeschichte als vielmehr wegen der Art seiner Erzählung: seine bernsteinfarbenen Augen starrten Capiam unverwandt an, als erwarte er von ihm eine Antwort auf die Geschichte. Einen Augenblick hätte es Carp sein können, der da am Baum hing und mit seinen schlauen Andeutungen und geheimnisvollen Anspielungen seine Magie wirkte. Aber wenn Capiam eine Bedeutung in der Geschichte sah, ließ er es sich nicht anmerken. Er schenkte dem Jungen das schwächliche Lächeln, mit dem Erwachsene oft auf ihren Sohn reagierten, wenn sie nicht wußten, wie sie sonst sein seltsames Benehmen aufnehmen sollten.

»Er tut gut daran, Wolf zu fürchten«, fuhr Kerlew fort, ohne auf Tillus warnenden Blick zu achten. »Denn einer von Wolfs Eigenen wird ihn eines Tages niederreißen. Joboam mag sich für einen Bären halten, aber das ist es nicht, was mich aus seinen Augen ansieht. Ich werde ein Schamane sein; wußtest du das?«

Bevor jemand etwas erwidern konnte, wurden die Geräusche des Rentiers und seines Schlittens hörbar, und Joboam lenkte sein Gespann hinter dem Zelt hervor. Er zog an den Zügeln und blickte lächelnd von einem Gesicht zum anderen. »Gut. Wollen wir dann fahren?«

»Wann wird der Stamm das Dorf verlassen?« fragte Tillu.

»Einige der Unsrigen sind mit ihren Tieren noch im höheren Hügelland. Wenn der Frühling ein wenig stärker und das Eis aus dem Moos getaut ist, werden sie aus dem Hügelland herunterkommen, und wir werden ziehen.«

»Nach Westen?« fragte Tillu, die an mehr Hügel und Wälder dachte.

Capiam blickte ein wenig verwundert. »Nach Norden. Aus den waldigen Hügeln hinaus auf die weite Tundra und weiter zum hohen Bergland. Wir folgen der wilden Herde und treffen im Hochland mit den anderen Herdenleuten zusammen. Dort verbringen wir den Sommer.« Er blickte mit einem halben Lächeln zu Joboam. »Sie hat noch viel über unsere Lebensweise zu lernen«, bemerkte er freundschaftlich.

»Es soll mir nichts ausmachen, sie zu unterrichten«, erwiderte Joboam. Tillu kochte vor Zorn über seine besitzergreifende Art, sagte aber nichts. Sie würde auf sein Spiel eingehen, bis sie ihr Bronzemesser bekäme; dann würden sie sich zu ihren Bedingungen einigen. Der Gedanke weckte ein echtes Lächeln in ihrem Gesicht, als sie den Stammesführer verabschiedete. Sie bemerkte, wie Joboam seinen Pulkor neben den Capiams lenkte, um sich mit ihm zu unterhalten, während Rolke hinterherfuhr. Als sie außer Sicht kamen, seufzte sie leise. Wäre es nur das Heilen, womit sie sich würde abgeben müssen! Aber wenn sie mit ihnen ging, würde ihr das

Alltagsleben unter den Hirtennomaden am schwersten fallen. Und Kerlew erst recht. Sie blickte umher, aber der Junge war nicht zu sehen.

»Kerlew!« Sie hoffte, daß er nicht den Männern und Rentieren nachgelaufen sei. Ihr Ruf blieb ohne Antwort. »Kerlew!« rief sie wieder, schärfer als zuvor, und eilte zurück zum Zelt. Er sprang schnell und schuldbewußt von seinem Lager auf und stopfte irgend etwas verstohlen in sein Hemd. Sie wußte von dem Schamanenbeutel, den er gemacht hatte, indem er einen von ihren Kräuterbeuteln genommen und mit Holzkohle und Blut gekennzeichnet hatte. Sie hatte ihn sogar einmal gesehen, als er gedacht hatte, sie schliefe, und den Beutel zum Feuer getragen, um seine Schätze zu besehen. Sie sprach niemals davon, denn sie wollte diesen Zug in ihm nicht fördern. Sie wußte, daß der Beutel den roten Stein und andere Absonderlichkeiten enthielt. Welche Dinge er seiner Sammlung hinzufügte, kümmerte sie nicht. Aber sein Verhalten tat es.

»Wie kamst du dazu, so etwas zu sagen?« verlangte sie zornig zu wissen. Sie nahm eine Schale und füllte sie mit etwas von dem Tee, den sie vorher aufgegossen hatte.

»Wie kamst du dazu, nichts zu sagen?« versetzte er.

Der Tee war kalt und bitter in Tillus Mund, als sie seinem harten Blick begegnete.

– 17 –

»Das ist das letzte Schneegestöber des Winters«, bemerkte Lasse.

Heckram nickte. Der dicht fallende Vorhang weißer Flocken verbreitete einen Frieden, den er nicht stören mochte. Den ganzen Tag schon hatte er das Kommen des Schneefalls gewittert. Die dichten Wolken waren wie ein Bündel von rauhwollenem Stoff am nahen Höhenrücken hängengeblieben. Den ganzen Tag waren sie durch den wässerig gewordenen Schnee gepatscht, der fast unmerklich in sich zusammensank, auf den ausgetretenen Pfaden eisig glänzte, aber unter den Bäumen weiß und blauschattig lag. Die Rentiere hatten jetzt gute Weide; mit den Nüstern schoben sie den weichen, nassen Schnee vom zarten Moos oder reckten die zottigen Hälse, um von den angeschwollenen zarten Blattknospen der Birken und Weiden zu kosten. Selbst der Sonnenuntergang hatte die Kälte nicht zurückgebracht. Der Schnee, der jetzt fiel, war naß und haftete dick an den Zweigen, war aber verurteilt zu schmelzen, bevor es wieder Mittag wäre.

Heckram und Lasse saßen Rücken an Rücken unter einem primitiven Windschirm aus Rindenstücken und Zweigen, der an durcheinandergeworfenen grauen Blöcken und Schieferplatten lehnte, Erinnerungen an einen Gletscher, der in alter Zeit über das Land hinweggegangen war. Die ineinandergesteckten Zweige hielten den Schnee größtenteils fern, aber nicht das diffuse Licht des wolkenverhangenen Mondes und die sanfte Ruhe der schneeigen Nacht.

Zum erstenmal seit vielen Tagen fühlte sich Heckram in Frieden mit sich selbst. Hier auf der Winterweide gab es nichts, was ihn an Schmerz und Versagen gemahnte. Abgesehen von Lasses Gesellschaft, war es wie jeder andere Vorfrühling, den er im Hügelland verbracht hatte. Sie hatten darauf verzichtet, ein Zelt mitzunehmen, und sich mit Fellen begnügt, die zu Schlafsäcken zusammengenäht waren. Die zusammengerollten Felle waren jetzt unter ihm und auf einer trockenen und federnden Unterlage aus Fichtenzweigen. Die Nacht war zu milde, und Heckram fand das Sitzen unter dem Windschirm zu behaglich, um schon in sein Bett zu kriechen und die Augen zu schließen. Wenn er aus dem an einer Seite offenen Unterstand blickte, konnte er die grauen und braunen Rücken der mehr als vierzig Tiere sehen, die zwischen den Bäumen über den Hang verstreut weideten.

Ein weicher, beinahe warmer Wind flüsterte durch die Zweige, und brachte Bewegung in den Schneefall: bald teilte er den Vorhang der fallenden Flocken, bald wirbelte er sie in dichten Wolken. Der gleichmäßige Schneefall war beinahe so erholsam wie Schlaf. Heckram war nicht sicher, ob er eingenickt war, als er Lasses geflüstertes »Was ist das?« hörte.

Heckram räusperte sich leise. »Was ist was?« murmelte er zurück. Er blinzelte hinaus und versuchte das Schneegestöber zu durchdringen. Er konnte nichts sehen. Das friedliche Verhalten der Tiere unter ihnen bestätigte, was seine Sinne ihm sagten. Sie drängten nicht aufgeregt durcheinander oder warnten einander mit ihren hustenden Grunzlauten. Was Lasse beunruhigt hatte, ließ sie offensichtlich unberührt.

»Da. Hörst du das?« flüsterte Lasse.

»Nur der Wind«, murmelte Heckram. In einer Nacht wie dieser hatte der Wind viele Stimmen. Er strich seufzend durch kahle Äste, bewegte die herabhängenden Fichtenäste und ließ Neuschneeansammlungen mit weichem, zischendem Rieseln von ihnen herabfallen. Zwischen den Felsblöcken erzeugte er bisweilen ein hohles Sausen und machte, daß die dünnen Zweige der kahlen Laubhölzer sich hörbar aneinanderrieben. Lasse sollte diese Geräusche so gut kennen wie er selbst.

Er wollte zurück in den angenehmen Dämmerzustand, fand sich jedoch unwillkommen ermuntert und merkte, daß er angestrengt in die Nacht lauschte, um zu hören, was Lasse aufgestört hatte. Der Wind frischte auf, der Schnee wirbelte und schien sich für Augenblicke zur Gestalt eines kauernden Wolfes am Fuß einer bleichstämmigen Birke zu formen, aber der nächste Flockenwirbel löste alles wieder auf und enthüllte die Augentäuschung eines zugeschneiten, vom Blitz zerspellten Baumstumpfes. Heckram seufzte, ließ die Spannung aus dem Rücken. War er ein Kind, daß er sich von vermeintlichen Schattengestalten in der Nacht fürchtete?

Lasses Rücken lehnte noch immer fest an seinem. »Siehst du was?« raunte Heckram.

»Beinahe, ja. Das heißt, ich dachte, ich sähe was. Wie den größten Vielfraß, der je gelebt hat, aber weiß, von der Schnauze bis zum Schwanz. Es war nur der Schnee, der mich täuschte.«

»Wenn der Mond durch Wolken von Neuschnee scheint, kommen solche Täuschungen zustande«, meinte Heckram. Stille folgte auf seine Worte, sank auf sie herab und erfüllte den engen Unterstand, weich und tief wie der Schnee. Heckrams Augenlider wurden wieder schwer.

»Was willst du machen, wenn wir zurückkommen?« fragte Lasse plötzlich.

Heckram öffnete die Augen und starrte stirnrunzelnd in die Nacht. »Machen? Was wir immer im Frühling machen. Ich werde mein Wintergerät wegräumen, mein Sommergerät auf einen Harke laden und der Herde folgen. Was willst du machen?«

»Das gleiche, nehme ich an.« Lasse seufzte. Heckram fühlte es mehr als daß er es spürte. »Den ersten Tag werde ich damit zubringen, meiner Großmutter zuzuhören, die mir jeden kleinen Vorfall erzählen wird, der sich während unserer Abwesenheit ereignet hat. Und die nächsten Tage muß ich dann Rechenschaft über jeden Augenblick ablegen, den ich hier oben war, denn sie bildet sich ein, daß jedes unserer Rentiere, das ich hier oben gehütet habe, lahm und mager und durch und durch krank sein müsse.«

Heckram nickte. »Die Stille hier oben kann einem manchmal zusetzen. Aber bei all dem Gerede zu Hause fühle ich mich manchmal einsamer als hier.«

Lasse dachte darüber nach. Dann sagte er: »Wird es

nicht seltsam für dich sein, im Talvsit wieder deine eigene Hütte zu beziehen? Da wird es erst recht still sein.«

»Ja.« Heckram biß das Wort ab. »Aber es wird nur für eine Nacht oder so sein, dann ziehen wir hinaus zur Tundra.«

»Aber du wirst diesmal dein eigenes Zelt mitnehmen, nicht? Das Zelt, das Elsa und deine Mutter gemacht haben?«

»Wahrscheinlich.« Nachdem er diesem Gedanken tagelang ausgewichen war, brannten die Fragen wie frische Kratzer. Er erkannte auf einmal, daß sein Schuldgefühl jetzt tiefer in seine Seele schnitt als der Kummer. Und zugleich wußte er, daß der Kummer zwar mit der Zeit verblassen würde, das Schuldgefühl aber nicht. Es würde um nichts leichter sein, nach ihrer Rückkehr Missas Blick zu begegnen. Noch schlimmer würde es sein, Kuoljok gegenüberzutreten, denn der Tod seiner Tochter hatte den Verstand des alten Mannes verwirrt. Wenn er Heckram anschaute, schien er ihn überhaupt nicht zu sehen. Wenn er zu ihm sprach, blickte er durch ihn hindurch oder an ihm vorbei. Weder er noch Missa hatten zu ihm je ein Wort des Vorwurfs gesagt; sie brauchten es nicht. Joboams Anschuldigung an jenem verhängnisvollen Abend hatte genügt. Er erinnerte sich manchmal, daß Missa sich gegen Joboams Meinung ausgesprochen hatte. Die Erinnerung brachte ihm einen gewissen Trost, aber keine Linderung seiner Selbstvorwürfe.

Lasse war still geworden, hatte jedoch in seiner Wachsamkeit nicht nachgelassen. Die Schläfrigkeit, die zuvor so leicht und unbemerkt über ihn gekommen war, wollte sich jetzt nicht wieder einstellen. Heckrams Schläfen begannen zu schmerzen, als seine Gedanken wieder wie Rentiere in einem Pferch im Kreis liefen. Herum und herum und herum, stampfend und schnaufend, aber ohne einen Ausweg zu finden. Wer hatte Elsa getötet, und warum? Joboam; er wollte, daß es Joboam gewesen sei. Er suchte einen Grund, den Mann herauszufordern und seinen Zorn und sein Schuldgefühl an ihm auszulassen.

Wie aber, wenn es nicht Joboam gewesen war? Manchmal schien es ihm ausgeschlossen, daß Joboam Elsa überfallen haben konnte. Hatte er sie nicht erst vor ein paar Monaten umworben? Niemand würde eine Frau töten, die er begehrte. Er mochte versuchen, sie von dem Mann fortzulocken, mit dem sie sich zusammengetan hatte, sei es mit Geschenken und süßen Worten, sei es mit Versprechungen. Darin lag nichts Unehrenhaftes. Aber warum würde ein Mann die Frau zerstören, die er begehrte? Daß Joboam Elsa getötet haben sollte, ergab keinen Sinn. Vielleicht verdächtigte Heckram ihn nur, weil er Joboam immer gehaßt und nach einem Grund gesucht hatte, diesen Haß in die Tat umzusetzen. Die anderen Herdenleute hatten den Todesfall getreu ihrer Tradition als erledigt abgetan, wie ein vergangenes Unglück, das nicht zu ändern war. Elsa war gestorben; niemand hatte gesehen, wer oder was sie getötet hatte, also konnte niemand es sagen. Sie fühlten sich nicht wie Heckram gedrängt, einen Schuldigen zu finden, jemanden für Elsas Tod zur Rechenschaft zu ziehen. Das war nicht ihre Art. Es hätte auch nicht Heckrams Art sein sollen. Dennoch hungerte er nach Vergeltung, wie ein Wolf im Tiefwinter nach Fleisch hungert. Das schmerzende Bedürfnis nach Vergeltung stellte ihn abseits, machte ihn zu einem Fremden unter seinen eigenen Leuten und schnitt Furchen in Ristins Stirn. Aber er konnte seine Gedanken nicht von der Schändlichkeit und Ungerechtigkeit dieses Todes lösen. Jemand mußte dafür bezahlen.

Aber wenn nicht Joboam, wer dann? Darauf gab es keine Antwort. Hatte Elsa sich einen Feind gemacht, von dem er nichts wußte? War es ein einzelgängerischer Marodeur gewesen, ein Geächteter, der sich nicht unter

Menschen sehen lassen durfte? Während der Wanderungszeit erzählten sich die alten Frauen abends um die offenen Feuer Geschichten über solche wilden Männer. Es hieß, sie kämen bei Dunkelheit in die Siedlungen, um junge Frauen als Partnerinnen für sich zu rauben. Er hatte diese Geschichten immer für Schauermärchen gehalten, erfunden von den alten Frauen, um ihre Töchter in warmen Frühlingsnächten vom Herumstreunen abseits der Lagerfeuer abzuhalten.

In seinen Schläfen hämmerte es. Er fuhr sich mit beiden Händen übers Gesicht, fühlte die tiefen Falten zwischen den Brauen, konnte sich aber nicht darauf besinnen, wie er sie glätten sollte. Herum und herum und herum. Ein Dämon, vielleicht, wie Rolke an jenem schrecklichen Abend gemeint hatte. Heckram wußte nicht, ob er an Dämonen glaubte. Doch wenn er jemals das Werk eines Dämonen gesehen hatte, dann war es das, was Elsa geschehen war.

Er schloß die Augen vor dem wirbelnden Schnee. Der Friede war daraus gewichen. Nun tanzte er vor ihm, ein Dämon, der sich wieder und wieder in Trugbilder von Elsa verwandelte. Wieder und wieder sah er ihre zerfleischte, zerbrochene Hand, wie sie sich in schrecklichem Gruß hob. Er zog die Knie an die Brust, umschloß die Schienbeine mit den Armen und legte die Stirn auf die Knie. Sein Körper fühlte sich hart und hohl an, wie ein ausgesaugter Markknochen, ein weggeworfenes Ding. »Entschuldige«, sagte Lasse, ohne sich zu bewegen. »Ich wollte dich nicht wieder daran erinnern.«

»Schon gut«, sagte Heckram, und seine Stimme klang heiser und schwerzüngig. Manchmal bedauerte er, zugelassen zu haben, daß Lasse ihn so gut kannte. Zu trauern war schlimm genug. Das Wissen, daß der Freund, der Rücken an Rücken mit ihm saß, die Tiefe seines Schmerzes kannte, machte es nicht leichter. Es verstärkte ihn.

Beide richteten sich gleichzeitig auf und lauschten

wortlos dem leisen Trommeln, das plötzlich die Nacht erfüllte. Hatte es eben erst begonnen, oder war es zuvor schon dagewesen, aber jetzt erst hörbar geworden? Sein Rhythmus war eins mit der Nacht. Das Geräusch war ohne Ursprung, ewig, leise und doch unleugbar. »Heckram«, flüsterte Lasse.

»Pst«, machte Heckram. Keiner von beiden bewegte sich. Das Trommeln dauerte an, in unendlichen Abwandlungen, die ein kompliziertes Muster bildeten. Heckram konnte sich die Finger auf dem Trommelfell vorstellen, wie sie klopften, strichen, die Knöchel einsetzten, sich vom Rand des straff gespannten Fells zur Mitte und wieder zurück bewegten. Und plötzlich stellte sich ein Erinnerungsbild aus alter Zeit ein, die er vergessen geglaubt hatte.

Es war eine Herbstnacht gewesen, auf der langen Wanderung zurück von den Sommerweiden. Er war klein gewesen, hatte noch zur Mutter aufgeblickt, und seine Beine hatten vom stundenlangen Gehen geschmerzt. Der Geruch des Todes war in der unzeitig warmen Luft gewesen, und hinter ihnen auf der Tundra hatten die Kadaver der Rentiere wie aus einem undichten Korb verstreute Beeren gelegen, wie sie der Seuche zum Opfer gefallen waren. Ihre Leiber waren aufgedunsen gewesen, die Beine steif und abstehend. Wolken von Fliegen hatten sie umsummt.

Die Herdenleute hatten sich in kreisförmigen Reihen um ein großes Feuer versammelt, und bei dem Feuer in der Mitte der konzentrischen Ringe hatte Nadunin gestanden, der Najd. Das Haar des Najd war von weißen Strähnen durchzogen und hing ihm lang und wirr auf die Schultern. Er kniete auf dem Fell eines weißen Rentieres, so nahe beim Feuer, daß sein runzliger Körper schweißüberströmt war. Er trug einen Lendenschurz aus gelbem Leder, und seine Haut war bräunlich wie alte Knochen, die an einem Bachufer modern. Die Haut war straff über seine Knochen gespannt; Heckram hatte beobachtet, wie seine Rippen sich mit den Atemzügen bewegt hatten. Vor ihm war seine Kobda, und ihre seltsame Stimme erfüllte die Nacht. Er bearbeitete sie mit seinem hammerartigen Trommelschlegel und machte, daß sie bald leise grollte, bald laut brüllte. Götter waren mit dem roten Saft der Erlenrinde auf die Trommel gemalt, und auch der Trollskott, das Zeichen, das gebraucht wurde, um den Herden eines Feindes Schaden zuzufügen.

Die Herdenleute umringten ihn: Männer, Frauen und Kinder versammelt, um zu sehen, ob durch Zauberei Erleichterung zu finden sei. Nicht weit vom Lagerplatz dieser Nacht war ein uralter Seite. Auf ihren alljährlichen Wanderungen kamen sie regelmäßig an ihm vorbei. Der mächtige graue, schwarzgestreifte Fels ragte aus der ebenen Tundra, ein weithin sichtbares Wahrzeichen. Im Laufe der Jahre hatten durchziehende Stämme farbige Streifen und flatternde Stoffbänder angebracht, die seine mystische Erscheinung verstärkten. Niemand gab ihm einen Namen. Es war ein Seite, ein Ort der Macht, ein steinernes Idol, das Mutter Erde selbst errichtet hatte, jenseits menschlicher Verehrung. Früher am Tag hatten sie Nadunin zugesehen, wie er das Geweih eines an der Seuche zugrunde gegangenen Rentieres genommen und an der Oberfläche des Seite gerieben hatte. Achtmal hatte er den Felsen umkreist und das klappernde Geweih über die rauhe Oberfläche gezogen, eine Umkreisung für jede Jahreszeit. Am Ende der letzten Umkreisung hatte er einen Geweihzinken abgebrochen und den Rest des Geweihs im steinigen Lehm zu Füßen des Felsens vergraben. Den kleinen Geweihzinken aber hatte er zum Lager zurückgebracht. Darauf hatte er den ganzen Tag vor seinem Feuer gesessen, seine Zauberei gemacht und in einem monotonen Joik seinen Zauber in den Zinken gesungen. Mit seinem Messer hatte er besondere Symbole seines Standes in die braune Oberfläche geritzt. Niemand hatte den alten

Najd gestört oder ihn gefragt, was als nächstes käme. Sein war die Zauberei; sie konnten nur ihre Zeugen sein.

Als er an diesem Abend angefangen hatte, Rentierdung und getrocknetes Moos und kleine Holzstücke für ein Feuer zu sammeln, hatte der ganze Stamm sich wortlos an dieser Arbeit beteiligt. Bald war das angehäufte Brennmaterial über mannshoch gewesen, und sie hatten zugesehen, wie er das Feuer auf die alte Art und Weise mit seinem Feuerbohrer entzündet hatte. Der Bogen seines Feuerbohrers war eine Rippe gewesen, die Schnur daran eine Sehne. Heckram hatte ältere Jungen sagen hören, daß sein Feuerbohrer aus dem Körper des alten Najd vor ihm gemacht worden sei. Er hatte nie daran gezweifelt. Als der Rauch aufgestiegen war, zuerst in einem dünnen Gekräusel, dann in dichten Wolken, hatte das Volk sich enger um den Platz geschart. Der Najd saß sehr nahe am Feuer. Er legte den Geweihzinken, der jetzt ein durch Zauber bestimmter Anzeiger ihres Schicksals war, auf das Fell der rot bemalten Trommel und begann mit seinem kleinen hammerartigen Trommelschlegel auf die gespannte Haut zu klopfen.

Mit jedem Trommelschlag hüpfte der kleine Zinken über die Oberfläche des Trommelfells, berührte zuerst die Ferse dieses Gottes, dann die Wange jenes. Nur der Najd konnte die Bedeutung seiner Wanderung wissen, und alle beobachteten atemlos, wie die Schläge seines kleinen Knochenschlegels die Oberfläche vibrieren ließen. Der Zinken glitt und tanzte, und dem Najd rann der Schweiß über den Körper. Seine Augen waren weit, weit entrückt, und seine Lippen bewegten sich lautlos, während er trommelte. Näher und näher zum Trollskott hüpfte der Zinken. Schließlich kam er auf der roten und schwarzen Gestalt zur Ruhe und hielt sich dort. Lauter wurde das Trommeln, unaufhörlich schlug der kleine Knochenschlegel das Trommelfell, aber der hüpfende, springende Zinken ließ sich nicht von seiner erwählten Stelle bewegen.

Die Worte von Nadunins Gesang wurden hörbar, atemlos zuerst, dann kraftvoller und die Nacht erfüllend. Die Essenz der geheiligten Kräuter, die er während des Zaubers eingenommen hatte, war in seinem Schweiß zu riechen, der ihm über die Rippen und den Rücken hinabrann. Seine Worte waren nicht in der Sprache, in der die Herdenleute sich in ihren täglichen Verrichtungen verständigten, aber der Tonfall war klar. Er bat und flehte, aber der Zinken blieb hartnäckig am Trollskott hängen. Dann zerriß das Trommelfell mit einem dumpfen Knall, der betäubender war als die scharfen Trommelschläge, die ihm vorausgegangen waren. Der Riß im gespannten Leder öffnete sich so schnell, wie ein gutes Messer den Bauch eines Kaninchens öffnet, vom Hammerkopf des Trommelschlegels hinüber zum Trollskott, dessen Kopf der Riß wie ein Mund durchschnitt. Der Trollskott schluckte das Schicksal des Stammes. Trommel und Najd waren plötzlich verstummt.

Heckram konnte sich nicht erinnern, was als nächstes geschehen war. Anscheinend hatte seine Mutter ihn eilig zum Zelt zurückgebracht und in seine Felle gesteckt, abgeschlossen vom schrecklichen Omen des gespaltenen Trommelfells. Das Hirtenvolk sei von seinem eigenen Fluch verschlungen worden, hatte er die Leute am nächsten Tag flüstern gehört. Als sie an einem tiefen See vorübergezogen waren, hatte der Najd einer schönen, fetten Vaja die Kehle durchgeschnitten. Er hatte ihr den Bauch geöffnet, sie ausgeweidet und die Höhlung mit Steinen gefüllt. Dann hatte er das tote Tier in die Tiefe des Sees versenken lassen. Die Opfergabe hätte helfen sollen, aber drei Tage später war der Najd selbst in seinem Zelt aufgefunden worden, hingekauert bei seinem Arran, den starren Blick auf der toten Asche der Herdsteine. Der Rauch der geheiligten Kräuter hatte das

Zelt mit dichtem Dunst erfüllt. Vor ihm waren die Stückchen von Knochen, Federn und Steinen aus seinem Schamanenbeutel aufgereiht gewesen. Niemand konnte lesen, was die Anordnung der Gegenstände ihm für seine letzte Reise in die Geisterwelt prophezeit hatte. Der Najd war tot.

»Vielleicht hat einer der anderen Hirten eine Trommel mitgebracht? Vielleicht wollen sie uns ein Zeichen geben?« sagte Lasse.

Heckram schnaubte zweifelnd. »Niemand sonst ist uns dieses Tal hinauf gefolgt. Die anderen blieben weiter unten, näher beim Bach. Niemand würde trommeln, um uns zu rufen. Sie würden pfeifen.«

»Ich weiß«, murmelte Lasse und wurde wieder still. Heckram spürte die Spannung in dem Rücken, der sich gegen seinen drückte. Er konnte es dem Jungen nicht verdenken. Seine eigenen Muskeln waren angespannt, nahe daran, sich zu verkrampfen. Die Trommel schlug in ihrem verhaltenen Rhythmus weiter, die Schläge drangen hohl durch die Nacht und den verwehten nassen Schnee. Gleichmäßig pochte sie weiter, aber gerade diese Regelmäßigkeit der Schläge schien zu bedeuten, daß sich etwas vorbereitete, zu einer unheilvollen Veränderung. Jeder Schlag auf das Trommelfell verstärkte seine Anspannung. Er spähte so angestrengt in die Dunkelheit, bis ihm Lichtpunkte vor den Augen tanzten. Er sah noch immer nichts. Das Unheimlichste aber war, daß die Rentiere friedlich weideten oder sich zur Ruhe niedergelassen hatten.

Der Schnee fiel dichter und wurde vom Wind in ihren offenen Unterstand getrieben, wo er an Kleidern und Augenwimpern haften blieb. Die Schneeflocken schmolzen auf den Wimpern und lösten die Sicht mit prismatischen Verzerrungen auf. Heckram konnte nichts klar sehen, aber die Dinge, die er beinahe sehen konnte, waren nicht von der Welt des Tageslichts. Sein Nackenhaar prickelte, eine Gänsehaut überlief seinen Körper. Er wagte Lasse nichts zu sagen, aber die feste Wärme, die gegen seinen Rücken drückte, war tröstlich.

Die Haut der Welt war abgezogen, und er sah in ihre geheimnisvollen inneren Vorgänge. Lichter und Formen und Schatten umgaben den kleinen Unterstand, und sie spähten zu ihm herein. Diese lautlos huschende Wolke aus windgetriebenem Schnee, die die Zweige einer kleinen Birke bewegte, hätte eine weiße Eule sein können, wäre sie nicht in Schneeflocken auseinandergefallen, nachdem sie ihn angesehen hatte. Aus dem Augenwinkel sah er die weiße Lunte eines Polarfuchses, die sich aber gleich darauf in einem Schneefall von einem Ast auflöste.

Die Trommel pochte monoton weiter, und Heckrams Herz paßte sich den Schlägen an. Sein Kopf machte ruckartige kleine Bewegungen, als seine Augen von einer Vision zur nächsten zuckten und jedes Bild verschwand, gerade als er es beinahe erkannt hatte. Er hörte scharfe, keuchende Atemzüge hinter sich, dachte, es seien Lasses, und bemerkte im selben Augenblick, daß der warme Druck gegen seinen Rücken fort war.

»Lasse!« rief er und sprang auf, daß sein Kopf durch die Zweige fuhr, die das Dach ihres Unterstands bildeten. Das abgebrochene Ende eines Fichtenastes riß ihm die Haut von der Wange, und er fühlte das warme Blut. Keuchend drückte er die Hand gegen die schmerzende Stelle und starrte wild umher. Der Junge war nicht zu sehen. In Zorn und Angst riß er den primitiven Windschirm auseinander und warf und trat die Zweige beiseite. Der fallende Schnee begann ihre Schlafsäcke und Provianttaschen zu bedecken. Lasse war fort, und er war allein mit dem erstickenden Schnee und den dumpfen Trommelschlägen, die nun ihren Rhythmus beschleunigten und eine Note höher ertönten. Das Getrommel trieb ihn zur Raserei; er brüllte wortlos in die Nacht, gegen den alles einhüllenden Schnee und den ungesehenen Trommler.

Er stieg aus den Zweigen und Rindenstücken des eingestürzten Unterstandes und untersuchte den Schnee im Umkreis nach Spuren des Jungen, aber der starke Schneefall hatte sie bereits zugedeckt. »Lasse!« brüllte er, stieß das Wort mit seiner ganzen Lungenkraft aus der Kehle. Aber der Schnee drückte das Geräusch zu Boden und begrub es, während die gleichmäßigen Trommelschläge über ihn hinwegmarschierten. Es gab keine Antwort.

»Lasse!« rief er wieder, und seine Stimme schnappte über. Er glaubte eine schattenhafte Bewegung bei dem zerspellten Baumstumpf zu sehen und ging darauf zu. Nichts. Aber dort wieder, in der Schwärze unter der alten Fichte regte sich etwas. Ein Dutzend Schritte trug ihn nahe genug heran, um zu sehen, daß die Schatten leer waren. »Lasse?« rief er wieder, weniger laut. Was es auch war, es schlich tiefer in die Schatten davon.

Eine bis dahin unbekannte Angst befiel ihn. Er wußte, daß es ihn tiefer in den Wald lockte und daß er ihm folgen würde, weil die Rückkehr zum zusammengefallenen Unterstand keine Sicherheit bot. Sein Bogen war dort, begraben unter verstreuten Fichtenzweigen und angetriebenem Schnee, ebenso sein großes Jagdmesser, und wäre er einem Tier aus Fleisch und Blut nachgegangen, hätte er sie geholt. Aber die Trommel hatte die Nacht verwandelt. Er bewegte sich nicht mehr in einer von Logik geordneten Welt, in welcher der Jäger sich bewaffnete und seiner Beute nachging. Die Wirklichkeit des Waldes hatte sich verändert, und er verstand, daß er sich in der Geisterwelt bewegte, wo der Mensch selten Jäger war. Er ging blindlings weiter, folgte den halb gesehenen Bewegungen, durchwanderte einen Tunnel aus wirbelnden Schneeflocken. Das Trommeln folgte ihm.

Die Nacht war ein kleiner Ort, umgrenzt von fallendem Schnee und Baumstämmen. Er folgte etwas, was er niemals sah, aber als eine dunklere Gegenwart fühlte, die sich vor ihm bewegte, den wirbelnden Schnee und die helleren Stämme der Birken verdeckte. Bisweilen glaubte er an den Rändern seines Gesichtsfeldes andere Dinge auszumachen, blasse Umrisse, die für Augenblicke das Muster der wirbelnden Schneeflocken veränderten. Er ließ sich von ihnen nicht ablenken. Er rief nicht mehr nach Lasse, denn er wußte, daß er nicht Lasse folgte. Wo immer der Junge war, er konnte ihm nicht helfen, noch konnte Lasse ihm helfen. Auf diesen Wegen war man allein.

Endlich kam er zu einer Lichtung. Er konnte ihre Grenzen nicht sehen, aber als er unter den letzten Bäumen hinaustrat, sah er keine weiteren Stämme, keine herabhängenden, benadelten Zweige, die ihm die Sicht versperrten. Um ihn war nur das immerwährende wirbelnde Weiß, und hoch darüber die schwache Ahnung einer silbernen Vollmondscheibe hinter den Wolken. Er stapfte weiter durch den feuchten Schnee, der an Füßen und Beinen haftete und das Vorankommen erschwerte. Es fror ihn nicht, aber er schnaufte vor Anstrengung, und Schweiß rann ihm salzig und brennend in die Augen und den Schnitt auf seiner Wange. Er nahm eine Handvoll Schnee auf und hielt ihn gegen die Wunde. Die weißen Flockenwirbel verstärkten sich abermals, flogen ihm ins Gesicht, blendeten ihn mit ihrem Licht. Er kniff die Augen zu, dann hob er einen Arm schützend vor das Gesicht, um etwas zu sehen.

Als er den Arm wieder sinken ließ, hatten der Schneefall und die Trommelschläge aufgehört. Die Nacht ringsum war schwarz und silbern. Der runde Mond hing schwer in einem dunklen Sternenhimmel über einer endlos scheinenden Lichtung aus ebenem weißem Schnee. Es war keine Lichtung, auf der er stand, denn sie hatte keine Grenzen; die Ebene war weit wie die Tundra. Er überlegte flüchtig, was es mit den Bäumen auf sich gehabt haben mochte, unter denen er gegangen war; dann, als er das Bild in seiner Ganzheit erfaßte, wagte er nicht mehr, sich nach ihm umzusehen, vergaß sie vollständig.

In der Mitte seines Gesichtsfeldes war der Seite-Felsen, der die endlose Ebene beherrschte. Er erkannte ihn, obwohl er ihn nie gesehen hatte, wie er ihn jetzt sah, unter der dicken Schneedecke des Winters. Grau und schwarz ragte er vor ihm auf, und seine rauhe, unregelmäßige Oberfläche ließ beinahe an ein Lebewesen denken, ohne aber genug Einzelheiten preiszugeben, um erkennen zu lassen, welches. Dicke Schneepolster lagen auf den Simsen und unebenen Flächen seines Gesichts. Rot wie Blut waren die Symbole, die jemand darauf gemalt hatte. Er kannte sie von dem Trommelfell des Kobdas, bevor es gerissen war, er kannte ihre schreckliche Bedeutung. Er trat einen Schritt vorwärts, und seine Nase witterte, daß sie mit Blut gemalt waren, frischem, warmem Blut, das die reine kalte Nacht mit seinem Geruch erfüllte.

Der Wolf auf dem Felsen setzte sich auf die Keulen. So riesengroß war er, daß Heckram nicht verstehen konnte, warum er ihn vorher nicht gesehen hatte. So gewaltig war er, daß er kein gewöhnlicher Wolf sein konnte, sondern nur Wolf. Ein leichter Wind spielte mit seinem dichten Pelz, und die silbrigen Spitzen der Haare glitzerten im Mondlicht. Mit mächtigen Muskeln bepackte Schultern bewegten sich unter seinem dichten Pelz. Die kleinen Ohren waren aufgestellt und auf den Mann gerichtet. Seine Schnauze war schwarz, und die Nasenlöcher blähten sich dreimal, als er Heckrams Witterung aufnahm. Wolf war still und stumm und starrte Heckram mit Augen an, die bald rot, bald grün, bald gelb waren. Heckram erwiderte den Blick, still und stumm wie sein Gegenüber.

Wolf stand auf und reckte sich. Die breite Brust tauchte in einer Bewegung hinter den ausgestreckten Vorderbeinen unter, die eine Begrüßung sein konnte oder auch nur ein Gähnen einleitete. Wolf richtete sich auf, dann sprang er höher und weiter, als jeder sterbliche Wolf es vermochte, um mit lautloser Leichtigkeit vor Heckram zu landen. Heckram rührte sich nicht. Die Gesetze der Tageswelt waren hier nicht anwendbar. Man floh Wolf nicht, noch forderte man ihn heraus. Auge in Auge stand er mit dem gewaltigen Tier. Heißer, ranziger Atem schlug ihm ins Gesicht. Die gelben Augen musterten ihn, aber Heckram stand fest unter ihrem Blick. Langsam hob sich eine große, graue Pfote vom Boden. Wolf hielt sie vor Heckrams Gesicht, ließ ihn die schwarzen Krallen an den weit gespreizten Zehen betrachten. Heckram zuckte nicht. Die große Pfote berührte sein Gesicht. Er fühlte die rauhen Zehenballen, die Kraft und das Gewicht des riesigen Tieres dahinter, den scharfen Zug der stumpfen Krallen über seine Wange. Dann machte Wolf kehrt und saß mit einem Sprung wieder auf dem Felsen. Er blickte auf Heckram herab.

Etwas rann ihm übers Gesicht, tropfte vom Kinn. Er zog die Hand aus dem Fäustling und hob sie an die Wange. Die Wunde brannte, als er die Hand darauf legte. Dann nahm er die Hand weg, sah die Schwärze seines Blutes an den Fingern und auf der Handfläche. Schweigend trat er auf den Felsen zu, bis er ihn erreichte, und drückte seine blutige Hand gegen die kalte Oberfläche des Seite. Er hatte das Gefühl, daß der Stein seinen Druck erwidere, fühlte, wie er das warme Blut von seiner Hand saugte und in sich aufnahm. Als Heckram die Hand von der Oberfläche nahm, war der verbleibende Handabdruck nicht rot, sondern weiß wie Schnee. Er blickte lächelnd zu Wolf auf, und Wolf blickte auf ihn herab, öffnete die Kiefer und zeigte seine rote Zunge und die weißen Zähne, als er freudig lachte. Es war getan. Das Geschäft war besiegelt.

Der Schnee fiel wieder, plötzlich und wie in einer dichten Masse, die Heckrams Gesicht überzog, Mund und Nase füllte und ihn nach Luft schnappen ließ. Wieder hörte er das Murmeln der Trommel. Der Wind blies ihm entgegen, und er wankte blindlings durch den Schneesturm. Wenn er die Augen auch nur einen Spaltbreit öffnete, trieb der Wind prickelnde eisige Schneeflocken hinein. Er hob die Hand, um sich den Schnee vom Gesicht zu wischen, und fühlte Zweige, die an seinem Ärmel zupften. Hastig wischte er sich den Schnee aus den Augen und stand einen langen Augenblick in völliger Desorientierung. Die schwarze Nacht schwieg ringsumher, der plötzliche Schneeschauer war vorüber. Aber wo war er? Ein großer weißer Stumpf ragte vor ihm aus dem Gesträuch, in dem sein Ärmel sich verfangen hatte. Dann hörte er unter sich das vertraute Knacken und Grunzen der bei Nacht weidenden Herde. Er wandte sich um.

Ihre Tiere waren auf dem Hang unter ihm ausgebreitet. Der Baumstumpf war derselbe, der ihn zuvor getäuscht hatte, und kaum ein Dutzend Schritte entfernt war der primitive Unterstand, den er und Lasse gebaut hatten. Er war so, wie sie ihn gemacht hatten, und unter dem Schutzdach konnte er Lasses Gestalt in seinem Schlafsack erkennen. Er wankte darauf zu, verwirrt und seltsam dankbar.

Ein Klumpen stieg ihm in die Kehle. Lasse war in Sicherheit, und er selbst war lebendig von jenem anderen Ort zurückgekehrt. Als welch ein bitterer Ort war ihm die Welt früher am Abend erschienen, wenn sie in Wahrheit doch der einzige Ort war, wo man die Süßigkeit des Lebens erfahren konnte? Die herzklopfende Euphorie des Überlebens überwältigte ihn.

Er war in Reichweite des Unterstandes, bevor er den Mann bemerkte, der beim offenen Eingang saß. Er war vollkommen bewegungslos und hatte den mit einer Kapuze bedeckten Kopf über die angezogenen Knie gebeugt. Sein Mantel aus weißem Polarfuchs ließ ihn mit dem angewehten Neuschnee verschmelzen, in dem er saß. Heckram blieb stehen. Sein Traum war noch zu frisch, und der Mann zu bewegungslos. Was mochte unter dieser Kapuze zu ihm herausspähen?

»Wer bist du?« fragte er mit leiser Stimme. Er schluckte das Beben am Ende seiner Worte hinunter.

Der Mann hob das Gesicht zu ihm. Die wolkigen, wie blind wirkenden Augen richteten ihren Blick mit untrüglicher Sicherheit auf Heckram, der bis ins Innerste erschauerte. Der alte Mann lächelte. Seine Zahnlücken waren schwarz und bodenlos im Mondlicht. »Carp bin ich«, sagte er mit weicher Stimme. »Ein alter Mann, dessen lange Reise beinahe zu Ende ist. Bist du einer der Hirten von Capiams Stamms?«

Heckram nickte, ermutigt durch die Erwähnung des Stammesführers, wenn ihm auch die Umstände mißfielen. »Das bin ich.«

»Und dein Name ist ...«

»Heckram«, sagte er. »Mein Gefährte ist Lasse.«

»Heckram«, wiederholte der alte Mann in erfreutem Ton. »Ah, Heckram, du hättest nicht vielleicht ein Stück Fleisch in deinem Lager, an dem ein alter Mann kauen könnte? Oder irgend etwas? Ich bin weit hergekommen, dein Volk zu suchen, und bin müde und hungrig.«

»Ich will sehen, was ich finden kann«, murmelte Heckram. Er kam sich nackt vor, als er sich bückte, um an dem alten Mann vorbei in den Unterstand zu kriechen. Etwas in dem faltigen alten Gesicht und den trüben Augen machte ihn verwundbar für die dunklere Seite der Nacht. Niemals, dachte er bei sich, wollte er mit diesem alten Mann allein sein. Im Vorbeikriechen stieß er Lasse an, dann öffnete er seine Jagdtasche, in der Dörrfleisch in Streifen und eine Käserinde waren. Lasse grunzte unmutig, als Heckram über ihn zurück zu dem alten Mann kroch.

»Ich habe geschlafen, du Trampel«, murmelte Lasse.

»Wir haben einen Gast«, erwiderte Heckram.

»Ich weiß. Er kam, gleich nachdem du in den Wald gingst. Aber er sprach kaum ein Wort zu mir; sagte, er warte auf dich, und ich solle ruhig schlafen. Wenn er nichts dagegen hat, daß ich schlafe, warum solltest du? Und was hat dich so lange aufgehalten?«

Heckram ließ die Sache mit einer Handbewegung auf sich beruhen. Das war etwas, was er später unter vier Augen mit Lasse besprechen konnte, oder vielleicht nicht. Zwar plagte ihn die Neugierde, zu erfahren, was Lasse in dieser Nacht erlebt hatte, doch war er ganz und gar nicht geneigt, seine Begegnung mit Wolf irgendwem mitzuteilen. In der Erinnerung waren es kostbare Augenblicke, die nur ihn und Wolf angingen. Schrecken konnte eine Form von Intimität sein. Er dachte darüber nach, als er seinen Proviant dem alten Mann reichte. Vielleicht bewahrte Lasse einen ähnlichen Schatz.

Carp nahm die Nahrung, beschnüffelte sie in einer Art und Weise, die Heckram an Kerlew erinnerte, und fing an, an einem Stück Dörrfleisch zu nagen.

Nachdem er seinem Gast eine Weile beim Kauen zugesehen hatte, wagte er eine Frage. »Du sagst, du seist auf der Suche nach Capiams Stamm. Warum? Du siehst nicht wie ein Händler aus.«

Carp biß das teilweise weichgekaute Stück ab und schluckte es. »Ich bin keiner. Ich bin ein Schamane. Ich suche Kerlew, meinen Lehrling. Capiams Herdenleute werden mich zu ihm führen.« Er steckte wieder ein Stück vom Dörrfleisch in den Mund und sagte kauend: »Tillu, seine Mutter, ist eine Heilerin. Wenn du zu ihr gehst, um diesen Riß in deinem Gesicht flicken zu lassen, kannst du mich mitnehmen.«

Heckram berührte seine brennende Wange mit behutsamen Fingerspitzen. So tief war der Riß nicht. »Deswegen brauche ich nicht zur Heilerin. Das schließt sich von allein.«

»Meinst du?« fragte der alte Mann. »Ich nicht.« Er stieß ein abgehacktes, jähes Lachen aus, dann grinste er um das Dörrfleisch in seinem Mund zu Heckram.

»Würde mich nicht wundern, wenn es sich entzündete. Wolfskrallen können eine böse Narbe hinterlassen. Je eher wir zur Heilerin und ihrem Sohn gehen, desto besser.«

- 18 -

Die Rentierherde zog langsam den Hang hinunter. Ihre Zehenknochen knackten bei jedem Schritt der weitgespreizten Schalen. Ihre Köpfe nickten, die weißen Schwänze zuckten und schlugen mechanisch nach Fliegen, die es noch nicht gab. Irgendwo am Kopf der weit in die Länge gezogenen Herde führte Jakke das Leittier durch den dunklen Fichtenwald talwärts. Sie kehrten zurück zum Talvsit und wanderten bei Nacht unter weißen Sternen in einem schwarzen Himmel. Gewöhnlich war er empfänglich für die strenge Schönheit dieser Nächte, aber diesmal war Heckram mit seinen eigenen Gedanken beschäftigt und hatte keinen Blick dafür.

Jakke war ein erfahrener Herdenführer und schlug einen gemächlichen Schritt an, der sie trotzdem bis zum Morgen zum Talvsit bringen würde. Die Vajor waren um diese Zeit trächtig, und ihre Bäuche blähten sich auf beiden Seiten wie mißgestaltete Packsättel. Sie schaukelten unbeholfen durch das unebene Gelände und suchten im Schnee nach sicheren Tritten. Heckram bewachte sie eifersüchtig, sah er doch in ihren geschwollenen Bäuchen die Verdoppelung der Herde.

Er hatte einen weiteren Grund, das gemächliche Tempo zu begrüßen. Während Lasse auf Skiern vorauslief und die Tiere überholte, an sich vorbeiziehen ließ und so überwachte, bildete Heckram mit einem Harke den Schluß der Herde. Auf dem Renochsen saß Carp. Der alte Mann hatte sich an Heckram angeschlossen, der die Ehre indes nicht gebührend zu schätzen wußte. Er hatte von den in einem eigenartigen Dialekt vorgebrachten Worten genug verstanden, um zu wissen, daß ein Schamane ein Najd war, ein Zauberer, einer, der unaufhörlich zwischen der Tagwelt und jener anderen Welt, von der niemand leichtfertig sprach, hinüber und herüber wechselte. Heckram hatte genug von ihr kennengelernt, um zu wissen, daß es nicht weise sein würde, einen Mann wie Carp zu beleidigen. Aber die Nähe des Schamanen war ihm unheimlich, und er wollte nicht mehr von dem Mann wissen oder sich von ihm ins Vertrauen ziehen lassen. Schon die körperliche Nähe machte ihn nervös. Es war schwierig, seine endlosen prahlerischen Geschichten zu ignorieren, und unmöglich, seinen hartnäckigen Fragen auszuweichen. Doch während Heckram den Harke, auf dessen Packsattel Carp schwankte, geduldig am Zügel führte, machte er seinerseits keine Anstrengung, sich mit dem alten Mann anzufreunden oder ihm Fragen zu stellen. Er beobachtete die Tiere vor ihm, hielt sich, wo die Wegverhältnisse es erlaubten, gleichauf mit dem Kopf des Harke und ignorierte den Schamanen, so gut es ging. Sein Verhalten entmutigte den Najd keineswegs.

Carp schwatzte unbekümmert drauflos, ohne sich zu schämen, daß er wie ein Kind auf einem Harke ritt, während Heckram in der Dunkelheit dahinwanderte, eine Hand leicht am Zaumzeug des Harke. Carps Worte prallten auf Heckrams gebeugte Schultern wie immer neue Händevoll Kieselsteine. »... und auf dieser Jagd gelang es drei Männern, den Bären zu erlegen, der unsere Nahrungsvorräte überfallen hatte. Enu fiel dem Bären zum Opfer, aber das war so, wie die Geister es verordnet hatten, und keine Sache, die zu betrauern war. Enu hatte den Bären zuerst beleidigt, indem er seine Frau vom Herzen des ersten Bären hatte essen lassen, der in diesem Jahr getötet worden war. Hätte er das nicht getan, wäre uns all dieses Unglück erspart geblieben. Dann, nachdem wir den Bären abgehäutet und zerlegt hatten, legte ich den Schädel in die Höhlung eines verbrannten Birkenstumpfes und tat das Herz des Bären und Enus Herz zwischen seine Kiefer, miteinander verbunden durch einen Stock, den ich durch beide gestoßen hatte. So war der Schutzgeist zufriedengestellt, und wir verloren in diesem Jahr keine weiteren Fleischvorräte. Und vier Monde später brachte Enus Frau einen Jungen zur Welt, und auf seinem Kopf und auf den Schultern war grobes schwarzes Haar, geradeso wie bei einem Bären. Was für ein Jäger sollte aus diesem Jungen werden! Welche Wildheit konnte über ihn kommen! Manchmal warf er in der Hitze des Jagdeifers seine Waffe weg und sprang das Tier an, und seine Zähne blitzten weißer als die eines Wolfes. Er war so stark, daß er den Hirsch beim Geweih packen und seine Schnauze zur Erde niederzwingen konnte, und dann…«

Heckram stapfte weiter und ließ die Stimme des alten Mannes mit dem Knacken der Rentierhufe und dem Knirschen des Schnees unter ihnen eins werden. Bis zum Morgen würden sie das Talvsit erreichen, sagte er sich. Und dann… Ungebetene Bilder stellten sich ein, von einer Grassodenhütte mit kalten Herdsteinen, von den leeren Augen des alten Kuoljok, von Ristins vorsichtigem Lächeln. Von der unfertigen Reisekiste, die wie ein geprügelter Hund in seiner Hütte kauerte. Alldem würde er am Morgen standhalten müssen.

Die Gedanken lasteten auf ihm und zogen seine Lebensgeister hinab in einen kalten, tauben Ort. Er riß sich los von den unwillkommenen Bildern und schickte seine Gedanken weiter voraus. Nach ein paar Tagen Ruhe würde die eigentliche Frühjahrswanderung beginnen. Alle Herdenleute und ihre Tiere zogen dann aus den bewaldeten Ausläufern des Hügellandes hinaus in die offene Tundra. Süße Frühlingsgräser sprossen dort, sobald der Schnee den Boden freigab, und in dieser Zeit brachten die Vajor ihre schlaksigen Kälber zur Welt. Der sanfte Wind duftete nach der Blumenfülle, mit der die Tundra sich bedeckte, und ging bei den verstreuten Zelten aus und ein. Das weite Land unter der unermüdlichen Sonne.

Es half nichts. Alles das würde erst wieder gut sein, wenn diese Sache mit Elsa erledigt wäre. Es war wie eine Aufgabe, die ihm keine Ruhe ließ, solange sie nicht ausgeführt war. Der Rest seines Lebens würde warten müssen, bis die Angelegenheit aufgeklärt wäre. Er konnte sich nicht auf den Frühling freuen, würde keine Befriedigung über die neuen Kälber empfinden, würde das frische Grün nicht genießen, solange er keine Erklärung für Elsas Tod hatte. Es war wie eine furchtbare Schuld, die er abtragen mußte. Um sich abzulenken, befühlte er den Schnitt in seiner Wange. Er war verschorft und schien trotz Carps Voraussage gut zu heilen.

»... aber das ist der Wert eines Schamanen. Wir sind die Mittler, welche die Welten zusammennähen wie Sehnen, die Felle zu Kleidungsstücken machen. Ein Volk ohne einen Schamanen ist ein einsames und halbblindes Volk. Das Leben seiner Menschen kann keinen Sinn ergeben, denn sie leben nur die Hälfte davon. Schicksalsschläge treffen sie, und sie können nicht verstehen, warum, oder was sie dagegen tun können. Manche verlieren ihre Schutzgeister und werden krank und sterben, ohne zu wissen, warum. Kinder werden geboren und wachsen heran und gehen blindlings durch ihr Leben, beleidigen mitunter dieselben Geister, die sie schützen und leiten würden. Ihre Tage sind lang und traurig und angefüllt mit Mißgeschick. Das Leben wird ihnen zur Last, und sie sind verwundbar für jeden, der ihnen Schaden zufügen möchte.«

Heckram merkte, wie er zu den Worten des Najd nickte. Lange, traurige Tage, angefüllt mit Mißgeschick.

»Möchtest du nicht fragen, was ich für solch einen tun kann?« Carps Worte hingen schwarz in der Luft. Heckram wandte zögernd den Kopf.

Die blassen Augen des alten Mannes zeigten sich beinahe weiß in der Nacht und erschreckten ihn mit ihrer Fremdartigkeit. Er starrte sie an, unfähig zu einer Antwort. Carp beantwortete seine Frage selbst.

»Solch einer kann auf einen Weg gewiesen und auf eine Reise zurück zu seinem Geistesbruder geschickt werden. Die Reise ist gefährlich, und nur die Starken kehren zurück. Niemand kann mit einem Begleiter auf diese Reise gehen, er muß sie allein unternehmen. Unterwegs mag er Geistern begegnen. Wenn er weise ist, wird er seinen Geistesbruder erkennen, wenn er ihm begegnet, und er wird wissen, wie er ihn an sich binden kann. Dann, wenn der Mann von seiner Reise zurückkehrt, kommt sein Geistesbruder mit ihm zurück. Wenn er sehr weise ist, hört er auf seinen Geistesbruder und nimmt seine Hilfe an. Am weisesten von allen ist derjenige, der die Anleitung eines Schamanen sucht, um zu erfahren, was sein Geistesbruder wünscht und was er tun muß, um in seinem Leben das Gleichgewicht wiederherzustellen.«

Heckram merkte erst spät, daß er stehengeblieben war, als er in Carps wolkige Augen gestarrt hatte. Er hörte nicht mehr das Knacken und Grunzen der ziehenden Herde. Er war allein mit dem seltsamen alten Mann, der wie ein Raubtier auf dem Rücken des Harke kauerte, bereit, ihm seine Klauen in den Widerrist zu schlagen. Der Nachtwind strich vorbei und seufzte leise durch die Bäume. Eine unwirkliche Stille folgte ihm, in der alle vertrauten Nachtgeräusche erstickten. Kein Ast ächzte im Wind, keine Zweige raschelten unter den Füßen eines Lemmings. Die Stille war vollkommen.

»Schau!« Das schrille Flüstern des Schamanen zerbrach die Stille. »Schau, wer folgt!«

Heckram blickte mit geweiteten Augen den Weg zurück, den sie gekommen waren. Dort war nichts, nur die breite Fährte aus zerstampftem Schnee, die sich durch den lichten Wald in der Nacht verlor. Er hielt lauschend den Atem an und spähte in die Schatten unter den Bäumen, ob sich dort etwas bewegte. Er sah nichts.

»Nichts folgt uns, alter Mann«, brummte er.

»Nicht uns!« zischte Carp, und es war wie ein Lachen in seinem Flüstern. »Nicht uns. Dir!«

Widerwillig blickte Heckram noch einmal zurück. Er erstarrte, und sein Griff festigte sich um das Zaumzeug des Harke. Etwas Großes und Zottiges glitt über die Fährte hinter ihnen und verschmolz mit den Bäumen auf der anderen Seite. Er hielt den Atem an, als er das Rentier am Zaumzeug weiterzog. Der Harke sah ihn mit runden und schwarzen Augen an, und seine Nüstern blähten sich mit leisem Schnauben. Das Tier hatte Angst. Als Heckram Luft holen wollte, blieb sie ihm im Hals stecken, und er mußte schnaufend nach Atem ringen. Dabei geriet er von der festgetretenen Wegspur und stolperte knietief in weicheren Schnee. Hastig raffte er sich auf und versuchte seinen Schritt zu beschleunigen. Auf dem Rücken des Harke schaukelte Carp in lautlosen Lachkrämpfen vor und zurück. Heckram hätte ihn am liebsten geschlagen, wußte aber, daß er es nicht wagen durfte. Nur ein Dummkopf beleidigte einen Najd. Carps Bewegungen brachten das Tier jedoch aus dem Tritt. Es zerrte am Halfter und versuchte sich der unangenehmen Last auf seinem Rücken durch Aufbäumen zu entledigen. Heckram zog es weiter und beschleunigte seine langen Schritte.

Ein Teil von ihm wußte, was ihnen folgte. Ein anderer Teil weigerte sich, die Möglichkeit solch einer Erscheinung anzuerkennen. Zurückblicken half nicht. Das trügerische Mondlicht zeigte hier einen blitzenden Fangzahn, dort ein Schimmern von silbernen Haarspitzen, dann ein Glimmen bernsteingelber Augen, aber niemals das Ganze.

Er begann zu schwitzen, und bald fühlte er den Schweiß über Rücken und Brust rinnen. »Halt dich am

Packrahmen fest«, krächzte er zu Carp, »damit du nicht abgeworfen wirst, wenn wir laufen müssen.«

»Du kannst ihm nicht weglaufen!« kakelte Carp und versprühte Speichel. Der alte Mann schaukelte im Packsattel.

»Vielleicht nicht«, murmelte Heckram. »Aber wir werden es versuchen. Ich werde nicht stehenbleiben und ... und auf den da warten.«

»Dann lauf!« gackerte der alte Mann. »Es wird ihm bestimmt nichts ausmachen! Je schneller du läufst, desto eher werden wir ankommen.«

Heckram lief, und das Rentier neben ihm hielt willig mit ihm Schritt; es war deutlich, daß es sich bemühte, einen Vorsprung gegenüber dem Verfolger zu gewinnen. Der Najd klammerte sich an den schwankenden Packsattel. Heckram ließ dem Harke den besten Teil der Wegspur, so daß er selbst bei jedem fünften oder neunten Schritt durch die Schneekruste brach und sich wieder herausarbeiten mußte. Zweimal wagte er zurückzublicken, und beide Male war der Verfolger nicht weiter zurückgefallen. Der unscharfe graue Umriß, die glimmenden Augen ließen nicht von ihm ab.

Er spähte angestrengt nach vorn, wo die Rentierherde und ihre Hirten längst hätten in Sicht kommen müssen. Wölfe griffen keine Gruppen von Menschen und Tieren an. In der Zahl lag Sicherheit. Seine Füße stampften weiter. Jeden Augenblick erwartete er, daß die graue Gestalt ihn überholen und das Rentier abdrängen würde, um sie dem Rudel zuzutreiben, das mit Sicherheit in der Nähe war. Er rannte, bis das Rentier wankte und er selbst außer Atem war und unter Seitenstechen litt. Selbst dann zog er das Tier mit dem stoisch auf dem Packsattel schwankenden Schamanen im Laufschritt weiter. Der Schweiß brannte ihm in den Augen, er keuchte kurz und schnell. Dann trat das Rentier mit einem Bein unglücklich in ein Schneeloch, strauchelte und brach in die Knie.

Heckram zog sein Jagdmesser und wandte sich um, dem Verfolger die Stirn zu bieten. Flüchtig sah er etwas mit den grauen Schatten und Stämmen des umgebenden Waldes verschmelzen. Der Verfolger hätte seinen Vorteil nutzen und angreifen müssen, um den erschöpften Mann und das niedergebrochene Tier für das Rudel zu stellen. Aber nichts geschah. Das schnaufende Rentier rappelte sich wieder auf und stand mit hängendem Kopf. Der Schrecken hatte es ebenso erschöpft wie die Anstrengung; der alte Schamane war nicht schwerer als seine normale Arbeitslast. Der Harke war gerannt, wie nur Wölfe ein Rentier zum Laufen bringen können.

»Es war wirklich!« Heckram starrte den alten Mann trotzig an.

Carp lächelte nicht mehr. »Wirklich. Das ist, was ich dir gesagt habe. Aber du wolltest nicht hören.« Er beugte sich so nahe, daß Heckram die winzigen Bläschen im Speichel auf seiner Lippe sehen konnte. »Du beleidigst ihn«, flüsterte der alte Mann. »Wurde der Handel nicht letzte Nacht abgeschlossen, und mit Blut besiegelt? Vertraue ihm. Überlasse ihm deine Vergeltung, und öffne ihm deinen Geist, sei bereit für das, was er von dir verlangen wird.« Langsam richtete sich Carp auf und saß gerade auf dem Rentier. »Laß uns jetzt gehen.« Trotz des unbequemen Rittes hielt er sich ruhig und gelassen. Sein wolkiger Blick schaute tief in Heckrams Augen, bot aber selbst keinen Zugang. Heckram blickte wieder zurück. Nichts. Nur Schnee. Aber er sah, was ihm zuvor entgangen war: daß die Morgendämmerung begonnen hatte und der verblassende Mond weit im Westen stand. Und er erkannte die Bäume und die Form und Richtung der Hügelausläufer. Das Dorf war nicht mehr fern.

Wie zur Bestätigung hörte er bald darauf einen freudigen Ruf aus der Talsenke voraus und sah eine Frauengestalt ihnen entgegeneilen. Es war Ristin, die sie mit Willkommensworten überschüttete.

»Ich war in Sorge, als du nicht mit den anderen kamst. Lasse sagte, du wärst dicht hinter ihnen, wußte aber nicht, warum du so langsam warst. Er wollte umkehren und dich suchen, aber weil er vor Müdigkeit beinahe im Stehen einschlief, sagte ich ihm, er solle sich die Mühe ersparen.« Sie brachte das alles in einem fast entschuldigenden Ton vor, aber die Blicke, mit denen sie ihren Sohn immer wieder musterte, verrieten deutliche Erleichterung. Heckram betrachtete auch sie aufmerksam. War das graue Licht der Dämmerung so unvorteilhaft, oder war sie in den Tagen seiner Abwesenheit wirklich gealtert? Die Falten um Mund und Augen sprachen von Müdigkeit und Anspannung, wenn ihr Gesicht jetzt auch nur Erleichterung und Freude zeigten. Dann hatte sie Zeit, sich seinem Begleiter zuzuwenden, und wurde förmlicher.

»Du mußt Carp sein, von dem Lasse sprach. Willkommen im Talvsit von Capiams Stamm.« Sie warf Heckram einen Seitenblick zu. »Als Lasse sagte, du würdest einen Gast bringen, machte ich Feuer auf deinen Herdsteinen und bereitete Essen für euch beide.«

»Niemand wird sagen können, daß Capiams Herdenleute ungastlich zu einem Fremden seien«, sagte Heckram zu Carp, doch er wußte, für wen sie in Wahrheit Feuer gemacht hatte. Hatte sie geahnt, wie sehr er gefürchtet hatte, zu einer Hütte mit kaltem Arran und dem feuchten Geruch der Leere zurückzukehren?

Er lächelte der Mutter dankbar zu, und sie blickte ihm mit Wärme und Mitgefühl ins Auge. Dann runzelte sie die Brauen. »Was hast du mit deiner Wange gemacht?« fragte sie und berührte sein Gesicht.

»Ein Kratzer von einem Ast. Sieht schlimmer aus, als es ist.« Er entzog sich ihrer Berührung.

»Hoffen wir es. Trotzdem denke ich, daß du so bald wie möglich zur Heilerin gehen solltest.«

»Kannst du nicht einen Breiumschlag machen und auflegen, Mutter? Wir sind sonst auch ohne Heiler ausgekommen.«

Ristin betrachtete den Riß genauer. »Ja, freilich sind wir auch so zurechtgekommen, wenn du die Leute nicht zählst, die heute tot oder verkrüppelt und entstellt sind, weil sie keine sachkundige Behandlung bekamen. Wenn dieser tiefe Kratzer an deinem Arm wäre, würde ich versuchen, ihn selbst zu behandeln. Aber nicht so nahe an deinem Auge. Das ist etwas für eine kundige Heilerin, und so bald wie möglich. Iß zuerst, und schlaf dich aus, aber dann geh zu ihr. Wenn sich das entzündet, ist nicht damit zu spaßen.«

Heckram hob die Hand an seine Wange. Sie war angeschwollen und steif, und in der Wunde pochte es. Er blickte scharf zu Carp, aber der sagte nichts.

Er machte auch keine Anstalten, vom Harke abzusteigen. Mit einem Seufzer zog Heckram am Halfter des ermüdeten Tieres. Sie wanderten langsam den Pfad weiter talwärts zur Siedlung. Unterwegs erzählte seine Mutter den Dorfklatsch. Heckram hörte unaufmerksam zu und beantwortete ihre eingestreuten Fragen mit mechanischer Routine, während sein müdes Gehirn an anderen Geheimnissen kaute. Er dankte ihr, daß sie sein Wintergerät abgeladen und verstaut hatte. Ja, er wußte, daß sie noch ein paar Harkar zähmen mußten, um dieses Jahr genug Tragtiere zu haben; nein, er hatte noch nicht überlegt, welche in Frage kamen. Nein, er hatte mit den Rentieren auf der Winterweide keine Probleme gehabt. Ja, es sah alles nach einem zeitigen Frühlingsbeginn aus. Er nickte, als er hörte, daß zwei von Brors Vajor bereits gekalbt hatten. Das war etwas früh, aber Kälber, die jetzt zur Welt kamen, konnten auf der Wanderung besser mit der Herde Schritt halten. Er hoffte, daß auch seine Vajor bald kalben würden. Es schadete einem Kalb nicht, wenn es ein paar Tage Zeit hatte, sich auf seinen Beinen zurechtzufinden, bevor es der Herde folgen mußte.

Dann sagte Ristin, Capiam habe entschieden, daß sie in zehn Tagen aufbrechen würden. Alle seien in der gewohnten Frühjahrsgeschäftigkeit, verstauten Winterausrüstungen, brachten die Sommerausrüstungen in Ordnung, machten neues und reparierten altes Zaumzeug.

Heckram nickte zu ihren endlosen Kommentaren, als sie in das Dorf kamen und es durchquerten. Mit heimlicher Erheiterung sah er, daß viele Leute sich umdrehten und seinen Begleiter anstarrten. Carps fremdartige Kleidung machte ihn schon von weitem als Zuwanderer kenntlich. Aber Heckram bemerkte auch, wie rasch die Dorfbewohner die Blicke abwandten oder niederschlugen, wenn sie seinem grau verschleierten Blick begegneten. Carp hatte offensichtlich Vergnügen an seinem großartigen Einzug. Er saß aufrecht auf dem Harke und nickte den Leuten zu, an denen sie vorbeikamen. Sein Mund hing in einem zahnlückigen Lächeln offen, und Heckram ärgerte sich einerseits über Carp, während er andererseits das Aufsehen genoß, das er verursachte. Pirtsi beobachtete ihren Einzug mit selbstvergessenem Gaffen; dann flog er herum und rannte den Weg hinauf. Nun, der Stammesführer würde bald erfahren, daß ein Fremder ins Dorf gekommen war und in Heckrams Hütte wohnte. Vielleicht würde er Joboam entsenden, um Näheres zu erfahren, oder selbst kommen. Der alte Stammesführer wäre selbst erschienen, um einen Fremden zu begrüßen, mochte er auch noch so gering sein, um ihn nach Neuigkeiten aus den entfernten Orten und Gegenden zu fragen. Das waren bessere Zeiten gewesen, obwohl Heckram vermutete, daß Capiam wenigstens Joboam schicken würde.

»Heckram?«

Er verhielt auf Ristins Frage, und als er haltgemacht hatte, merkte er, daß er gedankenlos den Weg zu ihrer Hütte eingeschlagen hatte. Seine eigene war weiter links, hinter Stinas. Seine Tragödie, momentan vergessen, beschwerte ihm wieder das Herz.

»Ich nehme dir den Harke ab«, sagte Ristin. »Du

mußt müde sein. Ich werde ihn anpflocken, wo gute Weide für ihn ist. Du kümmerst dich um deinen Gast und machst es dir bequem. Ich werde später am Nachmittag vorbeikommen.«

Heckram fühlte plötzlich Carps Hand auf seiner Schulter. Der alte Mann stützte sich auf ihn, als er schwerfällig vom Packsattel kletterte. Er lächelte Ristin zu und entließ sie mit einer wohlwollend wedelnden Handbewegung. »Komm nicht heute nachmittag zurück«, wies er sie an. »Heckram wird mich zu der Heilerin Tillu führen.«

Ristins Haltung versteifte sich bei Carps herablassendem Ton, aber sie nickte nur und wandte sich mit einem Lächeln ab. Der alte Mann war ein Fremder in ihrem Talvsit. Sie duldete seine ausländische Unhöflichkeit und schrieb sie der Unwissenheit zu. Im Hinausgehen blickte sie Heckram in die Augen und sagte: »Das Fleisch an deinem Trockengerüst taut. Du solltest es bald aufbrauchen, vielleicht, um Tillu zu bezahlen. Obwohl sie vielleicht kein Fleisch braucht.« Sie hielt kurz inne, dann berührte sie ihres Sohnes Hand. »Joboam könnte bei Tillu sein. Er hat für Capiam in Erfahrung gebracht, was die Heilerin für die Reise brauchen wird. Also, wenn du dorthin gehst ...« Sie ließ den Rest ungesagt, aber die Bedeutung war klar. Vermeide Streit. Damit griff sie zum Halfter des müden Harke und zog das Tier weiter.

Eine Menge Fragen und Gedanken stürmten auf Heckram ein. »Joboam will die Heilerin auf unsere Wanderung mitnehmen?« fragte er verwirrt, aber Ristin war schon außer Hörweite. Carp grinste sein zahnlückiges Lächeln und zupfte an Heckrams Ärmel.

»Zuerst essen. Carp ist sehr hungrig. Dann schlafen, und danach werden wir zu Tillu der Heilerin gehen. Ja, und zu Kerlew, meinem Lehrling. Du bist überrascht, daß Tillu mit dem Hirtenvolk geht? Bevor der Tag um ist, werden andere viel mehr überrascht sein. Viel, viel mehr überrascht!« Carp lachte, daß der Speichel flog, und zog ihn in seine eigene Hütte.

Das heiße Pochen in seinem Gesicht weckte ihn. Trübes Nachmittagslicht sickerte zum Rauchloch der Hütte herein. Carp schnarchte auf den Fellen, die Ristin beim Herdfeuer ausgelegt hatte. Sie hatte alles für sie vorbereitet gehabt. Heiße Suppe war in einem Topf am Rand der Herdsteine bereitgestanden, trockenes Feuerholz bei der Tür aufgeschichtet, die Schlaffelle gelüftet und glattgestrichen gewesen. Er überlegte flüchtig, wie es gewesen wäre, wenn er mit Elsa nach Haus gekommen wäre. Er stellte sich vor, wie er den Harke entladen hätte, während sie Brennholz gesammelt und das Herdfeuer angezündet hätte. Er starrte auf die unfertige Truhe im Winkel und blickte weg. Warum konnte er diese Dinge nicht einfach als abgetan hinter sich lassen? Was vergangen war, ließ sich nicht ändern; er mußte nach vorn blicken und seinem Leben neuen Inhalt geben. Er wollte sich auf die andere Seite wälzen und weiterschlafen, aber der Druck seiner geschwollenen Wange war zu schmerzhaft, wenn er auf ihr lag. Er tastete die pochende Anschwellung mit vorsichtigen Fingerspitzen ab. Gestern abend hatte er gemeint, der Kratzer verheile gut. Heute war eine häßliche Entzündung daraus geworden.

Er blickte unfroh zu dem selbstzufriedenen alten Najd, dann erschrak er, als Carps Augenlider sich öffneten und sein Schnarchen plötzlich abbrach. Der Schamane setzte sich mit einer geschmeidigen Bewegung aufrecht und betrachtete Heckram mit seinem undurchdringlichen Blick. Er gähnte weder, noch reckte oder kratzte er sich. Er richtete sich einfach auf und verkündete: »Und nun gehen wir Tillu die Heilerin besuchen. Schlimme Entzündung, nicht wahr? Das Gesicht schmerzt, wie?« Er grinste Heckram freundschaftlich zu. »Tillu ist eine Heilerin. Sie kann einen Mann mit einem entzündeten Gesicht nicht fortschicken.« Carp lachte fröhlich, wie über einen gelungenen Streich. Heckram stimmte nicht mit ein.

Der Weg zu Tillus Zelt schien länger, als er ihn erinnerte, und besser ausgetreten. Zu beiden Seiten schmolz die Nachmittagssonne den weichen Schnee an den offenen Stellen zwischen den Bäumen. In den Schatten hielt sich der Schnee länger, mehr eisig als weich, und der Pfad selbst war ein festgetretener Eisrücken, der sich unter den Bäumen dahinschlängelte. Er zog am Kragen seines Mantels und öffnete ihn, um mehr von seiner Körperwärme entweichen zu lassen. Er wünschte, er wäre allein. Seine Vergeltung Wolf überlassen? Darüber mußte er noch nachdenken. Er mußte wissen, was Wolf als Gegenleistung verlangen würde.

Er hatte erwartet, daß Carp sich beklagen würde, als sie zu Fuß aufbrachen, aber der alte Mann wanderte bereitwillig mit ihm. Heckram hatte noch nie so krumme Beine gesehen, aber auch noch nie einen so rüstigen und flinken alten Mann. Aber schließlich war er auf dem Rücken eines Harke aus dem Bergland herabgeritten, und er hatte keine anstrengende nächtliche Flucht vor einem Wolf hinter sich. Heckram verbannte die Erinnerung an die Begegnung seufzend an den Ort, wo alle die anderen Erinnerungen waren, mit denen er sich nicht beschäftigen wollte. Vergebens suchte er einfach sein Leben weiterzuleben und alle Ereignisse zu ignorieren, die ein Handeln verlangten. Wenn er überhaupt etwas wollte, dann wollte er einfach er selbst bleiben, die wilde Herde jagen, um mehr Tiere für seine Koppel einzufangen, am Abend ruhig am Feuer sitzen und eine Wurfleine flechten oder einen Pfeil schaben, oder einen Löffel schnitzen. Kerlew und seine Löffel. Wie kam der Junge mit seiner Schnitzerei voran? Dann schüttelte er den Kopf über sich selbst. Wieder hatte er sich in die Gedanken an seine Probleme ziehen lassen. Konnte er sie einfach Wolf übertragen?

Er sog die Luft tief ein. Frühlingsgerüche. Nach seinem gefrorenen Winterschlaf erwachte das Moos zum Leben. In den Bäumen stieg der Saft, ihre Knospen begannen zu schwellen, und schon würzte ihr feiner Geruch die Luft. Und warum, fragte er sich plötzlich, sollte Kerlew eines seiner Probleme sein? Er trug keine Verantwortung für den Jungen.

»Von dieser Höhe werden wir Tillus Zelt sehen«, sagte er über die Schulter zu Carp. Er hatte die Führung übernommen, vorgeblich, um ihm den Weg zu zeigen, aber hauptsächlich, um ein Gespräch zu verhindern. Je eher er den alten Schamanen loswurde, desto besser. War es aber recht, ihn einfach Tillu aufzuladen? Warum nicht? Carp war für Tillu kein Problem, er war der Lehrer ihres Sohnes. Und der alte Mann hatte angedeutet, daß er ihr mehr als das sei. Er stellte sich Tillu mit dem krummbeinigen alten Mann und seinen trüben Augen vor und runzelte die Brauen. Nun, das ging ihn nichts an.

Auf der Anhöhe machte er halt und ließ Carp nachkommen. Wortlos zeigte er durch die Bäume zu der Lichtung mit dem Zelt. Als er genauer hinsah, machte Heckram zwei Harkar aus, die ein Stück abseits vom Zelt weideten. Wahrscheinlich angepflockt. Anscheinend war Joboam bei ihr. Er erinnerte sich Ristins warnender Worte und nickte zu sich selbst. Kein Ärger, keine Probleme. Er brauchte nur den alten Mann zu Tillu zu bringen, sich das Gesicht behandeln zu lassen, und dann konnte er heimgehen und schlafen. Und schlafen.

Er war so tief in seinen eigenen Gedanken versunken, daß der Anblick, der sich seinen Augen bot, als er auf die Lichtung hinauskam, ihn völlig überraschte. Er stand da und gaffte.

Kerlew lag zusammengerollt im schmelzenden Schnee vor Joboam. Er hatte die langen, schmalen Hände schützend über den Kopf gelegt, drückte die Augen fest zu und winselte quäkend wie ein kleines, ängstliches Kind. Als Heckram in sprachloser Verblüffung stand, bückte sich Joboam, der ihnen den Rücken zukehrte, faßte Kerlew beim Kragen und zog den Jungen hoch. Er hob ihn in die Luft, bis die baumelnden Füße die Erde nicht mehr berührten und das Lederhemd sich so um Kerlews Kehle zusammenzog, daß seine Schreie abgewürgt wurden. »Wenn ich dir sage, du sollst etwas tun«, sagte Joboam in einem Tonfall tödlicher Ruhe und Freundlichkeit, »dann tust du es. Und zwar sofort.« Die dicken Muskeln in seinem Oberarm zogen sich zusammen, und dann flog Kerlew durch die Luft. Er landete mit einem unfreiwilligen Purzelbaum auf einem ausgeaperten Flecken gelben Grases, wo er mit angezogenen Beinen auf der Seite liegenblieb, beide Arme vor dem Gesicht. Er machte kein Geräusch, schnappte nur keuchend nach der Luft, die der Sturz aus ihm herausgepreßt hatte. Joboam schritt auf ihn zu, und Heckram begriff, daß er eben die Wiederholung von etwas gesehen hatte, was vorher schon geschehen war und nun wieder geschehen sollte. Der Jähzorn ließ ihn Anstrengung und Übermüdung vergessen.

»Joboam!« grollte er, als der hünenhafte Mann wieder die Hand nach Kerlew ausstreckte.

Joboam fuhr herum, und als er Heckram auf sich zukommen sah, verlagerte er sein Gewicht auf die gespreizten Beine, hob die Hände in Brusthöhe und duckte sich kampfbereit. Heckram mußte unwillkürlich an einen Vielfraß denken, der sich, vom Jäger überrascht, zum Kampf stellt.

»Heckram!« winselte Kerlew, kaum zu Atem gekommen. Mit der Spannkraft, die Kindern und Verrückten eigen ist, krabbelte er auf die Füße und rannte Heckram entgegen, warf sich an ihn. Der Junge schlang ihm die Arme um die Hüften, zog an ihm, keuchte in sein Hemd, sprachlos vor Angst. Mitten im Schritt von dem Jungen gebremst, wäre Heckram beinahe über ihn gefallen. Er gewann schwankend das Gleichgewicht und legte die Hände auf Kerlews Schultern. Er versuchte die Umklammerung des Jungen zu lockern, aber der hing an ihm wie Flechte an einem Felsen. Die Schultern des Jungen zitterten noch unter seiner Berührung. Wortlos und finster starrte Heckram sein Gegenüber an. Worte waren nicht stark genug für die Versprechen, die er dem Mann geben wollte.

Auch Joboam verharrte schweigend, denn er erwartete, daß Heckram den Jungen beiseite stoßen und ihn angreifen werde. Als er merkte, daß Kerlews Umklammerung den anderen zum Stehen gebracht hatte, entblößte Joboam die Zähne in einem spöttischen Grinsen. »Zwei von derselben Sorte«, höhnte er. Und als er Heckrams starres Gesicht sah, fügte er hinzu: »Der Schnitt ist eine Verbesserung. Ich wünschte, ich hätte ihn dir selbst beigebracht. Wenn du zu Tillu willst, die hat jetzt zu tun. Du wirst später wiederkommen müssen.«

»Ich weiß, daß sie nicht hier ist«, knurrte Heckram so tief, daß die Worte kaum verständlich waren. »Wenn sie da wäre, würdest du nie wagen, den Jungen so zu behandeln.«

Joboam grinste unbeeindruckt weiter. »Nein? Während du fort warst, hat sich manches geändert. Die kleine Heilerin hat mich schätzen gelernt. Ich werde dafür sorgen, daß sie bequem reist, wenn sie mit uns auf Wanderschaft geht. Und ich denke, der Junge wird bis dahin ein paar Manieren gelernt haben.«

Kerlew machte ein furchtsames kleines Geräusch und drückte sein Gesicht fester in Heckrams Hemd. Dieser versuchte sich freizumachen und an dem Jungen vorbeizugehen, aber er klammerte sich nur noch fester an ihn.

»Du irrst dich, großer Mann. Ich bin derjenige, der dem Jungen von nun an Unterricht geben wird. Komm, Kerlew. Kopf hoch. Hast du keinen Gruß für mich übrig?«

Einen langen Augenblick rührte sich Kerlew nicht, dann hob er das Gesicht von Heckrams Hemd und spähte mißtrauisch zum Ursprung der Stimme. »Carp!« rief er, Erleichterung und Freude in der Stimme. Er ließ Heckram los und warf sich auf den krummbeinigen alten Najd. »Jeden Tag habe ich das Ruflied gesungen. Jeden Tag!«

»Und jeden Tag habe ich dich gehört, aber an manchen Tagen nicht so laut wie an anderen. Es war ein weiter Weg für mich, hierher zu kommen. Und für manche Wege braucht ein alter Mann viel länger als ein Junge. Aber da bin ich. Ich bin gekommen.« Seine alten Hände tätschelten den Jungen, glätteten das zerzauste Haar, berührten Schultern und Arme, wie um sich zu vergewissern, daß es wirklich der Junge war. Kerlew wand sich unter der Berührung, wohlig wie ein junger Hund, der gestreichelt wird. Heckram beobachtete die beiden und versuchte die Gefühle zu deuten, die ihn bewegten. Hatte er Carp nicht geglaubt, als er gesagt hatte, Kerlew sei sein Lehrling? Hatte er nicht gewußt, daß Kerlew froh sein würde, ihn zu sehen? Was war dann, was er fühlte; sicherlich nicht Eifersucht? Seine Hände hingen leer herab.

Auch Joboam beobachtete den alten Mann, den Kerlew so seltsam vertraut begrüßte. Seine Züge spiegelten Geringschätzung, aber noch mehr Verwunderung. Der magere kleine Mann sprach mit einer selbstverständlichen Autorität, aber Joboam sah nichts, was diese Autorität rechtfertigte. Der Alte behielt ihn nicht einmal im Auge; er beachtete ihn überhaupt nicht. Joboam verstand das nicht. Niemand behandelte ihn so. Niemand wagte ihn zu ignorieren. Als könnte er seine Gedanken lesen, hob Carp plötzlich den Blick von Kerlew und fixierte Joboam mit einem eisweißen Starren. Joboam stieß Luft aus, als hätte er einen Schlag in die Magengrube erhalten. Er konnte diesem Starren nicht standhalten. Aber als er von Carp wegsah, sah er sich

Heckram gegenüber, der die Arme jetzt frei hatte und ihn ins Auge faßte. Er lächelte nicht, noch blickte er finster. Seine Miene war von gleichmütiger Kälte, als er auf Joboam zutrat.

»Carp!«

Der Ruf flog über die Lichtung, mehr ungläubiger Aufschrei als Willkommensgruß. Aller Augen wandten sich zu Tillu. Sie stand am Rande der Lichtung, einen Armvoll weißer Flechten an die Brust gedrückt. Ihr Gesicht war so farblos wie die Flechten, und sie wankte sichtbar, wo sie stand. Doch der alte Najd blickte mit einem Grinsen auf, während Kerlew ihn umtanzte und schrie: »Er ist gekommen, Mutter! Er ist gekommen, und ich habe es immer gewußt! Sagte ich dir nicht, daß er zu uns kommen würde! Und diesmal wird er mich alles lehren, alle Zauberei, alle Lieder!«

Heckram war bei Tillus Ausruf stehengeblieben. Er und Joboam blickten von ihr zu dem Najd. Schweigend kam sie über die stellenweise schon schneefreie Lichtung. Stückchen von den gesammelten Flechten fielen ihr von den Armen; sie achtete nicht darauf. Ihr Gesicht war bleich und angespannt. Als sähe sie einen Geist, dachte Heckram, und fühlte sich von einem Schauer überlaufen. Nach allem, was er von dem alten Mann wußte, konnte er sehr wohl aus der Geisterwelt sein. Der Najd umfaßte Kerlews Schultern, drehte den Jungen zu seiner Mutter und hielt ihn vor sich wie ein Schild oder eine Geisel. In dem kalten Lächeln, das er über den Kopf des unschuldigen Jungen hinweg auf Tillu richtete, waren Trotz und ein Anflug von Spott. Der Gegensatz zwischen Kerlews Begeisterung und dem Hohn des Najd weckte in Heckram ein seltsames Schuldgefühl. Wen hatte er da zu Tillus Zelt geführt?

»Du hast mich nicht so rasch vergessen, nicht wahr, Tillu? Sicherlich wußtest du, daß ich zu meinem Lehrling kommen würde?«

»Deinem Lehrling?« sagte Joboam. »Du bist gekommen, ihn mitzunehmen?« In seiner Frage schwang eine Zustimmung mit, die Heckram nicht gefiel. Warum war Joboam an Kerlew interessiert?

»Er ist mein, ja. Mir zur Ausbildung anvertraut. Aber ich bin nicht gekommen, ihn wegzunehmen. Nein. Ein Schamane muß ein Volk haben, das er leiten kann. Ich habe für Kerlew das Hirtenvolk gewählt.«

»Schamane?« Joboam hatte Mühe, das fremde Wort auszusprechen.

»Najd«, erläuterte Heckram, und freute sich über den Ausdruck jäher Wachsamkeit in Joboams Zügen.

Aber im nächsten Augenblick verhärtete sich Joboams Miene, und er nahm eine Autorität an, die ihm nicht zustand. »Und was sagt Capiam dazu?«

»Noch nichts, denn niemand hat es ihm gesagt. Aber ich erwarte, daß der Stammesführer mich mit Freuden willkommen heißen wird. Ich habe noch nie einen Stammesführer gekannt, der ungastlich zu mir war.«

Da war sie wieder, die selbstverständliche Anmaßung von Autorität und Macht. Dieser Najd, dessen Auftreten so sehr seinem eigenen ähnelte, verschaffte Joboam bereits schmerzende Backenmuskeln. Heckram sah es ihm an und empfand heimliches Vergnügen.

»Kerlew«, sagte Tillu gebrochen.

Der Junge hob den Arm, um eine der runzligen Hände auf seinen Schultern zu tätscheln. Er schien unempfindlich gegen ihren Kummer, den er nicht einmal zu bemerken schien. »Darf ich Carp mit ins Zelt nehmen und ihm Tee und von dem eingesalzenen Fisch geben, den Ibba uns brachte? Bestimmt ist er müde und hungrig.« Seine Rede hatte eine neue Gewandtheit, sein Gesicht strahlte Selbstvertrauen aus. Als ob sein demütigendes Erlebnis mit Joboam nie geschehen wäre.

»Nein, nein«, widersprach der Najd. »Heckram hat mich gut gefüttert, und ich habe ausgeruht. Ich möchte lieber mit dir gehen, Kerlew, und unter vier Augen von Dingen sprechen, die nicht für die Ohren von Frauen bestimmt sind. Außerdem hat deine Mutter Arbeit zu tun. Heckram hat einen entzündeten Schnitt im Gesicht. Laß sie ihr Handwerk ausüben, während wir das unsrige besprechen.«

Carp legte ihrem Sohn den Arm um die Schultern, lächelte ihr zu und ging mit Kerlew davon. So machte er ihr klar, wie leicht er ihr das Kind wegnehmen konnte. Kerlew blickte nicht zurück, und Heckram fühlte ein Echo der Verlassenheit, die Tillu ins Herz schnitt. Sie alterte vor seinen Augen. Die Falten um Mundwinkel und Augen vertieften sich. Sie schloß die Augen, schüttelte langsam den Kopf.

Joboam schnaubte. »Sei nicht einfältig, Frau. Laß ihm den Jungen. Ich sehe keine Schwierigkeiten damit. Aber er mag überrascht sein, wenn er Capiam erklärt, daß er unser Najd sein werde.«

Tillu machte eine zornig abwinkende Handbewegung, ohne auf die Flechten zu achten, die dabei zu Boden fielen.

»Also sagst du Tillu jetzt schon, was sie mit ihrem Sohn machen soll, und berätst den Stammesführer über Najds«, bemerkte Heckram. »Ich frage mich, ob sie weiß, wie du Kerlew züchtigst, wenn sie abwesend ist?«

Joboam wurde rot im Gesicht, aber seine Stimme blieb ruhig. »Ich frage mich, was ein kräftiger Faustschlag auf diesen Schnitt ausrichten würde? Könnte Tillu eine Menge Arbeit ersparen, wenn dein ganzes Gesicht aufplatzte und all der Dreck herauskäme.«

»Und ich frage mich, ob du den Mut hast, es zu versuchen?« Heckram begegnete seinem Blick. »Ich warte, Joboam. Nichts hindert dich.«

Plötzlich fuhr Tillu zu ihnen herum. »Seid still, alle beide! Meint ihr, ich hätte nichts Besseres zu tun, als eure dummen Schädel zusammenzuflicken, nachdem ihr sie euch eingeschlagen habt? Mach mir zusätzliche Arbeit, Joboam, und Capiam wird davon hören. Ja, und auch von anderen Dingen.« Heckram sah eine versteckte Drohung in ihrem Blick, und er sah Joboams Augen schmal werden. »Du kannst Capiam erzählen«, fuhr sie fort, »was ich dir schon mehrmals gesagt habe: Daß ich mich noch nicht entschieden habe. Du kannst ihm sogar sagen, daß deine täglichen Besuche hier mich an all die Gründe erinnern, die mich bisher bewogen haben, mich von anderen Leuten fernzuhalten. Und du, Heckram, wenn du willst, daß ich diese Schnittwunde reinige, dann geh ins Zelt. Aber wenn du hier stehst und dich prügelst, werde ich keinen von euch behandeln. Und ich werde Capiam sagen, daß ihr mich beim Sammeln von Vorräten stört.«

Sie drückte die Flechten an ihre Brust, als wären sie ein Säugling, und marschierte zu ihrem Zelt, ohne sich umzusehen. Heckram sah ihre Schultern zucken, als ob sie ein Schluchzen oder ein Husten unterdrückte. Er lenkte seine Aufmerksamkeit wieder auf Joboam.

Der machte eine wegwerfende Handbewegung und schnaubte. »Laß sie stampfen und den Kopf schütteln, sie wird sich früh genug an das Zaumzeug gewöhnen.« Der Blick, den er ihr nachschickte, war der eines Besitzers. Heckrams Zorn steigerte sich noch.

»Fragtest du dich nicht etwas über mein Gesicht?« fragte er.

Joboam kehrte sich von ihm ab. »Das hat noch Zeit«, sagte er in beiläufigem Ton. »Die Neuigkeiten nicht. Da du den Stammesführer Capiam nicht von dem Problem unterrichtet hast, mit dem du uns belasten willst, werde ich es tun müssen. Ein Najd. Der einfältigste Mensch weiß, was für Probleme das schaffen kann. Und du mußtest ihn hierherbringen. Andererseits könnte es für mich ein Problem lösen, sollte er den Sohn der Heilerin mitnehmen, wenn er weiterzieht.« Joboam nickte vor sich hin und machte sich auf den Weg zum Talvsit.

»Joboam!« rief Heckram. Der andere blieb stehen.

»Halte dich von Kerlew fern. Nicht, weil er der Lehrling des Najd ist, sondern weil ich es dir sage. Und noch etwas: Wenn du jetzt nicht kämpfen willst, dann halte dich später bereit. Eine Zeit wird kommen.«

»Das wird sie«, sagte Joboam und ging weiter, aber Heckrams Stimme hielt ihn wieder zurück. »Vergiß nicht, Capiam die ganze Botschaft der Heilerin zu geben. Ich werde heute abend zu ihm gehen, um mich zu vergewissern, daß sie richtig überbracht wurde.«

Bevor Joboam weitergehen konnte, wandte Heckram sich um und ging zu Tillus Zelt.

– 19 –

Nach der sonnigen Kühle des Frühlingsnachmittags kam es ihm im Zelt dunkel und muffig vor. Der Erdboden war mit dem Einsetzen der wärmeren Witterung aufgetaut, und der Belag aus Birkenzweigen unter den Bodenfellen drückte sich bei jedem Schritt in den Untergrund ein. Vom Tauwetter freigesetzte Feuchtigkeit in Fellen und Häuten ließ Schimmel gedeihen und erzeugte einen moderigen Geruch. Tillu sollte alles zum Lüften in die Sonne hinaustragen. Die Herdenleute trugen ihre Felle, Ledersachen und Holzgerätschaften jedes Frühjahr hinaus, um sie an der Sonne zu trocknen und auszulüften, bevor sie für die Wanderung packten. Heckram überlegte, ob Tillu wirklich mit ihnen kommen würde, brachte aber nicht den Mut auf, sie zu fragen. Er stand verlegen beim Zelteingang und fühlte sich wie ein Eindringling. Tillu hatte nicht gesprochen, seine Anwesenheit nicht einmal mit einem Kopfnicken quittiert. Sie kauerte am Herdfeuer und rührte Kräuter in einen Wassertopf. Etwas in ihrer Haltung war ihm vertraut. Ihr Rücken war gekrümmt wie ein Schild, das Kinn lag am Brustbein, als ob sie den nächsten Schlag erwartete. Es war, als hätte auch sie in ihrem Leben mit einem unlösbaren Problem zu ringen.

Er schaute umher, um sich irgendeine neutrale Bemerkung auszudenken. Ihre Armut hatte bescheidener Bequemlichkeit Platz gemacht. Es lagen mehr Felle auf den Schlafstätten, und von den Zeltstangen hingen Dörrfleisch und Trockenfisch neben Gerätschaften aus Holz und Knochen. Ihr Austausch mit den Herdenleuten schien sich für beide Seiten gedeihlich zu entwickeln. Der Gedanke brachte ihn auf sein letztes Zusammentreffen mit ihr, am Tag nach Elsas Tod. Inmitten der Aufregung und des Kummers hatten sie einander wenig zu sagen gehabt. Und jetzt genauso wenig. Seine Gemeinsamkeiten mit dieser Frau waren nicht von der Art, die Menschen zusammenführte. Plötzlich bereute er, daß er gekommen war. Sie ignorierte ihn, kehrte ihm den Rücken zu und rührte in einem Topf. Vielleicht sollte er einfach hinausschlüpfen und nach Haus gehen. Dort konnte er den Kratzer selbst mit warmem Wasser reinigen und sich von Ristin einen Breiumschlag als Zugmittel machen lassen.

Als hätte sie seine Gedanken gelesen, nahm sie plötzlich Notiz von ihm und sagte: »Laß die Zeltklappe offen, so ist das Licht besser. Und setz dich auf das Lager. Wenn du stehst, kann ich nicht an diesem Schnitt arbeiten.«

Er band die Lederschnur der Zeltklappe um eine der Zeltstangen. Ein schmales Lichtdreieck fiel ins Zelt und auf eines der Lager. Er setzte sich ins Licht und wartete. Sie war offensichtlich übelgelaunt, was mit dem Umstand zusammenhängen mochte, daß er den alten Najd zu ihr geführt hatte. Da war es einfacher, wenn er nichts sagte.

Sie nahm den dampfenden Topf und steckte ihn am Rand der Herdstelle zwischen zwei Steine. Schweigend nahm sie eine Handvoll weiße Flechten aus einem Korb neben dem Herdfeuer. Ihre geschickten Finger suchten flink kleine Zweigstücke, ein Kügelchen Kaninchenkot und ein skelettiertes Blatt heraus. Er sah ihr zu. Der vom Topf aufsteigende Dampf hatte einen angenehmen Geruch, wie der Wald im fortgeschrittenen Frühling, wenn die Wärme die oberen Bodenschichten durchdrang und das modernde Laub nach Generationen von Birken und Erlen und Zitterpappeln roch. Er entspannte sich, bis Tillu plötzlich vor ihm kniete. Sie brachte ihr Gesicht auf eine Höhe mit seinem. Sie tauchte die Flechten ins Wasser und ließ sie einweichen, während sie seine Verletzung untersuchte.

Für Heckram war es eine beunruhigende Situation. Er wußte nicht, wohin er blicken und was er mit seinen Händen anfangen sollte. Zuerst verschränkte er die Arme auf der Brust, dann, als es ihm albern vorkam, ließ er sie an den Seiten herabhängen. Ihr Gesicht war ihm nahe, als sie den Schnitt untersuchte. Ihr Mund zeigte keine Regung, und als er endlich in ihre Augen sah, schien sie es nicht zu bemerken. Ihre ganze Aufmerksamkeit galt der Verletzung. Er schrak leicht zusammen, als sie sein Kinn in einen festen, kühlen Griff nahm und sein Gesicht zum Licht drehte. Ihre Fingerspitzen kratzten ein wenig an seinen Bartstoppeln. Sie ließ die Hand dort und hielt ihn ruhig, während sie der Ursache der Entzündung auf die Spur zu kommen suchte. Inzwischen hatte er Mut gefaßt und sah sie offen an. Er bemerkte die Feinheit ihres Haares, das sich leicht aus seiner Bindung löste und in Strähnen um ihre Wangen hing. Ihre Nase war schmal und größer, als man es unter den Herdenleuten anziehend fand. Ziemlich wie seine eigene Nase. Auch ihr Gesicht war schmaler als die breiten, flachen Gesichter der Herdenleute, mit denen sie indes die hohen Backenknochen gemeinsam hatte. Ihre dunklen Augen blickten scharf und wach. Wie eine Füchsin, die mit gespitzten Ohren vor dem Bau der Wühlmaus saß und beobachtete und wartete.

»Wie ist das geschehen?« fragte sie ihn plötzlich.

Er zögerte einen Augenblick. »Ich zerkratzte mir das Gesicht an einem abgebrochnen Baumast.«

»So?« wieder drehte sie ihm den Kopf auf die Seite. »Sieht mehr wie ein Kratzer von einem Tier aus. Nicht so schlimm wie von einer Bärenkralle, nicht so groß, aber ähnlich.«

»Lasse und ich hatten einen Unterstand aus Zweigen und Rinde gebaut. Ich stand darin auf und riß mir das Gesicht an einem abgebrochenen Fichtenast.«

»Dann hätte es sich nicht so entzünden sollen«, entgegnete sie. »Aber selbst ein leichter Kratzer von einem Raubtier entzündet sich gewöhnlich. Wie dies hier.«

»Es war so, wie ich sagte«, wiederholte Heckram irritiert.

»Mmm. Es ist nahe am Auge. Du hättest eher kommen sollen. Jetzt wird es nicht ohne Schmerzen abgehen.« Ohne weitere Warnung nahm sie eine Handvoll Flechten aus dem angewärmten Wasser und drückte sie fest gegen sein Gesicht. Die Wärme verstärkte den pochenden Schmerz der Wunde. Er biß die Zähne zusammen und hielt still. Feine Schweißtropfen traten ihm auf die Stirn.

»Ich kann es halten«, bot er ihr an.

»Ich habe es schon«, erwiderte sie. »Es wird eine Weile dauern. Der Schnitt muß sich öffnen. Halt dich ruhig.«

Es war entnervend, so nahe bei einer Frau zu sitzen, von ihr berührt zu werden und ihr ins Gesicht zu sehen. Die nassen Flechten und ihr Druck gegen das geschwollene Fleisch verursachten ein heißes Brennen, aber der Geruch ihrer Haare und ihrer Haut wirkte auch wie ein Druck auf ihn, so warm wie der Umschlag, und erregend. Die Berührung seines Gesichts, der Hauch ihres warmen Atems, ihre Nähe und die ernsten Augen, die ihm ins Gesicht starrten, ohne seinem Blick zu begegnen, wirkten zusammen, ihn aus der Fassung zu bringen.

Er errötete und blickte weg. Seine plötzliche Erregung überraschte und beschämte ihn. Er erwartete bessere Selbstbeherrschung von sich und hoffte, daß sie es nicht bemerke. Ein Tropfen Schweiß rann ihm von der Schläfe über die Wange zum Kinn.

Warum, fragte sie sich, sollte jemand verschweigen, daß er von einem Tier gekratzt wurde? Die meisten Jäger prahlten mit ihren Abenteuern, als ob das Davontragen von Verletzungen eine Tat wäre, auf die man stolz sein müßte. Sie sah die verkniffenen Linien zu beiden Seiten seines Mundes und sagte: »Ich weiß, es ist unangenehm, aber in ein paar Augenblicken werden wir den Druck gelindert haben.«

Sie hob die schwammigen Flechten von der Wange, um die geschwollene Wunde zu untersuchen, dann tauchte sie sie wieder ins warme Wasser. »Hier, halt es gegen dein Gesicht, während ich einen Umschlag mache, der die Entzündung herauszieht. Vielleicht ist es nicht so schlimm, wie es zuerst aussah.« Er legte die Hand gegen die Flechten, als sie ihre Hand wegnahm. Ihre Finger streiften sich.

Sie stand auf und trat zum Herdfeuer, froh über die kühlende Distanz zwischen ihnen. Ich sollte an Kerlew denken, sagte sie sich streng. Ich sollte mich darum sorgen, welchen Unsinn Carp ihm erzählt und wie ich diesen gräßlichen alten Mann loswerden kann. Statt dessen hatte sie sich von Heckrams Nähe verwirren lassen. Sie hatte den Schnitt untersuchen wollen, aber als sie sein Kinn berührt hatte, um ihm den Kopf auf die Seite zu drehen, hatte sie das Kratzen seiner Bartstoppeln gefühlt und sich mit einem jähen Schmerz der stachligen Wange ihres Vaters erinnert, wenn er sie als Kind auf den Arm genommen und an sich gedrückt hatte. Er war auch ein großer, kräftiger Mann gewesen, wie dieser Heckram. Wenn er sie auf den Schultern getragen hatte, war sie sicher gewesen. Wäre er an dem Tag, als die

Mordbrenner gekommen waren, daheim gewesen... aber er war nicht, und seit damals hatte sie sich nie mehr sicher gefühlt. Sie schluckte, weil ihr plötzlich etwas die Kehle zuschnüren wollte, und halb ärgerlich lenkte sie ihre Gedanken fort von jenen verlorenen Tagen. Sie sollte sich auf ihre Arbeit konzentrieren. Auf Heckram.

Verstohlen wie ein Dieb hatte er ihr durch seine bloße Nähe den Mann hinter der Verletzung bewußtgemacht. Da war wieder sein Geruch, wie sie ihn erinnerte, der Geruch von lebenden Rentieren, von Schweiß und Männlichkeit. Sie hatte gespürt, daß er Blickkontakt mir ihr gesucht hatte, war aber nicht darauf eingegangen. Schlimm genug, daß sie es kaum über sich brachte, ihre Hand von seinem Gesicht zu nehmen. Seine Körperwärme hatte den geringen Abstand zwischen ihnen überbrückt, sie berührt und ihr Herz schneller schlagen lassen. Mit Festigkeit unterdrückte sie die aufsteigende Wärme. Es hatte nichts mit dem Mann zu tun, sagte sie sich. Es war nur einer dieser Tage, da ihr Körper nach der Berührung eines Mannes verlangte und sie schon beim Gedanken daran Herzklopfen bekam. Noch ein paar Tage, und ihre Blutzeit würde kommen und diese Albernheit vergessen sein. War sie ein dummes Mädchen, daß sie sich von solchen Regungen beherrschen ließ?

Sie öffnete ihren Kräuterkasten und suchte zusammen, was sie brauchte. Die Sauerampferblätter waren braun und geschrumpft, fast zu trocken, um noch zu nützen. Aber schaden konnten sie auch nicht, also kamen sie dazu. Und Schafgarbe. Weidenblätter. Goldrutenwurzel? Das war eher etwas für Verbrennungen und Verbrühungen. Sie tat ein wenig hinzu. Vorfreude auf die frischen grünen Kräuter des Frühlings kam in ihr auf. Diese alten Vorräte hatten ihre Heilkraft zum Teil schon eingebüßt. Sie zerstieß die Kräuter mit ihrem Mörser, um sie dann mit Flechten zu vermischen und mit etwas Wasser zu einer breiigen Paste zu kochen.

»Du bist böse auf mich, nicht?«

Sie wandte überrascht den Kopf. »Was?«

»Du bist böse auf mich. Weil ich dem Najd half, dich und Kerlew zu finden. Und weil ich Joboam bedrohte.«

Sie ließ ihn eine Weile auf eine Antwort warten. Dann seufzte sie, ließ sich auf die Fersen zurücksinken, den Mörser noch in der Hand, und blickte stirnrunzelnd ins Feuer. »Ich bin nicht böse«, sagte sie. »Du konntest nicht wissen, daß er nicht war, was ich für Kerlew wählen würde. Und selbst wenn du es gewußt hättest – es hätte nichts geändert. Ich glaube, er hätte uns trotzdem gefunden. Früher oder später.«

»Und Joboam?« drängte er. Sie wunderte sich, daß es ihm wichtig schien.

»Joboam ist ein ... ein Problem«, räumte sie widerwillig ein. »Aber ein Problem, das ich früher schon hatte. Es gibt immer Männer, denen es gefällt, die Dinge in die Hand zu nehmen. Männer, die glauben, daß sie über alles herrschen sollten, was schwächer ist als sie. Ich stellte mich nicht vor ihn, als ich mich in euren Streit einmischte. Was ich sagte, ist die Wahrheit. Als Heilerin sehe ich so viele Verletzungen, die nicht vermieden werden konnten. Da bereitet es Verdruß, diejenigen zu behandeln, die vorsätzlich verursacht wurden. Und bald wird er fort sein. Bald werdet ihr alle fort sein.«

Sie hörte seine Ratlosigkeit heraus, als er weiterbohrte. »Warum läßt du zu, daß er Kerlew so behandelt?«

»Warum ich es zulasse?« Bitterkeit kam in ihre Stimme. »Was soll ich tun? Er schlägt den Jungen nicht, wenn ich hier bin. Und ich versuche immer hier zu sein, wenn Joboam da ist. Aber manchmal kommt er, wenn ich auf der Jagd bin, und dann ... Aber ich habe Kerlew gesagt, daß er nicht mit ihm allein bleiben soll. Daß er kommen und mich suchen soll, sobald Joboam kommt, um ihm keine Gelegenheit zu geben, zornig zu sein.«

»Und Kerlew vergißt es.« Das Verständnis in seinem Ton überraschte sie.

»Und Kerlew vergißt, ja. Einem Außenstehenden, der ihn nicht kennt, ist es schwierig zu erklären. Die Gedanken des Augenblicks füllen ihn aus und vertreiben aus seinem Sinn, was ich ihm vorher eingeschärft habe. Es ist nicht so, daß er dumm wäre. Er denkt immer, aber an etwas anderes. Er hat seine eigenen Vorstellungen davon, was wichtig ist und was nicht. Vor zwei Tagen sah ich einen Bluterguß an seinem Arm und fragte ihn danach. Vor drei Tagen hatte Joboam ihn an der Stelle gepackt. Warum hatte er mir nichts gesagt? Weil er es vergessen hatte, weil das der Tag war, an dem er den Flecken mit gefrorenen Heidelbeeren fand und sie ausgrub und aß. Also erzählte er mir von den Beeren. Und das ist für ihn völlig vernünftig!«

Sie merkte, wie ihre Stimme bebte, und sah zu Heckram auf. Er saß da und hielt die tropfenden Flechten in der Handfläche gegen sein Gesicht. Seine Augen waren braun, nicht schwarz. Und es war kein Mitleid darin. Was sie in ihnen sah, verwunderte sie. Es schien ihr nicht möglich, daß er den Schmerz, den sie um den Jungen empfand, mit ihr teilte. »Dein Mantelärmel ist naß«, sagte sie mit vorgetäuschter Ruhe. »Zieh ihn aus und häng ihn zum Feuer. Dann wird er trocken, bis du nach Haus gehst.«

Sie machte sich wieder mit Stößel und Mörser zu schaffen, während er gehorchte. Sie vermischte die pulverisierten Kräuter mit einigen Flechten am Boden eines kleinen Topfes, fügte ein wenig Wasser hinzu und stellte ihn auf die Herdsteine. Als sie sich umwandte, sah sie Heckram mit freiem Oberkörper beim Eingang knien und Wasser aus dem Ärmel seines wollenen Hemdes wringen. Er hatte Haare auf der Brust, die unter der Kehle anfingen, sich dann ausbreiteten und in einem zulaufenden Streifen über den Bauch führten.

»Die Männer vom Blut meines Großvaters«, sagte er ein wenig verlegen, »sind auch haarig. Im Gesicht und auf der Brust.«

Also hatte er gesehen, daß sie neugierig gewesen war. Sie versuchte, unbekümmert seinem Blick zu begegnen. »So ist es auch bei meinen Leuten«, sagte sie.

»Auch bei den Frauen?« fragte er ungläubig.

Sie lachte laut, sah den Ausdruck in seinen Augen und wollte aufhören, konnte aber nicht. Er errötete. Seine Unwissenheit war ihm peinlich. Sie bezwang sich, machte ein ernstes Gesicht, konnte den Ausdruck aber nicht halten. Vielleicht machte es nichts. Er lächelte kläglich und verlegen, aber es war ein Lächeln.

»Das war dumm, nicht wahr?« fragte er.

»Eigentlich nicht.« Sie gewann die Herrschaft über ihre Züge zurück. »Wahrscheinlich hast du immer bei deinem Volk gelebt. Woher sollst du wissen, wie die Menschen anderswo aussehen?«

»Ich bin nicht immer unter den Herdenleuten gewesen«, verteidigte er sich. »Als kleiner Junge machte ich einmal eine Handelsreise mit meinem Vater. Damals war er reich, vor der Seuche. Ich sah das Dorf der Händler, wie … wie …« Er suchte nach Worten. »Wie zwei große, lange, eckige Hütten, zu vielen kleinen Hütten gemacht.«

»Du meinst, mit mehreren Räumen unter einem Dach«, sagte sie. Er zuckte die Achseln und nickte zögernd. »Es waren zwei, in denen viele Familien lebten, jede in einem ›Raum‹. Und zwischen den beiden großen Hütten war ein breiter Weg. Die Männer hatten Bärte, die ihnen bis über die Brust reichten. Und die Leute hatten helles Haar, wie die verschiedenen Tönungen von Holz. Manche der Kinder waren meine Vettern, aber wir konnten nicht gut miteinander reden. Trotzdem spielten wir.«

»War es weit von hier?« fragte Tillu.

Heckram blickte stirnrunzelnd vor sich hin. »Damals kam es mir nicht so vor. Aber ich war klein und saß im Pulkor meines Vaters, also bedeutete mir die Entfernung nicht viel. Trotzdem, es konnte nicht allzu weit gewesen sein. In manchen Jahren kommen die Händler aus diesem Dorf, Tauschhandel zu treiben. Nicht so oft wie früher, denn damals hatten wir mehr zu tauschen. Daß mein Vater mich mitnahm, war ungewöhnlich. Vielleicht wollte er mich den Verwandten vorzeigen. Alle Leute im Dorf freuten sich und bewunderten unseren Harke und den Pulkor. Muß ich das wieder ans Gesicht halten?«

Seine Erzählung hatte sie abgelenkt. Sie sah die Handvoll Flechten, die er ihr hinhielt.

»Tauch sie wieder ins warme Wasser und leg sie ans Gesicht. Die Wunde muß eingeweicht werden.«

Er machte ein Geräusch zwischen einem Seufzen und einem Knurren und ließ sich zurücksinken. Sie hörte, wie er mit den Flechten im Topf plätscherte, und beugte sich über ihren eigenen Topf mit dem Kräuterbrei. Sie berührte ihn mit dem Stößel, fand, daß er weich genug war, und nahm ihn von der Hitze. Die weiße Flechte war ein sehr nützliches Bindemittel. Man konnte sie verwenden, um Fleischbrühe einzudicken oder einen Umschlag zu machen, und man konnte sie kochen und dann eine Art Fladen daraus backen. Sie tunkte einen Finger hinein, verzog das Gesicht und stellte den Topf auf die Seite, um ihn ein wenig abkühlen zu lassen. Als sie dann mit dem Breiumschlag zu Heckram trat, tat sie es mit Zögern und mit Erwartung.

Er nahm die Flechten vom Gesicht, als sie niederkniete. Ein paar Fasern hingen an den Wundrändern. Sie zupfte sie vorsichtig mit den Fingernägeln ab, dann berührte sie die Verletzung. Das Einweichen hatte die Anschwellung zurückgehen lassen. Sie war jetzt rot und warm an den Rändern, mit einer gelblichen Kruste in der Mitte. Diese war jetzt so weich, daß sie leicht abgelöst werden konnte. »Es sieht schon viel besser aus«, bemerkte sie. Sie zog am Rand und sah, wie er zuckte. »Wir versuchen es jetzt mit dem Breiumschlag.«

»Was sagst du danach zu ihm?«

»Zu wem und wonach?« fragte sie abwesend. Die Finger im Topf. Der Brei war etwas zu dünn.

»Zu Joboam, wenn er mit Kerlew grob umgegangen ist.«

»Sehr wenig. Es hilft nicht. Als ich ihn das erste Mal beschuldigte, leugnete er es, und das nächste Mal sagte er, er habe im Scherz mit Kerlew gerungen, und der Junge habe ihn mißverstanden. Mehr als einmal sagte ich ihm, er solle die Finger von meinem Sohn lassen. Dann sagte er, Capiam mache ihn verantwortlich für uns, darum müsse er dem Jungen eure Regeln beibringen, bevor wir mit euch gehen. Dann sagte ich, daß ich lieber nicht mitgehen würde, wenn dazu gehörte, daß die Regeln in Kerlew hineingeprügelt werden müßten. Danach ließ er Kerlew in Ruhe. Bis heute.«

»Hast du mit Capiam darüber gesprochen?«

Tillu schüttelte stumm den Kopf. Sie brachte den Topf mit dem Breiumschlag, nahm noch etwas von den weißen Flechten und mischte es darunter. Das Ergebnis war eine warme, faserige Masse, die gut zusammenhielt, wenn sie sie auf die Wunde drückte.

»Möchtest du, daß ich mit Capiam drüber spreche?« fragte Heckram.

»Würde er auf dich hören?«

Heckram zögerte einen Augenblick. »Der Stammesführer soll auf alle seine Leute hören. Aber Capiam ist noch nicht lange an dieser Stelle. Er hatte auch nicht den Vorteil eines Vaters mit langer Erfahrung in diesem Amt. Relf, der in meiner Kindheit Stammesführer war, starb ungefähr fünf Jahre nach der Seuche, ohne Kinder zu hinterlassen. Capiams Vater war einer seiner Vertrauten, und er trat die Nachfolge an. Manche von uns waren nicht glücklich darüber. Mehrere sprachen sich für Eike aus, der Joboams Vater und auch einer von Relfs Vertrauten war. Aber Eikes Vater war nicht aus dem Stamm, sondern ein Händler, wie mein Großvater. Ein Freund von ihm, übrigens. Also sagten die meisten, daß der Stamm einen Führer brauche, in dem das Blut der Herdenleute stark sei. Trotz seines hohen Alters wurde Capiams Vater gewählt. Er starb vor drei Jahren, und Capiam wurde sein Nachfolger.«

»War Eike verbittert?« fragte Tillu.

»Nein. Eike war ein guter Mann, großmütig und großherzig. Er unterstützte Capiams Vater bis zu seinem eigenen Tod. Aber ich weiß, was du denkst. Ja, Joboam fand sich schlecht damit ab. Wir waren zu der Zeit nur Jungen, aber ich erinnere mich noch gut. Wenn keine Erwachsenen in der Nähe waren, sagte er oft, daß die Führerschaft an einen Mann gehen solle, der stark genug sei, um zu führen. Wenn einer von uns etwas dagegen sagte, rang er ihn nieder und hielt ihn am Boden, bis der Unterlegene sagte, daß gute Männer einen starken Führer brauchten, auf den sie stolz sein könnten. Damit meinte er Eike; er war groß und stark, wie Joboam.«

»Und du«, sagte Tillu.

Heckram nickte. »Das gleiche Blut. Aber wir wurden anders angesehen. Joboam war stark, und seine Familie lebte immer im Wohlstand, selbst in den schlechtesten Zeiten. Egal wie wütend die anderen Jungen auf ihn waren, es fiel ihnen leicht, Joboam zu vergeben, denn in seinem Zelt gab es immer Käse und Pudding aus Mehl und Talg für seine Freunde.«

»Und was war mit dir?«

Er lächelte kläglich. »Ich war immer ein bißchen der Dummkopf. Ungeschickt, immer zu groß für meine Kleider. Und Joboam mochte mich nicht.« Heckram stieß ein unfrohes Lachen aus. »Er konnte mich niederringen, aber ich war nie klug genug, zuzugeben, daß er gewonnen hatte. Immer zappelte und mühte ich mich weiter, bis er mich aufstehen lassen mußte, oder bis einer der Erwachsenen kam, der Sache ein Ende zu machen. Darum war ich in seinem Zelt niemals mit den anderen Kindern willkommen. Die meisten von ihnen mieden mich, denn Joboam ließ jeden, der sich mit mir anfreundete, seine Abneigung fühlen.« Er schüttelte den Kopf. »Es war keine gute Zeit. Ich war froh, als wir älter wurden und das ewige Ringen und Kämpfen aufhörte.«

»So froh, daß du heute beinahe wieder damit angefangen hättest«, bemerkte sie. »Aber ich glaube, ich verstehe jetzt. Genug, um zu wissen, daß sich nichts ändern würde, wenn du deswegen zu Capiam gingst. Ich werde darüber nachdenken und entscheiden müssen. Es kann sein, daß ich Kerlew nur vor ihm schützen kann, wenn wir unsere eigenen Wege gehen. Leg dich auf die Felle, während ich den Breiumschlag auflege, sonst tropft das Zeug herunter. Es ist immer noch nicht dick genug. Und schließ das Auge.«

Er ließ sich auf das Lager zurücksinken, fühlte das weiche Prickeln der Felle unter dem bloßen Rücken. Ihr Geruch war in den Fellen und machte ihm ihre Nähe von neuem bewußt. Sie kniete nieder, nahm etwas vom Brei mit den Fingerspitzen aus dem Topf, beugte sich über ihn und drückte es vorsichtig auf seine Wange. Sie war sehr nahe, ihr Gesicht ganz gespannte Aufmerksamkeit. Der Brei war nicht fest genug. Etwas davon rann an seinem Ohr hinunter und kitzelte unerträglich. Sie fing es mit einem Finger auf. Ihre Hände waren warm, ihr Atem süß. Ihr kleines Gesicht war so ernst. Er konnte die Arme ausstrecken und sie auf sich herabziehen. Wahrscheinlich wog sie überhaupt nichts. Er machte eine leichte Bewegung wie ein angedeutetes Kopfschütteln, um sich von der Regung zu befreien, und Tillu wurde ungeduldig. »Halt still!« schalt sie ihn und drückte mit der freien Hand sein Gesicht auf die Seite. Das machte es noch schlimmer. Die entzündete Wunde unter dem heißen Breiumschlag war nicht schmerzhaft genug, um ihn von dem plötzlichen Pulsieren in seinen Lenden abzulenken. Er räusperte sich.

»Es wäre traurig für die Herdenleute, wenn du nicht

mit uns gehen würdest. Schon lange haben wir eine Heilerin gebraucht ...«

Ein Klumpen von dem Brei geriet ihm in den Mund und erfüllte ihn mit bitterem Geschmack. Er wollte sich aufsetzen, aber Tillu hielt ihn nieder. »Halt still, oder es geht alles daneben!« rief sie ärgerlich.

Darauf versuchte er den Klumpen mit den Fingern aus dem Mund zu ziehen, aber wieder rutschte etwas nach, und er erstickte beinahe daran. Ihre freie Hand war auf seiner Stirn und drückte ihn nieder, während ihre andere Hand mit mehr Brei beladen war. Endlich gelang es ihm, den lästigen Brei mit der Zunge zwischen die Zähne zu befördern und mit einem Finger aus dem Mund zu holen. Nun hatte er den Klumpen in der Hand und wußte nicht, wohin er ihn tun sollte. Verlegen blickte er aus den Augenwinkeln zu Tillu auf, die hellauf zu lachen begann.

Die Verwandlung war bemerkenswert. Die Jahre fielen von ihr ab, ihre Wangen bekamen Grübchen, und ihre Augen glänzten. Kerlews Ähnlichkeit mit ihr wurde offenkundig, als ihre weißen, gleichmäßigen Zähne blitzten. Ohne ihr gewohnheitsmäßiges Stirnrunzeln wirkte sie jung, beinahe mädchenhaft. Ihr Lachen war wohltuend, kehlig und nicht zu schrill. Ihre Blicke trafen sich, und er mußte auch grinsen, als der Brei von seiner Wange glitt.

»Er ist zu dünn«, entschuldigte sie sich. Noch immer lächelnd, schüttelte sie den Brei von ihren Fingern zurück in den Topf. Ihre freie Hand hatte sein Gesicht nicht verlassen. »Hier«, sagte sie und nahm den schleimigen kleinen Breiklumpen aus seiner Hand und schnippte ihn ins Feuer. Sie langte über ihn zu einem abgenutzten Stück Leder auf der anderen Seite des Lagers, konnte es nicht erreichen, beugte sich weiter vor, glitt aus und lag plötzlich quer über ihm. Unter ihr bebte seine Brust in lautlosem Gelächter. Ihre Wangen brannten. Sie erwischte das Stück Leder, wischte sich damit die Finger und gab es ihm, als sie sich zurückstieß und wieder auf ihren Fersen niederkauerte. Er nahm das Leder, noch grinsend, und wischte sich die Finger daran. Der Breiumschlag rann langsam von der Wange auf den Hals.

Sein Blick suchte den ihren, aber sie lächelte nicht mehr. Ihre Lippen waren geschürzt, der Gesichtsausdruck grimmig, als sie ihm den Lederlappen aus der Hand nahm und den Brei von seinem Gesicht wischte. »Wir werden von vorn anfangen müssen«, sagte sie in mürrischem Ton. Das Lächeln verblaßte auf seinen Zügen, als er zu ihr aufblickte. Es war soviel Zurückhaltung in ihrem Gesicht, soviel Selbstbeherrschung. Aber weshalb? Weil ihr der Breiumschlag mißlungen war?

»Jeder kann einen Fehler machen«, sagte er. Sie hielt inne, das Leder noch über seinem Gesicht, blickte ihm aber nicht in die Augen. Er überlegte nicht lange, nahm ihr das Leder aus der Hand, wischte sein Gesicht und den Hals sauber und ließ den Lappen neben sich auf den Boden fallen. Sie rührte sich nicht. Er berührte ihre Hand. »Was fehlt?« fragte er.

Die Freundlichkeit in seiner Stimme brach ihre Zurückhaltung. Ihr Blick begegnete seinen Augen; mit offenem Verlangen. Sie sah, wie seine Augen sich weiteten. Seine Hand hob sich langsam zu ihr, umfaßte ihren Nacken und zog ihr Gesicht auf seins herab. Er hob ihr sein Gesicht entgegen, nahm den Geruch und dann den Geschmack ihrer Haut auf, sein Mund war warm und zart; sie war von dem Gefühl der Berührung wie gelähmt. Es war kein Widerstand in ihrem Körper, als er sie näher zog. Sie hörte auf zu denken und bewegte ihren Mund gegen seinen. Die Zeit stand still. Warnungen wetterleuchteten in ihrem Bewußtsein. Sie blockierte sie. Dies jetzt, diesen Mann, diese Berührung, nahm sie für sich, stahl sie von der Welt als ein Geschenk an sie selbst. Bei ihm konnte sie den Größenunterschied vergessen; seine Stärke war keine Bedrohung für sie.

Sie verlor sich in ihm. Seine Brust war warm unter ihren Fingern, mit fester Haut über den Muskeln. Sie hob ihren Mund von seinem, sah das gekräuselte dunkle Brusthaar nach ihrer Berührung federnd wieder aufstehen. Sie fuhr mit den Fingern die Mittellinie seiner Brust nach, über den Bauch zum Nabel, dann hörte sie Heckrams Keuchen, als sie die Hand flach unter seinen Nabel legte. Das löste ihre Selbstvergessenheit, und sie hob die Augen zum Gesicht dieses Fremden auf ihrem Lager.

Sie konnte nicht benennen, was in seinen Augen war – eine Stille, beinahe eine Verwunderung. Sein Atem ging leicht und schnell, aber er rührte sich nicht. Es hatte in ihrem Leben andere Männer gegeben, seit diese Mordbrenner sie als Halbwüchsige fortgeschleppt hatten. Sie hatte erfahren, daß nicht jede Paarung schmerzhaft war. Aber immer, mit jedem Mann, kam eine Zeit, da er den Herrn herauskehrte und sie nahm, wann immer ihm danach war, weil seine eigenen Bedürfnisse alles waren, worauf er reagierte. Das war eine Zeit, gegen die sie sich immer gestählt hatte, dieser Augenblick, wenn Sanftheit von gedankenloser Gewalt abgelöst wurde. Sie nahm ihre Hand weg und zog sich ein wenig zurück, um ihn auf die Probe zu stellen. Aber er zog sie nicht wieder zu sich. Er berührte nur ihr Gesicht mit behutsamen Fingern, die der Linie ihrer Wange und Kehle folgten.

Stimmen. Ein Gemurmel, das sie nicht deuten konnte, und dann Kerlews hohe, fragende Stimme. Sie hob den Kopf und lauschte, dann löste sie sich von Heckram. Einen Augenblick widerstand ihr der Ring seiner Umarmung, doch als auch er die Stimmen hörte, machte er ein Geräusch zwischen einem Seufzen und einem Stöhnen und gab sie frei. Sie stand rasch auf und strich ihre Kleidung glatt. Kühle Luft wehte zwischen ihnen herein. »Tillu?« fragte er leise, aber sie sah ihn nicht an. Sie richtete den Topf mit Brei auf, der zwischen den Steinen umgesunken war und beinahe seinen Inhalt verschüttet hätte. Sie strich ihr Haar zurück und fühlte die Klebrigkeit vom Breiumschlag, die von Heckrams Gesicht auf ihres übergegangen war. Sie rieb sich das Gesicht mit dem Ärmel, fühlte unvernünftige Tränen in den Augen. Ihre Knie wankten, in ihrem Magen war ein flaues Gefühl. Sie atmete tief durch und zwang sich zur Ruhe. Ein Blick zu Heckram zeigte ihr, daß er sich auf seinen Ellbogen gestützt hatte und besorgt zu ihr aufblickte. Sie wandte sich ab.

»Tillu?« wiederholte er, aber das Patschen von Schritten im nassen Schnee und ihr Rascheln im schon abgetrockneten, langen, gelben Gras des Vorjahres näherte sich rasch dem Zelt. Sie schüttelte wortlos den Kopf, ohne ihn anzusehen. Heckram sank mit einem Seufzer auf das Lager zurück. Sie wußte, wie ihm zumute war.

»Heckram?« rief die brüchige Stimme des alten Mannes. »Ist das Gesicht besser?« Er schlug die Zeltklappe zurück und kam gebückt herein. Er blinzelte umher; seine der Helligkeit angepaßten Augen brauchten Zeit, sich dem Halbdunkel anzupassen.

Heckram schwieg und blickte zu Tillu, daß sie die Antwort gebe. Kerlew kam hereingesprungen und beugte sich zu Heckram nieder. »Es sieht nicht so schlimm aus!« rief er.

»Es war auch nicht so schlecht, wie es zuerst aussah. Es war hauptsächlich eine Anschwellung«, ergänzte Tillu.

Heckram starrte in Verwunderung den Jungen an. Obwohl seine drängende Erwartung in quälende Enttäuschung umgeschlagen war, konnte er die Veränderung in Kerlew nicht übersehen. Der Unterschied war wie der zwischen Herbst und Frühling. Kerlews schmale Schultern waren nicht mehr eingezogen. In seinem Blick lagen Zuversicht und Selbstgewißheit, als er Heckram ins Auge sah. Aber es war auch eine unirdische Durchsichtigkeit in seinem Blick, als ob Heckram nicht so wesenhaft wäre wie das, was Kerlew hinter ihm sah. Sein Ausdruck war ausweichend, träumerisch. Ein Frösteln überlief Heckram, als wäre er Zeuge geworden, wie der Junge von einem reißenden Fluß verschlungen und davongetragen worden wäre. Die Verbindung, die er zu dem Jungen gefunden hatte, war unterbrochen, die eben geknüpften Bande durchtrennt. In ihm wuchs die Gewißheit, daß er Kerlew nie wieder erreichen würde. Der Junge, den er kennengelernt hatte, war verschwunden. Verschwunden, an einem Nachmittag. Auch Carp lächelte; ein Lächeln, das für Tillu schneidende Ränder hatte. Ein Lächeln des Triumphs und der Vergeltung. Tillu welkte unter diesem Blick, schrumpfte förmlich ein. Heckram richtete sich langsam auf.

»Zieh dein Hemd an«, wies Carp ihn ruhig an. »Zeit, daß wir gehen.«

»Gehen?« fragte Kerlew in plötzlicher Bestürzung, und in diesem Augenblick sah Heckram wieder den verletzlichen Jungen, den er gekannt hatte. »Fortgehen, Carp? Warum? Wohin?«

Carp lachte sein brüchiges Altmännerlachen. »Nicht weit, Kerlew, keine Sorge. Ich bleibe bei Heckram. Er hat eine schöne warme Hütte, mit vielen weichen Fellen und viel Nahrung. Ich fühle mich dort sehr behaglich. Und ich muß den Stammesführer Capiam sehen und ihm sagen, daß ich jetzt der Schamane des Stammes sein werde. Aber morgen werde ich wiederkommen, dich zu unterrichten. Und bald werden wir alle zusammen die große Wanderung antreten.«

»Nein.« Die Bestimmtheit des Wortes wurde durch den schrillen Oberton in Tillus Stimme entwertet. »Nein«, wiederholte sie mit gekräftigter Stimme. »Du magst mit der Herde gehen, aber nicht Kerlew, und ich auch nicht.«

»So?« erwiderte der Najd und musterte sie mit kaltem Blick. »Ist das so, Kerlew?«

Der Junge wandte das Gesicht zu Tillu, und in diesem

Augenblick wußten alle im Zelt, daß sie verloren hatte. Sein kleines Gesicht zeigte Entschlossenheit, und in seinen hellen bernsteinfarbenen Augen war kühle Distanz. »Ich gehe, Mutter. Ich bin jetzt ein Mann, und die Entscheidung ist mein. Ich bleibe noch ein paar Tage hier bei dir. Aber wenn der Hirtenstamm mit der Herde zieht, werde ich Carp folgen.« Die Worte waren sicherlich Carps, sorgsam aufgesagt, aber die Entschiedenheit in seiner Stimme war ganz sein eigen. Tillu starrte ihn wortlos an, während sich eine Erkenntnis in ihr Bahn brach.

Hier vor ihren Augen war, was sie immer gewünscht und erträumt hatte. Ihr Junge, der als ein Mann vor ihr stand und seine eigene Entscheidung traf. Der mit Zuversicht und Selbstvertrauen sprach. Und hier, neben ihr, war ein Mann, wie sie sich ihn vorgestellt hatte. Ein Mann, den sie zu einem Teil ihres Lebens machen konnte, ihres eigenen Lebens, getrennt von Kerlews.

Bitternis klang aus ihrer Stimme. »Nein«, wiederholte sie leise, aber es war eine innere Leugnung, ein Befehl, daß der morgige Tag nicht kommen möge. Und der neue Tag war in den Augen ihres Sohnes bereits angebrochen.

Was sie so lange aufrecht gehalten und befähigt hatte, allein und auf sich gestellt in der Wildnis für sich und den Jungen den Lebensunterhalt zu bestreiten, gab auf einmal nach. An die Stelle der inneren Anspannung trat Müdigkeit, das Gefühl, daß sie nicht länger kämpfen konnte, um Kerlew von der Welt fernzuhalten, die er gewählt hatte. Und hinzu kam die Gewißheit, daß sie den Jungen zerstören würde, wenn sie ihn Carp streitig machte und für sich beanspruchte. Das Selbstvertrauen, das seine Haltung verändert hatte, war zu neu und glänzend, um es mit bitteren Worten zu zertrümmern. Es war besser, wenn er ohne sie gerade seinen Weg ging und scheiterte, als wenn er immer in ihrem Schatten kauerte, sicher, aber ohne eigenes Wesen.

»Du gehst also?« sagte sie und blickte tief in seine Augen. Kerlew nickte. »Und ich gehe auch«, sagte sie und überraschte sich damit selbst.

Es gab zuviel in Tillus Augen zu lesen. Heckram wandte den Blick von ihrem Gesicht. Er erhob sich unbeholfen von dem niedrigen Lager, fand sein wollenes Hemd und zog es an. Dann schlüpfte er in seinen Fellmantel, dessen schwere Wärme in der weichen Frühlingsluft ihm auf einmal unwillkommen war. Als er den Kopf aus dem Kragen steckte, sah er Tillu vor sich stehen und zu ihm aufblicken. Sie streckte die Hand aus, nahm sein Kinn und drehte sein Gesicht zum Licht. Ihre Brauen waren ein wenig gerunzelt, als sie die Wunde untersuchte.

»Es sieht besser aus. Vielleicht heilt es jetzt von selbst. Aber«, sagte sie, und in ihre Augen kam die Andeutung eines Lächelns, »du solltest morgen wiederkommen und mich nachsehen lassen.«

Er nickte bedächtig, aber sie wandte sich hastig ab und überließ es ihm, zu überlegen, ob er recht verstanden habe, was sie nicht gesagt hatte.

»Nun komm schon, komm«, sagte Carp. »Der Weg ist weit, und schon bin ich hungrig. Und ich muß heute noch Capiam sprechen. Ich habe ihm Wichtiges mitzuteilen.«

»Geradeso wie ich«, sagte Heckram und folgte ihm hinaus in den Vorfrühlingsabend.

KERLEW:
Das Sehen

Es hatte lang gedauert, bis Tillu eingeschlafen war. Kerlew hatte wach und still liegen müssen, abgelenkt von ihrer Unruhe und ihrem Herumwälzen, ihrem Seufzen und Murmeln. Aber nun lag sie still auf ihrem Lager, hatte einen Arm über die Augen gelegt, als wolle sie den Anblick dessen auslöschen, was sein mußte. Törichte Frau. Noch immer dachte sie, sie könne es ändern. Noch immer verstand sie nicht, daß Kerlew zum Magier geboren war, und die Magie das natürliche Medium für ihn war. Ein und dasselbe waren sie, ineinander verflochten. Sie hatte ihn von der Magie trennen wollen, aber das war, als wollte man die Kettenfäden von dem Gewebe trennen, das die Hirtenfrauen webten. Was übrig bliebe, wäre überhaupt kein Stoff, nichts. Und ohne die Magie konnte Kerlew nicht Kerlew sein. Eines Tages würde sie es sehen.

Nun, da sie schlief und ihn nicht ablenkte, erhob er sich von seinem Lager. Er schlüpfte aus seinem Körper und schwebte langsam in der dünnen Rauchspirale aufwärts, die vom aufgehäuften Feuer emporstieg. Wieder ging er aufwärts, immer aufwärts, während er doch abwärts gehen sollte. Aber er hatte das Gefühl, daß oben jemand wartete, um ihn zu sprechen.

Außerhalb des abgenutzten Zeltes war Wind aufgekommen, strich kalt über das schneefleckige Land und zog Vorhänge aus tanzenden Flocken vor die Höhenzüge. Er erinnerte die Herdenleute und den Wald daran, daß der Frühling das Land noch nicht fest im

Griff hatte. Kerlew fühlte die Kälte der Nachtluft, sah den Schnee über die Wälder ziehen. Einen Augenblick runzelte er die Brauen; das war nicht gut für das Hirtenvolk, für sein neues Volk. Dann blickte er weiter und fühlte Carps Hand im Seufzen des Windes und dem Wirbeln der weißen Flocken. Also gab es einen Grund hinter diesem späten Schneesturm, und alles würde gut sein. Carp war jetzt Schamane des Hirtenvolkes, ihr Najd. Er hielt sein Schicksal in den runzligen alten Händen; seine wolkigen Augen würden es von nun an leiten. Zufriedengestellt, ließ Kerlew seine Besorgnis fahren und stieg höher.

Plötzlich kam er aus den Schneewolken ins Freie und stand mit bloßen Füßen auf dem Wind und den brodelnden Wolken. Schwärze wölbte sich über ihm; es gab keine Sterne und keinen Mond, und er hatte nur das Licht seiner eigenen Augen, um zu sehen, doch es war genug. Er setzte sich mit untergeschlagenen Beinen auf die Wolken, um auf den zu warten, der kommen mußte.

Wie von Ferne hörte er Tillu aufstehen und Holz nachlegen. Ein Teil seines Bewußtseins wunderte sich, daß sie nicht ihn aufgefordert hatte, aufzustehen und es zu tun. Ein anderer Teil bekräftigte, daß er jetzt zu weit entfernt sei, zu weit jenseits von ihr, um jemals wieder eine Arbeit für sie zu verrichten. Das Lager und die Felle unter seinem Körper waren ihm jetzt ferner als der Himmel über seinem Kopf.

Sie wußte, daß er fort war, und es bekümmerte sie. Sie war eine engstirnige, erdgebundene Person, unfähig, die wahren Umrisse der Welt zu sehen, und wie sie sich hineinfügte. Er bemitleidete sie. Er konnte ihren Kummer sehen, wie eine dünne Ader, eine Unreinheit, die das Band ihres Lebens durchzog und die Farbe trübte. Tillu, das erkannte er jetzt, war nur ein Faden, ebenso wie Heckram, ja, und sogar Carp.

»Ich bin die Hände des Webers«, sagte er sich, und auf einmal war das Bild Wirklichkeit. Hier waren die

Fäden ihres Lebens, von Heckram und Tillu und Carp, von Lasse und Elsa und Joboam, die in seinen Händen zusammenliefen. Er war es, der sie zusammen verwob, der aus ihren Tagen Muster machte. Sie gingen durch seine Finger und wurden durch seine Berührung verändert. Er war es, der ihre künftigen Tage formen konnte. Er webte sie, erzeugte Macht für Carp und für Elsa Vergeltung. Die dünnen Fäden, rot und braun, die Heckram und Tillu waren, lagen schlaff in seinen Händen. Müßig drehte er sie zusammen, sah den Kontrast der Farben. Er gefiel ihm, und so ließ er es dabei. Er nahm den kalten, rohen Faden auf, der Joboam war. Er war weiß in seinen Fingern, schnitt ihm in die Haut, kratzte, als suchte er seinem Willen zu entkommen. Er wickelte ihn um seine Finger, wollte ihn zerreißen. Aber es war ein fester und häßlicher Faden, ungleichmäßig gesponnen. Er ruinierte das Muster der anderen Fäden. Er konnte nie verarbeitet werden, daß er sich einfügte.

»Kleiner Schamane, was webst du?«

Kerlew blickte auf. Wolfs Augen sahen ihn an, gelb vor der Schwärze der Welt. Kerlew war sorgsam darauf bedacht, das Lächeln von seinen Lippen fernzuhalten. Er antwortete Wolf nicht mit Worten, sondern streckte ihm nur den rohen Faden hin, der Joboam war. Wolf blickte finster, seine Lefzen hingen rot um die weißen Zähne.

»Wer hat dir gegeben, was mein ist?« fragte er mit tiefem Knurren.

»Ich habe genommen, was ich formen kann«, erwiderte Kerlew.

»Und auch das ist mein. Es ist Wolfs Sache, zu nehmen, was er will. Nicht Sache eines Schamanenbalgs.«

»Aber ich habe ihn«, sagte Kerlew und hielt den Faden hoch.

Wolf starrte ihn an, und Kerlew grinste. »Komm näher, Geistertier«, murmelte er. »Komm, daß ich dich anfassen kann.«

Wolfs gelbe Augen verengten sich. »Erinnerst du dich, kleiner Schamane, was ich dir bei unserer letzten Begegnung sagte?«

Kerlew nickte. »Du sagtest, daß ich lernen müßte, der Herde zu folgen, wenn ich Wolfs Geistesbruder sein wollte. Ich gehe bald mit dem Hirtenvolk, der Herde zu folgen. Ich werde sein, wie du bist, Wolf. Der Herde folgen und nehmen, was ich will.«

Wolf stand plötzlich auf. Sein Atem war heiß und roch nach Fleisch. Kerlews Worte waren zu kühn gewesen. Aber er zuckte nicht vor dem heißen Atem zurück, schlug den Blick nicht vor den leuchtenden gelben Augen nieder. Wolf hielt den Schwanz höher, dann klappte er die Kiefer zu. »Dann folge den Herden. Und halte, was Wolfs ist.« Er warf sich herum und trottete davon. Dann blickte er über den langhaarigen Pelz seiner Schulter zurück zu Kerlew und grinste. »Aber nicht zu fest, kleiner Schamane. Denn du bist noch nicht Wolfs Bruder und wirst es vielleicht niemals sein. Das, was du hältst, wird dir eines Tages abverlangt werden. Sieh zu, daß du es dann gibst, denn ich habe einen Handel damit gemacht.«

Kerlew blickte auf den rohen Faden in seiner Hand. »Ich habe ein Messer«, sagte er zu der Nacht. »Ich könnte dies durchschneiden, zu jeder Zeit, wenn es mir gefällt.« Dann dachte er an Wolf, der von Stern zu Stern sprang und den Nachthimmel mit dem Donner ungezählter fliehender Hufe erfüllte.

»Ich werde warten, bis du kommst, zu fordern, was dein ist«, versprach er. »Aber dann werde ich dich fordern. Ich werde Wolfs Geistesbruder sein.«